長太息以掩涕兮，哀朕時之不當

跪敷衽以陳辭兮，耿吾既得此

駟玉虬以乘鷖兮，溘埃風余上征

朝發軔於蒼梧兮，夕余至乎縣圃

欲少留此靈瑣兮，日忽忽其將暮

吾令羲和弭節兮，望崦嵫而

路曼曼其修遠兮，吾將上下而求索

飲余馬於咸池兮，總余轡乎扶桑

折若木以拂日兮，聊逍遙以相羊

楚辞全译

黄寿祺 梅桐生——译注

后浪

四川人民出版社

图书在版编目（CIP）数据

楚辞全译 / 黄寿祺，梅桐生译注 . -- 成都 ：四川
人民出版社，2024. 10. -- ISBN 978-7-220-13792-1

Ⅰ . I222.3

中国国家版本馆 CIP 数据核字第 2024GG1118 号

CHUCI QUANYI

楚辞全译

著　　者	黄寿祺 梅桐生 译注
选题策划	后浪出版公司
出版统筹	吴兴元
编辑统筹	梅天明　宋希於
特约编辑	张文斌　单　单
责任编辑	唐　婧
装帧制造	墨白空间 · 张　萌
营销推广	ONEBOOK
营销编辑	张抿抿

出版发行	四川人民出版社（成都三色路 238 号）
网　　址	http://www.scpph.com
E－mail	scrmcbs@sina.com
印　　刷	河北中科印刷科技发展有限公司
成品尺寸	143mm × 210mm
印　　张	10.25
字　　数	326 千
版　　次	2024 年 10 月第 1 版
印　　次	2024 年 10 月第 1 次
书　　号	978-7-220-13792-1
定　　价	99.80 元

后浪出版咨询（北京）有限责任公司　版权所有，侵权必究

投诉信箱：editor@hinabook.com　fawu@hinabook.com

未经许可，不得以任何方式复制或者抄袭本书部分或全部内容

本书若有印、装质量问题，请与本公司联系调换，电话 010-64072833

前　言

一

　　"楚辞"最基本的含义，是指战国时代，我国南方楚地出现的一种新的诗体。同时也指伟大的诗人屈原和后来的其他作家用这种诗体写的一些诗以及这些诗选辑而成的一部诗集。因此，"楚辞"具有三重含义。

　　"楚辞"这个名称，最早见于司马迁的《史记》。《史记·酷吏列传》："始长史朱买臣，会稽人也。读《春秋》。庄助使人言买臣，买臣以楚辞与助俱幸，侍中，为太中大夫，用事。"（重点符号为引者所加）

　　后又见于班固的《汉书》。《汉书·朱买臣传》："会邑子严助贵幸，荐买臣。召见，说《春秋》，言楚辞，帝甚说之，拜买臣为中大夫，与严助俱侍中。"

　　《汉书·地理志》："汉兴，高祖王兄子濞于吴，招致天下之娱游子弟：枚乘、邹阳、严夫子之徒，兴于文、景之际；而淮南王安，亦都寿春，招宾客著书；而吴有严助、朱买臣贵显汉朝，文辞并发茂，故世传楚辞，其失巧而少信。"可见，汉代初年就已经有"楚辞"这个名称了。最初楚辞大概还是单篇流传，汉武帝时，淮南王刘安曾给《离骚》这一篇作注。在《史记·屈原贾生列传》中，司马迁提到的屈原作品，也只有《离骚》《天问》《招魂》《哀郢》和《怀沙》这几篇。根据东汉王逸《楚辞章句·离骚后叙》，我们认为，西汉末刘向编校群经，才把屈原、宋玉、贾谊等人所作的楚辞，加上自己写的《九叹》辑选成一集，取名《楚辞》。

这样，《楚辞》又成了一部诗歌专集的名称。

楚辞这种诗体最早是在民间产生的。实质上，它是楚地原始的祭神歌舞的延续。王逸《楚辞章句》解释《九歌》时说："昔楚国南郢之邑，沅、湘之间，其俗信鬼而好祠，其祠，必作歌乐鼓舞以乐诸神。……因为作九歌之曲。"清楚地说明了这一事实。王夫之《楚辞通释》解释《九辩》时说："辩，犹遍也。一阕谓之一遍。盖亦效夏启九辩之名，绍古体为新裁。可以被之管弦，其词激宕淋漓，异于风雅，盖楚声也。后世赋体之兴，皆祖于此。"可见楚辞是"绍古体"，并且"古"到夏初去了。足以表明楚辞由来有自，源远流长，是远古社会的遗风延续。而且其中不少篇章可歌可舞。如《九歌》，很明显的是一种有关巫术宗教的祭神歌舞和音乐。

楚国的民歌很早就出现了楚辞这种体裁。例如公元前六世纪中叶，楚国就有著名的《越人歌》："今夕何夕兮，搴舟中流？今日何日兮，得与王子同舟？蒙羞被好兮，不訾诟耻。心几烦而不绝兮，知得王子。山有木兮木有枝。心悦君兮君不知！"（见《说苑·善说篇》）稍后几十年，又出现了《孺子歌》："沧浪之水清兮，可以濯我缨；沧浪之水浊兮，可以濯我足。"（见《孟子·离娄上》）

楚国的地方音乐对楚辞的产生也有一定的影响。春秋时，乐歌已有"南风""北风"之称。战国时，楚国地方音乐已极为发达，歌曲就有《涉江》《朱菱》《劳商》《薤露》《阳春》《白雪》等，《楚辞》中都有提及。《楚辞》里不少诗篇都有"乱"辞，有"倡""少歌"，这些都是乐曲的组成部分。《楚辞》中保存这些乐曲的形式，就说明它的产生同音乐有关。

其实，"楚辞"是在屈原这样伟大的诗人出现，并且其在自己独特的楚国地方文化基础上，吸取了北方中原文化之后，才真正产生的。

楚辞有以下特点：

第一，具有浓厚的地方色彩。宋黄伯思《东观余论·校定楚同序》："屈宋诸骚，皆书楚语，作楚声，纪楚地，名楚物，故可谓之楚词。"这不但指出了楚辞的地方色彩，而且说明，正因为具有地方色彩，这种新的诗体才被人称为"楚辞"。楚辞大量地使用楚国的方言。语气词"兮""些""只"的运用，不但数量很多，还成为语言形式上的一个显著特征。特别是"兮"字的运用，及其在句中的不同位置，在诗的节奏变换和表情达意上，都具有一定的作用。楚辞运用了很多双声叠韵字和联绵词，也增加了诗句音节的谐适美。在形式上，它打破了四言格律，利用了民歌的自然韵律。以五言为基础，每句有动词，句式参差错落，富于变化，它的结构、篇幅都较大，而感情奔放，想象力丰富，文采华美，风格绚丽，文学意味浓厚，因此，它成为中国文学的主干之一。

第二，楚辞充分地反映了它那个时代政治变革的斗争，具有显著的时代特色。

"楚辞"所提出的，并试图解决的问题是带有时代性和历史性的。特别是屈原的诗歌，不仅与他那个时代的重大历史问题有关，而且他所追求的政治理想与历史的客观进程相一致。春秋战国时期，是大变革的时期。各国的经济基础都发生了根本的变化，摆在所有诸侯国面前的首要任务，就是如何完成上层建筑的变革，以适应经济基础的发展。楚辞具有显著的时代特色，就在于它充分地反映这种变革的斗争。它表现了需要变革的进步倾向，尖锐地揭露了阻碍变革的反动势力的腐朽性质，具有深远的历史意义。

第三，楚辞是我国春秋战国时期楚文化的结晶。它不仅代表着那个时代文学艺术的最高成就，而且代表着一种根柢深沉的文化体系。这个文化体系中充满了浪漫的激情，保留着绚烂鲜丽的南方远古传统，残存着强有力的巫术宗教，充满着奇异想象的神话传说。因此，楚辞本身就是一个既鲜艳又深沉，既炽热又丰富的想象和情感的五彩缤纷的世界。在这里，原始的活力，无羁的联想，狂放的思绪都得到了充分的、自由的表现。楚辞不仅是楚文化的代表，也是汉文化的代表，楚汉文化是不可分的。在汉王朝建立以后的一个很长的时期中，楚辞仍然是文学艺术的主要表现形式。直到汉武帝时代才出现的典型汉赋，也是和楚辞一脉相承的。楚辞不但是汉代赋体文学的祖宗，还主宰了四百多年两汉文学艺术思潮，给予中国文学艺术极大的影响。

二

屈原是楚辞最重要的作家，是我国文学史上伟大的爱国诗人。他大约生于公元前 339 年，死于公元前 278 年。这正是战国后期。这时，各封建诸侯国在政治和经济上的联系越来越密切，结束战国以来"诸侯异政"的局面，统一中国已经成为历史发展的必然趋势。当时最有条件统一中国的是秦楚两国，楚自然成为秦国进攻的主要对象。楚国只有与齐国联合起来才能抵抗秦国，但是，楚怀王在联齐抗秦政策上，却执反复无常的态度，外交上连连失败，总是处于被动挨打的境地。秦楚成败的关键不仅在外交上的斗争，更主要在国内政治的改革。秦国在商鞅变法以后，一跃成为政治、军事、经济大国；楚国曾任用吴起变法，但没有成功。屈原生活的楚怀王和楚顷襄王时代，楚国已处在政治腐败、外侮内患之中。屈原不仅是学识渊博、品格出众的诗人，也是进步的思想家和政治家。他的一生都在激烈复杂的政治斗争中度过。他曾担任过参与内政外交的大官，并想通过楚怀王来实现自己"举贤授能""国富法立"的政治理想。但他的进步主张却触犯了楚国反动贵族势力，受到卑鄙的诬陷和残酷的迫害，被长期放逐在楚国的南方。在楚国郢都被秦攻破时，他自投汨罗江而死。战国后期，在意识形态领域，还是"百家异说"的活跃时期，原始巫术宗教的观念传统正在逐渐被摆脱，理性主义作为一个总的倾向和思潮，正在深入人心。儒家、道家、墨家的思想已产生了广泛的影响。屈原虽然没有创立学派，但他对各家学说都有所采取，也有所摒弃。他把自己的政治思想、哲学思想，对祖国和对人民深厚的感情熔铸在诗篇里，取得了无以伦比的辉煌成就。

三

屈原的作品，《汉书·艺文志》上说有二十五篇。它的具体篇目，据王逸《楚辞章句》为《离骚》、《九歌》（十一篇）、《天问》、《九章》（九篇）、《远游》、《卜居》、《渔父》共二十五篇。《大招》的作者，王逸疑不能明。《招魂》一篇，司马迁认为是屈原所作，而王逸却定为宋玉。现在看来，《大招》一篇显然是模仿《招魂》写的，而词采远远不及，可以肯定不是屈原作品。《渔父》一篇，司马迁在屈原传中本来是作为一个有关屈原的故事来叙述，并不把它看作屈原的作品。所以王逸说："楚人思念屈原，因叙其辞以相传焉。"这个推测是有道理的。《卜居》这篇，从内容上看也是根据某些关于屈原的传说敷衍而成的，至于其他篇章的真伪问题，后人议论纷纷，各执一说。由于年代久远，人们对作品的理解不尽相同，汉代人对屈原作品的看法已不一致了，后人众说纷纭也是正常的。

屈原的一生处在激烈的政治斗争中。他的光辉诗篇深刻地反映了当时激烈的政治斗争，反映了楚国社会的现实矛盾，反映了时代的要求。同时也清楚地表现了他的进步的政治理想和斗争经历。他的诗篇的思想内容是非常丰富的。

首先，值得我们注意的是他对理想的孜孜不倦的追求。他的政治理想就是："举贤而授能兮，循绳墨而不颇"（《离骚》），以及"奉先功以照下兮，明法度之嫌疑。国富强而法立兮，属贞臣而日娭"（《惜往日》）。概括起来，就是举贤任能，立法富国，联齐抗秦，进而统一中国。他的政治理想是符合历史发展趋势的，是进步的主张。但是，由于楚国反动贵族势力的强大，他的政治理想始终不能实现。因此，他用自己的诗篇反复宣扬这个政治理想，充分表现自己对理想的热烈追求和不懈的斗争，并且以满腔愤怒的感情，向扼杀他政治理想的反动势力进行猛烈的抨击。

其次，屈原在诗篇中表达了对祖国无比深厚的感情。屈原对楚国的热爱和我们今天所说的爱国主义有根本的区别。但是，如果把爱国主义作为一种发展着的思维经验来看，屈原的诗篇的确给它提供了有价值的内容：他强烈关心楚国的命运，同情楚国人民的不幸遭遇，对自己生长的乡土，对楚国的山川草木、风土人情，都怀着朴素的、深沉依恋的感情，至死也不愿离开，这种爱国的感情是与人民相通的；他尊重自己国家的历史和文化，特别是他始终盼望国家的富强，并由它来统一全中国。这种迫切的愿望和远大的理想，说明屈原对祖国的热爱是含有值得肯定的历史内容的。可以说，屈原是一位当之无愧的伟大的爱国诗人。我们承认屈原的伟大，是把问题放在一定的历史范围内来认识的，是以他在那个时代可能达到的高度来评价的。虽然如此，我们还是应该看到屈原的爱国思想有着深深的阶级烙印和历史的局限性。这表现在他对楚国的热爱首先是高度忠于同他有着宗法联系的楚王朝的，深刻恋念着昏庸的楚王，这些思想感情的因素，是不能肯定的。

四

　　屈原作品的艺术成就是很高的。它开创了我国抒情诗的真正光辉的起点，至今还是不可比拟的典范。它为我国文学艺术的创作提供了丰富的经验。值得注意的有以下几点：

　　第一，浪漫主义的创作方法。

　　屈原作品的浪漫主义，在我国古代文学中，是继先秦理性精神产生的现实主义以后，与之相辅相成的又一伟大艺术传统。

　　我国文学浪漫主义的直接源头，存在于我国古代人民口头创作——神话之中，这是朴素的、自发的阶段。从屈原开始，浪漫主义的创作方法得到比较自觉的运用，并显示出巨大的威力。这集中表现在他塑造的主人公形象上。这个形象有光辉的理想，崇高的人格，炽热的感情，不懈的斗志。纯洁，高大，完美，可以"与天地兮同寿，与日月兮齐光"，已经远远地超出流俗和现实之上。在这里，屈原把最丰富生动的神话想象，与最深沉理智的个体人格完美地融为一个有机的整体。同时，屈原用神话传说、历史人物、自然现象编织成一个奇异的世界。这个世界中，人神杂处、寥廓荒忽、美人香草、望舒飞廉、巫咸夕降、羲和弭节、流沙赤水、八龙婉婉、奇禽怪兽、神魔鬼魅、情景怪诞奇异、境界仿佛迷离、场面雄伟壮丽，完全不受时间和空间的局限；在这个世界中，蕴藏着巫术的观念，神秘的象征，深沉的喻意，色彩艳丽浓烈，形象奇特瑰伟。奔放的热情和深刻的思想感情在这里表现得淋漓尽致。

　　第二，比兴手法的广泛运用。

　　屈原继承了《诗经》的比兴传统，而又进一步发展了它。屈原在诗歌中运用了大量的比兴来反映现实矛盾，抒发内心感情，达到了含蓄而深入的目的。所以，《史记·屈原贾生列传》

称《离骚》："其文约，其辞微，其志洁，其行廉。其称文小而其指极大，举类迩而见义远。"屈原的诗歌不少是政治抒情诗，这些政治情感的抒发比较容易流于抽象的说理、概念化的口号。屈原却巧妙地运用比兴的手法，使这些政治情感与想象结合起来，把主观感情客观化，构成具有普遍必然性的艺术形象，产生了强烈的艺术感染力。他所运用的比兴形象是与所表现的思想内容合而为一的，而不像《诗经》的比兴形象那样单纯和静止，也不再把用以起兴和比喻的事物看成独立存在的客体，因此，在他的诗歌中的外物景象不再是自在的事物自身，而是染上了一层情感的色彩。他的情感也不再是个人主观的情绪自身，而是成为融合了一定理解和想象以后的客观形象。自然，他所运用的比兴形象包含着他的美学观点，被比喻的事物体现出它的美学价值。所以他善于把各种对立的事物表现在美和丑的不同形象中，使人们通过这些具体的形象做出政治和伦理道德的评价，因此而产生感情上的爱憎，得到一定的教育和感染。可见屈原在比兴手法运用的广度和深度上，较之《诗经》都有巨大的发展。

第三，表现手法的丰富多彩。

纯熟的艺术技巧在屈原的作品中得到了充分的表现：抒情和说理的结合，感情的表达和环境的描写融为一体，大段的内心独白，虚设的主客问答，绘声绘影的夸张铺叙；在语言上，把华美与质朴的语句恰当地交织在一起，形成华实并茂的语言风格，运用积极的修辞手法，锤炼对偶句，美化诗句；在结构上，开创了鸿篇巨制、波澜壮阔的抒情长诗。这些都给后代的诗歌创作提供了丰富的经验和有益的借鉴。

总之，屈原不仅是重要的楚辞作家，也是中国文学史上最伟大的诗人。他"衣被词人，非一代也"。一个人能对后世文学艺术产生如此深远而巨大的影响，的确是非常罕见的。

五

现在，我们能见到的最早的《楚辞》注本，就是王逸的《楚辞章句》。这本书除了屈原外，还收了宋玉、贾谊、淮南小山、东方朔、庄忌、王褒、刘向、王逸等楚辞作家的作品。《史记·屈原贾生列传》说："屈原既死之后，楚有宋玉、唐勒、景差之徒者，皆好辞而以赋见称。"可见宋玉、唐勒、景差都是屈原以后的楚辞作家。但是唐勒、景差的辞赋没有流传下来。宋玉是屈原以后著名的楚辞作家。他的生平资料很少，只能知道他是屈原的后辈，出身低微，大约在顷襄王时期做过小官，很不得志，他从事楚辞创作，深受屈原的影响。他的楚辞作品流传下来的只有《九辩》一篇。其他还有一些赋，多数研究者认为这些赋都是伪托。《大招》这一篇，王逸不能确定是不是景差的作品。

在汉代楚辞作家中，贾谊是汉初著名的文学家、思想家和政治家。他十八岁就知名郡中，文帝召他为博士时，也才二十多岁。一年之间，他就越级提升为太中大夫。但是，他的一系列推动社会前进的政治主张，却遭到权贵们的反对，受到排斥打击。他短短的一生只能在悲惨、痛苦中度过。他对屈原的不幸遭遇体会最深，因此留下了《吊屈原赋》等有名的诗篇，在汉代楚辞作品中较有特色。至于东方朔、庄忌、王褒、刘向和王逸的作品，一般人认为，这些辞作都是用"代言体"写成，情文远不及"屈宋诸骚"。因此，很少有人研究。我们认为，为了了解楚辞的全貌以及它的发展过程，不能不读读这些楚辞作家的作品。在这些作品中，作者都能较正确地体会屈原的思想感情，他们不仅代屈原抒发不见容于君、不受知于世的悲叹，而且也多少透露了他们的爱国感情，曲折地表达了他们自己的不幸遭遇和远大抱负。这些作品在艺术上虽然缺乏创造性，但形式比较多样，有不少生动形象的比喻，句法更加自由灵活，接近于散文。诗中还大量使用双声叠韵的联绵词和叠音词，音节的节奏感较强，对汉赋有一定的影响。因此，本书注译了王逸《楚辞章句》的全部作品。另外，还增补了贾谊著名的《鵩鸟赋》《吊屈原》两篇辞作。这是收在朱熹《楚辞集注》里的作品。

六

关于本书体例的几点说明。

第一，原文中的繁体字、古体字一般均改为通行简化字。原文中难读的字均用拼音字母注音。

第二，本书的注释原则上尽量选择古今学者的合理解释。努力做到言之有据。

第三，本书的译文，为了准确，多采用直译。因此，表达方式难免板拙，可能损害了原诗的韵味。至于在翻译中对原诗的错解曲解，一定也不少，希望广大读者批评指正。

第四，注释主要引用了东汉王逸的《楚辞章句》，简称为《章句》；宋代洪兴祖的《楚辞补注》，简称为《补注》；朱熹的《楚辞集注》，简称为《集注》；清代王夫之的《楚辞通释》，简称为《通释》；蒋骥的《山带阁注楚辞》，简称为《山带阁注》。

福建师大张善文同志帮助校阅全书原稿，谨在此致谢。

译　者

一九八二年四月于福州长安山

一九九一年五月修订于金筑松山村

目　录

离　骚

　　《离骚》是屈原的代表作品，是我国古典文学中最长的抒情诗，是屈原用他的理想、热情、痛苦甚至于整个生命所熔铸而成的宏伟诗篇。它的内容是极其丰富的。诗由三部分组成，第一部分是从自己的出生、世系、品质、修养写起，回忆自己辅助楚王进行政治改革和遭谗被疏的经历，表明自己的政治态度和坚定信念；第二部分借女媭劝告，向重华陈词，总结历史经验教训，阐述了"举贤授能"的政治主张，描绘"上下求索"的幻想境界，表现自己对理想的执着追求；最后一部分写追求不得后，请灵氛占卜、巫咸降神、询问出路，然后决定去国远游，在天上"忽临睨夫旧乡"，终于不忍离开祖国的感情。这篇长诗大约写成于楚怀王十六年（公元前313年），是屈原被上官大夫谗毁而离开郢都时所作。

　　本篇篇名的意义，司马迁引淮南王说："离骚者，犹离忧也。"王逸解为别愁。

帝高阳之苗裔兮，^①	我是古帝高阳氏的子孙，
朕皇考曰伯庸。^②	我已去世的父亲字伯庸。
摄提贞于孟陬兮，^③	岁星在寅那年的孟春月，
惟庚寅吾以降。^④	正当庚寅日那天我降生。
皇览揆余初度兮，^⑤	父亲仔细揣测我的生辰，
肇锡余以嘉名：^⑥	于是赐给我相应的美名：
名余曰正则兮，^⑦	父亲把我的名取为正则，
字余曰灵均。^⑧	同时把我的字叫作灵均。

纷吾既有此内美兮，⑨
又重之以修能。⑩
扈江离与辟芷兮，⑪
纫秋兰以为佩。⑫
汩余若将不及兮，⑬
恐年岁之不吾与。⑭
朝搴阰之木兰兮，⑮
夕揽洲之宿莽。⑯
日月忽其不淹兮，⑰
春与秋其代序。⑱
惟草木之零落兮，⑲
恐美人之迟暮。⑳
不抚壮而弃秽兮，㉑
何不改乎此度？㉒
乘骐骥以驰骋兮，㉓
来吾道夫先路！㉔

天赋给我很多良好素质，
我不断加强自己的修养。
我把江离芷草披在肩上，
把秋兰结成索佩挂身旁。
光阴似箭我好像跟不上，
岁月不等待人令我心慌。
早晨我在大坡采集木兰，
傍晚在小洲中摘取宿莽。
时光迅速逝去不能久留，
四季更相代谢变化有常。
我想到草木已由盛到衰，
恐怕自己身体逐渐衰老。
何不利用盛时扬弃秽政，
为何还不改变这些法度？
乘上千里马纵横驰骋吧，
来呀，我在前引导开路！

①〔帝〕当王的人死后又有庙主的称呼。《礼记·曲礼》："天王崩，告丧，曰：天王登假，措之庙，立之主曰帝。"〔高阳〕远古帝王颛顼有天下时的称号。《章句》："颛顼有天下之号也。"〔苗裔〕后代子孙。《史记·楚世家》："楚之先出自帝颛顼高阳。"《集注》："苗裔，远孙也。苗者，草之茎叶，根所生也。裔者，衣裙之末，衣之余也。故以为远末子孙之称也。" ②〔朕〕《章句》："我也。"按，先秦的人不论上下都可以称朕。至秦始皇，才定"朕"为帝王自称的专用词。〔皇〕《章句》："美也。"即光明、伟大的意思。这是古代习用的称颂赞美的定语。〔皇考〕亡父的尊称。《章句》："父死称考。"《礼记·曲礼下》："父曰皇考。"即王逸所本。一说皇考指远祖。闻一多《离骚解诂》用刘向《九叹》及近人王闿运《楚辞释》之说。另一说皇考指曾祖，近人魏炯若《离骚发微》、陈直《楚辞拾遗》均主此说。按，从下文"皇览揆"句看来，皇考当指屈原父无疑。〔伯庸〕《通释》："伯庸其字，古者讳名不讳字。"

③〔摄提〕《章句》：“太岁在寅曰摄提格。”即指寅年。〔贞〕正，正指着。〔孟陬〕《章句》：“孟，始也。正月为陬。”即孟春正月，也是寅月。　④〔庚寅〕《章句》：“日也。”正月里的一天，是寅日。按，以上两句根据王逸所说，屈原生于寅年寅月寅日。后人据此考证后，推算出屈原生日：1）邹汉勋认为在周显王二十六年正月二十一日，即公元前343年；2）陈旸认为在楚宣王二十七年，即公元前343年；3）郭沫若认为在楚宣王三十年正月七日，即公元前340年。　⑤〔皇〕皇考的省称。〔览〕观察。〔揆〕《章句》：“度也。”衡量；揣测。〔度〕《集注》：“初度之初，犹言时节也。”初度，初生的时节。　⑥〔肇〕《章句》：“始也。”一说肇是“兆”的假借字。（见陈直《楚辞拾遗》和闻一多《楚辞解诂》）　⑦〔正则〕《章句》：“正，平也，则，法也。”公正的法则。⑧〔灵均〕灵，即神灵的意思。《章句》：“灵，神也。”均，即均匀、公平的意思。灵均，实为一带有神灵身份、神性色彩的名字。按，正则、灵均，是辞赋里用的假名。《通释》：“隐其名取其义，以属辞赋体然也。”⑨〔纷〕多的样子。在句子中是定语，修饰“内美”。现提到主语之前，这是楚辞中常见的特殊用法。〔此〕指上文的“三寅”和出身，以及嘉名。〔内美〕指先天具有的良好质素。《集注》：“生得日月之良，是天赋我美质于内也。”　⑩〔重〕加上。〔修能〕闻一多《楚辞校补》：“能、态古字通。下文‘扈江离与辟芷兮，纫秋兰以为佩’。即承此言之。”修能，即修态。修饰的美态。是与内美相对的后天的修饰，指人对道德品质和学术的修养。　⑪〔扈〕《章句》：“扈，被也。楚人名被为扈。”即披。〔江离〕香草名。即川芎。〔辟〕同“僻”。幽僻。〔芷〕香草名。即白芷。辟芷，生长在幽僻处的芷草。　⑫〔纫〕《山带阁注》：“结也。”动词。把香草结成索。〔兰〕香草名。秋兰，秋天开花的兰草。〔佩〕名词。身上的饰物。　⑬〔汨〕（yù）《章句》：“汨，去貌。疾若水流也。”比喻时光如逝水。　⑭〔与〕待。不吾与，不等待我。　⑮〔搴〕（qiān）拔取。〔阰〕（pí）土坡。王闿运《楚辞释》：“阰，毗也。山坡相连处也。”〔木兰〕香木名。又名辛夷。　⑯〔揽〕采。〔洲〕《章句》：“水中可居者曰洲。”〔宿莽〕《章句》：“草冬生不死者，楚人名曰宿莽。”洲，一本作中洲。⑰〔日月〕指时光。〔忽〕形容时光迅速。〔淹〕久留。⑱〔代序〕代谢。《章句》：“春往秋来，以次相代。”　⑲〔惟〕想到。⑳〔美人〕钱澄之《屈诂》：“美人自况是是。”一说指楚怀王。一说指

贤士。〔迟暮〕年老。　㉑〔不〕"何不"的省文。〔抚〕徐焕龙《屈辞洗髓》："抚，凭也。"〔壮〕朱冀《离骚辩》："壮者，强也，盛也。以国势而言。"抚壮，应理解为凭借楚国的民心士气及其优越条件。〔弃〕扬弃。〔秽〕秽政。朱冀《离骚辩》："秽者，政事之杂乱，如草之荒秽而不治。"　㉒〔此度〕指现行的政治法度。一本无"乎"字。　㉓〔骐骥〕骏马。比喻贤臣。　㉔〔来〕钱杲之《离骚集传》："来，引导之辞。"〔道〕黄文焕《楚辞听直》："道，引也。"引导。〔先路〕前驱。《章句》："言己如得任用，将驱先行，愿来随我，遂为君导入圣王之道也。"

按：全文共分三大段。以上是第一大段的第一层：诗人叙述家世出身，生辰名字，以及自己如何积极自修，锻炼品质和才能，并决心辅助楚王进行政治改革，使国家富强起来。

昔三后之纯粹兮，①	从前三后公正德行完美，
固众芳之所在。②	所以群贤都在那里聚会。
杂申椒与菌桂兮，③	杂聚申椒菌桂似的人物，
岂维纫夫蕙茞？④	岂止联系优秀的茞和蕙。
彼尧舜之耿介兮，⑤	唐尧虞舜多么光明正直，
既遵道而得路。⑥	他们沿着正道登上坦途。
何桀纣之猖披兮，⑦	夏桀殷纣多么狂妄邪恶，
夫唯捷径以窘步。⑧	贪图捷径落得走投无路。
惟夫党人之偷乐兮，⑨	结党营私的人苟安享乐，
路幽昧以险隘。⑩	他们的前途黑暗而险阻。
岂余身之惮殃兮，⑪	难道我害怕招灾惹祸吗，
恐皇舆之败绩！⑫	我只担心祖国为此覆没。
忽奔走以先后兮，⑬	前前后后我奔走照料啊，
及前王之踵武。⑭	希望君王赶上先王脚步。
荃不察余之中情兮，⑮	你不深入了解我的忠心，
反信谗而齌怒。⑯	反而听信谗言对我发怒。
余固知謇謇之为患兮，⑰	我早知道忠言直谏有祸，
忍而不能舍也。⑱	原想忍耐却又控制不住。

指九天以为正兮，⑲　　上指苍天请它给我作证，
夫唯灵修之故也！⑳　　一切都为了君王的缘故。
初既与余成言兮，㉑　　你以前既然和我有成约，
后悔遁而有他。㉒　　现另有打算又追悔当初。
余既不难夫离别兮，㉓　　我并不难于与你别离啊，
伤灵修之数化。㉔　　只是伤心你的反反复复。

①〔三后〕后，君。《章句》："谓禹、汤、文王也。"朱熹在《集注》
中原同王说，但在《辩证》中又说："疑谓三皇，或少昊、颛顼、高辛也。"《通
释》："三后，旧说以为三王，或鬻熊，熊绎，庄王也。"清儒戴震及近
人马其昶均主张三后为楚先君熊绎、若敖、蚡冒三人。此说较妥。〔纯粹〕
没有杂质。指德行完美，公正无私。　　②〔众芳〕即指下文的椒、桂、蕙、
茝等香草。比喻群贤。　　③〔杂〕动词。杂用；兼有。〔申椒〕申地的椒。
椒，花椒。落叶灌木，所结的子即称为花椒，是一种香料。〔菌桂〕肉桂。
桂树的一种，树干正圆如竹，皮薄可卷，也是一种香料。按，椒桂都带有
辣味，比喻直言急谏之臣。林云铭《楚辞灯》："椒桂带辣气，以其香犹
用之，不但用纯香之蕙茝而已。"　　④〔维〕通"唯"。只，仅仅。〔纫〕
动词。结成绳索。〔夫〕彼。按，以上两句比喻三后求贤的普遍和贤才的
众多。　　⑤〔耿介〕光明正大。　　⑥〔道〕正道。正确的道理。〔路〕比
喻治国的正确途径。　　⑦〔何〕何等。是"猖披"的状语，现提到主语之
前，这也是《楚辞》中常见的特殊句型。〔猖披〕游国恩《离骚纂义》："猖
披本当作裮被……盖裮被二字以比肆行不谨。"　　⑧〔捷径〕《补注》：
"捷，邪出也。《论语》曰：'行不由径。'径，步道也。"〔窘步〕汪
瑗《楚辞集解》："谓不由正道而所行蹙迫，多蹄仆之虞也。"　　⑨〔夫〕
代词。彼。〔党人〕钱杲之《离骚集传》："谓时小人相为朋党者。"即
指当时结党营私的腐朽贵族集团。〔偷乐〕苟安享乐。　　⑩〔路〕比喻国
家以及他们的前途。〔幽昧〕昏暗不明。〔隘〕狭窄。　　⑪〔惮〕畏惧。
〔殃〕灾难。　　⑫〔皇舆〕《章句》："皇，君也。舆，君之所乘，以喻
国也。"〔败绩〕戴震《屈原赋注》："车覆曰败绩。"这里指国家颠覆。
⑬〔忽〕匆匆忙忙的样子。〔先后〕动词。跑前跑后。　　⑭〔及〕赶上。
〔踵武〕《集注》："踵，足跟也。武，迹也。"　　⑮〔荃〕香草名。《章

句》：“以喻君也。”这里指楚怀王。〔中情〕内心。　⑯〔齌〕（jì）本义是用急火煮饭的意思。《说文》：“齌，炊𩱦疾也。”齌怒，盛怒、暴怒。形容怒火很大。　⑰〔謇謇〕（jiǎn）朱冀《离骚辩》：“直言貌。”⑱〔舍〕控制、止。　⑲〔九天〕《集注》：“天有九重也。”〔正〕通“证”。　⑳〔灵修〕《集注》：“言其有明智而善修饰，盖妇悦其夫之称，亦托词以寓意于君也。”这里指楚怀王。在这句之后，有的版本尚有“曰黄昏以为期兮，羌中道而改路”二句。　㉑〔初〕当初。〔成言〕约定。　㉒〔悔〕翻悔。〔遁〕变心。〔有他〕有了另外的打算。　㉓〔离别〕指离开楚怀王。　㉔〔数化〕《章句》：“志数变易，无常操也。”

　　按：这是第一大段的第二层。诗人阐明自己的政治观点和立场，以及这种政治观点不为楚王采纳的痛苦心情。

余既滋兰之九畹兮，①	我已经栽培了很多春兰，
又树蕙之百亩。②	又种植香草秋蕙一大片。
畦留夷与揭车兮，③	分垄培植了留夷和揭车，
杂杜衡与芳芷。④	还把杜衡芳芷套种其间。
冀枝叶之峻茂兮，⑤	我希望它们都枝繁叶茂，
愿竢时乎吾将刈。⑥	等待着我收割的那一天。
虽萎绝其亦何伤兮，⑦	它们枯萎死绝有何伤害，
哀众芳之芜秽。⑧	使我痛心的是它们质变。
众皆竞进以贪婪兮，⑨	大家都拼命争着向上爬，
凭不厌乎求索。⑩	利欲熏心而又贪得无厌。
羌内恕己以量人兮，⑪	他们猜疑别人宽恕自己，
各兴心而嫉妒。⑫	他们钩心斗角相互妒忌。
忽驰骛以追逐兮，⑬	急于奔走钻营争权夺利，
非余心之所急。⑭	这些不是我追求的东西。
老冉冉其将至兮，⑮	只觉得老年在渐渐来临，
恐修名之不立。⑯	担心美好名声不能树立。
朝饮木兰之坠露兮，	早晨我饮木兰上的露滴，
夕餐秋菊之落英。⑰	晚上我用菊花残瓣充饥。

苟余情其信姱以练要兮，^⑱　只要我的情感坚贞不渝，
长颇颔亦何伤？^⑲　　　形销骨立又有什么关系？
擥木根以结茝兮，^⑳　　我用树木的根编结茝草，
贯薜荔之落蕊。^㉑　　　再把薜荔花蕊穿在一起。
矫菌桂以纫蕙兮，^㉒　　我拿菌桂枝条联结蕙草，
索胡绳之纚纚。^㉓　　　胡绳搓成绳索又长又好。
謇吾法夫前修兮，^㉔　　我向古代的圣贤学习啊，
非世俗之所服。^㉕　　　不是世间俗人能够做到。
虽不周于今之人兮，^㉖　我与现在的人虽不相容，
愿依彭咸之遗则。^㉗　　我却愿依照彭咸的遗教。

①〔滋〕栽种。〔畹〕（wǎn）《章句》："十二亩曰畹。"《说文》说，一畹三十亩。九畹，表示栽种得多。九是虚数。　②〔树〕种。〔百亩〕也是种得很多的意思。　③〔畦〕田垄。用作动词。指一垄一垄地种植。〔留夷〕香草名。即芍药。〔揭车〕香草名。高数尺，白花，味辛。　④〔杂〕动词。套种。〔杜衡〕香草。俗称马蹄香。〔芳芷〕即白芷。按：以上四句用种植香草比喻培养人才。　⑤〔冀〕希望。〔峻茂〕高大茂盛。　⑥〔竢〕同"俟"。等待。〔刈〕割。指收割。　⑦〔萎绝〕《章句》："萎，病也。绝，落也。"萎绝，枯萎凋落。〔其〕句中语气词，表示反问。　⑧〔芜秽〕汪瑗《楚辞集解》："芜秽，荒废也。"原指长满荒草，这里比喻人才变质。李光地《离骚经注》："言我昔者有志于为国培植、冀其及时收用。今则不伤其萎绝，而哀其芜秽。虽萎绝，芳性犹在也。芜秽，则将化而萧艾，是乃重可哀已。"　⑨〔竞进〕争先恐后地向上爬。〔贪婪〕《章句》："爱财曰贪，爱食曰婪。"　⑩〔凭〕《章句》："楚人名满曰凭。"形容求索之甚。〔求索〕指对权势财富的追求索取。　⑪〔羌〕《章句》："楚人语词也。"〔恕己〕钱杲之《离骚集传》："不责己也。"内恕己，意思是对待自己宽容。〔量〕估量；揣度。　⑫〔兴心〕《章句》："兴，生也。"即起意。　⑬〔忽〕急。〔驰骛〕（—wù）汪瑗《楚辞集解》："乱走也。"即狂奔乱跑。〔追逐〕指追求权势和财富。　⑭〔所急〕急迫的事。　⑮〔老〕指老年。〔冉冉〕渐渐。〔其〕句中语气词，表示揣测。　⑯〔修名〕游国恩《离骚纂义》："修名者，美名也。"

⑰〔落英〕零落的花。一说初生的花。游国恩《离骚纂义》："此二句坠露落英，本为对文，词恉显然，无待深求。" ⑱〔苟〕只要。〔信〕果真。〔姱〕（kuā）美好。〔练要〕游国恩《离骚纂义》："练要为简练于要道也。"意思是思想感情精练明确，集中于主要的东西。 ⑲〔顑颔〕（kǎn hàn）《补注》："食不饱，面黄貌。" ⑳〔木根〕香木的根。 ㉑〔贯〕串连。〔薜荔〕（bì lì）香木名，常绿灌木，蔓生，亦名木莲，俗名木馒头。 ㉒〔矫〕举、拿。 ㉓〔索〕动词。搓绳。〔胡绳〕一种蔓生香草。〔纚纚〕（shǐ）又长又好的样子。 ㉔〔謇〕（jiǎn）楚方言。发语词。《山带阁注》："謇，语词。"〔法〕效法。〔前修〕汪瑗《楚辞集解》："前代修习道德之圣贤也。" ㉕〔服〕做，从事。 ㉖〔周〕相容；合。 ㉗〔依〕依照。〔彭咸〕《章句》："彭咸，殷贤大夫，谏其君不听，自投水而死。"〔遗则〕留下的榜样，遗留的教诲。

按：这是第一大段的第三层。写自己为国家培养人才，但在"众皆竞进以贪婪"的环境中，群芳芜秽了。自己却要积极自修，依照彭咸的遗教去做。

长太息以掩涕兮，	我揩着眼泪啊声声长叹，
哀民生之多艰。①	可怜人生道路多么艰难。
余虽好修姱以鞿羁兮，②	我虽爱好修洁严于责己，
謇朝谇而夕替。③	早晨被辱骂晚上又丢官。
既替余以蕙纕兮，④	他们攻击我佩带蕙草啊，
又申之以揽茝。⑤	又指责我爱好采集茝兰。
亦余心之所善兮，	这是我心中追求的东西，
虽九死其犹未悔！⑥	就是多次死亡也不后悔！
怨灵修之浩荡兮，⑦	怨就怨楚王这样糊涂啊，
终不察夫民心。⑧	他始终不体察别人心情。
众女嫉余之蛾眉兮，⑨	那些女人妒忌我的丰姿，
谣诼谓余以善淫。⑩	造谣诬蔑说我妖艳好淫。
固时俗之工巧兮，	庸人本来善于投机取巧，
偭规矩而改错。⑪	背弃规矩而又改变政策。

背绳墨以追曲兮，⑫　　违背是非标准追求邪曲，
竞周容以为度。⑬　　　　争着苟合取悦作为法则。
忳郁邑余侘傺兮，⑭　　忧愁烦闷啊我失意不安，
吾独穷困乎此时也。⑮　现在孤独穷困多么艰难。
宁溘死以流亡兮，⑮　　宁可马上死去魂魄离散，
余不忍为此态也！　　　媚俗取巧啊我坚决不干！
鸷鸟之不群兮，⑯　　　雄鹰不与那些燕雀同群，
自前世而固然。　　　　原本自古以来就是这般。
何方圜之能周兮，　　　方和圆怎能够互相配合，
夫孰异道而相安？⑰　　志向不同何能彼此相安？
屈心而抑志兮，⑱　　　宁愿委曲心志压抑情感，
忍尤而攘诟。⑲　　　　宁把斥责咒骂通通承担。
伏清白以死直兮，⑳　　保持清白节操死于直道，
固前圣之所厚！㉑　　　这本为古代圣贤所称赞！

①〔民生〕游国恩《离骚纂义》：“民生即人生。”　②〔轫羁〕（jī jī）《集注》：“言自绳束，不放纵也。”〔修姱〕《补注》：“谓修洁而姱美也。”　③〔谇〕（suì）《山带阁注》：“谇，诟也。”〔替〕废弃。（近人陆侃如、游国恩主此说，见《楚辞选译》）　④〔替〕潜。即捏造事实，背后说人坏话。（游国恩《离骚纂义》主此说）〔缠〕《章句》：“佩带也。”　⑤〔申〕加上。　⑥〔九死〕死亡多次。　⑦〔浩荡〕《章句》：“浩犹浩浩，荡犹荡荡。无思虑貌。”原是指水很大，泛滥横流，这里指楚王行为放纵，变化无常，毫无思虑。有糊涂的意思。　⑧〔民心〕人心。楚辞中“民”多指“人”。　⑨〔蛾眉〕指蚕蛾的触角，细长而弯曲。这里比喻女子的秀丽，她的眉毛就像蚕蛾的触角一样。蛾眉是古代美貌的象征。　⑩〔谣诼〕（—zhuó）游国恩《离骚纂义》：“谣诼即造谣中伤之意。”　⑪〔偭〕（miǎn）违背。〔规矩〕指法度。〔错〕同“措”，措施。⑫〔绳墨〕木工用的墨斗墨线，是定直线的工具。引申为判断是非的标准。⑬〔竞〕争着。〔周容〕苟合取悦于人。〔度〕法则。　⑭〔忳〕（tún）忧愁很深的样子。〔郁邑〕烦恼苦闷。〔侘傺〕（chà chì）《章句》：“失

志貌。"游国恩《离骚纂义》："此文以余字位于句中，盖倒装文法。'忳郁邑余侘傺'者，即'余忳郁邑而侘傺'之谓也，言我忧郁而失志，无聊赖也。" ⑮〔流亡〕其义不详。《章句》对此句解释为："宁奄然而死，形体流亡。"在《惜往日》中解释为："意欲淹没，随水去也。"两处都不作"流放""放逐"解。姜亮夫《屈原赋校注》认为两处应解释为"淹忽而死，随水以去"。郭沫若《屈原赋今译》译此句为"我就淹然死去而魂离魄散"。《惜往日》中译为"我宁肯死去随流水"。现采用郭沫若第一说。 ⑯〔鸷鸟〕《章句》："鸷，执也。谓能执伏众鸟，鹰鹗之类也，以喻忠正。" ⑰〔异道〕志向不同。 ⑱〔屈心〕委曲心志。〔抑志〕抑制情感。 ⑲〔尤〕责怪。〔攘〕（rǎng）容忍退让的意思。〔诟〕（gòu）咒骂。 ⑳〔伏〕同"服"，保持。〔死直〕为直道而死。 ㉑〔厚〕嘉许、称赞。

按：这是第一大段的第四层。由于楚王的昏聩，群小的谗毁，自己在这混浊的世间感到很孤独，但是矢志不屈，甘愿"伏清白以死直"，也不"背绳墨而追曲"。

悔相道之不察兮，①
延伫乎吾将反。②
回朕车以复路兮，③
及行迷之未远。④
步余马于兰皋兮，⑤
驰椒丘且焉止息。⑥
进不入以离尤兮，⑦
退将复修吾初服。⑧
制芰荷以为衣兮，⑨
集芙蓉以为裳。⑩
不吾知其亦已兮，⑪
苟余情其信芳。⑫
高余冠之岌岌兮，⑬
长余佩之陆离。⑭

后悔当初不曾看清前途，
迟疑了一阵我又将回头。
掉转我的车走回原路啊，
趁着迷途未远赶快罢休。
我打马在兰草水边行走，
跑上椒木小山暂且停留。
既然进取不成反而获罪，
那就回来把我旧服重修。
我要把菱叶裁剪成上衣，
我并用荷花把下裳织就。
没有人了解我也就罢了，
只要内心真正馥郁芳柔。
把我的帽子加得高高的，
把我的佩带增得长悠悠。

芳与泽其杂糅兮，[15]
唯昭质其犹未亏。[16]
忽反顾以游目兮，[17]
将往观乎四荒。[18]
佩缤纷其繁饰兮，[19]
芳菲菲其弥章。[20]
民生各有所乐兮，[21]
余独好修以为常。[22]
虽体解吾犹未变兮，[23]
岂余心之可惩！[24]

虽然芳洁污垢混杂一起，
只有纯洁品质不会腐朽。
我忽然回头啊纵目远望，
我将游观四面遥远地方。
佩着五彩缤纷华丽装饰，
散发出一阵阵浓郁清香。
人们各有自己的爱好啊，
我独爱好修饰习以为常。
即使粉身碎骨也不改变，
难道我能受警戒而彷徨！

①〔相道〕（xiàng—）看路。　②〔延伫〕（—zhù）《章句》："延，长也。伫，立貌。"长时间站立。这里是迟疑不决的意思。　③〔复路〕走回原路。　④〔行迷〕迷路。　⑤〔皋〕（gāo）水边的陆地。兰皋，长有兰草的水边。　⑥〔椒丘〕长有椒木的小山。〔焉〕在那里。　⑦〔进不入〕即"进而不入"。意思是虽然进仕于朝廷，却未被楚王真正信任和接纳。游国恩《离骚纂义》："谓进仕而未合于君。"〔离〕通"罹"，遭到。　⑧〔初服〕即篇首的扈离纫兰。在篇首为朝搴夕揽，这里就是指荷衣蓉裳。比喻继续进修原来的品德。　⑨〔制〕剪裁。〔芰荷〕（jì—）菱。　⑩〔芙蓉〕荷花。　⑪〔不吾知〕即"不知吾"。否定句中代词宾语提前。　⑫〔信芳〕真正芳洁。　⑬〔岌岌〕（jí）高耸的样子。　⑭〔陆离〕王念孙《读书杂志》："陆离有二义，一为参差貌；一为长貌。下文云，'纷总总其离合兮，斑陆离其上下'……皆参差之貌也。此云'高余冠之岌岌兮，长余佩之陆离'，岌岌为高貌，则陆离为长貌，非谓参差也。"　⑮〔芳〕指香洁的东西。〔泽〕汉刘熙《释名·释衣服》："汗衣，近身受汗垢之衣也。《诗》谓之泽（见《秦风无衣》），受汗泽也。"泽，汗衣，引申为污垢的意思。（本郭沫若说）〔糅〕（róu）掺合。按，芳泽杂糅，是比喻贤士和佞臣同处朝廷。　⑯〔昭质〕光辉纯洁的品质。⑰〔游目〕纵目远眺。⑱〔四荒〕《章句》："荒，远也。"四荒，指四面遥远的地方。按，这两句是下文"上下求索"的伏笔。⑲〔缤纷〕《章句》："盛貌。"　⑳〔菲菲〕《章句》："犹勃勃。"即香气浓烈。

〔章〕同"彰"。弥章，更加显著。 ㉑〔民生〕人生。一说人性。 ㉒〔好修〕爱好修饰。即比喻加强自己道德品质和学术的修养。 ㉓〔体解〕即肢解。 ㉔〔惩〕警戒。刘梦鹏《屈子章句》："惩，犹戒也。"

按：这是第一大段的第五层。理想既然不能实现，就回来加强自修，在任何情况下也不放弃自己的理想。

又按：从开头至此是全篇的第一大段。在这一大段中，诗人自叙身世、德才和理想，以及辅助楚王进行政治改革的斗争。但因贵族群小的围攻迫害、楚王听信谗言而不能实现理想。诗人并没有屈服，他向腐朽的反动势力进行了猛烈的抨击，并且仍决心坚持自己的道德情操和政治理想。

以下两段是描写诗人对未来道路的探索。它是诗人内心深处一层又一层展开的矛盾、彷徨、苦闷与追求，以及思想斗争过程。因此，写的都只是一种思想意识的反映，并非叙述事实。

女媭之婵媛兮，①　　　　　　姐姐对我遭遇十分关切，
申申其詈予。②　　　　　　　她曾经一再地向我告诫。
曰："鲧婞直以亡身兮，③　　她说："鲧太刚直不顾性命，
终然殀乎羽之野。④　　　　　结果被杀死在羽山荒野。
汝何博謇而好修兮，⑤　　　　你何忠言无忌爱好修饰，
纷独有此姱节。⑥　　　　　　还独有很多美好的节操。
薋菉葹以盈室兮，⑦　　　　　满屋堆着都是普通花草，
判独离而不服。⑧　　　　　　你却与众不同不肯佩用。
众不可户说兮，⑨　　　　　　众人无法挨家挨户说明，
孰云察余之中情？⑩　　　　　谁会来详察我们的本心。
世并举而好朋兮，⑪　　　　　世上的人都爱成群结伙，
夫何茕独而不予听？"⑫　　　为何对我的话总是不听？"
依前圣以节中兮，⑬　　　　　我以先圣行为节制性情，
喟凭心而历兹。⑭　　　　　　愤懑心情至今不能平静。
济沅湘以南征兮，⑮　　　　　渡过沅水湘水向南走去，
就重华而陈词：　　　　　　　我要对虞舜把道理讲清：
"启《九辩》与《九歌》兮，⑯　"夏启偷得《九辩》和《九歌》啊，

夏康娱以自纵。⑰

不顾难以图后兮，⑱
五子用失乎家巷。⑲

羿淫游以佚畋兮，⑳
又好射夫封狐。㉑

固乱流其鲜终兮，㉒
浞又贪夫厥家。㉓

浇身被服强圉兮，㉔
纵欲而不忍。

日康娱以自忘兮，
厥首用夫颠陨。㉕

夏桀之常违兮，㉖
乃遂焉而逢殃。㉗

后辛之菹醢兮，㉘
殷宗用而不长。㉙

汤禹俨而祗敬兮，㉚
周论道而莫差。㉛

举贤而授能兮，㉜
循绳墨而不颇。㉝

皇天无私阿兮，㉞
览民德焉错辅。㉟

夫维圣哲以茂行兮，㊱
苟得用此下土。㊲

瞻前而顾后兮，
相观民之计极。㊳

夫孰非义而可用兮，
孰非善而可服？

阽余身而危死兮，㊴
览余初其犹未悔。

他寻欢作乐而放纵忘情。

不考虑将来看不到危难，
因此武观得以酿成内乱。

后羿爱好田猎溺于游乐，
又特别喜欢射杀大狐狸。

本来淫乱之徒无好结果，
寒浞杀羿把他妻子霸占。

寒浇自恃有强大的力气，
放纵情欲不肯节制自己。

天天寻欢作乐忘掉自身，
因此他的脑袋终于落地。

夏桀行为总是违背常理，
结果灾殃也就难以躲避。

纣王把忠良剁成肉酱啊，
殷朝天下因此不能久长。

商汤夏禹态度严肃恭敬，
正确讲究道理还有文王。

他们都能选拔贤者能人，
遵循一定准则不会走样。

上天对一切都公正无私，
见有德的人就给予扶持。

只有古代圣王德行高尚，
才能够享有天下的土地。

回顾过去啊把将来瞻望，
观察做人根本打算怎样。

哪有不义的事可以去干，
哪有不善的事应该担当？

我虽然面临死亡的危险，
毫不后悔自己当初志向。

不量凿而正枘兮，⑩　　　　不度量凿眼就削正榫头，
固前修以菹醢。"　　　　前代的贤人正因此遭殃。"
曾歔欷余郁邑兮，⑪　　　　我泣声不绝啊烦恼悲伤，
哀朕时之不当。⑫　　　　哀叹自己未逢美好时光。
揽茹蕙以掩涕兮，⑬　　　　拿着柔软蕙草揩抹眼泪，
沾余襟之浪浪。⑭　　　　热泪滚滚沾湿我的衣裳。

①〔女媭〕《章句》："女媭，屈原姊也。"《说文》引贾逵说："楚人谓姊为媭。"一说是侍妾。汪瑗《楚辞集解》："媭者，贱妾之称。"郭沫若《屈原赋今译》则引申为"女伴"，并疑女媭是屈原的侍女。按，从《离骚》文例来看，女媭应是屈原虚构的一个"老大姐"式的人物，并不是实指。〔婵媛〕《集注》："婵媛，眷恋牵持之貌。"是多情、关切的意思。一说是因说话愤急而喘息的样子。游国恩《离骚纂义》："婵媛者，盖啴咺之借字。《方言》凡怒而噎噎谓之胁阋，南楚江湘之间谓之啴咺。疑即此文婵媛之义。"　②〔申申〕陆时雍《楚辞疏》："申申，繁絮貌。"即一再地。〔詈〕（lì）责备。引申为劝戒。　③〔鲧〕（gǔn）禹的父亲。颛顼的后代。相传鲧偷了天帝的息壤来治洪水，被天帝杀死在羽山的郊野。〔婞直〕周拱辰《离骚草木史》："婞直，刚愎倔强。"婞（xìng）同"悻"。〔亡身〕王闿运《楚辞释》："亡身当作忘身。"意思是不顾自身的安危。　④〔殀〕（yāo）死。〔羽〕羽山。神话中的地名，传说在东海之滨。　⑤〔博謇〕钱澄之《屈诂》："謇，难于言而必欲言也。博謇，知无不言。"意思是在各种事情上都实话实说。博，广泛、多方面。謇，直言。　⑥〔姱节〕美好的节操。　⑦〔薋〕（zī）《说文》："草多貌。"即积聚之义。〔菉〕（lù）草名。亦名王刍、淡竹叶。〔葹〕（shī）草名，即苍耳。菉、葹都是普通的草。戴震《屈原赋注》："喻众之所尚，原独判然舍弃之。"　⑧〔判〕与众不同的样子。〔服〕佩用。　⑨〔户说〕一家一户地说明。　⑩〔余〕咱们。这是女媭站在屈原一边说话的口气。　⑪〔世并举〕世俗的人彼此标榜。〔好朋〕朋，朋党，爱好成群结伙。　⑫〔茕〕（qióng）《章句》："孤也"。〔不予听〕即"不听予"。按，女媭的话到此为止。　⑬〔节中〕《章句》："言己所言，皆依前世圣人之法，节其中和。"节，节度、节制。中，中和。一说折中，不偏不倚，

没有偏差。另一说节制内心。　⑭〔喟〕（kuì）叹息。〔凭〕满。指愤懑。〔历兹〕至今。《章句》："喟然舒愤懑之心……"　⑮〔就〕投向。〔重华〕虞舜的名。传说舜是重瞳子。《淮南子》："舜二瞳子，是谓重明。"也就是说双目有异于常人的光彩。重华，就是重明而丽乎正的意思。华就是丽，也就是明。所以舜称重华。相传虞舜葬在九疑山。在今湖南南部宁远县境内。即在沅水、湘水之南。所以向重华陈词要渡过沅湘南行。《山带阁注》："因女媭之言而自疑，故就前圣以正之。又以鲧为舜所殛，而九疑于楚为近，故正之于舜也。"　⑯〔启〕指夏启，禹的儿子，继禹为君。〔九辩〕〔九歌〕乐曲名。《补注》："《山海经》云，夏后上三嫔于天，得《九辩》《九歌》以下。注云，皆天帝乐名，启登天而窃之以下，用之。"按，从这句开始，即向重华所陈之词。　⑰〔夏〕指夏启。〔康娱〕寻欢作乐。按，《章句》误以夏康连读，解为太康（即启的儿子）。在《离骚》中康娱二字连用有三处。知实出于误会。〔自纵〕放纵自己。　⑱〔顾难〕（—nàn）看到危难。〔图后〕考虑将来。　⑲〔五子〕游国恩《离骚纂义》："五子者，即五观。亦即武观。启之奸子。"一说夏启的五个儿子。〔用〕因此。〔失〕王引之说："五子用失乎家巷，失字因王注而衍。"（附见王念孙《读书杂志》）〔家巷〕（—hōng）王引之："巷，读《孟子》邹与鲁哄之哄。刘熙曰，哄，构也。构兵以斗也。五子作乱，故云家哄。"（见王念孙《读书杂志》）按，根据《竹书纪年》载，夏启十年至十一年间，他的第五个儿子武观被放逐到西河。至十五年，武观在西河发动叛乱。　⑳〔羿〕（yì）善射的后羿。相传是夏代有穷国的君主，曾起兵推翻夏启之子太康。〔畋〕（tián）打猎。　㉑〔封狐〕大狐狸。　㉒〔乱流〕淫乱之徒。　㉓〔浞〕（zhuó）人名。即寒浞，羿的相。按，据《左传襄公四年》《路史后纪》《淮南子》等书记载：寒浞因贪恋羿的妻子，勾结羿的家臣逢蒙等人把羿杀死。　㉔〔浇〕寒浞的儿子。〔被服〕即披服。引申为身上具有的意思。〔强圉〕《章句》："多力也。"传说浇勇猛有力，曾起兵灭了斟（zhēn）灌、斟寻二族，杀死逃在那里的夏相（太康之侄，仲康之子）。后来又被夏相的儿子少康杀死。　㉕〔厥〕指浇。〔颠陨〕坠落。　㉖〔常违〕"违常"的例文，违背常规。　㉗〔遂焉〕于是就这样。一说遂是地名。朱骏声《离骚补注》："遂，聆遂也。地名。"说桀在遂地遇到灾殃。〔逢殃〕据《史记·夏本纪》夏桀被汤放逐于南巢（今安徽巢湖市附近），因而亡国。　㉘〔后辛〕即殷纣王。〔菹醢〕（jū hǎi）古代酷刑，把人剁碎做成肉酱。

据《史记·殷本纪》载：纣王杀比干，醢梅伯，终致亡国。 ㉙〔宗〕宗
祀。殷宗，殷朝的天下。 ㉚〔俨〕（yǎn）严肃。〔祗〕（zhī）与敬同义。
㉛〔周〕指周初的文王、武王。〔论道〕讲究道理。〔莫差〕正确无误。
㉜〔举〕选拔。〔授能〕把政事交给有才能的人。 ㉝〔循〕遵循。〔颇〕
偏差。 ㉞〔阿〕偏袒。 ㉟〔错〕同"措"，安排。〔辅〕辅助。 ㊱
〔圣哲〕指古代有德行才智的帝王。〔茂行〕德行的多和好。 ㊲〔苟得〕
才能够。〔用〕享有。〔下土〕即天下。相对上天而言。 ㊳〔相观〕观察。
〔计极〕游国恩《离骚纂义》："盖计极者，即极计……极计云者，犹言
极则。"即最终的、最根本的打算。 ㊴〔阽〕（diàn）面临危险。阽余
身，即余身阽。〔危死〕濒于死亡。 ㊵〔凿〕器物的孔眼，安放榫（sǔn）
头的地方。〔枘〕（ruì）榫头。 ㊶〔曾〕通"增"，愈加。〔歔欷〕（xū
xī）悲泣的声音。〔郁邑〕烦恼苦闷。 ㊷〔时之不当〕等于说生不逢时。
㊸〔茹〕柔软。 ㊹〔浪浪〕泪流不止的样子。

　　按：这是第二大段的第一层。因女嬃的劝诫，不得已去向重华陈述
自己的意见，诗人引用了前几朝的一系列史实来阐明自己的政治思想。

跪敷衽以陈辞兮，①	铺开衣襟跪着慢慢细讲，
耿吾既得此中正。②	我已获得正道心里亮堂。
驷玉虬以乘鹥兮，③	驾驭着玉虬啊乘着凤车，
溘埃风余上征。④	飘忽离开尘世飞到天上。
朝发轫于苍梧兮，⑤	早晨从南方的苍梧出发，
夕余至乎县圃。⑥	傍晚就到达了昆仑山上。
欲少留此灵琐兮，⑦	我本想在灵琐稍事逗留，
日忽忽其将暮。⑧	夕阳西下已经暮色苍茫。
吾令羲和弭节兮，⑨	我命令羲和停鞭慢行啊，
望崦嵫而勿迫。⑩	莫叫太阳迫近崦嵫山旁。
路曼曼其修远兮，⑪	前面的道路啊又远又长，
吾将上下而求索。⑫	我将上上下下追求理想。
饮余马于咸池兮，⑬	让我的马在咸池里饮水，
总余辔乎扶桑。⑭	把马缰绳拴在扶桑树上。

折若木以拂日兮，⑮　　折下若木枝来挡住太阳，
聊逍遥以相羊。⑯　　　我可以暂且从容地徜徉。
前望舒使先驱兮，⑰　　叫前面的望舒作为先驱，
后飞廉使奔属。⑱　　　让后面的飞廉紧紧跟上。
鸾皇为余先戒兮，⑲　　鸾鸟凤凰为我在前戒备，
雷师告余以未具。⑳　　雷师却说还没安排停当。
吾令凤鸟飞腾兮，　　　我命令凤凰展翅飞腾啊，
继之以日夜。　　　　　要日以继夜地不停飞翔。
飘风屯其相离兮，㉑　　旋风结聚起来互相靠拢，
帅云霓而来御。㉒　　　它率领着云霓向我迎上。
纷总总其离合兮，㉓　　云霓越聚越多忽离忽合，
斑陆离其上下。㉔　　　五光十色上下飘浮荡漾。
吾令帝阍开关兮，㉕　　我叫天门守卫把门打开，
倚阊阖而望予。㉖　　　他却倚靠天门把我呆望。
时暧暧其将罢兮，㉗　　日色渐暗时间已经晚了，
结幽兰而延伫。㉘　　　我纽结着幽兰久久徜徉。
世溷浊而不分兮，㉙　　这个世道混浊善恶不分，
好蔽美而嫉妒。　　　　喜欢嫉妒别人抹煞所长。

①〔衽〕衣服的前襟。　②〔耿〕《章句》："耿，明也。"明亮的样子。〔中正〕汪瑗《楚辞集解》："中者无过不及之谓，正者不偏不倚之谓，指已所陈之词得圣人中正之道也。"　③〔驷〕古代用四匹马驾车。这四匹马叫驷。这里作动词，驾乘四马。〔虬〕（qiú）传说中无角的龙。玉虬，带有玉饰的虬。〔鹥〕（yī）《章句》："凤凰别名也。"　④〔溘〕（kè）有两解：一、《章句》："溘，犹掩也。"掩埃风，即乘着有尘埃的大风。二、《集注》："奄忽也。"迅速的样子。溘埃风，即迅速地乘着尘风向天上飞行。　⑤〔轫〕（rèn）停车时用来阻止车轮转动的一块木头，行车时先把轫移开。所以"发轫"引申为"动身"启程的意思。〔苍梧〕即九疑山。　⑥〔县圃〕《章句》："县圃，神山。在昆仑之上。"　⑦〔灵琐〕琐，本指宫殿的门上雕刻的花纹。这里指门。因县

圃是神仙所居，所以它的门称为"灵琐"。《章句》："琐，门镂也。……一云灵，神之所在也。" ⑧〔忽忽〕很快地。 ⑨〔羲和〕神话中的人物。传说是给太阳驾车的。《章句》："羲和，日御也。"〔弭节〕停鞭徐行。 ⑩〔崦嵫〕（yān zī）《章句》："崦嵫日所入山也。" ⑪〔曼曼〕同"漫漫"。形容路远。 ⑫〔求索〕寻求。按，求索的对象是什么？一、《章句》："以求索贤人，与己合志者也。"二、《集注》："求索，求贤君也。"三、王邦采《离骚汇订》："求天帝之所在也。"四、林庚《中国历代诗歌选》："指寻求理想中的人。"五、魏炯若《离骚发微》："上，天上。喻求楚王。下，人间。下索能理解他的政治理想的贵族。"第五说较妥。 ⑬〔咸池〕《章句》："咸池，日浴处也。"这是神话中的地名。 ⑭〔扶桑〕神话中的树名。据说是太阳升起的地方。《说文》："榑（即扶）桑，神木，日所出。"东方朔《十洲记》："扶桑在碧海中，叶似桑树，长数千丈，大二千围，两两同根，更相依倚，是名扶桑。" ⑮〔若木〕神话中的树名。段玉裁《说文解字注》："盖若木即谓扶桑，扶若字即榑叒字也。"按，"叒"音"若"，"若"即"叒"的假借字。〔拂日〕钱澄之《屈诂》："折若木以拂日，犹挥戈以返日也。吾既至西，犹当拂日，使不遽沉，得以逍遥相羊，庶可从容以求索耳。"拂，逆。拂日，意思是挡住太阳，不让它下落。 ⑯〔逍遥〕优游自得的样子。〔相羊〕通"徜徉"，徘徊逗留。 ⑰〔望舒〕神话中给月亮驾车的人。《章句》："望舒，月御也。" ⑱〔飞廉〕神话中的人物。风神。《章句》："风伯也。"〔奔属〕在后面跟随。 ⑲〔鸾〕凤一类的鸟。〔先戒〕在前面警戒。 ⑳〔雷师〕神话中的雷神。〔未具〕行装没有准备好。 ㉑〔飘风〕旋风。〔离〕《通释》："离，丽也。附也。"附拢。 ㉒〔云霓〕泛指云霞。〔御〕通"迓（yà）"，迎接。朱冀《离骚辩》："言轻风阵阵，若断若属。云霓随风来往与我相遭，若帅之而迓我云尔。" ㉓〔纷总总〕三字联绵词。聚集很多的样子。〔离合〕指云霓在飘风中忽散忽聚，变化不定。 ㉔〔斑〕五光十色。〔陆离〕参差错杂。指云霓的色彩变化多端。 ㉕〔阍〕（hūn）守门人。 ㉖〔阊阖〕（chāng hé）传说中的天门。 ㉗〔暧暧〕（ài）昏暗不明的样子。《补注》："日不明也。"指天色渐晚。〔罢〕《章句》："罢，极也。"将罢，即将尽。一说罢同"疲"。说这句：时已将晚，人也感到疲乏了。 ㉘〔延伫〕汪瑗《楚辞集解》："延，迟缓也。伫，久立也。" ㉙〔溷浊〕（hùn—）混乱污浊。

按：这是第二大段的第二层，在阐述了"举贤授能"的政治主张后，引出神游天地、"上下求索"的幻想境界，表现对理想的追求。这一层主要写自己上求失败的情况。

朝吾将济于白水兮①，　　　　清晨我将要渡过白水河，

登阆风而绁马。②　　　　　　登上阆风山把马儿系着。

忽反顾以流涕兮，　　　　　　忽然回头眺望涕泪淋漓，

哀高丘之无女。③　　　　　　哀叹高丘竟然没有美女。

溘吾游此春宫兮④，　　　　　我飘忽地来到春宫一游，

折琼枝以继佩。⑤　　　　　　折下玉树枝条增添佩饰。

及荣华之未落兮⑥，　　　　　趁琼枝上花朵还未凋零，

相下女之可诒。⑦　　　　　　把能受馈赠的美女找寻。

吾令丰隆乘云兮⑧，　　　　　我命令云师把云车驾起，

求宓妃之所在。⑨　　　　　　我去寻找宓妃住在何处。

解佩纕以结言兮⑩，　　　　　解下佩带束好求婚书信，

吾令蹇修以为理。⑪　　　　　我请蹇修前去给我做媒。

纷总总其离合兮，　　　　　　云霓纷纷簇集忽离忽合，

忽纬繣其难迁。⑫　　　　　　很快知道事情乖戾难成。

夕归次于穷石兮⑬，　　　　　晚上宓妃回到穷石住宿，

朝濯发乎洧盘。⑭　　　　　　清晨到洧盘把头发洗濯。

保厥美以骄傲兮⑮，　　　　　宓妃仗着貌美骄傲自大，

日康娱以淫游。　　　　　　　成天放荡不羁寻欢作乐。

虽信美而无礼兮，　　　　　　她虽然美丽但不守礼法，

来违弃而改求。⑯　　　　　　算了吧放弃她另外求索。

览相观于四极兮⑰，　　　　　我在天上观察四面八方，

周流乎天余乃下。⑱　　　　　周游一遍后我从天而降。

望瑶台之偃蹇兮⑲，　　　　　遥望华丽巍峨的玉台啊，

见有娀之佚女。⑳　　　　　　见有娀氏美女住在台上。

吾令鸩为媒兮㉑，　　　　　　我请鸩鸟前去给我做媒，

鸩告余以不好。   鸩鸟却说那个美女不好。

雄鸠之鸣逝兮，   雄鸠叫唤着飞去说媒啊，

余犹恶其佻巧。㉒   我又嫌它过分诡诈轻佻。

心犹豫而狐疑兮，   我心中犹豫而疑惑不定，

欲自适而不可。㉓   想自己去吧又觉得不妙。

凤皇既受诒兮，㉔   凤凰已接受托付的聘礼，

恐高辛之先我。㉕   恐怕高辛赶在我前面了。

欲远集而无所止兮，㉖   想到远方去又无处安居，

聊浮游以逍遥。㉗   只好四处游荡流浪逍遥。

及少康之未家兮，㉘   趁少康还未结婚的时节，

留有虞之二姚。㉙   还留着有虞国两位阿娇。

理弱而媒拙兮，㉚   媒人无能没有伶牙俐齿，

恐导言之不固。㉛   恐怕能说合的希望很小。

世溷浊而嫉贤兮，㉜   世间混乱污浊嫉贤妒能，

好蔽美而称恶。   爱障蔽美德把恶事称道。

闺中既以邃远兮，㉝   闺中美女既然难以接近，

哲王又不寤。㉞   贤智君王始终又不醒觉。

怀朕情而不发兮，   满腔忠贞激情无处倾诉，

余焉能忍与此终古！   我怎么能永远忍耐下去！

①〔白水〕神话中的水名。《章句》："《淮南子》言，白水出昆仑之山，饮之不死。" ②〔阆风〕（làng—）神话中地名。《章句》："阆风，山名。在昆仑之上。"〔缫〕（xiè）系，拴。 ③〔高丘〕一说阆风山。一说楚山名，在巫山附近。按，此处非确指某处，应指上文天帝所居的地方，比喻楚宫。帝阍不开关欲行反顾，自然反顾的是帝居之处。〔女〕比喻能了解屈原理想的贤人。 ④〔溘〕飘忽。〔春宫〕《章句》："东方青帝舍也。" ⑤〔琼枝〕玉树的枝。〔继佩〕补充佩饰。 ⑥〔荣华〕指玉树上的花。 ⑦〔下女〕相对高丘而言，指下文的宓妃等人。〔诒〕（yí）通"贻"。赠给。 ⑧〔丰隆〕神话中的人物。云神。《章句》："丰隆，云师。一曰雷师。" ⑨〔宓妃〕宓同"伏"。神话中的人物。据说是古

帝伏羲氏的女儿，溺死于洛水，遂为洛水之神。一说是伏羲氏之妃。屈复《楚辞新注》："下文佚女为高辛妃，二姚为少康妃，若以此意例之，则宓妃当是伏羲之妃，非女也。"　⑩〔佩纕〕佩带。〔言〕指书信。佩纕结言，古代书信是卷成卷子，外面用小带束住，在打结处加封泥。这就是说用佩带来束住给宓妃的书信。　⑪〔蹇修〕人名。诗中虚构的人物。〔理〕媒人。《集注》："理，为媒以通词理也。"　⑫〔纬繣〕（wěi huà）乖戾，不和合。《章句》："乖戾也。"〔难迁〕难以改变。　⑬〔穷石〕神话中的地名。相传羿的国土在这里。这句暗指宓妃与羿有爱情关系。　⑭〔洧盘〕（wěi—）神话中的水名。《章句》："《禹大传》曰，洧盘之水，出崦嵫之山。"⑮〔保〕恃，仗着。（用卫瑜章说）　⑯〔来〕招呼从者之词。汪瑗《楚辞集解》："来者，呼其仕卫服役之词也。"　⑰〔览相观〕三字同义而连用。〔四极〕指天上四方的尽头。　⑱〔周流〕周游。　⑲〔瑶台〕瑶，美玉。瑶台，指以美玉砌成的台。〔偃蹇〕《章句》："高貌。"形容台高耸的样子。　⑳〔有娀〕（—sōng）传说中的上古国名。〔佚女〕美女。据《淮南子》《吕氏春秋》说，有娀国有两个美女，年长的叫简狄，她们都住在高台上。后来简狄嫁给帝喾，生商的始祖契。　㉑〔鸩〕（zhèn）鸟名。传说它的羽毛有毒，浸入酒中可以致人死命。　㉒〔佻巧〕指口吻轻薄，言词不实。　㉓〔适〕往。　㉔〔凤皇〕即给帝喾做媒的神鸟。〔受诒〕诒，这里是名词，指礼物，聘礼。受诒，是说凤凰接受了帝喾托付它送给简狄的聘礼。据说简狄因凤凰做媒嫁给了帝喾。　㉕〔高辛〕即帝喾。　㉖〔集〕本义是鸟栖于树上，和"止"同义，停留、居住的意思。㉗〔浮游〕飘荡。　㉘〔少康〕《章句》："夏后相之子也。……昔寒浞使浇杀夏后相，少康逃奔有虞，虞因妻以二女。"　㉙〔有虞〕《章句》："有虞，国名。姚姓，舜后也。"〔二姚〕有虞国的两个公主。　㉚〔理〕〔媒〕都指媒人。　㉛〔导言〕媒人传达双方意见的话，说合。〔不固〕没有成效。㉜〔世溷浊〕这两句是"下索"失败后得出的结论。　㉝〔邃远〕深远。比喻不可接近。　㉞〔哲王〕贤智的君王。这里指楚王。〔寤〕同"悟"，觉悟、醒悟。按，"闺中邃远"，所以下索失败；"哲王不寤"，因此上求不成。这是上下求索失败的最主要的原因。是对"吾将上下而求索"的总结。

　　按：以上是第二大段的第三层，写下索失败的情况。以上三层是全篇的第二大段。从女媭的劝诫，引入向重华陈辞，进而上下求索，充分表达了诗人不见容于君、不受知于世的悲愤。

索藑茅以筳篿兮，①　　　　我找来了灵草和细竹片，
命灵氛为余占之。②　　　　请求神巫灵氛为我占卜。
曰："两美其必合兮，③　　　"听说双方美好必将结合，
孰信修而慕之？④　　　　看谁真正美好必然爱慕。
思九州之博大兮　　　　　想到天下多么辽阔广大，
岂唯是其有女？⑤　　　　难道只在这里才有娇女？"
曰："勉远逝而无狐疑兮，⑥　"劝你远走高飞不要迟疑，
孰求美而释女？　　　　　谁寻求美人会把你放弃？
何所独无芳草兮，　　　　世间什么地方没有芳草，
尔何怀乎故宇？　　　　　你又何必苦苦怀恋故地？
世幽昧以昡曜兮，⑦　　　世道黑暗使人眼光迷乱，
孰云察余之善恶？　　　　谁又能够了解我们底细？
民好恶其不同兮，　　　　人们的好恶本来不相同，
惟此党人其独异。　　　　只是这些小人更加怪异。
户服艾以盈要兮，⑧　　　人人都把艾草挂满腰间，
谓幽兰其不可佩。　　　　说幽兰是不可佩的东西。
览察草木其犹未得兮，⑨　对草木好坏还分辨不清，
岂珵美之能当？⑩　　　　怎么能够正确评价玉器？
苏粪壤以充帏兮，⑪　　　用粪土塞满自己的香袋，
谓申椒其不芳。"　　　　反说佩的申椒没有香气。"

①〔藑茅〕（qióng—）传说中的一种灵草。可以用来占卜。〔筳〕（tíng）占卦用的小竹片。〔篿〕（zhuān）楚方言。《章句》："楚人名结草折竹以卜求曰篿。"　②〔灵氛〕传说中的神巫，是个善于占卜吉凶的人。按，向灵氛卜，也是诗人的虚构。　③〔两美〕双方美好。比喻贤臣和明君。　④〔信修〕真正美好。〔慕〕爱慕、追求。一说是"莫念"二字的笔误。闻一多《楚辞校补》："按'慕'与'占'不叶，义亦难通。郭沫若氏谓当为'莫□'二字，因下一字缺坏，写者不慎，致与'莫'误合为一而成'慕'字。案，郭说是也……此字心其音能与'占'相叶、其

义又与'求美'之事相应，此固不待论，而字形之下半尤必须与莫相合成
'慕'。……余尝准兹三事以遍求诸与'占'同韵之侵部诸字中，则惟'念'
足以当之。'念'缺其上半，以所遗之'心'上合于'莫'即慕之古
体'慂'矣。念，思也，恋也，'孰信修而莫念之'，与上下文义亦正相
符契，郭氏殆失之眉睫耳。"按，闻说未确。《集注》："占之、慕之，
两之字自为韵。"此说较妥。　⑤〔是〕此，此地。指楚国。　⑥〔曰〕
主语是灵氛。以下至段末是灵氛的答词。前面一个"曰"的主语是屈原。
其下的四句是屈原问卜之词。〔勉〕劝你自勉、努力的意思。　⑦〔幽昧〕
昏暗，黑暗。《通释》："是非不察曰幽昧。"〔眩曜〕本指阳光强烈，
令人眼花。引申为眼光迷乱。　⑧〔户〕家家户户，人人。〔服〕佩戴。
〔艾〕艾草，作者心目中的恶草。〔盈〕满。〔要〕同"腰"。　⑨〔未
得〕指没有正确理解和认识。　⑩〔珵〕（chéng）玉器。《补注》："珵，
一曰佩珩。"戴震《屈原赋注》："珵，玉笏之首。"〔当〕指对美玉有
恰当的认识和评价。　⑪〔苏〕《章句》："苏，取也。"〔粪壤〕秽土。
〔充〕装满。〔帏〕《章句》："帏，谓之幐。幐（téng），香囊也。"

　　按：这是第三大段的第一层。在去留问题上屈原犹豫不决，于是请
灵氛占卜前途，灵氛劝他走，并告诉他很多应该走的理由。

欲从灵氛之吉占兮，	想听从灵氛占卜的好卦，
心犹豫而狐疑。	心里犹豫迟疑决定不下。
巫咸将夕降兮，①	听说巫咸今晚将要降神，
怀椒糈而要之。②	我带着花椒精米去接他。
百神翳其备降兮，③	天上诸神遮天蔽日齐降，
九疑缤其并迎。④	九疑山的众神纷纷迎迓。
皇剡剡其扬灵兮，⑤	他们灵光闪闪显示神灵，
告余以吉故。⑥	巫咸又告诉我不少佳话。
曰："勉升降以上下兮，	他说："应该努力上天下地，
求矩矱之所同。⑦	去寻求意气相投的同道。
汤禹严而求合兮，⑧	汤禹为人严正虚心求贤，
挚咎繇而能调。⑨	得到伊尹皋陶君臣协调。

苟中情其好修兮，
又何必用夫行媒。⑩
说操筑于傅岩兮，⑪
武丁用而不疑。⑫
吕望之鼓刀兮，⑬
遭周文而得举。⑭
宁戚之讴歌兮，⑮
齐桓闻以该辅。⑯
及年岁之未晏兮，⑰
时亦犹其未央。⑱
恐鹈鴂之先鸣兮，⑲
使夫百草为之不芳。"
何琼佩之偃蹇兮，⑳
众薆然而蔽之。㉑
惟此党人之不谅兮，㉒
恐嫉妒而折之。㉓
时缤纷其变易兮，
又何可以淹留。
兰芷变而不芳兮，
荃蕙化而为茅。
何昔日之芳草兮，
今直为此萧艾也？㉔
岂其有他故兮，
莫好修之害也。
余以兰为可恃兮，
羌无实而容长。㉕
委厥美以从俗兮，㉖
苟得列乎众芳。㉗
椒专佞以慢慆兮，㉘

只要内心善良爱好修洁，
又何必一定要媒人介绍？
傅说拿梼杵在傅岩筑墙，
武丁毫不犹豫用他为相。
姜太公曾经摆弄过屠刀，
他被任用是遇到周文王。
宁戚喂牛敲着牛角歌唱，
齐桓公听见后任为大夫。
趁现在年轻大有作为啊，
施展才能还有大好时光。
只怕杜鹃它叫得太早啊，
使得百草因此不再芳香。"
为什么这样美好的琼佩，
人们却要掩盖它的光辉。
想到这帮小人不讲信义，
恐怕出于嫉妒把它摧毁。
时世纷乱而变化无常啊，
我怎么可以在这里久留。
兰草和芷草失掉了芬芳，
荃草和蕙草也变成茅莠。
为什么从前的这些香草，
今天全都成为荒蒿野艾。
难道还有什么别的理由，
不爱好修洁造成的祸害。
我还以为兰草最可依靠，
谁知华而不实虚有其表。
兰草抛弃美质追随世俗，
勉强列入众芳辱没香草。
花椒专横谄媚十分傲慢，

椒又欲充夫佩帏。㉙
既干进而务入兮，㉚
又何芳之能祗。㉛
固时俗之流从兮，
又孰能无变化？
览椒兰其若兹兮，
又况揭车与江离。
惟兹佩之可贵兮，
委厥美而历兹。㉜
芳菲菲而难亏兮，㉝
芬至今犹未沫！㉞
和调度以自娱兮，㉟
聊浮游而求女。
及余饰之方壮兮，㊱
周流观乎上下。

茱萸想进香袋冒充香草。
它们既然这么热心钻营，
又有什么香草重吐芳馨。
本来世态习俗随波逐流，
又还有谁能够意志坚定？
看到香椒兰草变成这样，
揭车江离又怎能不变心？
只有我的佩饰最可贵啊，
保持它的美德直到如今。
浓郁的香气难以消散啊，
到今天还在散发着芳馨。
我调度和谐地自我欢娱，
姑且飘游四方寻求美女。
趁着我的佩饰还很盛美，
我要周游观访上天下地。

①〔巫咸〕传说中的古代神巫。〔降〕请巫咸降神。这是古代一种巫术宗教仪式，由巫者请天神下降附在他的身上，他就代表神说话。这种活动多在晚间，所以说"夕降"。　②〔椒糈〕（—xǔ）《章句》："椒，香物。所以降神。糈，精米。所以享神。"椒，是用以焚香敬神，类似后世的烧香。〔要〕通"邀"，迎接祈求。　③〔百神〕泛指天上诸神。〔翳〕《章句》："蔽也。"指遮天蔽日而来。〔备降〕一齐降临。　④〔九疑〕九疑山众神的省称。　⑤〔皇〕同"煌"，光。皇剡剡，光闪闪。张诗《屈子贯》："皇，犹煌也。"游国恩《离骚纂义》："盖剡剡即闪闪也。"〔扬灵〕显示灵验。王树枬《离骚注》："扬灵犹显其神也。"　⑥〔吉故〕吉利的故事。指下文所述君臣遇合的事例。〔曰〕主语是巫咸。以下是巫咸代表神说的话。　⑦〔矩〕画方形的工具。〔矱〕（huò）量长短的工具。矩矱，法度、准则。　⑧〔严〕《章句》："敬也。"指律己严正。〔求合〕访求志同道合的人。　⑨〔挚咎繇〕《章句》："挚，伊尹名，汤臣也。咎繇，禹臣也。"咎繇即皋陶。〔调〕协调。指君臣和睦。

⑩〔用〕因。借助。　⑪〔说〕（yuè）即傅说。〔操筑〕汪瑗《楚辞集解》："操，持也。筑，杵也。谓操杵筑土而为贱役也。"〔傅岩〕地名。在今山西省平陆县附近。傅说就是以这个地名为姓的。　⑫〔武丁〕殷高宗的名字。〔用而不疑〕根据《孟子》《帝王世纪》等书说，武丁梦得贤臣，后来发现傅说与梦中所遇的人形貌相同，就用他为相。　⑬〔吕望〕即姜太公。姓吕，名尚，曾被称为太公望，所以又叫吕望。〔鼓刀〕摆弄屠刀发出响声。《章句》："或言吕望太公，姜姓也。未遇之时，鼓刀屠于朝歌也。……文王梦得圣人，于是出猎而遇之，遂载以归，用以为师。"《补注》："《史记》云，太公望，吕尚者，东海上人。本姓姜氏，从其封姓，故曰吕尚。"　⑭〔周文〕周文王。　⑮〔宁戚〕《章句》说，宁戚是春秋时期卫国人。他经商在齐国，有一天晚上住宿在东门外，夜间喂牛，看见齐桓公夜出，就敲着牛角唱歌，慨叹怀才不遇。桓公听到后找他谈话，用他为客卿。一说为大夫。　⑯〔齐桓〕齐桓公。春秋时齐国的君主，春秋五霸之一。〔该辅〕居于辅佐大臣的位置。　⑰〔晏〕晚。　⑱〔央〕尽。〔犹其〕是"其犹"的倒文：它还……　⑲〔鹈鴃〕（tí jué）鸟名。即子规、杜鹃。鸣于夏初之时，正是落花时节。《汉书》颜师古注：鹈鴃（音与鹈鴃同）……一名杜鹃，常以立夏鸣，鸣则众芳皆歇。"这两句比喻趁年岁未老，努力有所作为，不要等到年老力衰时，一切就来不及了。如同鹈鴃一叫花草就不再芳香一样。　⑳〔偃蹇〕胡文英《屈骚指掌》："偃蹇，杰出貌。"　㉑〔薆然〕《补注》："《方言》云，掩，翳，薆也。"掩蔽的样子。　㉒〔谅〕诚信。不谅，不讲信义。　㉓〔折〕摧残。〔之〕指佩玉。　㉔〔萧〕李时珍《本草纲目》认为这是到秋天就变老的白蒿。　㉕〔羌〕楚方言，发语词。〔无实〕华而不实。〔容长〕《集注》："谓徒有外好也。"　㉖〔委〕弃。　㉗〔苟得〕苟且地得以。指自身的才德与所取得的地位不相称。　㉘〔专〕专横。〔佞〕谄媚。〔慢慆〕（—tāo）傲慢放肆。　㉙〔椒〕（shā）《说文》："椒，似茱萸，出淮南。"这一种木本植物，是屈原心目中的恶草。〔帏〕香袋。此句一本无欲字。　㉚〔干进〕〔务入〕都是钻营、向上爬的意思。　㉛〔祗〕（zhī）王引之认为："祗之言振也，言干进务入之人，委蛇从俗，必不能自振其芬芳，非不能敬贤之谓也。"（见王念孙《读书杂志》引）　㉜〔委〕鲁笔《楚辞达》："委，积也。"引申为保持。　㉝〔亏〕亏损。　㉞〔沫〕泯灭，消失。　㉟〔和调度〕钱澄之《屈诂》：调度，指玉音之璆然，有调有度也。

古者佩玉，进则抑之，退则扬之，然后玉声锵鸣。和者，鸣之中节也。"
和，指节奏和谐。调度，指行走时玉佩铿锵声和步伐搭配。　㊱〔方壮〕
正在美盛的时候。

　　按：这是第三大段的第二层。屈原听了巫咸的话后，对照楚国的形势，
他往观四荒的决心、离开楚国的意志才最后定下来。这一层把屈原复杂、
矛盾的心理和万千思绪，都淋漓尽致地表达出来了。

灵氛既告余以吉占兮，
历吉日乎吾将行。①
折琼枝以为羞兮，②
精琼爢以为粻。③
为余驾飞龙兮，
杂瑶象以为车。④
何离心之可同兮，
吾将远逝以自疏。
遭吾道夫昆仑兮，⑤
路修远以周流。
扬云霓之晻蔼兮，⑥
鸣玉鸾之啾啾。⑦
朝发轫于天津兮，⑧
夕余至乎西极。⑨
凤皇翼其承旗兮，⑩
高翱翔之翼翼。⑪
忽吾行此流沙兮，⑫
遵赤水而容与。⑬
麾蛟龙使梁津兮，⑭
诏西皇使涉予。⑮
路修远以多艰兮，
腾众车使径待。⑯

灵氛已告诉我占得吉卦，
选个好日子我准备出发。
折下玉树枝叶做为肉脯，
我舀碎美玉作干粮备下。
给我驾车啊用飞龙为马，
车上装饰着美玉和象牙。
彼此不同心怎能配合啊，
我将要远去主动离开他。
我把行程转向昆仑山下，
路途遥远继续周游观察。
云霞虹霓飞扬遮住阳光，
车上玉铃叮当响声错杂。
清晨从天河的渡口出发，
最远的西边我傍晚到达。
凤凰展翅承托着旌旗啊，
长空翱翔有节奏地上下。
忽然我来到这流沙地段，
只得沿着赤水行进缓缓。
指挥蛟龙在渡口上架桥，
命令西皇将我渡到对岸。
路途多么遥远又多艰险，
我传令众车在路旁等待。

路不周以左转兮，⑰　　　　经过不周山向左转去啊，
指西海以为期。⑱　　　　　我的目的地已指定西海。
屯余车其千乘兮，　　　　　我再把成千辆车子聚集，
齐玉轪而并驰。⑲　　　　　把玉轮对齐了并驾齐驱。
驾八龙之婉婉兮，⑳　　　　驾车的八龙蜿蜒地前进，
载云旗之委蛇。㉑　　　　　载着云霓旗帜随风卷曲。
抑志而弭节兮，㉒　　　　　定下心来啊慢慢地前行，
神高驰之邈邈。㉓　　　　　难控制飞得远远的思绪。
奏《九歌》而舞《韶》兮，㉔　演奏着《九歌》跳起《韶》舞啊，
聊假日以媮乐。㉕　　　　　且借大好时光寻求欢娱。
陟升皇之赫戏兮，㉖　　　　太阳东升照得一片明亮，
忽临睨夫旧乡。㉗　　　　　忽然看见我生长的故乡。
仆夫悲余马怀兮，㉘　　　　我的仆从悲伤马也怀念，
蜷局顾而不行。　　　　　　退缩回头不肯走向前方。
乱曰："已矣哉！㉙　　　　　尾声："算了吧！
国无人莫我知兮，㉚　　　　国内既然没有人了解我，
又何怀乎故都？　　　　　　我又何必怀念故国旧居。
既莫足与为美政兮，㉛　　　既然不能实现政治理想，
吾将从彭咸之所居！"㉜　　　我将追随彭咸安排自己。"

①〔历〕选择。　②〔羞〕脯，干肉。　③〔精〕《章句》："凿也。"
舂碎。〔麋〕同"糜"。细屑。〔粻〕（zhāng）义同粮。　④〔杂〕兼用。
〔瑶象〕指美玉和象牙。　⑤〔邅〕（zhān）《章句》："邅，转也。楚
人名转曰邅。"　⑥〔扬〕飞扬。〔晻蔼〕云彩蔽天的样子。李周翰《文
选五臣注》："晻蔼，旌旗蔽日貌。"这里的旌旗指云霞。　⑦〔玉鸾〕
玉铃。指挂在瑶车上的铃铛。〔啾啾〕（jiū）象声词，指铃声。　⑧〔天
津〕天河的渡口。　⑨〔西极〕西边的尽头。　⑩〔翼〕作动词用。指张
开双翼。〔承旗〕用两翼承负云霞。旗、指云旗，即云霞。　⑪〔翼翼〕
指飞得整齐而有节奏。　⑫〔流沙〕神话中的沙漠地带。　⑬〔邅〕沿着。
〔赤水〕神话中的水名。相传源出昆仑山。〔容与〕游国恩《离骚纂义》："容

与即犹豫，亦即夷犹，踌躇不前之意。"　⑭〔麾〕指挥。〔梁〕作动词用。架桥。〔津〕渡口。　⑮〔诏〕命令。〔西皇〕《章句》："帝少皞（hào）也。"指神话中的西方之神。〔涉〕渡水。　⑯〔腾〕林仲懿《离骚中正》："腾，传也。"闻一多《离骚解诂》也认为"腾"当为"传"。为传言之意。〔径待〕陈本礼《屈辞精义》："径待者，恐流沙不能涉，故使众车待于赤水之径。"即在路旁等待。　⑰〔不周〕即不周山，神话中的山名。《章句》："不周，山名，在昆仑西北。"〔路〕动词。经过。⑱〔西海〕神话中西方的海。〔期〕汪瑗《楚辞集解》："期者，约会之词。"这里指约会的地点，即目的地。　⑲〔齐〕排列整齐。〔轪〕（dài）玉轪，玉饰的车轴、车轮。　⑳〔婉婉〕（wān）同"蜿蜿"，有蜿蜒的意思。形容龙的形休摆动的姿态。　㉑〔委蛇〕（wēi yí）形容旌旗随风招展。㉒〔抑志〕控制自己的感情，定下心来。　㉓〔神〕思绪。神高驰，指思绪飞得很远很远。〔邈邈〕（miǎo）遥远无际的样子。　㉔〔韶〕《章句》："韶，九韶，舜乐也。《尚书》箫韶九成是也。"　㉕〔假〕借。〔媮〕（yú）通"愉"。与乐同义。　㉖〔陟〕（zhì）上升。〔升皇〕朱冀《离骚辩》："皇，君也。日，君象也。升皇者，初日出之名也。"初升的太阳。〔赫戏〕戏同"曦"，形容太阳光明地照耀着。朱冀《离骚辩》："赫者，言其赫赫然也。曦，日之光明也。"《补注》："戏与曦同。"　㉗〔临〕居高临下的临。〔睨〕（nì）看见。　㉘〔蜷局〕（quán—）钱澄之《屈诂》："蜷局，马畏缩不行也。"即卷曲，弯缩着身体，形容从上看下的姿势。

　　按：这是第三大段的第三层。屈原接受了灵氛、巫咸的劝告，决定去国远游，最终不忍离开的经过。这是他在迷离恍惚的心情中展开的最后一次幻想。

　　㉙〔乱〕古代乐曲中结尾的齐奏合唱。从诗的结构看，这是全篇的尾声。楚辞深受古代乐歌的影响，所以不少篇章也写"乱词"。　㉚〔莫我知〕即"莫知我"。　㉛〔美政〕屈原心中的理想政治。　㉜〔从彭咸之所居〕旧注：追随彭咸，投水死去。从全篇文意来看屈原当时还没有这样消极的思想，还在怀乡、恋君，怎么会立即就宣布要投水死去呢？所以这句应该理解为，依照彭咸一生的行止来安排自己的生活道路。

　　按：以上三层及乱辞是全篇的第三大段。写屈原在去留问题上的矛盾心情。

〔说明〕本篇命题之意，据统计有六十六种说法。现举有代表性的四种如下：

① 班固《汉书·离骚赞序》："离，犹遭也。骚，忧也。明己遭忧作辞也。"即离骚，遭忧。

② 钱澄之《屈诂》："离为遭，骚为扰动。扰者，屈原以忠被谗，志不忘君，心烦意乱，去住不宁，故曰骚也。"

③《离骚》即楚古曲名《劳商》。游国恩《离骚纂义》："第考本书《大招》有云：'伏羲《驾辩》，楚《劳商》只。'王逸注，《驾辩》《劳商》皆曲名也。按《劳商》与《离骚》本双声字，古音宵，歌、阳、幽并以旁纽通转。疑《劳商》即《离骚》之转音，一事而异名者耳。"

④ 林庚《中国历代诗歌选》：离骚，等于说"牢骚"，"离""牢"是双声字。

关于屈原的生年，近人研究成果还有：

① 林庚先生推算为楚威王五年（公元前 335 年）正月初七日。（见《诗人屈原及其作品研究》）

② 浦江清先生推算为楚威王元年（公元前 339 年）正月十四日。（见《浦江清文录》《屈原生年月日的推算问题》）

游国恩先生认为浦江清先生之说较为精密。（见《离骚纂义》）

九　歌

《九歌》是屈原的作品。

《九歌》原是楚国流传很久的古代乐曲。相传是夏启从天上偷下来的。屈原这组诗歌是借用这一曲名。

《九歌》的创作与楚国原始的巫术宗教有密切的关系。王逸说，楚国南方沅湘一带地方民间风俗相信鬼神，喜欢祭祀，祭祀时必定奏乐歌舞来娱乐鬼神。屈原被流放在这一带，模仿这种祭歌形式，创作了《九歌》之曲。朱熹认为是屈原对南楚祭歌修改加工，"更定其词"（《楚辞集注》），但不论哪种情况，《九歌》中屈原塑造的一系列鬼神形象，就是这种原始巫术宗教的反映。

《九歌》一共分十一章，可分三类。1.祭歌：《东皇太一》《礼魂》。2.恋歌：《东君》与《云中君》，《大司命》与《少司命》，《湘君》与《湘夫人》，《河伯》与《山鬼》。3.挽歌：《国殇》。第一类中，《东皇太一》是迎神曲，迎的神就是东皇太一。《礼魂》是送神曲。第二类是四对自然神。第三类是人鬼。

从《九歌》的内容和形式看，似已具赛神歌舞剧的雏形。《九歌》中扮神的巫、觋，在宗教仪式、人神关系的纱幕下，表演着人世间男女恋爱的活剧。这种男女感情的抒发，是很复杂曲折的：有思慕，有猜疑，有欢乐，有悲痛，有哀思。

这些鬼神的形象是很美的，有强烈的艺术魅力。作者同神站在平等的地位上，自由而真挚地描写他们的恋爱生活，表现他们美好的内心、丰富的感情，以及像人一样的喜怒哀乐。因此，作品充满了浪漫主义的气息，优美丰富的想象，庄严富丽、曲折哀婉的情调，五彩缤纷的画面，活泼流畅的节奏，语言精美，韵味隽永，有一种深切感人的力量。

东皇太一 ①

本篇是祭祀天神中最尊贵的神伏羲的祭歌。

吉日兮辰良，②	吉祥日子好时光，
穆将愉兮上皇。③	恭恭敬敬祭上皇。
抚长剑兮玉珥，④	玉镶宝剑手按抚，
璆锵鸣兮琳琅。⑤	全身佩玉响叮当。
瑶席兮玉瑱，⑥	玉镇压在瑶席上，
盍将把兮琼芳。⑦	鲜花供在神座旁。
蕙肴蒸兮兰藉，⑧	献上祭肉兰蕙垫，
奠桂酒兮椒浆。⑨	置上桂酒椒子汤。
扬枹兮拊鼓，⑩	高举鼓槌猛击鼓，
疏缓节兮安歌，⑪	轻歌曼舞节拍疏，
陈竽瑟兮浩倡。⑫	竽瑟齐奏歌声扬。
灵偃蹇兮姣服，⑬	华服巫女翩跹舞，
芳菲菲兮满堂。⑭	芳香馥郁满殿堂。
五音纷兮繁会，⑮	各种音调成交响，
君欣欣兮乐康。⑯	东皇太一喜洋洋。

①〔东皇太一〕《章句》："太一，星名。天之尊神，祠在楚东，以配东帝，故云东皇。"《汉书·郊祀志》："天神贵者太一，太一佐曰五帝。古者天子以春秋祭太一东南郊。"据闻一多考证，东皇太一即伏羲。伏羲是苗族传说中的人类始祖，也是最尊贵的天神。（见《文学遗产》1980年第一期）　②〔辰良〕即良辰。好的时辰。　③〔穆〕虔诚，恭敬。〔将〕愿，请。〔愉〕这里是使动用法，使……快乐。〔上皇〕即东皇太一。《章

句》：“上皇，谓东皇太一也。”　④〔珥〕（ěr）剑把。玉珥，玉镶的剑把。　⑤〔璆〕（qiú）璆锵，佩玉的撞击声。〔琳琅〕美玉。　⑥〔瑶〕美玉。〔瑱〕同“镇”。玉镇，用玉制的镇压坐席的器具。　⑦〔将〕拿着。与“把”同义。〔琼芳〕玉色的花。　⑧〔蕙肴〕《章句》：“以蕙草蒸肉也。”〔蒸〕进献。《补注》：“蒸，进也。”〔藉〕指垫底用的东西。兰藉，用兰草垫底。这句说，献上兰草垫着的用蕙草包着蒸的祭肉。⑨〔奠〕放置。《说文》：“奠，置祭也。”〔浆〕一指薄酒，一指饮用的汤。椒浆，椒子做的汤。　⑩〔枹〕（fú）鼓槌。〔拊〕击。　⑪〔疏缓节〕指音乐的节拍稀疏缓慢。〔安歌〕指歌声随着节奏的疏缓而平稳。⑫〔竽〕古乐器名。笙类，三十六簧。〔瑟〕古乐器名，琴类，二十五弦。〔倡〕同“唱”。浩唱，高声歌唱。　⑬〔灵〕《章句》：“灵，谓巫也。”指祭神的巫女。《通释》：“灵，东皇太一之神。”两说皆通。现取前说。〔偃蹇〕翩跹起舞。《章句》：“偃蹇，舞貌。”〔姣〕美好的。　⑭〔芳菲菲〕指蕙、兰、桂、椒和起舞的巫女们散发的香气。⑮〔五音〕《章句》：“五音，宫、商、角、徵、羽也。”〔纷〕丰富的。〔繁会〕错杂，交响。　⑯〔君〕指东皇太一。《补注》：“五臣云，君，谓东皇也。”

〔说明〕近人闻一多、郑振铎等认为：《东皇太一》这篇应是《九歌》这组祭神乐歌中的迎神曲。（见《中国社会科学》1980 年第四期）

云中君

从本篇开始，《礼魂》除外，都是娱神的节目，或侑神的乐章。八章恋歌，表演的是四对自然神悲欢离合的故事。《云中君》与《东君》是一对，《东君》写的是太阳神，《云中君》写的就是月神。

浴兰汤兮沐芳，　①　　　沐浴着芳香四散的兰汤，
华采衣兮若英。　②　　　穿上那鲜艳华丽的衣裳。
灵连蜷兮既留，　③　　　神灵啊回环降临我身上，

烂昭昭兮未央。④　　　闪耀无穷尽的灿烂光芒。

謇将憺兮寿宫，⑤　　　参加祭祀你将降临神堂，

与日月兮齐光。　　　　璀璨的光辉与日月争光。

龙驾兮帝服，⑥　　　　乘驾龙车穿着天帝服装，

聊翱游兮周章。⑦　　　你在天上翱翔周游四方。

灵皇皇兮既降，⑧　　　神灵啊光灿灿已经降临，

猋远举兮云中。⑨　　　忽然又远远地躲进云中。

览冀州兮有余，⑩　　　你的光芒遍及九州有余，

横四海兮焉穷。　　　　你的踪迹纵横四海无穷。

思夫君兮太息，　　　　思念你啊令人声声叹息，

极劳心兮忡忡。　　　　盼望你啊使人忧心忡忡。

①〔沐〕洗头。〔芳〕指香的水。　②〔英〕花朵。《通释》："英，花也。"　③〔灵〕指女巫。《章句》："灵，巫也。"〔连蜷〕《通释》："回环貌。"〔留〕指降神。神留在巫的身上。《集注》："既留，则以其服饰洁清，故神悦之，而降依其身，留连之久也。"　④〔烂〕《集注》："光貌。"〔昭昭〕光明。烂昭昭，指月神降临时显现出的灿烂光辉。〔未央〕无穷无尽。《章句》："无极也。"　⑤〔謇〕发语词。〔憺〕（dàn）安定。〔寿宫〕《集注》："寿宫，供神之处。"神室。　⑥〔龙驾〕龙驾的车。《集注》："龙驾，以龙引车也。"〔帝服〕天帝五彩的衣服。郭沫若《屈原赋今译》："原作'帝服'，案指五方帝之服。言服有青黄赤白黑之五彩。"　⑦〔翱游〕意同"翱翔"。〔周章〕周流。　⑧〔灵〕指月神。《集注》："灵，谓神也。"〔皇皇〕犹"煌煌"。光明的样子。　⑨〔猋〕（biāo）很快地。　⑩〔冀州〕中国的代称。据《尚书·禹贡》古代中国划分为冀、兖、青、徐、扬、荆、豫、梁、雍九州。冀州为九州之首，所以代表全中国。

〔说明〕关于这首诗祭祀的对象还有三种说法：第一，王逸认为写的是云神。第二，清代徐文靖《管城琐记》认为是写云梦泽水神。第三，闻一多《什么是九歌》认为是写云中郡地方神。

湘　君

　　本篇和《湘夫人》写的是湘水配偶神。这篇是巫扮女神湘夫人的独唱，唱辞中表达了湘夫人盼望湘君到来的复杂感情。

君不行兮夷犹，① 蹇谁留兮中洲。② 美要眇兮宜修，③ 沛吾乘兮桂舟。④ 令沅湘兮无波，⑤ 使江水兮安流。⑥ 望夫君兮未来，⑦ 吹参差兮谁思。⑧ 驾飞龙兮北征，⑨ 邅吾道兮洞庭。⑩ 薜荔柏兮蕙绸，⑪ 荪桡兮兰旌。⑫ 望涔阳兮极浦，⑬ 横大江兮扬灵。⑭ 扬灵兮未极， 女婵媛兮为余太息。⑮ 横流涕兮潺湲，⑯ 隐思君兮陫侧。⑰ 桂棹兮兰枻，⑱ 斫冰兮积雪。⑲ 采薜荔兮水中，⑳ 搴芙蓉兮木末。㉑ 心不同兮媒劳，㉒	湘君你犹豫不前为哪桩， 谁把你留在洲中使我想。 修饰好美丽容貌来接你， 我乘上桂木龙舟快启航。 我不准沅江湘江兴风浪， 令长江平平静静向前淌。 盼望你啊为什么总不来， 吹参差啊你说我把谁想。 乘着那飞快龙舟往北行， 我掉转船头又驶向洞庭。 薜荔饰船舱蕙草饰幕帐， 兰草饰旌旗荪草饰船桨。 眺望涔阳浦口遥远地方， 飞舟横渡大江神采飞扬。 心盼望神远驰永无尽头， 妹妹声声叹息为我悲伤。 止不住滚滚热泪腮边淌， 暗暗地思念你啊愁断肠。 桂木的棹啊木兰做的桨， 划破像层冰积雪的水光。 迎湘君好像水中采薜荔， 上树梢攀摘荷花也这样。 两人啊心儿不同媒徒劳，

恩不甚兮轻绝。㉓　　　　彼此间恩爱不深易轻抛。

石濑兮浅浅，㉔

飞龙兮翩翩。㉕　　　　　流啊水在石间急速地流，

　　　　　　　　　　　　摇啊船在水上飞快地摇。

交不忠兮怨长，㉖

期不信兮告余以不闲。㉗　相交不忠贞怨恨必然深，

　　　　　　　　　　　　说话不算数还说没空闲。

朝骋骛兮江皋，㉘

夕弭节兮北渚。㉙　　　　清晨我奔波江岸不辞劳，

　　　　　　　　　　　　傍晚啊停宿小岛心烦躁。

鸟次兮屋上，㉚

水周兮堂下。㉛　　　　　堂屋上一群小鸟在栖息，

　　　　　　　　　　　　堂屋下淙淙流水在环绕。

捐余玦兮江中，㉜

遗余佩兮醴浦。㉝　　　　我要把玉佩抛到江里去，

　　　　　　　　　　　　我要把琼琚丢在澧水旁。

采芳洲兮杜若，㉞

将以遗兮下女。㉟　　　　我采摘香花香草香岛上，

　　　　　　　　　　　　要送给我身旁的好姑娘。

时不可兮再得，㊱

聊逍遥兮容与。㊲　　　　美好的时辰一去不复返，

　　　　　　　　　　　　我暂且自由自在度时光。

①〔君〕指湘君。下同。《章句》："君，谓湘君也。"〔夷犹〕《章句》："犹豫也。"　②〔塞〕发语词。〔中洲〕《章句》："中洲，洲中也。水中可居者曰洲。"　③〔要眇〕《章句》："好貌修饰也。"闻一多《怎样读九歌》："眇目媚视貌。"也可通。〔宜修〕善于修饰。按，这句应理解为湘夫人为了迎接湘君把自己打扮得很漂亮。　④〔沛〕船走得快的样子。〔桂舟〕用桂木做的船，取其芳香。下文的荪桡、兰旌、桂櫂、兰枻都与此同义。《山带阁注》："待神不来，故以舟往迎。"　⑤〔沅〕〔湘〕两条水名。在洞庭湖的南面流入湖中。　⑥〔江〕长江。　⑦〔夫〕语助词。　⑧〔参差〕《集注》："洞箫也。"疑非是。这是竹管编排成的乐器，又叫排箫。因为形状像凤翅参差不齐，所以叫参差。〔谁思〕等于说想念谁。　⑨〔飞龙〕指龙舟。林庚《中国历代诗歌选》："湘夫人因湘君没有来，便转道沿洞庭湖北行。"　⑩〔遭〕（zhān）回转。　⑪〔薜荔〕香草。〔柏〕〔绸〕闻一多《楚辞校补》："柏，帕的假借字，旌旗的总名。绸，是缠旗杆用的。一说，柏是船舱的壁。"

戴震《屈原赋注》：“柏，王《注》云：‘榑壁也。’刘成国《释名》云：‘榑壁、以席榑著壁也。’此谓舟之阁间壁矣。”绸是帱的假借字，是帐幕。朱季海《楚辞解故》：“绸，当读为帱。《释训》：‘帱谓之帐。’《释文》：‘帱，又作裯。’楚亦谓帐为帱，与汉人语同耳。”现取后说。柏，一本作拍。　⑫〔枻〕船桨。〔旌〕用羽毛装饰的旗子。　⑬〔涔〕（cén）水名。涔阳，涔水的北岸。今湖南澧县有涔阳浦，在洞庭湖和长江之间。〔极浦〕遥远的对岸。　⑭〔扬灵〕神驰远眺。　⑮〔女〕设想为湘夫人身边的侍女。〔婵媛〕指由于内心的关切而表现出牵持不舍的样子。《集注》：“眷恋牵持之意。”　⑯〔潺湲〕（chán yuán）形容泪流不止。　⑰〔陫侧〕内心忧痛。《补注》：“隐痛也。”　⑱〔棹〕长的船桨。〔枻〕（yì）短的船桨。　⑲〔积〕击的假借字。〔冰〕〔雪〕比喻水光空明澄澈，像冰雪一样。　⑳〔薜荔〕长在陆上的香草。　㉑〔搴〕摘取。〔木末〕树梢。　㉒〔心不同〕是湘夫人认为湘君与自己不同心。〔媒劳〕媒人只是徒劳。　㉓〔恩不甚〕意思是恩爱不深。按，这两句是湘夫人久候不至，对湘君的怨望。　㉔〔石濑〕石间的急流。《补注》：“《文选》注云，石濑，水激石间，则怒成湍。”　㉕〔翩翩〕形容船行驰轻快的样子。　㉖〔怨长〕怨恨深长。　㉗〔不信〕不践约。　㉘〔骋骛〕奔走。〔皋〕（gāo）水边的地。　㉙〔弭节〕慢慢停下来。〔北渚〕洞庭湖北岸的小洲。　㉚〔次〕栖止。　㉛〔周〕环流。　㉜〔玦〕（jué）一种玉制的饰物。　㉝〔佩〕指琼琚等身上的佩玉。玦、佩可能都是湘君的赠物。〔醴〕同“澧”，水名，由湘南澧县纳涔水而入洞庭湖。澧浦，澧水的岸边。此句一本无“遗”字。　㉞〔杜若〕香草。　㉟〔下女〕设想为身边的侍女。　㊱〔时〕指以前和湘君在一起的美好时光。　㊲〔容与〕《章句》：“游戏貌。”这里是从容宽缓的意思。

湘夫人

　　这是写湘水女神的诗。本篇由巫扮男神湘君独唱。辞中表达湘君思念湘夫人，望而不见，遇而无因的心情。

帝子降兮北渚，①	湘夫人已经来到北洲上，
目眇眇兮愁予。②	不见她望眼欲穿心忧伤。
嫋嫋兮秋风，③	秋风轻轻吹拂天气初凉，
洞庭波兮木叶下。④	树叶凋零洞庭微波荡漾。
登白薠兮骋望，⑤	站在白薠草坡纵目远望，
与佳期兮夕张。⑥	与夫人约会在今天晚上。
鸟何萃兮蘋中？⑦	为什么山鸟聚集水草中？
罾何为兮木上？⑧	为什么渔网张在树梢上？
沅有茝兮醴有兰，⑨	沅水有茝草澧水有兰花，
思公子兮未敢言。⑩	湘夫人思念你啊无法讲。
荒忽兮远望，⑪	我盼啊神思迷惘向远望，
观流水兮潺湲。⑫	只看到沅水澧水慢慢淌。
麋何食兮庭中？⑬	为什么麋鹿寻食庭院中？
蛟何为兮水裔？⑭	为什么蛟龙游戏河岸上？
朝驰余马兮江皋，⑮	清晨我打马奔驰大江边，
夕济兮西澨。⑯	傍晚我渡到大江西岸旁。
闻佳人兮召予，⑰	我听说湘夫人啊来相召，
将腾驾兮偕逝。⑱	我将驾着飞车同她前往。
筑室兮水中，⑲	我们把房屋建筑在水中，
葺之兮荷盖。⑳	还要用荷叶盖在屋顶上。
荪壁兮紫坛，㉑	荪草做墙壁紫贝铺庭院，
播芳椒兮成堂。㉒	四壁上涂饰香椒做厅堂。
桂栋兮兰橑，㉓	木兰做屋椽桂木做屋梁，
辛夷楣兮药房。㉔	辛夷做门框白芷做卧房。
罔薜荔兮为帷，㉕	薜荔草编织成为大帐幔，
擗蕙櫋兮既张。㉖	香蕙草做成隔扇已拉上。
白玉兮为镇，㉗	用雪白的美玉做成席镇，
疏石兰兮为芳。㉘	各处陈设石兰一片芳香。
芷葺兮荷屋，㉙	荷叶屋顶再把香芷盖上，

缭之兮杜衡。㉚	芬芳杜衡缭绕房屋四方。
合百草兮实庭,	汇集各种香草充实庭院,
建芳馨兮庑门。㉛	各色香花陈列门前走廊。
九疑缤兮并迎,㉜	九疑山的众神纷纷降临,
灵之来兮如云。㉝	为迎接湘夫人神灵如云。
捐余袂兮江中,㉞	我把那外衣抛到江中去,
遗余褋兮醴浦。㉟	我把那内衣丢在澧水旁。
搴汀州兮杜若,㊱	我采摘香花香草小洲上,
将以遗兮远者。	将送给远方人儿好姑娘。
时不可兮骤得,	美好的时辰一去不再得,
聊逍遥兮容与。	我暂且自由自在度时光。

①〔帝子〕《集注》:"帝子,谓湘夫人。" ②〔眇眇〕形容极目远望、望眼欲穿的样子。〔愁予〕使我痛苦、忧愁。 ③〔嫋嫋〕(niǎo)微风吹动的样子。 ④〔木叶〕树叶。 ⑤〔蘋〕(fán)秋天长的草。〔骋望〕纵目远望。〔登白蘋〕指站在长满白蘋草的小洲上。蘋,王夫之疑为蘋之误。 ⑥〔佳〕《集注》:"佳,佳人也。谓夫人也。"〔期〕约会。〔张〕铺张陈设。夕张,是说将要在晚上陈设起来。 ⑦〔萃〕聚集。〔蘋〕水草的一种。此句一本无何字。 ⑧〔罾〕(zēng)捕鱼的网。 ⑨〔茝〕(zhǐ)即白芷。 ⑩〔公子〕《集注》:"公子,谓湘夫人也。帝子而又曰公子,犹秦已称皇帝,而其男女犹曰公子、公主,古人质也。" ⑪〔荒忽〕同"恍惚"。形容神思迷惘。《山带阁注》:"荒忽,思极而神迷也。" ⑫〔潺湲〕指水缓慢流动。 ⑬〔麋〕(mí)一种像鹿、比鹿大点的动物。 ⑭〔水裔〕水边。 ⑮〔江皋〕江边的高地。 ⑯〔澨〕(shì)《山带阁注》:"澨,水涯。" ⑰〔佳人〕《集注》:"谓夫人也。"〔予〕指湘君。 ⑱〔腾驾〕驾着车奔腾,形容车行极快。〔偕逝〕指湘君想与湘夫人一同前往。 ⑲从这句开始直至"灵之来兮如云"都是湘君设想的与湘夫人会面后共同生活的情境。 ⑳〔葺〕用草盖房子。〔荷盖〕用荷叶盖在屋顶上。 ㉑〔荪壁〕用荪草做的墙壁。〔紫坛〕用紫贝铺砌的庭院。《集注》:"紫,紫贝也。紫质黑点。坛,中庭也。" ㉒〔播〕《集注》:"播,布也。"〔成〕同"盛"。涂饰的意思。〔成室〕指用椒涂饰室内

墙壁。这是古代的习俗，取其温暖、芳香而多子。　㉓〔栋〕屋梁。〔橑〕（liáo）屋椽。　㉔〔辛夷〕木兰花的花蕾入药名。在古汉语中，辛夷也指玉兰花，木有香气。〔楣〕门上的横木。这里代门框。〔药〕香草名。即白芷。〔房〕指卧房。　㉕〔罔〕同"网"。编织。《集注》"罔，结也。结以为帷帐也。"　㉖〔擗〕（pǐ）《通释》："析也。"分散。　〔蒳〕（mián）室中隔扇，相当于现在的屏风。古代叫屋联。蕙楣，用蕙草编织成的屏风。《章句》："擗析以为屋联尽张设于中也。"〔既张〕指隔扇已经分散拉开，陈设好了。　㉗〔镇〕压坐席的器具。　㉘〔疏〕分散陈列。〔石兰〕香草名。　㉙〔芷葺〕用芷草加盖在荷叶屋顶上。　㉚〔缭之〕指房屋四周香草绕屋生长。　㉛〔庑〕（wǔ）《集注》："庑，室下周屋也。"即走廊。《山带阁注》："药房以上，言筑室之具；罔薜荔四句，言室中所陈；芷葺以下，又言室上下内外之装束也。"　㉜〔九疑〕指九疑山的众神。〔缤〕纷纷。　㉝〔灵〕指众神。〔如云〕形容神很多。按，以上都是湘君一种美好的幻想。湘夫人并没有来，幻想消失了，怨望的心情产生了。　㉞〔袂〕（mèi）《方言》："复襦谓之箪襦，或作袂。"郭璞注："襦即袂字耳。"《字林》："袂，复襦也。"复襦有里子，指外衣。　㉟〔褋〕（dié）没有里子的内衣。《方言》："禅衣，江淮南楚之间谓之褋。"《说文》："衣不重曰禅。"段玉裁注："此与重衣曰复为对。"这里"袂""褋"对举成文。褋即禅衣，无里的内衣，指贴身汗衫之类。袂褋可能是湘夫人赠送给湘君的爱情信物。把自己的衣服送给情人，是古代女子爱情生活中的习惯。如《左传·宣公九年》："陈灵公与孔宁、仪行父通于夏姬，皆衷其衵服以戏于朝。"衵服即禅衣。醴，通澧，澧水。　㊱〔搴〕采集。〔汀洲〕水中平地。

〔说明〕对以上写的湘水二神，有几种说法：第一，顾炎武《日知录》认为湘水二神是配偶神，与神话传说无关。第二，《集注》本韩愈说，湘君为娥皇，湘夫人为女英："娥皇正妃，故称君。女英自宜降称夫人也。"第三，有人认为湘君即舜，湘夫人即舜妃，尧之二女娥皇女英。如《礼记·檀弓》："舜崩于苍梧之野，盖二妃未之从也。"郑玄注："《离骚》（指的是《楚辞》）所歌《湘夫人》，舜妃也。"夫人与君对举，湘君即舜。又晋张华《博物志》、唐司马贞《史记索引》也持此说。

大司命

　　大司命是主宰整个人类生命的神。本篇由男巫扮神，女巫伴唱。

广开兮天门，	（男）	赶快把那天门大大打开，
纷吾乘兮玄云。①		我要乘浓浓的乌云下来。
令飘风兮先驱，②		我命令旋风做我的先导，
使涷雨兮洒尘。③		令暴雨洒除那空中尘埃。
君回翔兮以下，	（女）	你盘旋着已经降临下界，
逾空桑兮从女。④		我越过空桑山跟随你来。
纷总总兮九州，⑤	（男）	九州里有人众千千万万，
何寿夭兮在予。		他们的寿和夭由我主宰。
高飞兮安翔，	（女）	我们俩高高地安闲飞翔，
乘清气兮御阴阳，⑥		乘着清明之气驾御阴阳。
吾与君兮齐速，⑦		我和你恭敬地迎接上帝，
导帝之兮九坑。⑧		引导上帝灵威来到世上。
灵衣兮被被，⑨	（男）	我身上的神衣徐徐飘动，
玉佩兮陆离。⑩		我腰间的玉佩闪闪发光。
一阴兮一阳，⑪		灵光忽隐忽现若有若无，
众莫知兮余所为。⑫		谁也不知道我所作所为。
折疏麻兮瑶华，⑬	（女）	我要折下神麻玉色的花，
将以遗兮离居。⑭		将送给隐者他远离开家。
老冉冉兮既极，⑮		人老了渐渐地趋向垂暮，
不寝近兮愈疏。⑯		不亲近大司命更加生疏。
乘龙兮辚辚，⑰		大司命乘龙车轰轰隆隆，
高驰兮冲天。⑱		迅速地奔驰向高高天空。
结桂枝兮延伫，⑲		我编结桂树枝徘徊盼顾，
羌愈思兮愁人。⑳		越想他越使我思虑无穷。

愁人兮奈何,㉑　　　　忧愁啊真使人毫无办法,
愿若今兮无亏。㉒　　　只愿他像现在自己珍重。
固人命兮有当。㉒　　　本来啊人寿命各有短长,
孰离合兮可为?㉓　　　生和死谁又能主宰操纵?

①〔纷〕盛多的意思。这是"玄云"的定语,提到主语之前。这是《楚辞》中常见的句型。〔玄云〕乌云。　②〔飘风〕《集注》:"回风也。"③〔冻雨〕《集注》:"暴雨也。"〔洒尘〕以水除去空中的尘埃。　④〔空桑〕神话中的山名。《补注》:"《山海经》云:'东曰空桑之山。'《注》云:'此山出琴瑟材。'《周礼》:'空桑之琴瑟'是也。"〔女〕同"汝"。指大司命。　⑤〔纷总总〕盛多的意思。这里指人数众多。　⑥〔清气〕《集注》:"谓轻清之气。"这里指古人认为的存在于天地之间的正气。〔阴阳〕这是古代哲学概念。它既是指自然的物质实体,如天是阳,地是阴,又是指造化万物的功能。这里指造化功能。　⑦〔齐速〕马茂元《楚辞选》:"即斋邀,诚虔而恭敬的样子。"　⑧〔九坑〕(—gāng)《补注》:"坑,音冈,山脊也。"《章句》:"九州之山。"九坑,即九州的代称。　⑨〔被被〕同"披披",被风吹动的样子。　⑩〔陆离〕光彩闪烁的样子。《通释》:"文彩貌。"　⑪〔一阴一阳〕《通释》:"状神之容,在若有若无之间。"　⑫〔余所为〕这句表现大司命神秘莫测的形象。反映出人们对命运不可知的思想。　⑬〔疏麻〕《山带阁注》:"神麻。"〔瑶华〕《章句》:"玉华。"这里应为玉色的花。朱季海《楚辞解故》:"言瑶,所以美之尔。"　⑭〔离居〕《章句》:"谓隐者。"⑮〔冉冉〕渐渐。〔极〕至。　⑯〔寝近〕稍稍亲近。《集注》:"寝,渐也。"　⑰〔龙〕龙车。〔辚辚〕车行的声音。　⑱〔高驰〕高飞远举。驰,一本作驼。　⑲〔延伫〕徘徊盼顾。　⑳〔愁人〕使人忧愁。这里的愁字是使动用法。　㉑〔愁人〕忧愁的人。　㉒〔当〕正常的意思。有当,有一个正常的规律。　㉓〔离合〕指与神的离合,与神离则死,合则生。〔可为〕《山带阁注》:"人命至大而神主之,其尊甚矣,其离与合,人孰敢参预其间哉。"意思是认为人不能主宰自己的寿命。

少司命

少司命是主持人间生儿育女的女神，与大司命是一对。本篇是巫的独唱。

秋兰兮麋芜，①
罗生兮堂下。②
绿叶兮素华，③
芳菲菲兮袭予。④
夫人兮自有美子。⑤
荪何以兮愁苦？⑥
秋兰兮青青，⑦
绿叶兮紫茎。⑧
满堂兮美人，⑨
忽独与余兮目成。⑩
入不言兮出不辞，
乘回风兮载云旗。⑪
悲莫悲兮生别离，⑫
乐莫乐兮新相知。⑬
荷衣兮蕙带，⑭
倏而来兮忽而逝。⑮
夕宿兮帝郊，⑯
君谁须兮云之际？⑰
与女沐兮咸池，⑱
晞女发兮阳之阿。⑲
望美人兮未来，⑳
临风恍兮浩歌。㉑
孔盖兮翠旌，㉒
登九天兮抚彗星。㉓

秋天的兰花和芳香麋芜，
在祭堂的四周并列生长。
绿色的叶片雪白的花朵，
散发出阵阵袭人的清香。
世人自有他们的好儿女，
你为何还要为他们忧伤？
堂下秋兰正在繁茂开放，
嫩绿叶片长在紫色茎上。
满堂啊都是祭祀的美人，
你却忽然对我眉目传情。
但进出没有对我说句话，
乘旋风驾云旗飘然离去。
悲啊最悲的是生生别离，
乐啊最乐的是新新相知。
穿着荷花衣裳蕙草衣带，
突然来到了转眼又不在。
晚上你投宿在天国郊外，
你啊在云端里把谁等待？
我真想和你在咸池沐浴，
你的香发应到旸谷去晒。
盼望你啊你却总是不来，
临风高歌我的愁情难解。
翠色旌旗孔雀毛的车盖，
你乘着上九天为民除害。

竦长剑兮拥幼艾，㉔	高举长剑保护下一代啊，
荪独宜兮为民正。㉕	只有你才是人命的主宰。

①〔麋芜〕香草名。《通释》："当归苗。"《集注》："芎藭叶名，似蛇床而香。" ②〔罗生〕罗列着生长。 ③〔素华〕一本作"素枝"。雪白的花。 ④〔菲菲〕形容香气浓重。 ⑤〔美子〕美好的子女。 ⑥〔荪〕《章句》："谓司命也。"这是对少司命的尊称。 ⑦〔青青〕同"菁菁"，形容草木茂盛。 ⑧〔紫茎〕指秋兰。 ⑨〔美人〕指参加祭祀的人。 ⑩〔目成〕《集注》："眄而相视，以成亲好。"指两心相悦，眉目传情。 ⑪〔载云旗〕乘云。 ⑫〔悲莫悲〕等于说悲没有比……更悲。 ⑬〔乐莫乐〕乐没有比……更乐。 ⑭〔荷衣〕荷花做的衣裳。〔蕙带〕蕙草编的衣带。这都是指少司命的服饰。 ⑮〔倏〕（shū）极快。这句是形容少司命行踪飘忽，瞬息万变，不可捉摸。 ⑯〔帝郊〕《章句》："帝谓天帝。""言司命之去，暮宿于天帝之郊。" ⑰〔君〕指少司命。〔须〕等待。一本在此句之后有"与女游兮九河，冲风至兮水扬波"二句。古本无此二句，《补注》删去。 ⑱〔咸池〕神话中的水名，又称天池，太阳洗澡的地方。《淮南子》："日出于旸谷，浴于咸池。" ⑲〔晞〕《章句》："干也。"晞女发，把你的头发晒干。〔阿〕丘陵。阳之阿，可能指神话中日出的旸谷。 ⑳〔美人〕指少司命。 ㉑〔悦〕《山带阁注》："失意貌。"〔浩歌〕大声唱歌。 ㉒〔孔盖〕孔雀羽毛装饰的车盖。〔翠旌〕用翠鸟的羽毛做旗上的旌饰。 ㉓〔九天〕九重天，指天的最高处。〔抚〕用手挥动。〔彗星〕俗称扫帚星。古人认为彗星出现，是扫除邪秽的象征。少司命抚彗星，表示为人间扫除灾难。《章句》："言司命乃升九天之上，抚持彗星欲扫除邪恶辅仁贤也。" ㉔〔竦〕（sǒng）高高举起。〔拥〕保护的意思。〔幼艾〕泛指人间年轻幼小的一代。 ㉕〔荪〕指少司命。〔独宜〕只有它最相宜。〔正〕《山带阁注》："长也。"本指官长，这里是主宰的意思。"为民正"即做人们命运的主宰。

东 君

本篇是歌颂太阳神的诗。东君就是太阳神。篇中由男巫扮太阳神领唱，众巫扮观者伴唱。

暾将出兮东方，①	（男）	温暖的光芒将出自东方，
照吾槛兮扶桑。②		红光照耀我的栏干扶桑。
抚余马兮安驱，③		我控制着龙马从容前进，
夜皎皎兮既明。④		漫漫的黑夜已渐渐明亮。
驾龙辀兮乘雷，⑤		我乘驾的龙车雷为车轮，
载云旗兮委蛇。⑥		车四周的云彩飘浮动荡。
长太息兮将上，⑦		声声长叹我将向上升起，
心低徊兮顾怀。⑧		心中迟疑不决眷恋彷徨。
羌声色兮娱人，⑨		我的声势容采多么迷人，
观者憺兮忘归。⑩		人们乐而忘返对我瞻仰。
緪瑟兮交鼓，⑪	（众）	琴瑟急奏鼓对敲，
箫钟兮瑶簴。⑫		钟磬齐鸣钟架摇。
鸣篪兮吹竽，⑬		吹起篪啊吹起竽，
思灵保兮贤姱。⑭		太阳神啊多美好。
翾飞兮翠曾，⑮		轻盈起舞舞步急，
展诗兮会舞。⑯		唱诗合舞好热闹。
应律兮合节，⑰		歌合律来舞合拍，
灵之来兮蔽日。⑱		众神纷纷降临了。
青云衣兮白霓裳，⑲	（男）	穿着青云衣服白霓裙裳。
举长矢兮射天狼。⑳		手持长长利箭直射天狼。
操余弧兮反沦降，㉑		操起弧矢渐渐往西下降，
援北斗兮酌桂浆。㉒		举起北斗盛满桂花酒浆。
撰余辔兮高驰翔，㉓		驾着我的龙车继续奔驰，
杳冥冥兮以东行。㉔		在茫茫黑夜里奔向东方。

①〔暾〕（tūn）《集注》："温和而明盛也。"　②〔扶桑〕神话中的神树，日出的地方。《山海经·海外东经》："旸谷上有扶桑。"《说

文》："榑桑（即扶桑），神木，日所出也。"每天早晨日出首先要照到这棵树。　③〔安驱〕从容安详地前进。　④〔皎皎〕同"皦皦"。指天色明亮。　⑤〔辀〕（zhōu）车辕。这里以偏概全，代车。龙辀，以龙为马驾的车。〔雷〕古文写作"畾"，字形象车轮。《集注》："雷气转似轮，故以为车轮。"这里指以雷为车轮，所以说"乘雷"。　⑥〔载云旗〕是形容太阳周围有很多云彩。〔委蛇〕（wēi yí）形容云彩浮动卷曲的状态。　⑦〔上〕升起。　⑧〔低徊〕迟疑不前。〔顾怀〕眷恋。《通释》："日出委蛇之容，乍升乍降，摇曳再三，若有太息低徊顾怀之状。"这句表现的情调，与一般人看到日出时的体会并不相同，可能是作者自己凄苦心情的自然流露。　⑨〔羌〕发语词。〔声色〕指太阳东升时的声势和容采。　⑩〔憺〕（dàn）《章句》："安也。"指心情泰然。　⑪〔緪〕《章句》："急张弦也。"〔交〕对击。交鼓，指彼此鼓声交相应和。　⑫〔箫〕"撽"假借字，击。（据林庚《中国历代诗歌选》）〔瑶〕摇的假借字。震动的意思。〔簴〕（jù）《山带阁注》："悬钟之木。"摇簴，指钟响钟架受震动而共鸣。　⑬〔篪〕（chí）古代管乐器。《山带阁注》："以竹为之，长尺四寸，围三寸，一孔上出，横吹之。"象笛，有八孔。　⑭〔灵保〕《章句》："神巫也。"指祭祀时扮神的巫，即指东君。〔娙〕美好，贤娙，温柔而美好。　⑮〔翾〕（xuān）《章句》："小飞也。"翾飞，指舞蹈的人轻轻地飞舞。〔翠〕同"踤（cù）"。本指用足尖踏地，这里指舞步急促。（据林庚说）一说翠为翡翠鸟。"言巫舞工巧，翾然若翠鸟之举也。"〔曾〕同"翩（zēng）"，飞起。　⑯〔诗〕指配合舞蹈的曲词。展诗，展开诗章来唱。〔会舞〕指众巫合舞。　⑰〔应律〕《山带阁注》："律，谓十二律。"应律，指歌曲协合音律。〔节〕音乐的节奏。合节，指舞蹈符合音乐的节奏。　⑱〔灵〕指众神。〔蔽日〕《山带阁注》："从官众多，遮翼蔽之而去也。"　⑲这句说太阳神以云霓为衣裳，是描写太阳当空、云霓辉映的形象。　⑳〔矢〕箭。举长矢，这是比喻太阳光芒万丈。〔天狼〕星名。是现代天文上大犬星座中最亮的一颗星。古代传说这是主侵掠之兆的恶星。古代天文定其分野正当秦国地面，因此旧注都认为这里的天狼是比喻虎狼般的秦国。"射天狼"是希望神能为民除害。　㉑〔弧〕木制的弓。这里是指弧矢星。《山带阁注》："弧矢九星，在狼东南，天弓也。"从星图上看，弧矢星位于天狼星的西南，它由九颗星组成，形状象弓，所以称弧矢。这九颗星有四颗在现代天文上的大犬星座，有五颗在船尾星座。〔反〕指太阳反身西向。〔沦降〕《山带阁注》："日西沉也。" ㉒〔援〕举起。〔北斗〕即北斗七星，大熊星座的七颗星。〔桂浆〕桂花酒。 ㉓〔撰〕控制。 〔余辔〕指龙车。驰，一本作驼。 ㉔〔杳冥冥〕《山带阁注》："长夜冥途。"杳，幽深。冥，黑暗。〔以东行〕向东方运行。这句是说太阳西沉之后，在茫茫黑夜中向着东方继续运行，从夜间走到天亮。

河 伯

河伯是黄河之神。本篇是歌唱黄河之神的诗，男巫扮河伯与女巫对唱。

与女游兮九河，①	（男）	我和你一起游玩黄河上，
冲风起兮水扬波。②		暴风骤起河水翻卷波浪。
乘水车兮荷盖，③		我们乘的水车荷叶为盖，
驾两龙兮骖螭。④		两龙驾御在中两螭在旁。
登昆仑兮四望，⑤	（女）	登上了昆仑山四面眺望，
心飞扬兮浩荡。⑥		顿觉心胸开阔情绪高昂。
日将暮兮怅忘归，⑦		暮色苍茫惆怅忘了归去。
惟极浦兮寤怀。⑧		想着遥远地方思绪茫茫。
鱼鳞屋兮龙堂，⑨		你住着鱼鳞屋龙鳞殿堂，
紫贝阙兮珠宫。⑩		紫贝砌的楼阁珍珠卧房。
灵何为兮水中？⑪		为什么生活在水的中央？
乘白鼋兮逐文鱼，⑫	（男）	我们乘着白鼋追逐文鱼，
与女游兮河之渚，⑬		我和你游戏在河中岛上，
流澌纷兮将来下。⑭		河水伴随我们纷纷流淌。
子交手兮东行，⑮	（女）	与你执手话别将向东行，
送美人兮南浦。⑯		我送你一直送到南岸上。
波滔滔兮来迎，		波涛滚滚前来迎接我啊，

鱼鳞鳞兮媵予。⑰　　　　　鱼儿对对前来做伴随航。

①〔九河〕黄河的总名。传说大禹治水时，把黄河分成九道，所以称黄河为九河。《集注》："九河，徒骇、太史、马颊、覆釜、胡苏、简、洁、钩磐、鬲津也。禹治河至兖州分为九道，以杀其溢，其间相去二百余里，徒骇最北，鬲津最南。盖徒骇是河之本道，东出分为八枝也。"　②〔冲风〕《章句》："暴风也。"〔水扬波〕一本作"横波"。都是指黄河掀起汹涌的波涛。　③〔水车〕能在水上行走的车。〔荷盖〕以荷叶为车盖。　④〔骖〕古代用四马驾车，中间两匹叫服，两边的叫骖。这里是动词。〔骖螭〕用两螭为边马。螭（chī），《说文》："如龙而黄，北方谓之地蝼。"一说是无角龙。《山带阁注》："螭鱼，四足长尾，鳞五色，头似龙无角。"按，以上四句是河伯的唱辞。　⑤〔昆仑〕神话中的山名。古代认为这里是黄河的发源地。　⑥〔浩荡〕本义指水很大，这里用来比喻心胸开阔。　⑦〔怅〕惆怅。　⑧〔惟〕思念。〔极浦〕遥远的对岸。〔寤怀〕《章句》："寤，觉也；怀，思也。言已复徐惟念河之极浦，江之远碕，则中心觉寤，而复愁思也。"意思是一下子触景生情，思念不止。⑨〔鱼鳞屋〕《章句》："言河伯所居以鱼鳞盖屋。"〔龙堂〕《通释》："龙鳞为堂。"取它光采闪耀。　⑩〔阙〕宫室的门楼。〔珠宫〕以珍珠为宫室。《通释》："珠贝为宫阙。"珠，一本作朱。　⑪〔灵〕指河伯。按，以上七句是女巫的唱辞。　⑫〔鼋〕《章句》："大鳖为鼋，鱼属也。"〔文鱼〕有花纹的鱼。　⑬〔渚〕水中小块陆地。　⑭〔流澌〕即流水。《七谏·沈江》篇："赴湘沅之流澌兮，恐逐波而复东。"〔将〕伴随着。以上三句是河伯的唱辞。　⑮〔子〕第二人称的亲昵称呼。指河伯。〔交手〕《集注》："子，谓河伯。交手者，古人将别，则相执手以见不忍相远之意。"　⑯〔美人〕也指河伯。〔南浦〕南方的水滨。　⑰〔鳞鳞〕《山带阁注》："多貌。"形容鱼很多，鱼贯而行，紧密地排列着。〔媵〕（yìng）《集注》："送也。"本来指陪嫁的女子，这里作动词用，陪侍、伴随的意思。〔予〕女巫自称。这句的意思是女巫将要告别河伯，顺流而东行，波涛来迎接她，鱼儿伴随她去。

〔说明〕关于本篇的内容有以下两种不同的意见：第一，郭沫若《屈原赋今译》认为："女，当指洛水的女神，下文有'送美人兮南浦'，我了解为男性的河神与女性的洛神讲恋爱。"第二，游国恩《楚辞论文集·论九歌山川之神》认为："窃尝反复玩索，以意逆志，而后知其确为咏河伯娶妇事也。"

山 鬼

　　山鬼，即山中的女神。可能不是正神，所以称鬼。山鬼与河伯是一对。本篇歌辞全由女巫扮山鬼独唱。诗歌把女神起伏不定的感情变化、千回百转的内心世界，刻画得非常细致、真实和动人。

若有人兮山之阿，①	有一人啊仿佛在深山间，
被薜荔兮带女罗。②	身披薜荔女萝系佩腰前。
既含睇兮又宜笑，③	眉目含情甜甜笑容满面，
子慕予兮善窈窕。④	你爱慕我说我美好幽娴。
乘赤豹兮从文狸，⑤	我乘驾着赤豹带着文狸，
辛夷车兮结桂旗。⑥	坐着辛夷木车桂枝为旗。
被石兰兮带杜衡，⑦	披戴石兰花儿系带杜衡，
折芳馨兮遗所思。⑧	采香花送恋人了我心意。
余处幽篁兮终不见天，⑨	我住竹林深处终不见天，
路险难兮独后来。⑩	独自来迟了路途太艰险。
表独立兮山之上，⑪	我孤独地站在高高山巅，
云容容兮而在下。⑫	飘浮的云彩在脚下舒卷。
杳冥冥兮羌昼晦，⑬	深山老林白日非常幽暗，
东风飘兮神灵雨。⑭	飘风骤雨不定变幻多端。
留灵修兮憺忘归，⑮	我要让你留下乐而忘归，
岁既晏兮孰华予！⑯	如果老了谁还认为我美！
采三秀兮於山间，⑰	采摘灵芝我走遍了巫山，

石磊磊兮葛蔓蔓。⑱　　　山上乱石攒聚葛蔓纠缠。
怨公子兮怅忘归，⑲　　　怨恨你啊使我惆怅忘归，
君思我兮不得闲。⑳　　　既然思念我为何不得闲？
山中人兮芳杜若，㉑　　　我这山中人芳洁像杜若，
饮石泉兮阴松柏，㉒　　　住在松柏下饮用山中泉，
君思我兮然疑作。㉓　　　你想念我却又信疑参半！
雷填填兮雨冥冥，㉔　　　山中雷声隆隆阴雨绵绵，
猿啾啾兮狖夜鸣。㉕　　　夜里猿猴悲啼声声不断。
风飒飒兮木萧萧，　　　　山里阴风阵阵叶落萧萧，
思公子兮徒离忧。㉖　　　思念你啊使我忧愁无限。

①〔若有人〕是说自己若隐若现的。〔阿〕《集注》："曲隅也。"山之阿，山中深曲的地方。　②〔女罗〕即女萝，寄生植物。《集注》："兔丝也。"〔带〕以女萝为佩带。　③〔睇〕（dì）《集注》："微眄貌，美目盼然……"含睇，两眼含情而视。〔宜笑〕笑得很美。　④〔子〕与下文的"公子""灵修""君"都是指山鬼所思念的人。〔窈窕〕（yǎo tiǎo）马瑞辰《毛诗传笺通释》："《方言》：'秦晋之间，美心为窈、美状为窕。'"一说"善心为窈，善容为窕"。　⑤〔赤豹〕皮毛呈赤褐色的豹。〔文狸〕狸，一类狐的小动物。文狸，《山带阁注》："狸毛黄黑相杂也。"狸一作貍。　⑥〔辛夷车〕用辛夷木做的车。〔桂旗〕以桂枝为旗。　⑦〔石兰〕香草名。　⑧〔所思〕即"公子""灵修"等。⑨〔篁〕《山带阁注》："幽，深也；篁，竹丛。"幽篁，竹林深处。⑩〔险难〕形容处境的恶劣，说明独后来的原因。　⑪〔表〕《山带阁注》："表，特也。升高特立，如植标然。"表，突出的意思。　⑫〔容容〕同"溶溶"，形容云像流水似的慢慢浮动。　⑬〔杳〕《章句》："深也，晦暗也。"〔冥冥〕幽暗。　⑭〔飘〕急风回旋地吹。〔神灵雨〕指雨神指挥着下雨。《集注》："言风起而神灵应之以雨也。"这句是说山中风雨无常，变幻多端。　⑮〔憺〕安定。按，这句是山鬼的愿望。她希望灵修能到这里来，然后留住他，使他乐而忘返。　⑯〔岁〕年岁。〔晏〕晚，老了。岁既晏，《山带阁注》："言老之将至也。"〔华予〕以我为美。孰华予，谁还把我当成美丽年轻的人呢。按，以上诗句表达的意思是，山鬼本来处于"山

之阿"的"幽篁"里，为了"折芳馨遗所思"而来，但由于路途险阻来迟了，没有见到她所思念的人。于是她登高远望，痴痴久立高山顶峰，聊以寄情，可是云霞变幻，风雨交加之中，一无所见，这样就引起了她的离别之思和迟暮之感。　⑰〔三秀〕《章句》："谓芝草也。"即灵芝草。秀，是开花的意思。传说灵芝草一年开三次花，所以叫三秀。（据蒋骥说）〔於山〕（於 wū）通"巫"，巫山。　⑱〔磊磊〕形容乱石攒聚。　⑲〔怅忘归〕这句主语是山鬼。　⑳〔君思我〕这句的意思是说，君子所以不来相会，是没有空闲的缘故吗？这是山鬼因怨恨而产生的怀疑，而不是自我安慰。㉑〔山中人〕山鬼自称。《集注》："亦鬼自谓也。"〔芳杜若〕《山带阁注》："芳洁若此。"即是说自己像杜若那样芳洁。　㉒〔饮石泉〕这句是比喻品质坚贞，饮食居处都十分高洁。〔石泉〕山石中流出的泉水。〔阴〕住在树下。一本作荫。　㉓〔然疑作〕《集注》："然，信也；疑，不信也。至此又知其虽思我，而不能无疑信之杂也。"即疑信交加，半信半疑。实际上是山鬼的多疑。　㉔〔填填〕雷声。　㉕〔狖〕（yòu）即长尾猿。　㉖〔离忧〕《章句》："罹其忧愁。"

〔说明〕楚国神话中有巫山神女的传说，本篇所描写的可能就是早期流传的神女形象。旧说山鬼是指夔、嶑阳之类。洪兴祖《补注》："《庄子》曰'山有夔'，《淮南》曰'山出嶑阳'楚人所祀，岂此类乎？"

国　殇

本篇是追悼阵亡将士的挽诗。殇，古代指未满二十岁而死的人。《小尔雅》说："无主之鬼谓之殇。"这里指出征阵亡的青壮年。因为为国牺牲，所以称为国殇。这篇诗中描写的战争场面，不是一两次战役的写照，而是楚国多年争霸历史的典型概括。

操吴戈兮被犀甲，①	战士手持兵器身披犀甲，
车错毂兮短兵接。②	敌我战车交错戈剑相接。

旌蔽日兮敌若云，③　　　　旌旗遮天蔽日敌众如云，
矢交坠兮士争先。④　　　　箭如细雨战士奋勇争先。
凌余阵兮躐余行，⑤　　　　敌军侵犯我们行列阵地，
左骖殪兮右刃伤。⑥　　　　右骖马受伤左骖马倒毙。
霾两轮兮絷四马，⑦　　　　兵车两轮深陷绊住四马，
援玉枹兮击鸣鼓。⑧　　　　主帅举起鼓槌猛击战鼓。
天时怼兮威灵怒，⑨　　　　杀得天昏地暗神灵震怒，
严杀尽兮弃原野。⑩　　　　全军将士捐躯茫茫原野。
出不入兮往不反，⑪　　　　将士们啊一去永不回还，
平原忽兮路超远。⑫　　　　走向那平原的遥远路途。
带长剑兮挟秦弓，⑬　　　　佩长剑夹强弓争战沙场，
首身离兮心不惩。⑭　　　　首身分离雄心永远不屈。
诚既勇兮又以武，⑮　　　　真正勇敢顽强而又英武，
终刚强兮不可凌。⑯　　　　始终刚强坚毅不可凌辱。
身既死兮神以灵，⑰　　　　人虽死啊神灵终究不泯，
魂魄毅兮为鬼雄！⑱　　　　魂魄刚毅不愧鬼中雄英！

①〔吴戈〕《山带阁注》："戈，平头戟。吴人工为之，若《考工记》所谓吴粤之剑也。"吴国所制的戈，当时最锋利。这里用吴戈并非实指，只是比喻武器精良。〔犀甲〕《山带阁注》："以犀皮为铠。"　②〔毂〕（gǔ）车的轮轴。古代战车轮轴突出轮外，所以会错毂。车错毂，指双方战车交错在一起。〔短兵〕指刀剑一类的短武器。〔接〕《集注》："言戎车相迫，轮毂交错，长兵不施，故用刀剑以相接击也。"　③〔蔽日〕〔若云〕都是形容多的样子。　④〔矢交坠〕指流矢在双方的阵地前纷纷坠落。　⑤〔凌〕侵犯。〔躐〕（liè）践踏。《章句》："凌，犯也；躐，践也。"　⑥〔殪〕（yì）毙。〔右〕指右侧骖马。　⑦〔霾〕《通释》："霾与埋通。"此处指车轮深陷于地下。〔絷〕（zhí）《章句》："絷，绊也。"　⑧〔援〕拿起。〔枹〕（fú）鼓槌。玉枹，嵌玉为饰的鼓槌。

⑨〔天时怼〕《集注》："怼，怨也。"天时，天象。这句说天怨神怒，也就是惊天地泣鬼神的意思。但"天时怼"也可理解为天阴沉沉的、像要塌下来的样子。《章句》："怼，落也。"怼，一作坠、一作隧。〔威灵〕威严的神灵。　⑩〔严杀〕《集注》："犹言鏖战痛杀也。"〔弃原野〕《集注》："骸骨弃于原野也。"　⑪〔出不入〕与"往不反"同义。〔反〕同"返"。　⑫〔忽〕渺茫而萧索。〔超远〕即遥远。"平原忽"与"路超远"意近。这两句用重复的词组，强调将士们离家远征勇往直前、誓死不回的决心。　⑬〔秦弓〕这里与"吴戈"的意思相同，指用最好的弓。秦国制的弓当时最强。《补注》："《汉书·地理志》云：'秦地迫近戎狄以射猎为先，又秦有南山檀柘可为弓干。'"　⑭〔惩〕《集注》："创艾也。"这句说身可杀而心不可屈。⑮〔勇〕指精神勇敢。〔武〕指武力强大。　⑯〔不可凌〕志不可夺。⑰〔神〕指精神。神以灵，指死而有知，英灵不泯。　⑱〔毅〕威武不屈。〔鬼雄〕鬼中的雄杰。《章句》："言国殇既死之后，精神强壮，魂魄武毅，长为百鬼之雄杰也。""魂魄毅"一本作"子魂魄"。

礼　魂①

这是《九歌》的送神曲，送的神还是东皇太一。这首诗节奏轻快，洋溢着欢乐之情。

成礼兮会鼓，②	典礼完成，鼓儿齐敲，
传芭兮代舞。③	鲜花频传，轮番舞蹈。
姱女倡兮容与。④	美人儿唱啊乐陶陶。
春兰兮秋菊，	年年春兰秋菊时，
长无绝兮终古。⑤	祭祀大典忘不了。

①〔魂〕也就是神。《通释》："魂，亦神也。"送神是祭祀中最后一个典礼，所以把送神说为"礼魂"。　②〔成礼〕是"礼成"的倒文。指祭祀的完成。〔会鼓〕鼓声齐鸣。　③〔芭〕同"葩"，初开的鲜花。

〔代舞〕轮番交替舞蹈。《章句》："代，更也。" ④〔倡〕同"唱"。〔容与〕指唱歌的人心情偷快。《章句》："容与，游戏貌。" ⑤〔长无绝〕永远不断。这两句说，每年春秋两季，当兰花菊花盛开的时候，都要举行祭祀，永远不断绝。《通释》："祀典不废，长得事神。"

〔说明〕王夫之首先指出《礼魂》为《九歌》的送神曲。他说："凡前十章，皆各以其所祀之神而歌之，此章乃前十祀之所通用。而言终古无绝，则送神之曲也。"后来王邦采、王闿运、梁启超等赞成这种看法。现在得到了普遍承认。

天　问

　　本篇是屈原所作。这是《离骚》之外的又一首重要长诗。在这首诗中，诗人提出了一百七十多个问题，涉及了天地万物、人神史话、政治哲学、伦理道德，鲜明地表现了诗人学识的渊博，思想的博大精深和强烈探索真理的愿望，反映了他大胆怀疑和批判的精神。根据王逸《楚辞章句》，《天问》应该是屈原被放逐后的作品。王逸认为，"天问"就是"问天"的意思。只因"天尊不可问，故曰天问"。这里的"天"有广泛的含义，它既包括自然界，也包括人类社会。

　　《天问》在语言上别具一格，句式以四言为主，不用语尾助词。四句一节，每节一韵，节奏、音韵自然协调。有一句一问、二句一问、三句一问、四句一问等多种形式。疑问词交替使用，因此，尽管通篇发问，读起来参差错落，灵活多变，圆转活脱，不觉得呆板，表现了作者异常精密的构思和十分高超的驾驭文字的能力。

曰：遂古之初，①	请问：那远古开端的情况，
谁传道之？	究竟是谁把它传述下来？
上下未形，②	上下混沌天地没有形成，
何由考之？	又根据什么办法去考察？
冥昭瞢暗，③	当时昼夜不分昏暗迷蒙，
谁能极之？④	那么谁能够清楚认识它？
冯翼惟象，⑤	元气充满空间无形唯象，
何以识之？	这又怎能够辨别明白啊？

明明暗暗，	宇宙中有光明又有黑暗，
惟时何为？⑥	为什么会这样原因在哪？
阴阳三合，⑦	阴阳二气结合产生万物，
何本何化？⑧	它们谁是本原谁是演化？
圜则九重，⑨	天是多么高啊上有九层，
孰营度之？⑩	到底是谁把它这样筹划？
惟兹何功，⑪	这项工程是多么的伟大，
孰初作之？	究竟又是谁最初创建它？
斡维焉系？⑫	天的"轴承"又连接在何处？
天极焉加？⑬	旋转的"天轴"往哪里安插？
八柱何当？⑭	八根擎天巨柱竖在何方？
东南何亏？⑮	大地的东南角为何倾塌？
九天之际，⑯	高高的九重天的边缘啊，
安放安属？⑰	安置在哪里什么连接它？
隅隈多有，⑱	天边有多少角落和弯曲，
谁知其数？	有谁知道它们的数目啊？
天何所沓？⑲	天和地在什么地方相合？
十二焉分？⑳	十二辰又是怎样来分划？
日月安属？㉑	太阳月亮怎么悬挂天上？
列星安陈？㉒	群星又如何罗列成这样？
出自汤谷，㉓	太阳每天从旸谷走出来，
次于蒙汜，㉔	晚上停宿在蒙汜这地方。
自明及晦，	它从天明开始走到天黑，
所行几里？	共走了多少里这么一趟？
夜光何德，㉕	月亮它具有什么德性啊，
死则又育？㉖	逐渐死去随即逐渐发光？
厥利维何，㉗	它究竟要贪图什么好处，
而顾菟在腹？㉘	要把那兔子在腹中畜养？
女歧无合，㉙	女歧没有结婚也无丈夫，

夫焉取九子？	她的九个儿子从哪里来？
伯强何处？㉚	那大疫鬼伯强住在何处？
惠气安在？㉛	祥瑞惠气又在什么地方？
何阖而晦？㉜	什么东西关闭天就黑暗？
何开而明？	什么东西打开天就明亮？
角宿未旦，㉝	当东方还没有亮的时侯，
曜灵安藏？㉞	光辉的太阳在哪里躲藏？

①〔遂〕通"邃"（suì），远。　②〔上下〕上指天，下指地。〔形〕动词，形成。　③〔曹暗〕（méng—）《集注》："言昼夜未分也。"　④〔极〕穷尽。这里是看透的意思。　⑤〔冯翼〕冯通"凭"，满。冯翼，元气盛满的状态。古人认为宇宙中最初只是一种"元气"。〔象〕古人把无实物存在的想象中的形称为象。《山带阁注》："冯翼，絪缊浮动之意。"　⑥〔时〕通"是"，这样。　⑦〔三合〕即渗合。汪仲弘说："三与参同，古字通用，谓阴阳二气参错会合也。"附见汪瑗《楚辞集解》《淮南子·天文训》："道始于一；一而不生，故分而为阴阳；阴阳合和而万物生。"　⑧〔本〕〔化〕本，根本。化，化生、派生。《山带阁注》："本者，化之原，化者，本之发。"　⑨〔圜〕《集注》："与圆同，圆，谓天形之圆也。"圜，即指天。〔九重〕九层。古代传说天有九层。　⑩〔营〕筹谋。〔度〕规划。　⑪〔兹〕此。〔功〕工程。何功，什么样的工程，意思是这工程多么伟大。　⑫〔斡〕（guǎn）车轴承。《山带阁注》："斡，车毂之内，以金为管而受轴者。"　⑬〔天极〕《山带阁注》："天极，南北极也。天体绕极旋转，而极星不移，譬则车之轴也。凡毂必有所系，然后轴有所加。"这两句的意思是：天空不停转动，控制这种转动的"轴承"连接在什么地方？天空顶上的"天轴"又往哪里安插？　⑭〔八柱〕古代传说地上有八根擎天柱。《补注》："《河图》言，'昆仑者地之中也。地下有八柱，柱广十万里。有三千六百轴互相牵制，名山大川孔穴相通。'"　⑮〔亏〕缺损。　⑯〔九天〕《章句》："九天，东方皞天，东南方阳天，南方赤天，西南方朱天，西方成天，西北方幽天，北方玄天，东北方变天，中央钧天。"一说九层天。　⑰〔属〕连接。按：古人认为天是圆的，地是方的，天盖着地。　⑱〔隅〕角落。〔隈〕（wēi）弯曲的

地方。　⑲〔沓〕会合。指天地会合。　⑳〔十二〕《章句》认为指十二辰。即子、丑、寅、卯、辰、巳、午、未、申、酉、戌、亥。古人把太阳在天空中运行的轨道叫黄道。日月在黄道上有十二个会合点，这十二个会合点就叫十二辰。一说十二分野。　㉑〔属〕依附。　㉒〔列星〕群星。〔陈〕陈列。　㉓〔汤谷〕（yáng—）即旸谷。神话中太阳升起的地方。　㉔〔次〕止息。〔蒙汜〕（—sì）神话中太阳止息的地方。　㉕〔夜光〕《章句》："夜光，月也。"〔德〕德性。　㉖〔死则又育〕指月亮的缺和圆。古人不明白月亮圆缺的原因，认为月亮能自为生死，缺就是死亡，圆就是复生。㉗〔厥〕其，指月。　㉘〔顾菟〕畜养兔子。顾，照顾。引申为畜养的意思。菟同"兔"，古人认为月中有兔。《章句》："言月中有菟，何所贪利，居月之腹，而顾望乎？"一说蟾蜍和兔子。另一说是月中兔子的名，即蟾蜍。㉙〔女歧〕神话中的神女。无夫而生了九个孩子。（这可能是母系氏族群婚制的反映，只知其母不知其父。）　㉚〔伯强〕《章句》："大厉疫鬼也，所至伤人。"　㉛〔惠气〕《章句》："惠气，和气也。言阴阳调合则惠气行，不和调则厉鬼兴，二者当何所在乎。"　㉜〔阖〕关闭。　㉝〔角宿〕星宿名，二十八宿之一。它有两颗亮星，黄道刚好通过这里，古代称天门。这两颗星在现代天文上的室女座。另一说认为角宿是东方苍龙七宿的首宿，代表东方。　㉞〔曜灵〕（yào—）《章句》："曜灵，日也。"

　　按：全文共分两部分。以上是第一部分的第一层。除"女歧""伯强"两条外，所提出的都是关于天体构造、日月星辰的问题。

不任汩鸿，①	说鲧不能胜任治理洪水，
师何以尚之？②	大家为什么还要推举他？
佥曰何忧，③	人人都说"洪水不必担忧"，
何不课而行之？④	为什么对他不试了再用？
鸱龟曳衔，⑤	鸱龟在地相互连接拖拉，
鲧何听焉？	鲧为什么听从有何启发？
顺欲成功，	他想顺应众望把水治好，
帝何刑焉？	帝尧为何还要把他诛罚？
永遏在羽山，⑥	长期把他拘禁在羽山啊，
夫何三年不施？⑦	过了很多年为啥不放他？

伯禹腹鲧，⑧
夫何以变化？
纂就前绪，⑨
遂成考功。⑩
何续初继业，
而厥谋不同？
洪泉极深，
何以寘之？⑪
地方九则，⑫
何以坟之？⑬
应龙何画？⑭
河海何历？
鲧何所营？
禹何所成？
康回冯怒，⑮
地何故以东南倾？
九州安错，⑯
川谷何洿？⑰
东流不溢，
孰知其故？
东西南北，
其修孰多？⑱
南北顺椭，⑲
其衍几何？⑳
昆仑县圃，
其尻安在？㉑
增城九重，㉒
其高几里？
四方之门，㉓

禹竟从鲧的腹中变出来，
怎么会产生这样的变化？
大禹继承了前人的事业，
终于把父亲功业完成了。
为何继承鲧最初的事业，
大禹却采取不同的方法？
洪水的源泉非常的深啊，
大禹为什么能够塞住它？
他把全国土地分为九等，
这是根据什么进行分划？
应龙怎样帮着用尾划地？
江河经过哪些地方流下？
鲧治理洪水做了些什么？
禹又把哪些工作完成了？
共工大怒啊头触不周山，
大地为什么向东南倾斜？
全国九州是如何设置的，
河流水道为何这样深洼？
百川东流入海总装不满，
谁能知道它的原因在哪？
大地东西南北间的距离，
究竟哪个更长哪个更大？
顺着南北看去地形狭长，
它比东西距离长多少啊？
巍峨的昆仑山上的县圃，
它到底坐落在山上何处？
那昆仑山上的九层增城，
它究竟有多少里的高度？
昆仑山上四方的大门啊，

其谁从焉？㉔
西北辟启，㉕
何气通焉？
日安不到？
烛龙何照？㉖
羲和之未扬，
若华何光？㉗
何所冬暖？
何所夏寒？
焉有石林？
何兽能言？
焉有虬龙，㉘
负熊以游？
雄虺九首，㉙
倏忽焉在？
何所不死？
长人何守？
靡萍九衢，㉚
枲华安居？㉛
一蛇吞象，㉜
厥大何如？
黑水玄趾，㉝
三危安在？㉞
延年不死，
寿何所止？
鲮鱼何所？㉟
魖堆焉处？㊱
羿焉彃日？㊲
乌焉解羽？㊳

什么东西在那进进出出？
打开昆仑山西北的大门，
这扇门是什么风的通路？
太阳哪有照不到的地方？
那么烛龙所照又是何处？
太阳的车夫还未把鞭扬，
若木之花为什么能发光？
到底什么地方冬天温暖？
夏天寒冷的是什么地方？
哪里有石头构成的森林？
能够说话的是什么野兽？
哪里会有无角的虬龙啊，
驮着黄熊在河海里出游？
可怕的雄蛇它有九个头，
在哪窜来窜去风声飕飕？
是什么地方有不死之国？
那里的巨人把什么看守？
神奇的靡萍有很多分叉，
哪里生长着奇异的枲花？
一条巨蛇能把大象吞下，
那么它到底应该有多大？
染人手脚的黑水在何处，
青鸟居住的三危山在哪？
玄趾三危的人长寿不死，
他们到底活到哪天为止？
鲮鱼人面鱼身在哪生长？
吃人魖雀待在什么地方？
后羿为什么要射落太阳？
乌鸦的羽毛又散失何方？

①〔汩〕（gǔ）治理。〔鸿〕通"洪"，洪水。 ②〔师〕众人。〔尚〕上。推举上去。〔之〕指鲧（gǔn），神话中的人物，夏禹的父亲。尧时洪水滔天，诸侯推举鲧去治水，后无功被尧诛杀。 ③〔佥〕（qiān）全，众。 ④〔课〕试。《尚书·尧典》载，当时尧不同意用鲧治水，诸侯建议让他试试，治不成再罢免他，尧于是用鲧治水。 ⑤〔鸱龟〕不详。一说是神话中的龟名。《山海经》中的《南山经》和《中山经》载有一种龟，鸟头鳖尾，能发出猫头鹰的叫声。一说是指猫头鹰和乌龟两种动物。鸱（chī），鹞鹰。按，"鸱龟曳衔"的事不见古书记载。关于这两句的解释很多：王逸认为是说鲧死后被鸱龟吃掉；姜亮夫认为鲧有何圣德，能让鸱龟来帮他治水；郭沫若认为鲧听任鸱和龟破坏治水工程……各说不同。现只能依字面译。 ⑥〔遏〕（è）拘禁。〔羽山〕神话中的地名。传说在东海之滨。《史记·五帝本纪》载，鲧治水无功，舜请示尧后，将鲧放逐在此。 ⑦〔三年〕等于说很多年。"三"不是实指。〔施〕放。《章句》："施，舍也。" ⑧〔伯禹〕禹称帝时曾封夏伯，所以叫伯禹。〔腹鲧〕从鲧腹中生出来。《山海经·海内经》载，鲧死在羽山后，尸体三年不腐，有人剖开他的腹部，得到禹。"腹"，一作"愎"。 ⑨〔纂〕（zuǎn）继续。 ⑩〔考〕死去的父亲的尊称。 ⑪〔寔〕同填。〔之〕代洪泉。 ⑫〔方〕比。〔则〕标准。九则，九等。《尚书·禹贡》载，禹治水后把全国土地分成九等。 ⑬〔坟〕《章句》："坟，分也。" ⑭〔应龙何画〕一本作"河海应龙，何画何历"。应龙，《章句》："龙有翼曰应龙。"传说大禹治水时，应龙帮助禹，用尾划地，禹就依此挖通江河，导水入海。 ⑮〔康回〕神话中的人物，共工的名字。〔冯怒〕冯通"凭"，满。冯怒，大怒。《淮南子·天文训》："昔者共工与颛顼争为帝，怒而触不周之山，天柱折，地维绝，天倾西北，故日月星辰移焉；地不满东南，故水潦尘埃归焉。" ⑯〔九州〕传说禹治好洪水后把天下分为九州。〔错〕通"措"，设置。 ⑰〔洿〕（wū）《章句》："洿，深也。"洿，一说挖掘。 ⑱〔修〕长。 ⑲〔椭〕（tuǒ）狭长。 ⑳〔衍〕多出，余。按，这两句有两种理解：一说南北狭长，它比东西长多少？一说顺南北看地形扁狭，东西距离比南北长多少？ ㉑〔尻〕《补注》："尻与居同。" ㉒〔增城〕神话中的地名，在昆仑山上。《淮南子·地形训》："昆仑山上有增城九重，其高一万一千里余。"〔九重〕九层。 ㉓〔四方之门〕《补注》："《淮南》

言昆仑虚旁，有四百四十门，……此云四方之门。"一说天的四方各有大门。
㉔〔从〕由，出入。这是说昆仑山各种风从四方之门出入，以调节寒暑。
㉕〔辟〕〔启〕都是开的意思。《补注》："《淮南》云，昆仑虚玉横维
其西北隅，北门开以纳不周之风。按，不周山在昆仑西北，不周风自此出
也。" ㉖〔烛龙〕神话中的神。《补注》："《山海经》云，西北海之外，
赤水之北，有章尾山，有神，人面蛇身而赤，其瞑乃晦，其视乃明，是烛
九阴，是谓烛龙。" ㉗〔若华〕若木的花。神话中日入处的大树叫若木。
据说太阳落在若木之下，若木的花就发出光芒。 ㉘〔虬龙〕神话中的无
角龙。 ㉙〔虺〕（huǐ）毒蛇。 ㉚〔靡萍〕《山带阁注》："靡，蔓也。
萍，水草。"一说是一种奇异的萍草。〔九衢〕《山带阁注》："言其枝
交错九出，象九衢之路也。" ㉛〔枲〕（xǐ）麻。这里的萍和枲都是神
话中奇异的植物。 ㉜〔一〕一本作"灵"。 ㉝〔黑水〕神话中的水名。
〔玄趾〕玄，黑。趾，脚。这里指手脚。玄趾，是神话中的地名。《山带
阁注》："《西山经》：昆仑西北隅，黑水出焉。玄趾，承黑水言。《路
史余论注》：黑水染足，涉者其色黝黑入肤是也。" ㉞〔三危〕神话中
的山名。《山带阁注》："三危山，三青鸟居之，为西王母取食。"据《山
海经》《淮南子》等载，黑水之禾，三危之露，吃了可以长寿。下面二句
是接此而问的。 ㉟〔鲮鱼〕神话中的怪鱼。《山海经·海内北经》："陵
鱼人面手足鱼身，在海中。" ㊱〔鬿堆〕（qí—）神话中的鸟。堆是"雀"
的借字。《东山经》："东次四经之首曰北号之山，临于北海……有鸟焉。
其状如鸡而白首，鼠足而虎爪，其名曰鬿雀，亦食人。" ㊲〔羿〕神话
中英雄人物。据《淮南子》载，唐尧时十个太阳并出，禾稼草木焦枯，尧
命羿射落其中九个。〔彃〕（bì）射。 ㊳〔乌〕神话传说太阳中有三足乌，
太阳被射落，里面的乌鸦翅羽散落。

　　按：以上是第一部分的第二层，是关于鲧禹治水和大地的问题。这
以上两层为第一部分。这部分是对各种自然现象和神话传说中的形形色色
的事物提出疑问。

　　禹之力献功，①　　　　　大禹全力投入治水工程，
　　降省下土四方。②　　　　他还下来视察各地情况。
　　焉得彼涂山女，③　　　　怎么遇到涂山国的姑娘，
　　而通于台桑？④　　　　　大禹就和她私通于台桑？

闵妃匹合，⑤
厥身是继，⑥
胡维嗜不同味，⑦
而快朝饱？⑧
启代益作后，⑨
卒然离孽，⑩
何启惟忧，⑪
而能拘是达？⑫
皆归射鞠，⑬
而无害厥躬；⑭
何后益作革，⑮
而禹播降？⑯
启棘宾商，⑰
《九辩》《九歌》；⑱
何勤子屠母，⑲
而死分竟地？⑳
帝降夷羿，㉑
革孽夏民。㉒
胡射夫河伯，㉓
而妻彼洛嫔？㉔
冯珧利决，㉕
封狶是射。㉖
何献蒸肉之膏，㉗
而后帝不若？㉘
浞娶纯狐，㉙
眩妻爰谋。㉚
何羿之射革。㉛
而交吞揆之？㉜
阻穷西征，㉝

爱怜涂山姑娘与他结合，
为了传宗接代才会这样。
他与涂山女的族类不同，
为什么还贪图一时欢畅？
夏启想取代益而做国君，
没想到会忽然遭到灾殃；
为什么夏启已遭到祸患，
却又能够从拘禁中逃亡？
益的部下向启交出武器，
因而对于夏启无所损伤；
同是禅让为何伯益失败，
而大禹的统治却能繁昌？
夏启急急忙忙朝见上帝，
把《九辩》《九歌》都带回地上；
为何夏启出生杀害母亲，
使她尸骨分裂弃地而亡？
为了夏朝上帝派下夷羿，
为解除夏朝百姓的忧虑；
羿为什么又要射瞎河伯，
霸占那洛水的女神为妻？
夷羿凭借着好弓和善射，
专门把那些大野兽猎取。
为何羿用肥美的肉献祭，
而上帝总还是不很乐意？
寒浞想娶羿的妻子纯狐，
迷人纯狐与她设下毒计；
羿有着射穿皮甲的力量，
为何遭到吞灭被人算计？
鲧死后向西奔道路险阻，

岩何越焉？㉞	高山峻岭他是怎样越过？
化为黄熊，㉟	变成黄熊进入羽山深渊，
巫何活焉？㊱	西方神巫如何把他救活？
咸播秬黍，㊲	鲧教会了大家播种黑黍，
莆雚是营；㊳	还把地上水草芦苇清除；
何由并投，㊴	鲧与驩兜三苗一同放逐，
而鲧疾修盈？㊵	难道他的罪行不容饶恕？
白蜺婴茀，㊶	那云气缭绕着的白霓啊，
胡为此堂？㊷	为什么来到崔文子堂上？
安得夫良药，	王子乔从哪里得来仙药，
不能固臧？㊸	为何不能够好好地保藏？
天式从横，㊹	自然的法则是阴阳消长，
阳离爰死。㊺	倘若阳气消失人就死亡。
大鸟何鸣，	王子乔变大鸟还能鸣叫，
夫焉丧厥体？	他本来的躯体怎样消亡？
蓱号起雨，㊻	雨师蓱号他主管着降雨，
何以兴之？	那云雨究竟是怎样兴起？
撰体协胁，㊼	风伯具有着骈胁的鹿身，
鹿何膺之？㊽	它从哪承受这奇特形体？
鳌戴山抃，㊾	巨鳌头顶大山四足游移，
何以安之？	神山怎么能够稳定不动？
释舟陵行，㊿	巨人不用船而陆地行走，
何以迁之？(51)	怎么能把海中六鳌钩走？
惟浇在户，(52)	寒浇到他嫂子的门上去，
何求于嫂？(53)	他对寡妇嫂子有何要求？
何少康逐犬，(54)	为何少康打猎驱使猎狗，
而颠陨厥首？(55)	他却能够砍掉寒浇的头？
女歧缝裳，	浇的嫂子女歧给浇缝裳，
而馆同爰止；(56)	他俩晚上却要歇息同房；

何颠易厥首，[57]
而亲以逢殆？

少康错砍了女歧的脑袋，
浇因淫逸终于自身遭殃？

①〔献〕投入。〔功〕指治水的工程。　②〔降省〕下来视察。一本土下无四字。　③〔涂山〕古国名。《史记·夏本纪》载，禹娶涂山氏女，生启。　④〔台桑〕古地名。　⑤〔匹合〕结婚。　⑥〔继〕继嗣，继承。⑦〔维〕语助词。一本无维字，一作为；一本嗜下有欲字。　⑧〔朝饱〕一朝饱食。比喻一时的欢乐。按，郭沫若认为禹与涂山女是野合。所以他译"通之于台桑"为"在台桑和她通淫"，译"而快朝饱"为"只图一时的安逸"。　⑨〔启〕夏启。传说是禹的儿子。〔益〕传说是禹的贤臣，禹曾选定他继承帝位。《史记·夏本纪》《韩非子·外储说右下篇》《国策·燕策》等书载，禹死时把帝位禅让给益，三年后，启为禹守丧期满，谋夺帝位，被益拘禁。后来逃脱，杀益得位。　⑩〔卒〕通"猝"。卒然，忽然。〔离〕通"罹"，遭到。〔孽〕灾祸，忧患。　⑪〔惟〕通"罹"，遭受。⑫〔达〕通。这里是逃脱的意思。　⑬〔射〕作名词用，射器。指弓箭。〔韇〕(jú)疑是箙(fú)的误字，箭袋。射韇，指武器。或作鞠。　⑭〔躬〕本身。厥躬，指启。　⑮〔后益〕伯益。因他曾任过君主，所以叫后益。〔作〕通"祚(zuò)"，国祚、国运。指统治权。　⑯〔播降〕闻一多《天问疏证》："播读为蕃，降读为隆。"播降，繁荣昌盛。　⑰〔棘〕急。〔宾〕古代礼制之一。指诸侯朝见天子。这里是动词，朝见。〔商〕郭沫若《屈原赋今译》："商乃帝之误。《大荒西经》：'启上三嫔于天，得九辩九歌以下。'"这句一说启陈列宫商。　⑱〔九辩〕〔九歌〕乐曲名。　⑲〔勤子屠母〕朱熹《集注》采《淮南子》说："禹治水时，自化为熊，以通轘辕之道，涂山氏见之而惭，遂化为石，方方孕启，禹曰：'归我子！'于是石破北方而启生。"勤子，指涂山氏殷勤地保护儿子。一说勤子，勤劳的儿子。指禹。《太平御览》引《帝王世纪》载，禹母修己生禹时难产，裂开了胸才生出禹。《章句》说，禹母修己剖裂了背生禹。⑳〔死〕通"尸"。　㉑〔夷羿〕《章句》："夷羿，诸侯弑夏后相者也。"指传说中夏代有穷国的君主，擅长射箭，夺取夏后相帝位，自立为君，后被寒浞杀死。有穷国属东夷族，所以称为夷羿。　㉒〔孽〕忧患。㉓〔河伯〕黄河之神。《章句》："河伯化为白龙游于水旁，羿见射之，

眇其左目。" ㉔〔洛〕指洛水。〔嫔〕（pín）古代对妇女的美称。洛嫔，即宓妃。传说是洛水女神。 ㉕〔冯〕通"凭"，持。〔珧〕（yáo）《补注》："《尔雅》：'弓以蜃者谓之珧。'注云，用蜃饰弓两头，因取其类以为名。"蜃，小蚌。一说是夷羿的宝弓名。〔决〕通"玦"。《山带阁注》："决，象骨为之，着右大指，以钩弦者。"利决，指善于射箭。㉖〔封〕大。〔豨〕（xī）野猪。 ㉗〔蒸〕通"烝"，冬祭。蒸肉，祭祀用的肉。 ㉘〔若〕顺。不若，不顺心。 ㉙〔浞〕（zhuó）即寒浞。传说是羿的相，谋杀羿而自立为君。〔纯狐〕羿的妻子。 ㉚〔眩〕（xuàn）迷惑人。《左传·襄公四年》："寒浞，伯明氏之谗子弟也。伯明后寒弃之，夷羿收之，信而使之，以为己相。浞行媚于内，而施赂于外，愚弄其民，而虞羿于田，树之诈慝，以取其国家，外内咸服。羿犹不悛，将归自田，家众杀而亨（烹）之，……浞因羿室，生浇及豷。" ㉛传说羿力大善射，能射穿七层兽皮。 ㉜〔吞〕消灭。〔揆〕（kuí）估量。引申为算计的意思。 ㉝〔西征〕据《山海经》等书载，鲧死后变为黄熊曾向西方行进，到昆仑山、灵山求救。一说从西到东边的羽山去。 ㉞〔岩〕高峻的山岩。㉟〔黄熊〕《左传·昭公七年》载，鲧在羽山死后，其神化为黄熊，进入羽山之渊。 ㊱〔活〕使……活。 ㊲〔秬黍〕（jù—）黑黍，黑小米。按，联系上下文，这里应指鲧的事。 ㊳〔莆〕即蒲，水草。〔蘤〕（huán）通"萑"，芦类植物。〔营〕除草的意思。（用郭沫若说，当读为"耘"）除去被水淹过的土地上长的水草芦苇。 ㊴〔并投〕一同投弃。传说与鲧一起被放逐的还有共工、驩兜、三苗三个人。 ㊵〔疾〕罪行。〔修〕长。〔盈〕满。修盈，指罪行极多，擢发难数，不容宽恕。 ㊶〔蜺〕同"霓"。〔婴〕缠绕。〔茀〕（fú）通"霈"，云气。《章句》引《列仙传》的故事：崔文子向王子乔学仙，王变一条云气缠绕的白霓，给崔文子送仙药，崔感到惊怪，就用戈击白霓，仙药落在地上，低头一看是王的尸体。崔就把王尸放在室中，用破筐盖上，一会儿尸体变成一只大鸟叫起来，崔揭开破筐一看，大鸟就飞走了。 ㊷〔此堂〕指崔文子的室中。 ㊸〔臧〕同"藏"。 ㊹〔天式〕自然的规律。〔从横〕即纵横，指阴阳消长之道。㊺〔阳〕阳气。古人认为人有阴阳二气才生存。〔爰〕《章句》："爰，于也。言天法有善，阴阳纵横之道，人失阳气则死也。" ㊻〔萍号〕神话中雨师的名字。 ㊼〔撰〕具有。〔协胁〕胁骨骈生。 ㊽〔膺〕（yīng）《山带阁注》："膺，受其形也。""谓风伯也。……飞廉，鹿身，头如雀，有角，蛇尾豹文，能致风气。”以上两句，一本作“撰体胁鹿，何以膺之”。　㊾〔鳌〕传说中海里的大鳖。〔戴山〕《山带阁注》：“《玄中记》：巨灵之龟，背负蓬莱山而抃。《列子》：东海五山，相去七万里，随潮往来，不得暂峙，仙圣毒焉，帝命禺强使巨鳌十五举首戴之，五山始峙。”〔抃〕（biàn）拍手。这里指巨鳌四足游动。　㊿〔释〕放弃。〔陵行〕在陆上行走。　(51)〔迁之〕指把巨鳌钩走。《列子·汤问》说：龙伯国有一个巨人，一下子钩走了六只大鳌，把它们背回国去。　(52)〔浇〕人名。寒浞的儿子，力大而纵欲残忍。〔在户〕到门上去。　(53)〔嫂〕浇的嫂子女歧。据说她是寡妇。　(54)〔少康〕夏朝君主相的儿子，是夏朝中兴之主。〔逐犬〕指打猎。　(55)〔颠陨〕坠落。《集注》：“浇无义，淫佚其嫂，往至其户，佯有所求，因与淫乱。夏少康因田猎放犬逐兽，遂袭杀浇而断其头。”　(56)〔馆〕屋舍。馆同，即同房。　(57)〔颠〕砍掉。〔易〕换。指砍错了。《集注》：“言女歧与浇淫佚，为之缝裳，于是共舍而宿止也。……少康夜袭，得女歧头，以为浇，因断之，故言易首。”

按：以上是第二部分第一层。主要是关于夏朝的历史问题，是围绕着鲧禹治水和启益斗争展开的。

汤谋易旅，①	少康谋划整顿他的部下，
何以厚之？②	他怎么使部队力量壮大？
覆舟斟寻，③	寒浇既然能够消灭斟寻，
何道取之？④	少康战胜浇用什么方法？
桀伐蒙山，⑤	夏桀兴兵攻伐那蒙山国，
何所得焉？⑥	他在那里得到了些什么？
妺嬉何肆，⑦	妺嬉有什么过分的行为，
汤何殛焉？⑧	商汤为什么要把她惩罚？
舜闵在家，⑨	舜对婚姻大事很感忧愁，
父何以鳏？⑩	父亲为什么不让他成家？
尧不姚告，⑪	唐尧事先没有告诉舜家，
二女何亲？⑫	为什么把两个女儿下嫁？
厥萌在初，⑬	事物萌发当初就有征兆，

何所亿焉？ ⑭　　　将来怎样谁不能预料它？
璜台十成， ⑮　　　商纣建造了十层的玉台，
谁能极焉？ ⑯　　　谁早已把这件事情看透？
登立为帝， ⑰　　　上古时代的人登位为帝，
孰道尚之？ ⑱　　　根据什么原则来推举他？
女娲有体， ⑲　　　女娲有人面蛇身的形体，
孰制匠之？ ⑳　　　到底是谁把她身躯制成？
舜服厥弟， ㉑　　　舜对他弟弟象那么和蔼，
终然为害。 ㉒　　　但始终还是要被象谋害。
何肆犬体， ㉓　　　为何象如恶狗一样放肆，
而厥身不危败？ ㉔　　他本身却没有遭遇危败？
吴获迄古， ㉕　　　吴国能够得以长久存在，
南岳是止。 ㉖　　　并且它屹立于江南地带。
孰期去斯， ㉗　　　谁能预料出现这种情况，
得两男子？ ㉘　　　因为得到两位大贤大才？
缘鹄饰玉， ㉙　　　禹用天鹅和玉饰的祭器，
后帝是飨。 ㉚　　　把精美肉肴供献给上帝。
何承谋夏桀， ㉛　　为何承受他庇护的夏桀，
终以灭丧？ ㉜　　　终于亡身而失去了社稷？
帝乃降观， ㉝　　　商汤来到民间视察民情，
下逢伊挚。 ㉞　　　不料在下面碰到了伊尹。
何条放致罚， ㉟　　商汤把夏桀放逐于鸣条，
而黎服大说？ ㊱　　民众和诸侯为什么高兴？
简狄在台， ㊲　　　住在九层瑶台上的简狄。
喾何宜？ ㊳　　　　帝喾为何认为娶她适宜？
玄鸟致贻， ㊴　　　燕子给简狄送来了聘礼，
女何喜？ ㊵　　　　她为什么心里这么欢喜？
该秉季德， ㊶　　　王亥秉承父亲季的美德，
厥父是臧； ㊷　　　学习他父亲的为人善良；

胡终弊于有扈，^㊸	为什么最终死在有易国，
牧夫牛羊？^㊹	他还丧失了牧人和牛羊？
干协时舞，^㊺	王亥举着盾牌和谐起舞，
何以怀之？^㊻	为何诱惑有易国的姑娘？
平胁曼肤，^㊼	姑娘身体丰满肌肤润泽，
何以肥之？^㊽	怎样长得这样肥硕漂亮？
有扈牧竖，^㊾	有易牧人发现王亥淫乱，
云何而逢？^㊿	他们如何把这件事碰上？
击床先出，⁵¹	先动手击杀王亥在床上，
其命何从？⁵²	这个命令又出自于何方？
恒秉季德，⁵³	王恒继承了父亲的美德，
焉得夫朴牛？⁵⁴	他从哪里得到这些大牛？
何往营班禄，⁵⁵	为什么王恒去钻营爵禄，
不但还来？⁵⁶	一去了就不再见他回头？
昏微遵迹，⁵⁷	上甲微遵循父亲的德行，
有狄不宁；⁵⁸	使有易国人民不得安宁；
何繁鸟萃棘，⁵⁹	为何群鸟萃集在棘丛中，
负子肆情？⁶⁰	他对不起儿子纵欲忘情？
眩弟并淫，⁶¹	坏弟弟想奸淫他的嫂子，
危害厥兄；	并且还想谋害他的兄长；
何变化以作诈，⁶²	变化无常行为奸诈的人，
后嗣而逢长？⁶³	为什么后代兴旺而久长？
成汤东巡，	成汤到东部地区去巡视，
有莘爰极；⁶⁴	他一直走到有莘这地方；
何乞彼小臣，⁶⁵	为何他想讨到小臣伊尹，
而吉妃是得？⁶⁶	结果却得到高贵的姑娘？
水滨之木，⁶⁷	在那水滨的空心桑树中，
得彼小子；⁶⁸	有莘女子得个小孩抚养；
夫何恶之，	为何有莘国君讨厌伊尹，

媵有莘之妇？⑥　　　　　把伊尹做陪嫁送给成汤？

汤出重泉，⑦　　　　　　成汤从重泉被释放出来，

夫何罪尤？　　　　　　　究竟他有何罪应该承当？

不胜心伐帝，⑦　　　　　汤不胜愤怒起兵伐夏桀，

夫谁使挑之？　　　　　　又是什么人挑动他这样？

①〔汤〕疑作浇，寒浞的儿子。一说指少康。〔谋〕策划。　②〔厚〕壮大。　③〔覆舟〕翻船。〔斟寻〕夏朝的同姓诸侯国。《左传·哀公元年》载，夏君主相失国后，依附斟灌、斟寻两国。浇用兵灭了这两国，也杀了相。《竹书纪年》："帝相二十七年，浇伐斟寻，大战于潍，覆其舟，灭之。"　④〔道〕方法。　⑤〔桀〕（jié）夏朝最后一个国君。〔蒙山〕古国名。《太平御览》135卷引《国语》载，桀伐蒙山，得到美女妺（mò）嬉。　⑥〔何所得〕得到了什么？一说桀伐岷山（即蒙山）得其二女，名叫琬、琰。见《竹书纪年》。　⑦〔妺嬉〕夏桀的妃子。有施氏女。〔肆〕放纵。这里指过分的行为。　⑧〔殛〕（jí）惩罚。《列女传·夏桀末喜传》载，汤灭夏，桀与妺嬉都被流放，死于南巢。　⑨〔舜〕古帝名。尧死后，继君位号有虞氏。〔家〕成家。指娶妻生子。　⑩〔父〕指舜的父亲瞽叟。〔鳏〕（guān）老而无妻。《史记·五帝本纪》载，舜的父亲、后母、弟弟虐待他，三十岁还不给他娶妻。　⑪〔尧〕传说中的古代帝王。号陶唐氏，史称唐尧。〔姚〕舜的姓。这里指舜的父亲。〔不姚告〕即不告姚。《孟子·万章上》："万章曰：'帝之妻舜而不告何也？'曰：'帝亦知告焉则不得妻也'。"　⑫〔二女〕指尧的两个女儿娥皇、女英。传说尧把这两个女儿嫁给舜，后来又让他摄政。　⑬〔厥〕泛指一切事物。⑭〔亿〕通"臆"。预料这两句是对殷纣王的行为发议论。《韩非子·喻志》《说林上》均载，殷朝的贤臣箕子看见纣王使用象牙筷子，就预料这种奢侈的事情会发展，必然会用玉杯，吃豹胎，穿锦衣，住高台大厦。后来纣果然建造十层玉台。　⑮〔璜〕（huáng）玉。〔成〕层。　⑯〔极〕尽。这里是看透的意思。　⑰〔立〕通"位"。　⑱〔尚〕上。　⑲〔女娲〕（—wā）《补注》："女娲，古神女帝。人面蛇身，一日中七十变，其肠化为此神。"　⑳〔匠〕动词，造。　㉑〔弟〕指舜弟象。　㉒《孟子·万章上》载，象和舜的父母屡次谋害他，然而舜始终对他们很和顺。

㉓〔犬体〕指象。形容他像恶狗一样坏。一说肆犬体是用犬和猪陈列以祭的意思。体，一作豕。　㉔〔厥〕指象。　㉕〔吴〕古代南方诸侯国。〔迄古〕长久。　㉖〔南岳〕指南方。〔止〕居留，这里是立国的意思。㉗〔去〕朱熹《集注》："去，一作夫。"　㉘〔两男子〕《章句》："两男子谓太伯仲雍也。"《史记·吴太伯世家》载：太伯、仲雍是古公亶（dǎn）父（周文王的祖父）的长子和次子。因看出古公亶父想让第三子季历继位，就主动逃避到江南，得到当地人的拥护，建立了吴国。　㉙〔缘〕饰，装饰。〔鹄〕（hú）天鹅。鹄和玉都是鼎上的装饰物。缘鹄饰玉，指装饰着天鹅花纹和玉饰的鼎。这里是用华丽的鼎来显示肉肴的精美。　㉚〔飨〕（xiǎng）请人享用。这两句的主语旧注是伊尹。联系下两句看，主语疑是禹。㉛〔承谋〕承受祖宗的德庇。（用陆侃如说）　㉜〔灭丧〕主语是夏桀。㉝〔帝〕指商汤。〔降视〕视察民情。　㉞〔伊挚〕即伊尹。挚，是伊尹的名。　㉟〔条〕《章句》："鸣条也。"地名。商汤在这里大败夏桀。㊱〔黎〕民众。〔服〕九服，指各方诸侯。《章句》："言汤行天之罚，以诛于桀，放之鸣条之野，天下众民大喜悦也。"　㊲〔简狄〕神话中有娀（sōng）国的美女。后来成为帝喾的妃子，生契，契是商朝的始祖。〔台〕神话中说简狄和她妹妹住在九层高的瑶台上。　㊳〔喾〕（kù）帝喾。神话中的古帝王。　㊴〔玄鸟〕即凤凰。〔贻〕（yí）这里是名词，指聘礼。燕子去做媒，后来简狄就嫁给帝喾。　㊵〔女〕指简狄。　㊶〔该〕闻一多《天问疏证》："该即王亥。"殷人的远祖，契的六世孙。（王国维根据卜辞考定）〔秉〕通"禀"，承受、继承。〔季〕即"冥"。亥的父亲。（据王国维说）　㊷〔臧〕《章句》："臧，善也。"　㊸〔弊〕通"毙"，死。〔有扈〕即有易。《山海经·大荒东经》："王亥托于有易河伯仆牛，有易杀王亥，取仆牛。"郭璞注引《竹书纪年》："殷侯子亥宾于有易而淫焉，有易之君绵臣杀而放之……"　㊹〔牧夫牛羊〕应理解为：失去牧人和牛羊。㊺〔干〕盾牌。〔时〕是。闻一多《天问疏证》："《方言》：'盾，自关而东……或谓之干。'……时读为是。王亥以干舞怀来有易之女，犹楚子元振万以蛊文夫人矣。"　㊻〔怀〕怀来，诱惑。　㊼〔平胁〕指身体丰满，胁条不显。〔曼肤〕肌肤润泽。　㊽〔肥〕肥硕。古人以肥硕为美。闻一多《天问疏证》："二句言有易女。"　㊾〔有扈〕闻一多认为"此有扈亦当作有易"。〔牧竖〕牧人。　㊿〔逢〕指牧人碰上王亥正

干淫乱勾当。 (51)〔击床〕指在床上击杀王亥。〔先出〕先动手。 (52)〔命〕命令。 (53)〔恒〕王恒。王亥的弟弟。 (54)〔朴牛〕大牛。 (55)〔班禄〕君主颁布的爵禄。 (56)〔但〕疑当作“得”。 (57)〔昏微〕指王亥的儿子上甲微。〔遵迹〕遵循前人的德行。 (58)〔有狄〕即有易。《山海经》郭璞注引《竹书纪年》：“殷上甲微假师于河伯以伐有易，灭之，遂杀其君绵臣。” (59)〔萃〕聚集。繁鸟萃棘，是男女情事的隐喻。 (60)〔负子〕对不起儿子。姜亮夫认为，可能是指上甲微晚年淫乱，他的弟弟也有淫嫂杀兄等事。夺位以后，又让自己的儿子嗣续正统，而不传其兄上甲微之子。（见姜亮夫《楚辞校注》）〔肆情〕放纵情欲。 (61)〔眩弟〕惑乱人的弟弟。(62)〔作诈〕行为奸诈。 (63)〔逢〕通“丰”。逢长，兴旺而久长。按，王国维认为，从“该秉季德”至此二十四句，是“述王亥、王恒、上甲微三世之事”。 (64)〔有莘〕（—shēn）古国名。〔爰极〕乃至。 (65)〔小臣〕奴隶。指伊尹。《集注》：“小臣，谓伊尹也。” (66)〔吉妃〕美好的配偶。《吕氏春秋·本味篇》载，伊尹本来是有莘国的一个奴隶，汤向有莘国君要，不给。汤于是娶有莘国君的女儿，有莘国君很高兴，就把伊尹作为陪嫁的奴隶送来。 (67)〔水滨之木〕指空心桑树。《吕氏春秋·本味篇》载，伊尹的母亲住在伊水边，怀孕时梦见神告诉她，石臼中如果出水便向东跑，不要回头。第二天，果然看见石臼出水，她就向东跑，跑了十里，回头一看，后面是一片大水，她自己也变成了一棵空心桑树。有莘国有个女子采桑，在空心桑树中得到一个婴儿，就叫他伊尹。她把婴儿献给国君，国君命厨师抚养。 (68)〔小子〕指伊尹。 (69)〔媵〕（yìng）陪嫁的奴婢。(70)〔重泉〕《章句》：“重泉，地名。”《史记·夏本纪》载，夏桀暴虐，囚商汤在夏台。重泉当是夏台中囚禁人的地方。近人疑是水牢。 (71)〔不胜心〕心中无法忍受，情不自禁。〔帝〕指夏桀。

按：以上是第二部分的第二层，主要是关于商朝的历史问题。

会朝争盟，①	八百诸侯甲子会聚誓师，
何践吾期？②	他们如何履行武王约期？
苍鸟群飞，③	将士猛如群鹰飞翔搏击，
孰使萃之？④	是谁使他们聚集到一起？

列击纣躬， ⑤
叔旦不嘉。 ⑥
何亲揆发， ⑦
足周之命以咨嗟? ⑧
授殷天下，
其位安施? ⑨
反成乃亡，⑩
其罪伊何?
争遣伐器，⑪
何以行之?
并驱击翼，⑫
何以将之? ⑬
昭后成游，⑭
南土爰底。⑮
厥利惟何? ⑯
逢彼白雉? ⑰
穆王巧梅，⑱
夫何为周流?
环理天下，⑲
夫何索求?
妖夫曳衒，⑳
何号于市?
周幽谁诛? ㉑
焉得夫褒姒? ㉒
天命反侧，㉓
何罚何佑? ㉔
齐桓九会，㉕
卒然身杀? ㉖
彼王纣之躬，

周武王砍击纣王的遗体，
他这样做周公很不赞许。
为什么周公帮武王谋划，
等到完成天命时又叹息?
上帝把天下授给殷王朝，
这王位是根据什么授予?
等它成功了又使它灭亡，
殷朝的罪过究竟在哪里?
八百诸侯争着派遣部队，
这些力量他们如何调集?
周军并驾齐驱夹击两翼，
怎么指挥将士这样出击?
周昭王实现巡游的心愿，
他来到了南方楚国境地。
昭王南巡贪求的是什么?
是为迎取那种白色野鸡?
那周穆王善于策马驰骋，
为什么他要把天下游历?
周穆王驱马走遍了天下，
他到底是在把什么寻觅?
妖人夫妇携带货物炫卖，
在市上他们叫卖啥东西?
周幽王他到底将谁诛伐?
他怎么会得到美女褒姒?
天命是多么反复无常啊!
它究竟保佑谁把谁惩罚?
齐桓公他九次会盟诸侯，
为什么最后还被人残杀?
那殷纣王的性情为人啊，

孰使乱惑？	是谁使他这样胡涂昏庸？
何恶辅弼，[27]	为何厌恶辅佐他的贤臣，
谗谄是服？[28]	而重用那些谗谄的小人？
比干何逆，[29]	比干有何触犯他的地方，
而抑沉之？[30]	而受到他压制埋没不用？
雷开阿顺，[31]	雷开对待纣王如何顺从，
而赐封之？	而要受到他的赏赐拜封？
何圣人之一德，[32]	为何圣人有相同的美德，
卒其异方：[33]	他们最终结局却不相同：
梅伯受醢，[34]	梅伯直谏被剁成了肉酱，
箕子详狂。[35]	箕子见纣王拒谏而装疯。
稷维元子，[36]	后稷是帝喾的长子嫡出，
帝何竺之？[37]	帝喾为何对他这样狠毒？
投之于冰上，	后稷出生后被抛弃冰上，
鸟何燠之？[38]	群鸟怎么对他给予保护？
何冯弓挟矢，	为啥后稷还能仗弓持箭，
殊能将之？[39]	以特殊的才能指挥打仗？
既惊帝切激，[40]	他出生既然使帝喾大惊，
何逢长之？	为何还使他兴盛而久长？
伯昌号衰，[41]	殷商末期文王号令天下，
秉鞭作牧。[42]	掌握大权成为诸侯之长。
何令彻彼岐社，[43]	为什么又让他毁弃岐社，
命有殷国？	承受天命而要占有殷商？
迁藏就岐，[44]	人们带着财产迁居岐都，
何能依？	他们为啥能来依附大王？
殷有惑妇，[45]	纣王有迷人的宠妃妲己，
何所讥？	还有什么讥谏劝诫可讲？
受赐兹醢，[46]	纣王把人肉酱赐给文王，
西伯上告；	姬昌愤怒便向上帝告状；

何亲就上帝罚，　　　　　　　纣王为何身受上帝惩罚，
殷之命以不救？　　　　　　　殷朝命运无法避免灭亡？
师望在肆，　⁴⁷　　　　　　　吕望在朝歌店铺里屠牛，
昌何识？　⁴⁸　　　　　　　　周文王如何能够了解他？
鼓刀扬声，　　　　　　　　　吕望摆弄屠刀发出声响，
后何喜？　　　　　　　　　　文王听到为何满面欢喜？
武发杀殷，　⁴⁹　　　　　　　周武王砍下纣王的脑袋，
何所悒？　　　　　　　　　　怎么会有那么大的怒气？
载尸集战，　⁵⁰　　　　　　　载着文王的神主去会战，
何所急？　　　　　　　　　　为什么武王要这样着急？
伯林雉经，　⁵¹　　　　　　　晋献公太子申生的自杀，
维其何故？　　　　　　　　　到底是什么原因造成的？
何感天抑地，　　　　　　　　为什么他的死感天动地？
夫谁畏惧？　　　　　　　　　而又有谁对此感到畏惧？
皇天集命，　⁵²　　　　　　　上天在降赐大命的时侯，
惟何戒之？　　　　　　　　　对受命为君的怎样告诫？
受礼天下，　⁵³　　　　　　　既然让他受命治理天下，
又使至代之？　　　　　　　　为什么又派别人来取代？
初汤臣挚，　　　　　　　　　起初商汤让伊尹做小官，
后兹承辅；　　　　　　　　　后来又让他做辅佐臣僚；
何卒官汤，　⁵⁴　　　　　　　为何最后当上商汤的相，
尊食宗绪？　⁵⁵　　　　　　　他死后牌位还享祭商庙？
勋阖梦生，　⁵⁶　　　　　　　有功的阖闾是寿梦子孙，
少离散亡；　　　　　　　　　少时遭受排挤流离逃亡；
何壮武厉，　⁵⁷　　　　　　　为什么他壮年英武奋发，
能流厥严？　⁵⁸　　　　　　　他的赫赫威名远震四方？
彭铿斟雉，　⁵⁹　　　　　　　彭祖献上他做的野鸡汤，
帝何飨？　⁶⁰　　　　　　　　唐尧对此怎么乐于品尝？
受寿永多，　　　　　　　　　彭祖获得了很长的寿命，

夫何久长？	为什么能活得那么久长？
中央共牧，⑥	诸侯共同治理周朝天下，
后何怒？⑥	周厉王为什么怒气满腔？
蜂蛾微命，⑥	蚂蚁和蜜蜂尽管很微小，
力何固？	它们力量怎么这样顽强？
惊女采薇，⑥	夷齐采薇时被女人讥讽，
鹿何祐？⑥	神鹿为什么对他们保祐？
北至回水，⑥	他们向北来到了首阳山，
萃何喜？⑥	怎么会喜欢在这里停留？
兄有噬犬，⑥	哥哥秦景公有一条恶狗，
弟何欲？⑥	弟弟铖为何想要弄到手？
易之以百两，⑦	他要用一百辆车去交换，
卒无禄？⑦	怎么最后连爵禄也弄丢？

①〔朝〕日子，指甲子日。《史记·周本纪》载：周武王伐纣，八百诸侯都到盟津与武王会师。甲子日这天会齐各路诸侯，当天攻下了殷都。 ②〔践〕履行。〔吾〕指周，以周的口气说话。 ③〔苍鸟〕《章句》："苍鸟，鹰也。萃，集也。言武王伐纣，将帅勇猛如鹰鸟群飞。" ④〔萃〕集聚。 ⑤〔列〕分解。〔纣躬〕纣的身体。《艺文类聚》十二引《帝王世纪》："……以兵入造纣及妲己尸，王亲射之三发，然后下车，以剑击之。"列，一作到。 ⑥〔叔旦〕即周公旦，周武王的弟弟。 ⑦〔揆〕《章句》："度也。"度量。这里引申为谋划的意思。〔发〕姬发，周武王。 ⑧〔足〕完成。〔命〕天命。〔咨嗟〕叹息。《集注》："此问周公既不喜列击纣躬，何为又教武王使定周乎？" ⑨〔位〕王位。 ⑩〔反〕《集注》："反，一作及。"等到。 ⑪〔伐器〕作战的武器。指部队。 ⑫〔翼〕两侧的军队。 ⑬〔将〕率领，引申为指挥。 ⑭〔昭后〕周昭王。西周第四代君主。 ⑮〔南土〕指楚国。〔底〕《集注》："底，至也。昭王南游至楚，楚人凿其船而沉之，遂不还也。" ⑯〔利〕贪求。 ⑰〔逢〕迎。〔白雉〕白色的野鸡。毛奇龄《天问补注》引《竹书纪年》载，昭王末年，楚人欺骗他，说愿献白野鸡，昭王信而南巡。 ⑱〔穆王〕

周穆王，西周第五代君主。〔巧梅〕《通释》："'梅'与'枚'通。马策也。巧梅，善御也。"讲究鞭策之术驾车行驶。《竹书纪年》《穆天子传》载：穆王爱好游历，讲究驾车之术，他驾着骏马，向四方远游，乐而忘返。　⑲〔理〕通"履"，可解释为行。　⑳〔曳衒〕（yè xuàn）《山带阁注》："负物衒卖也。"即携带着东西到处夸耀，想把它卖出去的意思。　㉑〔周幽〕周幽王，西周最末一个君主。　㉒〔褒姒〕（bāo sì）周幽王的王后。《国语·郑语》《史记·周本纪》载：周厉王（幽王祖父）时，有个宫女碰到龙的唾沫变成的大鳖，不婚而孕。到宣王时（幽王父）生下一个女孩，因为害怕而抛弃了。当时流传一首童谣："桑木弓，箕木袋，这些东西亡周代。"那时，恰巧有一对夫妇在市上叫卖桑木弓和箕木箭袋，宣王叫人去抓，他们连夜逃往褒国，路上碰到了被弃的女孩，就收养了她。后来褒国有罪，褒人就把这女孩献给幽王赎罪。她就是褒姒。幽王宠爱美貌的褒姒，不理朝政，后来被申侯、犬戎所杀。　㉓〔反侧〕反复无常。　㉔〔佑〕通"祐"，保佑。　㉕〔九会〕九次召集诸侯会盟。会，一作合。　㉖〔卒然〕终于。〔身杀〕《管子·小称》《韩非子·十过》载，齐桓公后期任用易牙、竖刁等奸臣，造成内乱，最后被围困在宫中，饥渴而死。　㉗〔辅弼〕（—bì）辅佐大臣。　㉘〔谗〕说坏话害人。〔谄〕善于奉承拍马。　㉙〔比干〕纣王的叔父，因谏纣王而被杀。〔逆〕抵触。　㉚〔抑沉〕压制埋没。　㉛〔雷开〕纣王的奸臣。《通释》："雷开，纣佞臣。"〔阿〕《通释》："阿，当作'何'。"〔顺〕顺从。　㉜〔圣人〕指纣王的贤臣梅伯、箕子。〔一德〕品德相同。　㉝〔异方〕不同的方式。这里指不同的结局。　㉞〔梅伯〕《章句》："纣诸侯也。言梅伯忠直而数谏纣，纣怒乃杀之，菹醢其身，箕子见之，则被发详狂也。"㉟〔箕子〕《补注》："《史记》曰箕子纣亲戚也。"〔详狂〕同"佯狂"，装疯。　㊱〔稷〕（jì）后稷，名弃。据说是周人的始祖。〔元子〕嫡妻所生的长子。　㊲〔帝〕帝喾。〔竺〕通'毒'，憎恶。《诗经·大雅·生民》载，帝喾的元妃姜嫄因踩着巨人的脚印而心动，怀孕生稷。帝喾以为不祥，一再抛弃他，但后稷终于活了下来。　㊳〔燠〕（yù）温暖。　㊴《论衡·初禀》载，后稷在尧时曾任司马（古代管理军事的大臣）。　㊵〔惊帝〕《诗经》载，后稷降生，使"上帝不宁"。〔切激〕深切激烈。　㊶〔伯昌〕《章句》："伯昌，谓文王也。"文王叫姬昌，纣时封为雍州伯，所以也称西伯。　㊷〔秉鞭〕《章句》："秉，执也。鞭，以喻政。"〔牧〕古代管理百姓的地方官。这里指诸侯之长。　㊸〔彻〕毁。〔岐〕（qí）古地名。今陕西岐山县东北。周人曾在此建国。〔社〕祭祀土地神的庙。立于国都，是政权的象征。按，周强大后迁都于丰（今陕西长安县西北），所以毁弃"岐社"而建"丰社"。这就是象征整个天下政权的"太社"。　㊹〔藏〕财物。《章句》："言太王始与百姓徙其宝藏来就岐下。"《史记·周本纪》载，周的祖先古公亶父（即太王）初时居住邠，后遭狄人侵略，遂带财物迁居到岐山之下。　㊺〔惑妇〕指殷纣王的宠妃妲（dá）己。　㊻〔受〕《通释》："受，纣名。"〔赐醢〕《通释》："以九侯之醢赐诸侯。"　㊼〔师望〕即吕望，姜太公，吕望曾为太师，所以称师望。〔肆〕店铺。㊽〔昌〕姬昌，周文王。《通释》："相传太公隐于屠肆，文王往问焉。"㊾〔武发〕周武王姬发。〔殷〕指殷纣王。　㊿〔尸〕《章句》："尸，主也。"灵牌。《史记·周本纪》载：文王死后，武王用车载着文王的灵牌去伐纣。　51〔伯林〕《章句》："伯，长也。林，君也。谓晋太子申生为后母骊姬所谮遂雉经而自杀。"〔雉经〕缢死。《左传·僖公四年》载：晋献公宠爱骊姬，骊姬诬告申生谋害献公，申生含冤自杀。按，郭沫若《屈原赋今译》认为这四句指纣王而言。纣王死于鹿台不是自焚，而是自缢。鹿台所在必为林园，园中多松柏，所以"伯林"应是"柏林"。他对这四句的翻译是："纣王和他的妃嫔为何要吊死：以衣蒙面，怕见天地？"52〔集命〕指皇天降赐天命，使某人统治天下。　53〔礼〕通"理"，治理。54〔官汤〕官于汤，在汤处做官。　55〔食〕指享受祭祀。〔宗绪〕宗族。这里指祭汤的宗庙。《吕氏春秋·慎大览》："祖伊尹，世世享汤。"《山带阁注》："言尹配享于商庙，如《周书》所谓以功作元祀也。"　56〔阖〕（hé）阖闾，春秋时吴国国君。〔梦〕《章句》："梦，阖闾祖父寿梦也。"〔生〕《通释》："生，与'姓'同。孙也。阖闾为寿梦嫡孙。"　57〔厉〕奋发。　58〔严〕闻一多《天问疏证》："庄，旧以避汉讳改作严，今正。……《周书·谥法篇》：'屡称杀伐曰庄''胜敌志强曰庄'。"《史记·吴太伯世家》载：寿梦有子四人：诸樊、余祭、余昧、季札。寿梦死后，诸樊立。余祭、余昧相继为王。余昧死，季札不愿为王而逃走，于是立余昧子僚为王。阖闾是诸樊之子，自以为应当做王，后来就派勇士专诸刺杀吴王僚，自立为吴王。他任用伍子胥、孙武，打败楚国，一度占据楚国京城郢。59〔彭铿〕《章句》："彭铿，彭祖也。好和滋味，善斟雉羹，能事帝尧，

尧美而飨食之。"传说他活到八百岁。〔斟雉〕调制野鸡汤。　⑩〔飨〕
（xiǎng）享用。　⑪〔中央共牧〕马其昶《屈赋微》认为，这是指西周厉王、
宣王之间的"共和"执政。关于"共和"有两说：一说是周厉王暴虐，用
恐怖手段来对待人民。于是在公元前 841 年"国人"拿起武器起来造反，
把厉王放逐到彘（今山西霍县）这个地方。周厉王被"国人"流放以后，
由周公（是西周初期周公旦次子的后代）和召公共同执掌政权，叫作"共
和行政"。一说是由共地方名叫和的诸侯即共伯和执政。后来厉王死在彘地，
周大旱，占卜说是厉王作祟。于是周公召公立厉王太子为宣王。这两种说
法都是说一些诸侯共同治理周王朝。　⑫〔后〕指周厉王。〔怒〕指厉王
死后作祟。　⑬〔蛾〕通"蚁"。　⑭〔惊女采薇〕应该为"采薇惊女"。
《山带阁注》："夷齐采薇，有妇人谓之曰：'子不食周粟，此亦周之草
木也。'于是饿死。"　⑮〔鹿何祐〕《珊玉集·感应篇》引《列士传》：
"伯夷兄弟遂绝食，七日，天遣白鹿乳之。"　⑯〔回水〕指河曲之水。
清人丁晏说，首阳山在河东蒲坂，华山之北，河曲之中。　⑰〔萃〕这里
意为止。　⑱〔噬犬〕（shì—）咬人的狗。　⑲〔弟何欲〕《章句》："兄，
谓秦伯也。……弟，秦伯弟鍼也。"秦伯，指秦景公，秦秋中期秦国国君。
⑳〔两〕通"辆"。此句一本无以字。　㉑〔无禄〕失去禄位。《补注》：
"春秋昭元年夏，秦伯之弟鍼出奔晋。"
　　按：以上是第二部分第三层。主要是关于周朝的历史问题。从后稷
一直问到春秋、战国，最后到楚。

薄暮雷电，	傍晚雷声隆隆电光闪闪，
归何忧？	我将归去何必生此忧愁？
厥严不奉，①	楚国的威严已无法保持，
帝何求！②	我对上帝还有什么要求！
伏匿穴处，	遭到放逐在山洞里隐藏，
爰何云！	对国事还有什么话好讲！
荆勋作师，③	楚王追求功绩兴师动众，
夫何长？	国家命运如何能够久长？
悟过改更，	楚王如能觉悟改正过错，

我又何言！	我对此又何必再来多说！
吴光争国，④	吴王阖闾与楚长期争战，
久余是胜？	为何吴国却能常常获胜？
何环穿自闾社丘陵，⑤	为什么在村头丘陵幽会，
爰出子文？⑥	私通淫乱却能生出子文？
吾告堵敖以不长，⑦	我说堵敖在位不会久长，
何试上自予，⑧	为何成王杀了国君自立，
忠名弥彰？⑨	忠名更加显著得到表彰？

①〔厥严〕指楚国的威严。〔奉〕保持。 ②〔帝何求〕应读为"何求于帝"。为押韵而倒义。 ③〔荆〕《章句》："荆，楚也。勋，功也。师，众也。"〔作师〕兴师动众。 ④〔吴光〕《章句》："光，阖闾名也。言吴与楚相伐，至于阖闾之时，吴兵入郢都，昭王出奔，故曰'吴光争国，久余是胜'。言大胜我也。" ⑤〔闾〕〔社〕都指村子。"环穿自闾社丘陵"，指男女幽会的经过和地点。此句七字，一作"环闾穿社，以及丘陵，是淫是荡"十二字。 ⑥〔子文〕《章句》："子文，令尹也。子文之母，郧公之女，旋穿闾社，通于丘陵以淫，而生子文。" ⑦〔堵敖〕名熊艰，楚文王之子。文王死，堵敖继承君位五年，其弟成王杀死他而自立。（见《史记·楚世家》） ⑧〔试〕通"弑"。〔上〕指熊艰。〔自予〕自己取代君位。 ⑨《史记·楚世家》载，成王杀兄自立后，向周天子进献物品，得到周天子的礼遇。

按：以上是第二部分第四层。这一层文义不连贯，不少注家认为原文有错简，因此主要意思不明确，以上翻译注释仅供参考。从"禹之力献功"至此是全文第二部分。主要是对有关夏、商、周三朝社会历史的神话、传说和史实提出疑问。

〔说明〕关于本文的题意还有几种解释：

一、柳宗元的《天对》篇认为，"天问"即"天来问"。"乃假天以为言焉，故作'天问'。"

二、近人聂思彦《天问题意浅释》认为，"天问"是"天的问题"。（见《山西师院学报》1979 年第 2 期 P71）

九　章

　　"九章"包括屈原所作的九篇诗歌。这些诗歌不是一时的作品，是由后人辑录在一起的。正如朱熹《楚辞集注》所说："后人辑之，得其九章，合为一卷，非必出于一时之言也。"至于这九篇作品从什么时候编在一起，现在则不能确考。按王逸《楚辞章句》，《九章》的次序是：《惜诵》《涉江》《哀郢》《抽思》《怀沙》《思美人》《惜往日》《橘颂》《悲回风》。从各篇内容来看，显然不是按写作时间先后排列的。郭沫若《屈原赋今译》认为："《九章》中，《橘颂》一篇，体裁与情趣都不同，这可能是屈原早期作品……《橘颂》以外的八章，便是失意以后的自述，大抵《惜诵》较早，可能是初受疏远时所作。《抽思》《思美人》次之，《悲回风》《涉江》又次之。《哀郢》毫无疑问是顷襄王廿一年，郢都破灭于白起时所作。《怀沙》《惜往日》大抵就是蝉联而下的作品了。"

　　《九章》的思想内容与《离骚》接近，反复地抒写诗人的理想，揭露批判楚国的黑暗政治，描写被疏远或流放在外的经历、处境和苦闷悲愤的心情。

　　这些诗歌多直抒胸臆，感情激烈，文笔比较朴素，浪漫主义成分较少，并且运用白描的手法，描写了大量的自然景物，语言富有表现力，形式散而不乱，跌宕有致，语气随感情的起伏而变化。强烈的爱国主义精神和浓厚的抒情成分的完美结合是《九章》的主要特色。

惜　诵

惜，悼惜。诵，称述过去的事情。惜诵，是说以悼惜的心情来称述过去的事情。估计是诗人被谗见疏后最早的作品。

惜诵以致愍兮，①
发愤以抒情。
所非忠而言之兮，②
指苍天以为正。③
令五帝使折中兮，④
戒六神与向服。⑤
俾山川以备御兮，⑥
命咎繇使听直。⑦
竭忠诚而事君兮，⑧
反离群而赘肬。⑨
忘儇媚以背众兮，⑩
待明君其知之。
言与行其可迹兮，
情与貌其不变。
故相臣莫若君兮，⑪
所以证之不远。⑫
吾谊先君而后身兮，⑬
羌众人之所仇也；
专惟君而无他兮，⑭
又众兆之所雠也。⑮
壹心而不豫兮，
羌不可保也；
疾亲君而无他兮，⑯
有招祸之道也。

以悼惜的心情陈述往事，
倾吐忧思和愤懑的感情。
我讲的话如果说不忠实，
那么苍天完全可以做证。
还要命五帝来公平判断，
请求六神给我对质澄清。
最好让山川之神来陪审，
还可让皋陶把是非辨明。
竭尽忠诚之心侍奉国君，
反而遭到排挤孤苦伶仃。
不愿轻佻取媚与众不同，
只好等待了解我的贤君。
我的言行一致可以考察，
我的表里如一不会变化。
没人比国君更了解臣子，
因此无须远求证明方法。
我的原则是先君而后己，
正是这样遭到群小憎恨；
专一思念国君未有他意，
这竟然被众人仇视极深。
我的心志专一毫不犹豫，
这样却不能够保全自己；
迫切亲近国君别无他意，
这却为自己招惹了祸患。

思君其莫我忠兮，
忽忘身之贱贫。⑰
事君而不贰兮，
迷不知宠之门。
忠何罪以遇罚兮，
亦非余之所志也。⑱
行不群以巅越兮，⑲
又众兆之所咍也。⑳
纷逢尤以离谤兮，
謇不可释也。
情沉抑而不达兮，
又蔽而莫之白也。㉑
心郁邑余侘傺兮，㉒
又莫察余之中情。
固烦言不可结而诒兮，㉓
愿陈志而无路。
退静默而莫余知兮，
进号呼又莫吾闻。
申侘傺之烦惑兮，
中闷瞀之忳忳。㉔
昔余梦登天兮，
魂中道而无杭。㉕
吾使厉神占之兮，㉖
曰："有志极而无旁。"㉗
"终危独以离异兮？"㉘
曰："君可思而不可恃。"㉙
故众口其铄金兮，㉚

对君王没有人比我更忠，
我完全把自身贫贱忘记。
一心侍奉国君毫无贰心，
却迷惑不解邀宠的门径。
忠诚有何罪要遭到惩罚，
这不是我意料到的事情。
行为与众不同乃至摔跤，
这样又遭到很多人嗤笑。
经常受到责怪遭到诽谤，
纵有百口解释也难办到。
心情沉闷感情不能抒发，
思想压抑语言难以表达。
我的心里忧郁深感不安，
又无人了解我心中忧思。
本来话多难用文字表达，
想陈述志向也毫无办法。
要退避不说无人理解我，
向前申诉又不听我的话。
我真疑惑不解心中不安，
十分忧伤心里苦闷烦乱。
过去我曾梦见自己登天，
魂到中途就失去了渡船。
我请厉神占卜梦的凶吉，
他说："志向远大没人帮助。"
"难道我始终要孤独受疏？"
他说："君可思念却靠不住。
群小谗言足以熔化金子，

初若是而逢殆。
惩于羹而吹齑兮，㉛
何不变此志也？
欲释阶而登天兮，
犹有曩之态也。㉜
众骇遽以离心兮，㉝
又何以为此伴也？㉞
同极而异路兮，㉟
又何以为此援也？
晋申生之孝子兮，㊱
父信谗而不好。
行婞直而不豫兮，㊲
鲧功用而不就。"㊳
吾闻作忠以造怨兮，㊴
忽谓之过言。㊵
九折臂而成医兮，㊶
吾至今而知其信然。
矰弋机而在上兮，㊷
罻罗张而在下。㊸
设张辟以娱君兮，㊹
愿侧身而无所。
欲儃徊以干傺兮，㊺
恐重患而离尤；
欲高飞而远集兮，
君罔谓汝何之；
欲横奔而失路兮，㊻
盖志坚而不忍。㊼
背膺牉以交痛兮，㊽
心郁结而纡轸。㊾

从前就是这样才遇危难。
热汤烫过的人冷菜也吹，
为何不把你的态度改变？
你想丢掉梯子而去登天，
这种为人态度还像以前。
众人惊慌失措人心不齐，
你又为什么要这样倔强？
同侍一君走不同的道路，
你又为什么要这样强项？
晋国太子申生是个孝子，
父亲听信谗言说他不好。
鲧的行为耿直而不宽和，
他治水功业就成功不了。"
我听说忠诚会带来怨恨，
认为言过其实并不注意。
多次折臂才能成为良医，
我今天才知道这是真理。
这个世道上面弓矢暗藏，
下面张设着害人的罗网。
设置弓矢罗网讨好国君，
想避祸也无容身的地方。
想徘徊着等待进取时机，
又担心再一次遭到祸殃。
打算走吧我想远走高飞，
国君要问："你去什么地方？"
想要变节易操不择正道，
自己意志坚定不忍这样。
我胸背像开裂一样疼痛，
我的心情郁结痛苦难当。

捊木兰以矫蕙兮，⑤
鬻申椒以为粮。⑤
播江离与滋菊兮，
愿春日以为糗芳。⑤
恐情质之不信兮，⑤
故重著以自明。⑤
矫兹媚以私处兮，⑤
愿曾思而远身。⑤

把木兰捣碎把蕙草揉细，
舂好申椒作为自己食粮。
我栽种江离又培养菊花，
希望到了春天成为干粮。
唯恐无以表达心中真情，
所以一再重述自己苦心。
我保持这些美德而独处，
愿能深思熟虑自爱洁身。

①〔致〕表达。〔愍〕（mín）病痛。这里指内心的忧伤。　②〔所〕假设连词。〔非〕一作"作"字。　③〔正〕同证。　④〔五帝〕《章句》："五帝，谓五方神也。东方为太皞，南方为炎帝，西方为少昊，北方为颛顼，中央为黄帝。"〔使〕一本作以。〔折中〕同折衷。公平判断。　⑤〔戒〕告诫。这里是请、令的意思。〔六神〕《通释》："六神，上下四方之神。"〔向服〕《通释》："向，对也。服，事也。对质其事理也。"　⑥〔俾〕（bì）使。〔山川〕指山川之神。〔备御〕《山带阁注》："御，侍也。"备御，陪侍，这里是陪审的意思。　⑦〔咎繇〕（jiù yáo）即皋陶，舜时的法官。〔听直〕《山带阁注》："听其说之曲直也。"　⑧〔而〕一本作以。　⑨〔赘肬〕多余的肉瘤。比喻为众人所不容，被看成累赘而受排挤。　⑩〔儇〕（xiān）轻佻。〔背众〕相当予离群。　⑪〔相臣〕观察臣子。　⑫〔证之〕证明他的方法。　⑬〔谊〕同义。合理的行为叫作义。吾谊，我认为合理的原则。　⑭〔惟〕思念。　⑮〔众兆〕很多人。〔雠〕同"仇"。一本无也字。⑯〔疾〕迫切。　⑰〔贱贫〕屈原为屈瑕之后，虽出身王族，但不是亲近的宗支。这里的贱贫是相对亲近的贵族而言的。　⑱〔志〕意料。一本余下有心字，无也字。　⑲〔行不群〕行为与众不同。〔巅越〕《章句》："巅，殒；越，坠。"指失败。巅一作颠，义同。　⑳〔咍〕（hāi）嗤笑。一本无也字。　㉑〔蔽〕遮蔽。这里是压抑。　㉒〔侘傺〕失意貌。《章句》："楚人谓失志怅然住立为侘傺也。"　㉓〔烦言〕太多的话。〔结〕古代托人捎信，是把话写在竹帛上，用绳子系好，头上打一个结子。因此，结，相当于书信的封口。〔诒〕赠送。结而诒，指文字的表达。一本结下无而字。　㉔〔闷瞀〕（—mào）苦闷烦乱。〔怲怲〕心情忧伤的状态。

㉕〔杭〕《补注》：“杭与航同。许慎曰，方两小船并与共济为航。”这里指摆渡的船。 ㉖〔厉神〕《通释》：“厉神，大神之巫。”指附在占梦的巫身上的大神。 ㉗〔极〕目的。志极，远大的志向。〔旁〕《通释》：“旁，辅也。” ㉘〔危独〕危险，孤独。〔离异〕指被疏远。 ㉙〔不可恃〕不可倚恃，靠不住的意思。 ㉚〔铄〕（shuò）熔化。众口铄金，比喻谗言的可怕。 ㉛〔惩〕提防。〔羹〕指热汤。〔齑〕（jī）《集注》：“凡醯酱所和，细切为齑。”指凉拌菜。于，一作热；羹下一本有者字。 ㉜〔曩〕（nǎng）从前。 ㉝〔骇遽〕惊慌。 ㉞〔伴〕郭沫若《屈原赋今译》：“‘伴’与‘援’系连绵字析用。《诗·大雅·皇矣》作‘畔援’或作‘畔涣’。又如畔岸、畔衍、畔嗳、畔谚……均同一连绵字。有强项傲岸之意。” ㉟〔同极〕同一个目的，指共同事君。 ㊱〔晋申生〕春秋时晋献公的太子。献公轻信骊姬的谗言而把他逼死。 ㊲〔婞直〕耿直。 ㊳〔鲧〕（gǔn）禹父。因治水不成被舜所杀。〔功用〕功绩。〔不就〕不成功。 ㊴〔造怨〕造成人们的怨恨。 ㊵〔过言〕过分的说法。 ㊶〔九折臂而成医〕这是引用古谚语，比喻失败多，经验也多了。 ㊷〔矰〕（zēng）〔弋〕（yì）都是带着丝绳的箭。〔机〕捕鸟的工具。这里作动词，作发动解。 ㊸〔罻〕（wèi）〔罗〕都是捕鸟的网。 ㊹〔辟〕《集注》：“或云谓弩臂也。”这里指捕鸟的工具。 ㊺〔儃佪〕（chán huí）徘徊。〔干傺〕《集注》：“谓求往也。”寻求机会进取。 ㊻〔横奔〕乱跑。〔失路〕不择正路而行。 ㊼此句一本无盖字，一本作“坚志而不忍”。 ㊽〔膺胖〕《章句》：“膺，胸也。胖，分也。”胖（pàn），分裂。〔交痛〕指胸背像分裂一样的疼痛。 ㊾〔纤轸〕（yū zhěn）纤曲的隐痛。 ㊿〔捣〕捣传烂。〔矫〕《集注》：“矫，犹糅也。” 51〔粲〕《集注》：“精细米也。”这里作动词，舂碎。 52〔糗〕干粮。〔芳〕香料，这里是糗的形容词。 53〔情〕中情。〔质〕本质。〔信〕《通释》：“信，与伸同。” 54〔著〕与“明”同义，表白的意思。 55〔矫〕举起。引申为拥有，保持。矫，一作桥，义同。〔媚〕《集注》：“媚，爱也，谓所爱之道也，所守之节也。”所以译“兹媚”为“这些美德”。 56〔曾思〕反复考虑。〔远身〕抽身远去。

涉　江

　　蒋骥《山带阁注楚辞》："《涉江》《哀郢》皆顷襄时放于江南所作。"本篇大约作于顷襄王三年（公元前296年）初春。这时屈原从鄂渚又被放逐到溆浦。从篇中的语气看，可能是临行之前写的。"涉江"就是渡江而南行的意思。

余幼好此奇服兮，①	我从小爱好奇丽的服饰，
年既老而不衰。②	到晚年这爱好仍然不变。
带长铗之陆离兮，③	我身上悬挂着长长宝剑，
冠切云之崔嵬。④	头上戴的高冠直冲云天。
被明月兮佩宝璐。⑤	佩着美玉身带明月宝珠。
世溷浊而莫余知兮，	社会污浊没有人了解我，
吾方高驰而不顾。⑥	我要奔向远方不再回顾。
驾青虬兮骖白螭，⑦	乘着青龙白龙驾的飞车，
吾与重华游兮瑶之圃。⑧	和舜一起游览玉的园囿。
登昆仑兮食玉英，⑨	登上昆仑山玉花做食粮，
与天地兮同寿，⑩	我的寿命和天地一样长，
与日月兮同光。⑪	我的光辉与日月一样亮。
哀南夷之莫吾知兮，⑫	悲叹南方蛮夷无人知我，
旦余济乎江湘。⑬	清晨我将渡过湘水长江。
乘鄂渚而反顾兮，⑭	我登上鄂渚后回头眺望，
欸秋冬之绪风。⑮	叹息秋冬余风使人凄凉。
步余马兮山皋，⑯	让我的马在山湾上徐行，
邸余车兮方林。⑰	把我的车在方林中停放。
乘舲船余上沅兮，⑱	登上小船逆着沅水而上，
齐吴榜以击汰。⑲	船桨齐划啊拍击着波浪。
船容与而不进兮，⑳	船在水中渐渐难以前进，
淹回水而疑滞。㉑	在湍急漩涡中徘徊荡漾。

朝发枉渚兮，㉒
夕宿辰阳。㉓
苟余心其端直兮，㉔
虽僻远之何伤。㉕
入溆浦余儃佪兮，㉖
迷不知吾所如。
深林杳以冥冥兮，㉗
猿狖之所居。㉘
山峻高以蔽日兮，
下幽晦以多雨。
霰雪纷其无垠兮，㉙
云霏霏而承宇。㉚
哀吾生之无乐兮，
幽独处乎山中。
吾不能变心而从俗兮，
固将愁苦而终穷。㉛
接舆髡首兮，㉜
桑扈臝行。㉝
忠不必用兮，
贤不必以。
伍子逢殃兮，㉞
比干菹醢。㉟
与前世而皆然兮，
吾又何怨乎今之人！
余将董道而不豫兮，㊱
固将重昏而终身！㊲
乱曰：鸾鸟凤皇，㊳

清晨我乘船从枉渚出发，
晚上就只好留宿在辰阳。
只要我的心地是正直的，
放逐僻远之地于我何伤。
进入溆浦后我踌躇不前，
心里迷茫不知该往哪方。
茂密的山林幽暗又阴深，
这就是猿猴居住的地方。
高峻的山岭遮住了太阳，
山下幽深晦暗阴雨茫茫。
大雪纷纷扬扬无边无际，
乌云密密层层布满天上。
可怜我的生活毫无乐趣，
现在孤零零地住在山上。
不能改变心志随波逐流，
宁肯忧愁痛苦贫困到底。
从前接舆装疯剃光头发，
隐士桑扈出行总是裸体。
忠诚的不一定被人重用，
贤能的也难以被人推举。
伍员直言敢谏遭遇祸殃，
比干忠心耿耿剁成肉泥。
自古以来情况就是这样，
我何必怨恨现在的人呢？
我要坚持正道毫不犹像，
宁肯终身处在黑暗境地！
尾声：高贵的鸾鸟和凤凰，

日以远兮。	一天比一天地越飞越远。
燕雀乌鹊，巢堂坛兮。㊴	燕雀和乌鹊筑巢在堂前，
露申辛夷，死林薄兮。㊵	露申和辛夷枯死在林间。
腥臊并御，㊶	臭恶的东西都一齐进用，
芳不得薄兮。㊷	芳洁的东西却不能近前。
阴阳易位，㊸	昼和夜错乱明和暗失调，
时不当兮。	时节反常一切都在改变。
怀信侘傺，	我怀抱忠信却失意彷徨，
忽乎吾将行兮。㊹	我飘飘忽忽将远走他乡。

①〔奇服〕不平凡的服饰。指下文"长铗""切云冠"等。比喻好的道德品质和学术修养。　②〔不衰〕不衰减，引申为不改变。　③〔铗〕（jiá）剑柄。举偏概全，这里指剑。〔陆离〕很长的样子。　④〔冠〕帽。这里作动词，戴上。〔切云〕形容冠很高，夸张上触云霄。也可理解为一种高冠的名称。〔崔嵬〕高耸的样子。　⑤〔明月〕珍珠名，即夜光珠。〔璐〕美玉。　⑥〔高驰〕远远地离去。　⑦〔虯〕（qiú）〔螭〕（chī）都是传说中的无角龙。　⑧〔重华〕传说中的古帝虞舜的名字。〔瑶〕美玉。瑶之圃，美玉的园地。古代传说昆仑山产美玉，是上帝的花园。　⑨〔玉英〕美玉的花朵。　⑩〔同寿〕寿命一样长。此句一本冠有"吾"字，同寿作"比寿"。　⑪〔同光〕一本作"齐光"，一样有光辉。　⑫〔南夷〕指南方没有开化的少数民族。　⑬〔江湘〕长江和湘水。湘水是今湖南境内流入洞庭湖的大河。一本余字下有"将"字。　⑭〔乘〕登上。〔鄂渚〕（—zhǔ）地名。今湖北武昌县西。　⑮〔欸〕（āi）悲叹。〔绪风〕余风。《山带阁注》："绪，余也。谓初春而秋冬余寒未尽。"⑯〔山皋〕（gāo）山湾。　⑰〔邸〕（dǐ）通"抵"。抵达、停止的意思。〔方林〕地名。一说方同"傍"。一说方是大。　⑱〔舲船〕（líng—），《集注》："舲船，船有窗牖者。或曰小船也。"⑲〔齐〕同时举起。〔榜〕船桨。〔汰〕水波。　⑳〔容与〕这里是徘徊不前的意思。　㉑〔淹〕停留。〔回水〕指漩涡。〔疑〕同"凝"，凝滞、停滞不前。《集注》："船不进而凝滞，留落之意，亦恋故都也。"㉒〔枉渚〕地名。旧属湖南常德。　㉓〔辰阳〕地名。故城在今湖南辰溪县西。　㉔〔端直〕正直。其，

一作之。 ㉕〔僻〕荒僻。其，一作之。 ㉖〔溆浦〕溆水之滨。在湖南境内。 ㉗〔杳〕幽暗。〔冥冥〕阴深晦暗的样子。 ㉘〔狖〕（yòu）长尾猿。一本猿字之前有乃字。 ㉙〔霰〕（xiàn）雪珠。〔纷〕很大很多。〔垠〕边际。 ㉚〔霏霏〕形容浓云密布。〔承宇〕弥漫天空。而，一作其。 ㉛〔固〕本来。这里有宁肯的意思。 ㉜〔接舆〕春秋时楚国的隐士。时称"狂者"。〔髡〕（kūn）剃发。髡首，古代的一种刑法，剃掉头发。《集注》："接舆，楚狂也，被发佯狂，后乃自髡。" ㉝〔桑扈〕古代隐士。〔臝〕同"裸"。臝行，裸体而行。 ㉞〔伍子〕即伍员。楚人，因报父仇投吴，为吴王阖闾所信用，后因谏吴王夫差被杀。 ㉟〔比干〕殷时贤臣，被纣王杀害。〔菹醢〕（jū hǎi）古代酷刑，把人剁成肉酱。 ㊱〔董〕《集注》："董，正也。"这里是动词，守正的意思。 ㊲〔重昏〕《集注》："重昏，重复暗昧，终不复见光明也。" ㊳〔乱〕古代乐歌中的"尾声"。〔鸾〕传说中凤凰一类的鸟。鸾鸟凤皇，比喻忠臣贤士。 ㊴〔燕雀乌鹊〕普通的小鸟。比喻无能的小人。〔堂坛〕代朝廷。 ㊵〔露申〕一种芳香植物。〔辛夷〕香草名。露申辛夷，比喻清廉的贤人。〔林薄〕《集注》："丛木曰林，草木交错曰薄。" ㊶〔腥臊〕指臭恶的东西。比喻谗佞小人。〔御〕《集注》："御，用也。" ㊷〔芳〕芳香的东西。比喻贤人。 ㊸〔阴阳〕古代哲学概念。指矛盾中对立着的两个面。 ㊹〔忽〕飘飘忽忽。形容心里没有着落的样子。

哀 郢

　　本篇约作于顷襄王二十一年（公元前278年），这年秦将白起攻破楚国的首都郢（yǐng）（今湖北江陵县）。本篇以"哀郢"名篇，实质上是对危亡前夕的祖国的无限悼念，对人民苦难的深切同情，对自己不幸遭遇的无穷伤感。

皇天之不纯命兮，① 　　老天爷的命令变化无常，
何百姓之震愆。② 　　为何使老百姓震动惊慌。
民离散而相失兮， 　　人民妻离子散家破人亡，

方仲春而东迁。③
去故乡而就远兮，
遵江夏以流亡。④
出国门而轸怀兮，⑤
甲之朝吾以行。⑥
发郢都而去闾兮，⑦
怊荒忽其焉极？⑧
楫齐扬以容与兮，⑨
哀见君而不再得。
望长楸而太息兮，⑩
涕淫淫其若霰。⑪
过夏首而西浮兮，⑫
顾龙门而不见。⑬
心婵媛而伤怀兮，⑭
眇不知其所蹠。⑮
顺风波以从流兮，⑯
焉洋洋而为客。⑰
凌阳侯之泛滥兮，⑱
忽翱翔之焉薄。⑲
心絓结而不解兮，⑳
思蹇产而不释。㉑
将运舟而下浮兮，
上洞庭而下江。
去终古之所居兮，㉒
今逍遥而来东。
羌灵魂之欲归兮，
何须臾而忘反。
背夏浦而西思兮，㉓
哀故都之日远。

正当仲春二月逃往东方。
离开了家乡到远处去啊，
沿着长江夏水四处流亡。
走出郢都城门我很悲痛，
开始远行就在甲日早上。
我从郢都出发离开故里，
哪里是尽头啊心中迷茫。
船桨齐划船儿慢慢前行，
可怜我不能再见到君王。
望见故国乔木不禁长叹，
泪珠滚滚就像雪珠一样。
经过了夏首我沿江西浮，
回头已看不见郢都城墙。
心里牵挂不舍无限忧伤，
前途渺茫不知落脚何方。
顺着风波随着江流而行，
开始漂泊无定四处流浪。
我乘着浩荡的波涛前进，
如鸟飞翔不知飘到哪方。
心中忧思郁结无法摆脱，
思虑不展心情不能舒畅。
我掉转船头啊顺江东下，
过了洞庭湖就进入长江。
离开世世代代居住之地，
现在飘飘荡荡来到东方。
我的灵魂时时都想回去，
没有一时一刻忘记家乡。
背向夏浦思念西边郢都，
郢都越离越远令人悲伤。

登大坟以远望兮，㉔
聊以舒吾忧心。
哀州土之平乐兮，㉕
悲江介之遗风。㉖
当陵阳之焉至兮，㉗
淼南渡之焉如。㉘
曾不知夏之为丘兮，㉙
孰两东门之可芜！㉚
心不怡之长久兮，
忧与愁其相接。
惟郢路之辽远兮，
江与夏之不可涉。
忽若不信兮，㉛
至今九年而不复。
惨郁郁而不通兮，㉜
蹇侘傺而含慼。㉝
外承欢之汋约兮，㉞
谌荏弱而难持。㉟
忠湛湛而愿进兮，㊱
妒被离而鄣之。㊲
尧舜之抗行兮，㊳
瞭杳杳而薄天。㊴
众谗人之嫉妒兮，
被以不慈之伪名。㊵
憎愠忄伦之修美兮，㊶
好夫人之慷慨。㊷
众踥蹀而日进兮，㊸
美超远而逾迈。㊹
乱曰：

登上水边高地纵目远望，
暂且舒展我的九曲愁肠。
叹这一带生活如此安宁，
江边还保持着淳朴风气。
问我乘着波涛从何而来，
向南渡过长江又到哪去。
竟不知都城宫殿变丘墟，
还问哪两座东门荒芜了。
听后心中久久不能平静，
我的新忧旧愁紧紧相续。
想到郢都归路那么遥远，
长江和夏水也渡不过去。
时间过得太快使人难信，
未回郢都已有九年光阴。
愁思郁积心情不能舒畅，
失意不安使人非常心伤。
有人善于奉承外表美好，
实际内心脆弱很不可靠。
忠心耿耿愿为君国效力，
又被种种嫉妒怨恨阻挠。
那尧舜的行为多么高尚，
远远超出世俗直薄云霄。
那些谗人们对他们嫉妒，
还说尧舜行为不慈不孝。
楚王憎恨那诚实的美德，
却喜欢听那动听的辞藻。
谗人奔走钻营日日晋升，
贤人只能远远地走开了。
尾声：

曼余目以流观兮，⁴⁵　　　放开我的眼光四下观望，
冀一反之何时？　　　　　希望什么时候回去一趟。
鸟飞反故乡兮，　　　　　鸟飞再远总要返回旧巢，
狐死必首丘。⁴⁶　　　　　狐狸死时头向出生山冈。
信非吾罪而弃逐兮，⁴⁷　　我确实无罪而遭到流放，
何日夜而忘之。　　　　　日日夜夜心中实在难忘！

①〔纯〕正常。不纯命，指失其常道。　②〔百姓〕在先秦指贵族。这里包括人民。〔愆〕（qiān）罪过。　③〔仲春〕夏历二月。　④〔遵〕沿着。〔江夏〕长江和夏水。夏水，古河名。在今湖南境内。　⑤〔国门〕指郢都城门。〔轸〕《集注》：“痛也。”悲痛。轸怀，悲痛地怀念。　⑥〔甲〕甲日。甲是十干之一。〔朝〕早晨。　⑦〔闾〕（lú）里门。指家乡。　⑧〔荒忽〕通恍惚。指心情迷茫。〔怊〕（chāo）悲伤。一本无怊字。〔焉极〕哪里是尽头。　⑨〔容与〕起伏的样子。指船慢慢前行。　⑩〔楸〕（qiū）即梓树，落叶乔木。古人用乔木为国家的象征。　⑪〔淫淫〕泪流不止。〔霰〕（xiàn）雪珠。　⑫〔夏首〕《章句》：“夏水口也。”指夏水上接长江的地方，在郢都偏南。　⑬〔龙门〕指郢都的城门。　⑭〔婵媛〕（chán yuán）情思缠绵，牵挂不舍的样子。　⑮〔眇〕同“渺”。渺茫。〔蹠〕（zhí）《集注》：“践也。”践踏的意思。　⑯〔从流〕顺流而进。　⑰〔洋洋〕《集注》：“无所归貌。”〔客〕这里是流浪者。　⑱〔凌〕乘着。〔阳侯〕《集注》：“阳侯，陵阳国之侯。溺死于水，其神能为大波。”阳侯后为波涛的代称。　⑲〔翱翔〕以鸟飞比喻自己无目的的漂泊。〔薄〕到，止。　⑳〔絓〕（guà）《补注》：“絓，悬也。”心中牵挂的意思。　㉑〔蹇产〕《章句》：“蹇产，诘屈也。”即曲折，不顺畅。指思虑纠缠不开展。　㉒〔终古〕世代。　㉓〔夏浦〕夏水之滨，一说古夏汭，即今汉口市。　㉔〔大坟〕水边高地。　㉕〔州土〕指屈原经过的地方。〔平乐〕《集注》：“地宽博而人富饶也。”　㉖〔介〕一作界。江介，长江沿岸。　㉗〔陵阳〕即凌阳侯，指波涛。按，以下四句是江介遗风的说明。郭沫若《屈原赋今译》：“叙江边人古朴，还不知郢都破灭的惨事。”“陵阳”即上文“凌阳侯”之略语，犹言乘风破浪。　㉘〔淼〕（miǎo）大水茫茫。　㉙〔夏〕同“厦”。

高大的房屋。这里指郢都的宫殿。 ㉚〔芜〕荒芜。 ㉛〔忽〕形容时光过得很快。一本若下有去字。 ㉜〔惨郁郁〕指心中愁惨郁闷。 ㉝〔感〕(qī)忧愁。 ㉞〔汋约〕《章句》："好貌。"指容态美好。汋(chuò)同"绰"。 ㉟〔谌〕《集注》："谌，诚也。"〔荏弱〕软弱，脆弱。〔持〕通"恃"，难持、靠不住。 ㊱〔湛湛〕忠心耿耿的样子。〔愿进〕愿意进身于君前为君国效力。 ㊲〔被离〕同"披离"。纷纷地。《集注》："众盛貌"。〔鄣〕同"障"，阻挠。 ㊳〔抗行〕高尚的行为。一本句首有彼字。 ㊴〔暸〕通"辽"。远，高远。〔薄〕迫近。而，一作其。 ㊵〔伪名〕捏造的恶名。《补注》："尧舜与贤而不与子，故有不慈之名。《庄子》曰：'尧不慈，舜不孝。'言此者。" ㊶〔憎〕与下句的"好"，主语都是国君。〔愠惀〕(wěn lǔn)《通释》："诚积而不能言也。"意思是心地很诚实，但不善用语言表达。 ㊷〔慷慨〕《通释》："巧言无忌也。"《补注》："慷慨，愤意。"此处从前说。 ㊸〔蹀躞〕(xiè dié)《集注》："行貌。"这里是奔走钻营的样子。 ㊹〔美〕指贤臣。〔超远〕很远、远远地。〔逾迈〕远行。 ㊺〔曼〕《说文》："曼，引也。"伸展。〔流观〕四下观望。 ㊻〔首左〕《集注》："谓以首枕丘而死，不忘其所自生也。" ㊼〔弃〕一本作放。

抽　思

　　本篇是屈原被疏后，迁到汉北时所作。取篇中"少歌"首句"抽思"二字为名。抽，抒写；思，思绪。抽思，就是把蕴藏在内心深处无限的思绪抒写出来。这种思绪的实际含义就是迫切要求返回郢都去，以实现自己进步的政治理想。

心郁郁之忧思兮，　①　　　我心中郁结着无穷忧思，
独永叹乎增伤。　②　　　　孤独地长叹越来越悲伤。
思蹇产之不释兮，　③　　　愁思纠缠心情难以舒展，
曼遭夜之方长。　④　　　　这茫茫的黑夜多么漫长。
悲秋风之动容兮，　⑤　　　可怜萧瑟秋风凋残草木，

何回极之浮浮！⑥
数惟荪之多怒兮，⑦
伤余心之忧忧。⑧
愿摇起而横奔兮，⑨
览民尤以自镇。⑩
结微情以陈词兮，⑪
矫以遗夫美人。⑫
昔君与我诚言兮，⑬
曰黄昏以为期。⑭
羌中道而回畔兮，⑮
反既有此他志。⑯
憍吾以其美好兮。⑯
览余以其修姱。⑰
与余言而不信兮，
盖为余而造怒。⑱
愿承间而自察兮，⑲
心震悼而不敢。⑳
悲夷犹而冀进兮，㉑
心怛伤之憺憺。㉒
兹历情以陈辞兮，㉓
荪详聋而不闻。㉔
固切人之不媚兮，㉕
众果以我为患。
初吾所陈之耿著兮，㉖
岂至今其庸亡？㉗
何独乐斯之謇謇兮，㉘
愿荪美之可光。㉙
望三五以为像兮，㉚
指彭咸以为仪。㉛

为何天极运转如此迅速！
常常想到君王容易发怒，
真使我伤心啊使我愁苦。
我想率性自暴自弃行事，
看到人民苦难强自镇定。
我用言辞表达心中深情，
把它献给我敬爱的国君。
过去国君与我曾经约定，
他说我们到老相依为命。
谁知在半路上他就翻悔，
现在反而已经有此二心。
他把他的长处向我夸耀，
总向我显示他多么美好。
他对我说的话全靠不住，
还故意找碴子对我发怒。
我想找个机会自己表白，
心里害怕不敢这样去做。
可怜我还犹豫盼望进取，
但是心中悲痛动荡不宁。
我把全部想法向他陈述，
他却假装耳聋不肯倾听。
本来老实的人不会讨好，
众人果然把我当眼中钉。
当初我讲的话耿直明了，
难道到现在就已经忘了？
为什么只有我喜欢多讲，
我是希望他的美德发扬。
愿他以三王五霸为榜样，
彭咸却是我学习的偶像。

夫何极而不至兮，^{③②}
故远闻而难亏。^{③③}
善不由外来兮，
名不可以虚作。
孰无施而有报兮，
孰不实而有获？
少歌曰：^{③④}
与美人抽思兮，^{③⑤}
并日夜而无正。
侨吾以其美好兮，
敖朕辞而不听。
倡曰：^{③⑥}
有鸟自南兮，^{③⑦}
来集汉北。
好姱佳丽兮，
牉独处此异域。^{③⑧}
既惸独而不群兮，^{③⑨}
又无良媒在其侧。
道卓远而日忘兮，^{④⓪}
愿自申而不得。
望北山而流涕兮，
临流水而太息。
望孟夏之短夜兮，
何晦明之若岁。^{④①}
惟郢路之辽远兮，
魂一夕而九逝。
曾不知路之曲直兮，
南指月与列星。
愿径逝而未得兮，

没有什么目的不能达到，
我们名声不朽传遍四方。
优秀的品德靠自己培养，
美好的名声和实际一样。
谁能不做好事又得报酬，
哪有不结果实能获丰收？
少歌：
我向君王倾诉我的深情，
从早讲到晚他好坏不清。
他把他的美好向我炫耀，
对我说的话他傲慢不听。
唱：
有一只鸟儿从南方飞来，
飞到汉水之北暂时栖息。
鸟儿羽毛丰满非常美丽，
现却离群独处在这异地。
鸟儿没有伴侣没有知交，
它身边也没有人做介绍。
道路相离很远已被忘掉，
想自己申诉却无法办到。
遥望着北山暗暗地流涕，
面对着流水一声声叹息。
希望初夏的夜短促一点，
为何这样漫长就像一年。
思念郢都路途多么遥远，
梦中灵魂一夜返回九遍。
灵魂不知郢路是曲是直，
向南依靠月亮星星分辨。
想直接回郢都却又不能。

九　章・97・

魂识路之营营。⁴²　　　　　灵魂往来认路多么劳碌。

何灵魂之信直兮，　　　　　为何灵魂这样诚信忠直，

人之心不与吾心同！　　　　别人的心不和我们相同！

理弱而媒不通兮，　　　　　媒人不能干作媒不成功，

尚不知余之从容。⁴³　　　　尚且他们不知我的举动。

乱曰：　　　　　　　　　　尾声：

长濑湍流，⁴⁴　　　　　　　岸边浅水匆匆流过沙滩，

沂江潭兮。⁴⁵　　　　　　　我正沿着汉江逆流而上。

狂顾南行，⁴⁶　　　　　　　我急切回顾南方的大道，

聊以娱心兮。　　　　　　　暂且宽慰一下心中忧伤。

轸石崴嵬，⁴⁷　　　　　　　南方道路充满突兀怪石，

蹇吾愿兮。⁴⁸　　　　　　　阻碍我返回郢都的愿望。

超回志度，⁴⁹　　　　　　　要越过弯路而记住直路，

行隐进兮。⁵⁰　　　　　　　真是进退两难心中迷茫。

低徊夷犹，⁵¹　　　　　　　我犹豫徘徊而不忍远去，

宿北姑兮。⁵²　　　　　　　只好留宿北姑这个地方。

烦冤瞀容，⁵³　　　　　　　心情愁闷忧郁烦乱不安，

实沛徂兮。⁵⁴　　　　　　　很想随水迅速流向远方。

愁叹苦神，⁵⁵　　　　　　　我忧愁地叹息神思劳苦，

灵遥思兮。　　　　　　　　心中又在思念远方故乡。

路远处幽，　　　　　　　　离郢都那么远住地偏僻，

又无行媒兮。　　　　　　　又没有说合的人在身旁。

道思作颂，⁵⁶　　　　　　　为了表明思想写作此章，

聊以自救兮。　　　　　　　暂且用它宽慰自己愁肠。

忧心不遂，　　　　　　　　我忧愁的心情不能顺畅，

斯言谁告兮！　　　　　　　我的这些话哟对谁去讲！

①〔郁郁〕忧思郁结的样子。一本无"心"字。　②〔增伤〕加倍的悲伤。
③〔蹇产〕纠缠，不顺畅。　④〔曼〕长的意思。　⑤〔悲〕一本下有"夫"

字。〔容〕指自然界的面貌。动容,指秋风使草木变色。 ⑥〔回极〕《集注》:"或疑回极指天极回旋之枢轴。浮浮,言其运转之速而不可当。"一说风往来回旋。一说是四极之误,指四方的极边。 ⑦〔惟〕想起。〔荪〕(sūn)香草。一作"荃",比喻楚王。 ⑧〔忧忧〕愁苦的样子。 ⑨〔摇起〕动摇而起。〔横奔〕不看路乱跑。"摇起横奔",比喻心里动摇,自暴自弃,不顾一切地乱来。 ⑩〔尤〕罪,苦难。〔镇〕镇定。 ⑪〔微情〕这是谦辞。指深情。 ⑫〔矫〕举。〔美人〕比喻楚王。 ⑬〔诚言〕约定的话。诚,一作成。 ⑭〔黄昏〕比喻年老。这句话的意思是说从前国君和我约定,要任用我到年老的时候。一说期是指婚期,结婚的时光。古代的婚礼在黄昏举行,这里用男女曾有婚约比喻君臣结合。 ⑮〔羌〕楚方言,发语词。〔畔〕通"叛",背离。回畔翻悔,变心的意思。 ⑯〔㤭〕(jiāo)同"骄"。 ⑰〔览〕显示。 ⑱〔造怒〕找碴发怒。 ⑲〔闲〕通"间"。间隙,机会。承闲,找个机会。 ⑳〔震〕震惊。〔悼〕悲痛。 ㉑〔夷犹〕犹豫不决。 ㉒〔怛〕(dá)悲伤。〔憺憺〕(dàn)《通释》:"犹言荡荡,动而不宁貌。" ㉓〔历〕列举。 ㉔〔详〕同"佯"。 ㉕〔切人〕恳切的人。 ㉖〔耿著〕《集注》:"耿,明貌。"明白而显著。 ㉗〔庸〕乃,就。一本"岂"下有"不"字。〔亡〕同"忘"。一本作"止"。 ㉘〔独乐〕王逸本作"毒药",误。〔謇謇〕直言敢说的样子。一本无"斯"字。 ㉙〔荪〕一本作"荃"。〔光〕一本作"完"。 ㉚〔三五〕《章句》:"三王五伯可修法也。"三王指夏禹、商汤、周文王。五霸,这里指春秋时期的齐桓公、晋文公、楚庄王、吴王阖闾和越王勾践。 ㉛〔彭咸〕传说是殷代的贤臣。〔仪〕《集注》:"谓以彼人为法,而效其仪。" ㉜〔极〕目的地。 ㉝〔闻〕名声。远闻,名声远播。 ㉞〔少歌〕乐章音节的名称。"少歌"在《楚辞》中仅见于此。从音乐表现形式上看,像是乐歌中间穿插的小合唱。从内容上看,又像是某一部分的小结。 ㉟〔美人〕下,一本有"之"字,王逸本"思"作"怨"。 ㊱〔倡〕同"唱"。这也是乐章音节的名称,从表现形式上看,好像是领唱,在内容上是另一层意思的发端。 ㊲〔鸟〕屈原自喻。 ㊳〔胖〕(pàn)背离。这里是分离的意思。 ㊴〔茕〕(qióng)独,孤单。 ㊵〔卓〕通"逴"(chuò),与远同义。〔日忘〕一天天被人忘记。 ㊶〔晦明〕黑夜和天亮,代表一整夜。 ㊷〔营营〕往来忙碌的样子。 ㊸〔从容〕这里作"举动"解。 ㊹〔濑〕沙上流过的浅水。〔湍〕急流。 ㊺〔沂〕同"溯"(sù),逆流而上。　㊻〔狂顾〕急切地回顾。　㊼〔轸石〕《山带阁注》："方崖也。"〔崴嵬〕突兀不平的样子。　㊽〔蹇〕（jiǎn）阻碍。　㊾〔超〕超越。〔回〕曲折的路。〔志〕记住。〔度〕与"回"相对成文，应作直路解。㊿〔行隐〕前进和后退。〔进〕郭沫若《屈原赋今译》："进字与上'蹇吾愿兮'失韵，义亦难通，当为'难'字之误无疑。"疑近是。行隐进，进退两难。　51〔低徊〕流连难舍的样子。　52〔北姑〕《山带阁注》："北姑，盖地之近汉北者。"　53〔瞀容〕《山带阁注》："瞀乱之意，见于容貌也。"瞀（mào），烦乱。　54〔沛徂〕沛，水急流的样子。徂，往。《章句》："诚欲随水沛然而流去也。"　55〔苦神〕神思劳苦。　56〔道思〕说明思想。〔作颂〕作诗，作这首诗。

怀　沙

　　司马迁《史记·屈原列传》："乃作怀沙之赋，遂自投汨罗以死。"这篇的写作时间大约可以定为投汨罗之前。

　　怀沙的含义有两种主要的说法：一、怀抱沙石而自沉的意思。二、蒋骥《山带阁注楚辞》认为是怀念长沙。今从第二说。

滔滔孟夏兮，①	初夏天气暖和风清日朗，
草木莽莽。②	百草万木茂盛蓬勃生长。
伤怀永哀兮，	我心中忧愁啊无限悲哀，
汨徂南土。③	要急急忙忙地奔向南方。
眴兮杳杳，④	瞻望前途眼前茫茫一片，
孔静幽默。⑤	四周非常寂静毫无声响。
郁结纡轸兮，⑥	委屈和痛苦啊郁结心里，
离愍而长鞠。⑦	遭受忧患穷困日子已长。
抚情效志兮，⑧	扪心自问评析自己心意，
冤屈而自抑。	深受冤枉仍要克制自己。
刓方以为圜兮，⑨	要把方的木头削成圆的，

常度未替。⑩
正常的法度又不敢废弃。

易初本迪兮，⑪
君子所鄙。
要改变当初坚持的正道，
正直的人就会认为可鄙。

章画志墨兮，⑫
前图未改。⑬
规矩绳墨应该明确牢记，
前人的法度也不能变易。

内厚质正兮，⑭
大人所盛。⑮
为人内心忠厚品质端正，
这正是前代圣贤所赞许。

巧倕不斲兮，⑯
孰察其拨正？⑰
如果巧匠不动他的斧头，
谁又能知道曲直标准呢？

玄文处幽兮，⑱
矇瞍谓之不章。⑲
黑色花纹放在幽暗地方，
人们像瞎子说它不漂亮。

离娄微睇兮，⑳
瞽以为无明。
离娄看东西只略瞥一眼，
盲人认为他和自己一样。

变白以为黑兮，
倒上以为下。
把白的颜色说成是黑的，
把下的颠倒过来作为上。

凤皇在笯兮，㉑
鸡鹜翔舞。㉒
美丽的凤凰被关在笼里，
却让鸡和鸭自由地飞翔。

同糅玉石兮，
一概而相量。㉓
把美玉和顽石混在一起，
认为它们本来一模一样。

夫惟党人之鄙固兮，㉔
羌不知余之所臧。㉕
想来党人多么卑鄙顽固，
全不了解我的纯洁高尚。

任重载盛兮，㉖
陷滞而不济。㉗
我肩负时代赋予的重任，
却又陷入困境难以担当。

怀瑾握瑜兮，㉘
穷不知所示。
尽管我保藏珍宝和美玉，
穷困中也无法向人献上。

邑犬之群吠兮，
吠所怪也。
村里的群狗在乱叫乱嚷，
是它们见到奇怪的形象。

非俊疑杰兮，
固庸态也。
否定英雄人物怀疑豪杰，
本是庸人们惯用的伎俩。

文质疏内兮，㉙
众不知余之异采。
材朴委积兮，㉚
莫知余之所有。
重仁袭义兮，㉛
谨厚以为丰。㉜
重华不可遻兮，㉝
孰知余之从容？
古固有不并兮，㉞
岂知其何故也？
汤禹久远兮，
邈而不可慕也！
惩违改忿兮，㉟
抑心而自强。
离愍而不迁兮，
愿志之有像。
进路北次兮，
日昧昧其将暮。㊱
舒忧娱哀兮，
限之以大故。㊲
乱曰：
浩浩沅湘，
分流汩兮。
修路幽蔽，
道远忽兮。㊳
怀质抱情，
独无匹兮。㊴
伯乐既没，㊵
骥焉程兮。㊶

我的外表疏放语言迟钝，
众人不知我的才能非常。
如有用的木料堆积一旁，
人们哪知我潜在的力量。
我重视品德才能的积累，
为人谨慎忠厚加强修养。
虞舜已经不能再遇到了，
谁又理解我的一举一动？
自古以来圣贤生不同时，
哪里知道为什么会这样？
商汤夏禹离我们太远了，
远得使我们没法去瞻仰。
今后我不必再怨恨愤怒，
克制内心使自己更坚强。
即使遭受忧患也不改变，
希望心中有学习的榜样。
顺着道路前进走向北方，
太阳渐渐西沉暮色苍茫。
我要舒展愁眉消除悲伤，
那最好的办法就是死亡。
尾声：
波涛滚滚的沅江和湘江，
它们一日千里各自流淌。
漫长的道路阴暗而多阻，
前途那么遥远那么渺茫。
我有美好的品质和激情，
但是又有谁能为我证明。
善于相马的伯乐已死了，
千里马现在又有谁品评。

民生禀命，㊷
各有所错兮。㊸　　　人的一生既然领受天命，
定心广志，　　　　　上天会安排每人的命运。
余何所畏惧兮。㊹　　我要安下心来放宽胸襟，
曾伤爰哀，㊺　　　　没有什么可惧怕的事情。
永叹喟兮。　　　　　重重的忧伤无穷的悲哀，
世溷浊莫吾知，　　　这心情真使我叹息不尽。
人心不可谓兮。　　　社会黑暗没有人了解我，
知死不可让，　　　　人心巨测实在难以评说。
愿勿爱兮。　　　　　我知道死已是不可避免，
明告君子，㊻　　　　我对生命也不愿意吝惜。
吾将以为类兮。　　　那些光明磊落的前贤哟，
　　　　　　　　　　我将永远和他们在一起。

①〔滔滔〕和暖。《史记》引作"陶陶"。一说滔作慆。慆慆是悠久的意思。一说水大貌。　②〔莽莽〕草木茂盛的样子。　③〔汩〕（yù）水流迅疾的样子。　④〔眴〕（xùn）同"瞬"，看。　⑤〔孔〕《章句》："甚也。"〔幽默〕没有声音。　⑥〔纡〕委曲。〔轸〕苦痛。　⑦〔懑〕（mǐn）同"愍"，忧患。〔鞠〕（jū）《通释》："穷也。"穷困。　⑧〔抚〕〔效〕《集注》："抚，循也；效，犹核也。"抚，依循、检查。效，考核的意思。　⑨〔刓〕（wǎn）《章句》："削。"　⑩〔常度〕正常的法度。〔替〕《章句》："替，废也。"　⑪〔迪〕正道。《山带阁注》："易初本迪，谓变易其初时本然之道也。"　⑫〔章画志墨〕《山带阁注》："章，明也。画，规画也。志，念也。墨，绳墨也。"志，牢记。　⑬〔前图〕前人的法度。　⑭〔内厚〕内心的忠厚。〔质正〕品质端正。　⑮〔大人〕指圣贤。　⑯〔倕〕（chuí）人名。《章句》："倕，尧巧工也。"〔斫〕（zhuó）砍。　⑰〔拨〕《淮南子》："扶拨以为正。"高诱注："拨，枉也。"不正。拨正，等于说曲直。拨，一本作揆。　⑱〔玄文〕玄，《章句》："墨也。"玄文，黑色的花纹。　⑲〔矇瞍〕（méng sǒu）瞎子。〔章〕明。不章，这里指没有文采。　⑳〔离娄〕人名。《集注》："古之明目者也。"〔睇〕《集注》："盼也。"微睇，略看一下。　㉑〔笯〕（nú）《说文》：

"笼也。"　㉒〔鹜〕鸭子。　㉓〔概〕《集注》："概，平斗斛木也。"一概相量，同等评价。　㉔〔固〕一本作"炉"。　㉕〔臧〕同"藏"。㉖〔载盛〕担子很重的意思。　㉗〔济〕成功。　㉘〔瑾〕〔瑜〕都是美玉。比喻美德和才能。　㉙〔文〕指外表。〔质〕实质，指内心。〔疏〕疏放，不炫耀。〔内〕（nè）《集注》："内，木讷也。"即言语迟钝。文质疏内，即文疏质内。　㉚〔朴〕《集注》："材，木中用者也。朴，未斫之质也。"朴，指没有加工的木料。材朴，比喻自己已经发挥和尚未发挥的才能。〔委积〕丢在一旁堆积着。　㉛〔重〕〔袭〕都是积累的意思。㉜〔谨厚〕谨慎忠厚。〔丰〕动词，充实。一说丰富的内容。　㉝〔遌〕（è）《集注》："遌，逢也。"　㉞〔不并〕指生不同时。《集注》："古有不并，言圣贤不并时而生也。"　㉟〔违〕通"怀"，怨恨。"惩违"与"改忿"为互文，都是不再怨恨的意思。违，一本作连。　㊱〔昧昧〕《章句》："昧，冥也。"即渐渐昏暗的样子。　㊲〔限〕极限。〔大故〕死亡。　㊳〔忽〕《通释》："荒忽，不能达也。"即渺茫的意思。　㊴〔匹〕《集注》："匹，当作正字之误也。以韵叶之，及以《哀时命》考之，则可见矣。……无正，与'并日夜而无正'之正之意同。"　㊵〔伯乐〕人名。即孙阳，春秋时秦穆公的臣子，以善相马著名。　㊶〔骥〕千里马。〔程〕《通释》："衡量也。"　㊷〔禀命〕领受天命。此句一本作"万民之生"。　㊸〔错〕同"措"，安排。　㊹所，一本无此字。　㊺〔曾〕同"增"。〔爰〕《方言》："凡哀泣而不止曰爰。"爰哀，不尽的悲哀。曾伤，无穷的忧伤。　㊻〔告〕郭沫若《屈原赋今译》："原作'明告君子'，'明告'当读为'明皓'，乃君子之形容辞。"明皓，光明磊落。

思美人

美人，指楚怀王。思美人，思念怀王，希望他能翻然改悔。

思美人兮，	美人啊我多么思念你啊，
擥涕而伫眙。①	我揩干了涕泪久久盼望。
媒绝路阻兮，	现在无人说合道路不畅，

言不可结而诒。
謇謇之烦冤兮，②
陷滞而不发。
申旦以舒中情兮，③
志沈菀而莫达。④
愿寄言于浮云兮，
遇丰隆而不将。
因归鸟而致辞兮，
羌迅高而难当。⑤
高辛之灵盛兮，⑥
遭玄鸟而致诒。
欲变节以从俗兮，
愧易初而屈志。⑦
独历年而离愍兮，⑧
羌凭心犹未化。⑨
宁隐闵而寿考兮，⑩
何变易之可为！
知前辙之不遂兮，
未改此度。
车既覆而马颠兮，
蹇独怀此异路。
勒骐骥而更驾兮，
造父为我操之。⑪
迁逡次而勿驱兮，⑫
聊假日以须时。
指嶓冢之西隈兮，⑬
与纁黄以为期。⑭
开春发岁兮，
白日出之悠悠。

要说的话也无法向你讲。
正直敢言带来烦恼忧伤，
愁思无从抒发郁结心上。
我常想申明心中的感情，
心情沉闷压抑难以表明。
想请浮云传达这些话儿，
遇到云神他却不肯讲情。
想托回郢都的鸟儿捎信，
它飞得快又高很难胜任。
我不如高辛有美善德行，
能够遇到玄鸟送去礼品。
要想不顾廉耻随波逐流，
改变本来意志有愧于心。
我个人多年来遭受忧患，
愤懑的心情丝毫未减轻。
宁可忍受忧伤失意终身，
怎么能够改变我的初心。
我知以前事情很不顺利，
但也不愿改变这种态度。
尽管车已翻了马已倒下，
还想走这与众不同的路。
我重新驾起千里马的车，
给我赶车的是能手造父。
车儿慢慢前进不必性急，
姑且费些时间等待时机。
车子向着嶓冢西边驰去，
等到黄昏时候停下休息。
春天来临了一年开始了，
太阳冉冉地从东方升起。

吾将荡志而愉乐兮，⑮
遵江夏以娱忧。
擎大薄之芳茝兮，⑯
搴长洲之宿莽。
惜吾不及古人兮，
吾谁与玩此芳草？
解萹薄与杂菜兮，⑰
备以为交佩。⑱
佩缤纷以缭转兮，⑲
遂萎绝而离异。⑳
吾且儃徊以娱忧兮，㉑
观南人之变态。㉒
窃快在中心兮，㉓
扬厥凭而不竢。㉔
芳与泽其杂糅兮，
羌芳华自中出。
纷郁郁其远蒸兮，㉕
满内而外扬。
情与质信可保兮，㉖
羌居蔽而闻章。㉗
令薜荔以为理兮，
惮举趾而缘木。㉘
因芙蓉以为媒兮，
惮褰裳而濡足。㉙
登高吾不说兮，
入下吾不能。
固联形之不服兮，㉚
然容与而狐疑。
广遂前画兮，㉛

我要放松思想尽情娱乐，
沿着江夏而行排遣忧虑。
我采集草木丛中的芳茝，
又把长洲上的宿莽摘取。
可惜我未赶上古代贤人，
又和谁欣赏这些香草呢？
拔取丛生的萹蓄和杂菜，
备置它们用来左右佩带。
很多萹蓄杂菜好看一时，
它们不久就已凋谢枯败。
我暂且在这里徘徊消忧，
观赏一下南方人的异态。
心中暗暗地洋溢着喜悦，
要把愤懑丢开不再等待。
香花和污秽混杂在一起，
花香总不会被恶臭掩盖。
一阵阵的花香远远散发，
馥郁香气充满里里外外。
只要外表本质的确美好，
处境虽劣名声远播四海。
想用薜荔给我去作媒介，
我又不愿抬脚上树去摘。
想让荷花帮我前去说合，
我又不愿提裳下水去采。
上树摘取薜荔我心不悦，
下水采集荷花我心不快。
这样做本不合我的习惯，
然而心中犹豫上下徘徊。
我要完全依照从前打算，

未改此度也。　　　　　这种态度一直不会改变。
命则处幽吾将罢兮，　　即使命该受难我也不管，
愿及白日之未暮也。　　要抓紧太阳未落的时间。
独茕茕而南行兮，^⑫　我形影孤单地向南走去，
思彭咸之故也。　　　　彭咸故迹使我更加思念。

①〔攬〕同"揽"。收的意思。〔伫眙〕《山带阁注》："伫，久立。眙，直视也。"眙（chì），这里是盼望。　②〔謇謇〕通"蹇蹇"。忠直敢言的样子。　③〔申旦〕《通释》："重复而明也。"　④〔菀〕（wǎn）《山带阁注》："菀，结也。"原是草木茂盛的意思，引申为积结。沉菀，沉闷郁结。　⑤〔迅〕一本作"宿"。　⑥〔灵盛〕神灵美盛。这里指美好的德行很多。盛，一作晟。　⑦〔易初〕改变初心。〔屈志〕委屈意志。⑧〔历年〕经过很多年。〔离愍〕同"离慜"。遭受忧患。　⑨〔凭〕《集注》："冯（凭），愤懑也。"〔未化〕未消。　⑩〔隐闵〕隐忍着忧伤。〔寿考〕《山带阁注》："犹没世也。"　⑪〔造父〕《山带阁注》："周穆王时善御者。"〔操之〕驾驭马车。　⑫〔迁〕前进。〔逡次〕《集注》："犹逡巡也。"徘徊不前的意思。〔勿驱〕不要快跑。　⑬〔嶓冢〕山名，在秦西，汉水的发源地。今甘肃省内。又名兑山。〔西隈〕西边。　⑭〔纁〕通"曛"（xūn），太阳落了而还有余光。纁，一说"浅绛色。日将入，色嶓且黄也"。见《山带阁注》。纁黄，即指黄昏时候。　⑮〔荡志〕排遣忧愁，放松思想。⑯〔薄〕草木交错叫薄，大薄，野草丛生的地方。　⑰〔解〕《山带阁注》："拔取之意。"〔蒲薄〕从生的蒲蓄。蒲（biǎn）是一种野生植物。叫蒲蓄，又叫蒲竹。　⑱〔交佩〕左右佩带。　⑲〔缭转〕《集注》："缭，绕也。缭转，言佩之美，然适佩之，而遽已萎绝而离异矣。"　⑳〔萎绝〕枯萎凋谢。〔离异〕败坏。　㉑〔儃徊〕（chán huí）徘徊不进的样子。　㉒〔南人〕指长江夏水沿岸的人。〔变态〕异态，可能指不同的生活方式和风俗习惯。　㉓〔窃快〕暗暗的高兴。〔中心〕即心中。一本"在"下有"其"字。　㉔〔扬〕丢开。〔厥凭〕那些愤慨的情绪。〔竢〕（sì）等待。㉕〔郁郁〕香气浓烈。〔远蒸〕远远地散发。"蒸"一本作承。　㉖〔情〕指外面表现出来的态度。〔质〕指内在的本质。　㉗〔居蔽〕处在不好的环境中。〔闻〕名声。〔章〕同"彰"，显著。　㉘〔惮〕害怕。这里是

不愿意的意思。〔缘木〕顺着树木而上。　㉙〔褰〕（qiān）提起衣服。一本作褰。〔濡〕浸湿。　㉚〔形〕指表现在外的作风。　㉛〔广〕完全。〔遂〕实现。　㉜〔茕茕〕（qióng）孤独无依的样子。

惜往日

　　本篇以首句"惜往日"名篇。从内容上看，可能是屈原最后的作品，创作时间估计离他自沉汨罗江不会太久。

　　在屈原的作品中，本篇最为明确地表现了作者进步的政治理想，并且清楚地说明了这种政治理想的性质。本篇对于研究屈原的思想，有重要的参考价值。

惜往日之曾信兮，①	回想过去我曾深受信任，
受命诏以昭时。②	领受诏令而使时世清明。
奉先功以照下兮，③	遵奉先王功业普照后世，
明法度之嫌疑。④	使得法度严密无疑可存。
国富强而法立兮，	国家日愈富强法律制定，
属贞臣而日娭。⑤	政务托付忠臣天下太平。
秘密事之载心兮，⑥	我把国家机密放在心里，
虽过失犹弗治。⑦	纵有差错君王并不处分。
心纯厖而不泄兮，⑧	我心纯正忠厚态度严谨，
遭谗人而嫉之。	却遭到谗佞小人的嫉恨。
君含怒而待臣兮，	君王听信谗言含怒对我，
不清澈其然否。⑨	也不弄清事情是假是真。
蔽晦君之聪明兮，⑩	谗人们蒙蔽了君王视听，
虚惑误又以欺。⑪	他们无中生有以假乱真。
弗参验以考实兮，⑫	君王对此也不考察核实，
远迁臣而弗思。⑬	把我远远放逐不念旧情。
信谗谀之混浊兮，⑭	他听信污浊丑恶的谗言，

盛气志而过之。⑮

何贞臣之无罪兮，

被离谤而见尤。⑯

惭光景之诚信兮，⑰

身幽隐而备之。⑱

临沅湘之玄渊兮，⑲

遂自忍而沈流。⑳

卒没身而绝名兮，

惜壅君之不昭。㉑

君无度而弗察兮，㉒

使芳草为薮幽。㉓

焉舒情而抽信兮？㉔

恬死亡而不聊。㉕

独障壅而蔽隐兮，㉖

使贞臣为无由。㉗

闻百里之为虏兮，㉘

伊尹烹于庖厨。㉙

吕望屠于朝歌兮，㉚

宁戚歌而饭牛。㉛

不逢汤武与桓缪兮，㉜

世孰云而知之。

吴信谗而弗味兮，㉝

子胥死而后忧。㉞

介子忠而立枯兮，㉟

文君寤而追求。㊱

封介山而为之禁兮，㊲

报大德之优游。㊳

思久故之亲身兮，㊴

因缟素而哭之。㊵

盛气凌人把罪加于我身。

为什么忠臣并没有罪过，

却要遭到诽谤受到责罚。

真惭愧啊阳光无所不照，

我居幽隐之处感受不到。

来到沅江湘江的深渊旁，

我将要忍受痛苦而投江。

最终会身死而名声断绝，

可惜糊涂君王并不明了。

君王没有标准也不明察，

竟让杂草把香草埋没了。

到哪抒发感情陈述真心？

我将安然死去不愿偷生。

只是君王还受馋人蒙蔽，

他想任用忠臣已不可能。

听说百里奚曾当过俘虏，

伊尹善于烹调做过司厨。

姜尚曾在朝歌做过屠户，

宁戚夜间喂牛唱歌诉苦。

不遇商汤武王齐桓秦穆，

世人谁能了解他们长处。

吴王听信谗言不辨是非，

伍员死后才知忧患安危。

忠贞的介子推却被烧死，

晋文公觉悟时难以追悔。

绵山改为介山禁止打柴，

为报大恩晋文对他优待。

思念多年来亲近的部下，

因而穿着丧服去哭祭他。

或忠信而死节兮，	有的人忠诚却守节而死，
或訑谩而不疑。㊶	有的人被信任为人欺诈。
弗省察而按实兮，㊷	如不根据事实认真考察，
听谗人之虚辞。	只好听信谗人说的假话。
芳与泽其杂糅兮，	芳香和污秽混杂在一起，
孰申旦而别之。㊸	谁能清清楚楚地辨别它。
何芳草之早殀兮，㊹	为何香草总是过早凋零，
微霜降而下戒。	微霜下降不曾戒备留心。
谅聪不明而蔽壅兮，	君王耳目不明深受蒙蔽，
使谗谀而日得！	使馋人阿谀者天天称心。
自前世之嫉贤兮，	自古以来贤人总受嫉恨，
谓蕙若其不可佩。㊺	还说香草不可佩戴在身。
妒佳冶之芬芳兮，㊻	丑恶地嫉妒美人的芬芳，
嫫母姣而自好。㊼	丑妇搔首弄姿以为漂亮。
虽有西施之美容兮，㊽	纵然有西施那样的美貌，
谗妒入以自代。	谗妒的人也要把她挤掉。
愿陈情以白行兮，㊾	我想陈述心意表白行为，
得罪过之不意。	但却得到罪过出我意料。
情冤见之日明兮，	我的冤情啊一天天分明，
如列宿之错置。㊿	就像罗列在天上的星星。
乘骐骥而驰骋兮，	想要乘着骏马纵横驰骋，
无辔衔而自载。(51)	自己却不备置马勒缰绳。
乘泛泭以下流兮，(52)	想要驾着木筏顺流远航，
无舟楫而自备。(53)	自己又不准备船上划桨。
背法度而心治兮，(54)	违背法度只凭意志办事，
辟与此其无异。(55)	就和以上情况没有两样。
宁溘死而流亡兮，(56)	宁可突然死去魂魄离散，
恐祸殃之有再。(57)	恐怕会再一次遭到祸殃。
不毕辞而赴渊兮，(58)	我的话未说完走向深渊，

惜壅君之不识！　　　可惜他不懂啊糊涂君王！

①〔惜〕忆。〔曾信〕曾经获得信任。　②〔命诏〕诏令。指君王对臣民颁发的号令。〔昭〕明。昭时，使时世清明。昭作动词用，使动用法。时，一作诗。　③〔奉〕遵奉。〔先功〕指楚国先王的功业。〔下〕对"先功"而言，应指后世，后代。　④〔嫌疑〕指法令中含糊的地方。⑤〔属〕托付。〔贞臣〕忠贞的臣子。〔娭〕《集注》："娭，与嬉同。"快乐的意思。"日娭"的主语，一是指天下人，一是说楚王。现取前说。⑥〔载心〕放在心中。　⑦〔治〕处分，追究。　⑧〔纯〕纯洁。〔厖〕《集注》："厚也。"忠厚。按，《史记·屈原列传》："怀王使屈原造为宪令，屈平属草稿未定。上官大夫见而欲夺之，屈平不与，因谗之曰：'王使屈平为令，众莫不知，每一令出，平伐其功，曰以为"非我莫能为"也。'王怒而疏屈平。"这两句可能与此事有关。　⑨〔清澈〕作动词用。指弄清真相。〔澈〕一作"澂"，字同"澄"，义同。　⑩〔蔽晦〕蒙蔽而使之昏暗。　⑪〔虚〕把无说成有。〔惑〕把假说成真。虚惑误，即造谣诬蔑的意思。　⑫〔参验〕比较验证。〔考实〕考察核实。　⑬〔迁〕放逐。　⑭〔混浊〕污浊丑恶。是"谗谀"的定语。　⑮〔盛气志〕盛气凌人，大发脾气。〔过〕罪过。这里作动词用，即"加罪"的意思。　⑯〔被离〕遭到。〔尤〕罪过。这里作动词。见尤，被责罚。"而"，一作以。⑰〔光景〕《说文》："景，光也。"指太阳的光辉。〔诚信〕真诚可信。引申为阳光对万物都一视同仁，普照天下。　⑱〔备〕闻一多《楚辞校补》："案备字无义，疑当为避，声之误也。"　⑲〔玄渊〕深渊。　⑳〔沈〕沉。沈流，投入水中。　㉑〔壅君〕受蒙蔽的君王。〔昭〕明白。　㉒〔度〕尺度。指衡量事物的标准。　㉓〔薮〕（sǒu）水少而草木茂盛的湖泽。〔幽〕作动词用。掩盖，埋没。㉔〔抽信〕抽，抽绎。有条理地表明；信，真。指真心实意。抽信，陈述心中的真情。　㉕〔恬〕《集注》："恬，安也。言安于死亡，不苟生也。"〔不聊〕不苟生。　㉖〔障壅〕与蔽隐同义。都是蒙蔽的意思。　㉗〔使〕任用。〔无由〕《集注》："无路可行也。"不可能的意思。为，一作而。　㉘〔百里〕人名，即百里奚，春秋时秦穆公的贤相。原为虞国大夫，晋灭虞后被俘，后秦穆公用五张羊皮把他赎回，并加以重用。　㉙〔伊尹〕商汤的贤相。原是有莘氏的陪嫁奴隶，曾做过

厨师。　⑶〔吕望〕人名。即太公姜尚。传说他曾在殷都朝歌城屠牛为生，后来遇到周文王才被重用。因他后来辅助武王灭商，所以下文提出遇到周武王。　㉛〔宁戚〕人名，春秋时卫国人。传说他经商于齐，夜间喂牛，看到齐桓公夜出，就敲着牛角唱歌，倾诉自己的怀才不遇，桓公后来用他为卿。　㉜〔汤〕商汤。〔武〕周武王。〔桓〕齐桓公。〔缪〕（mù）同"穆"。秦穆公。　㉝〔吴〕指吴王夫差。春秋时吴国国君。〔信谗〕指夫差听信太宰伯嚭的谗言，逼死伍子胥。〔味〕《集注》："味，譬之食物，咀嚼而审其美恶也。"即玩味，辨别是非。　㉞〔子胥〕即伍员，吴国忠臣。因直言敢谏，反对吴越议和，后被夫差逼死。吴国也被越国灭掉。〔忧〕指亡国之忧。　㉟〔介子〕即介子推。春秋时晋国贤者。他随晋文公在外流亡十九年，回国后不争功，隐居绵山。后来晋文公想请他出来，派人去找，找不到，就放火烧山想逼他出来，结果介子推抱着一棵树被烧死。〔立枯〕站着被烧死。　㊱〔文君〕晋文公。〔寤〕觉悟。　㊲〔封〕赐给土地。介子推死后，晋文公把绵山下一些田赐为介子推的祭田，把绵山改为介山。〔禁〕禁止上山打柴。一本"山"字下无"而"字。　㊳〔大德〕指介子推随晋文公流亡时，路上没有吃的，他就割自己大腿的肉给晋文公吃，这对晋文公来说是重大的恩德。〔优游〕《集注》："言其德之大也。"一说宽大的样子。　㊴〔久故〕多年的旧交，故旧。〔亲身〕身边亲近的人。㊵〔缟素〕（gǎo—）白色的丧服。　㊶〔虺谩〕（dàn màn）虺同"诞"，放纵。《通释》："强不知以为知而欺人也。"　㊷〔按实〕根据事实，审查情况。　㊸〔申旦〕明白的样子。　㊹〔殀〕早死。这里指过早的凋零。　㊺〔若〕杜若，香草。　㊻〔佳冶〕指美人。　㊼〔嫫母〕（mó—）《集注》："嫫母，黄帝妻，貌甚丑。"这里代丑人。〔姣〕《集注》："妖媚也。"　㊽〔西施〕春秋时越国的美女。　㊾〔白行〕表白行为。㊿〔列宿〕（宿 xiù）众星。〔错〕通"措"。错置，罗列。　51〔辔〕（pèi）缰绳。〔衔〕马勒。〔载〕具备。　52〔泭〕（fú）木筏。　53〔楫〕船桨。54〔心治〕凭意志办事。　55〔此〕指上述无辔衔乘马、无舟楫泛泭的情况。56〔溘〕（kè）突然。〔流亡〕指魂魄离散。详见《离骚》注。　57〔有再〕出现第二次。这句的意思，《集注》认为："不死，则恐邦其沦丧，而辱为臣仆，故曰祸殃有再，箕子之忧盖如此也。"　58〔而〕一本作"以"。

橘　颂

本篇从内容和风格上看，应是屈原早年的作品。屈原通过对橘树高贵品质的赞颂，表现了自己的人格和个性。这首诗把咏物和抒情紧密结合，对后来的咏物诗产生了深远的影响。

后皇嘉树，①
橘徕服兮。②
受命不迁，③
生南国兮。
深固难徙，④
更壹志兮。⑤
绿叶素荣，⑥
纷其可喜兮。⑦
曾枝剡棘，⑧
圆果抟兮。⑨
青黄杂糅，⑩
文章烂兮。⑪
精色内白，⑫
类任道兮。⑬
纷缊宜修，⑭
姱而不丑兮。⑮
嗟尔幼志，⑯
有以异兮。
独立不迁，
岂不可喜兮？
深固难徙，
廓其无求兮。⑰
苏世独立，⑱

橘树是天地所生的好树，
来到南方适应当地水土。
领受天地之命不可迁移，
你只生长在南方的国度。
你根深蒂固啊难以移植，
更因为你有专一的意志。
绿色的叶片雪白的花朵，
长得那么茂盛令人欢喜。
你的枝条层迭棘刺锐利，
圆圆的果实饱满又丰腴。
青的黄的果实相映成趣，
橘子色泽非常鲜润绚丽。
金黄的表皮洁白的内瓤，
真像个可负重任的形象。
橘树香气浓郁修饰得体，
生得婀娜多姿美好无比。
我赞美你啊幼时的志向，
已经有与众不同的地方。
有独立的性格坚定不移，
岂不令人感到格外可喜。
你根深蒂固啊难以迁走，
你心胸宽广啊无所追求。
远离世俗你能清醒独立，

横而不流兮。⑲	敢于横渡不肯随波逐流。
闭心自慎，⑳	事情藏在心中谨慎自知，
终不失过兮。㉑	你能自始至终不犯过失。
秉德无私，㉒	保持美好品德大公无私，
参天地兮。㉓	在精神上真和天地一致。
愿岁并谢，㉔	我真希望咱们共同成长，
与长友兮。㉕	愿我们的友谊地久天长。
淑离不淫，㉖	你有美德丽容端端正正，
梗其有理兮。㉗	你的性格坚强理直气壮。
年岁虽少，㉘	你的年岁虽然不是太大，
可师长兮。	但是可以为师可以为长。
行比伯夷，㉙	你的品行可比得上伯夷，
置以为像兮。㉚	种植你啊作为学习榜样。

①〔后皇〕《章句》："后，后土也；皇，皇天也。"这是对天地的尊称。②〔徕〕同"来"。〔服〕《章句》："服，习也。"适应。 ③〔受命〕指领受天地之命。即天生的意思。〔不迁〕不能移植。《考工记》："橘逾淮而北为枳。" ④〔深固〕根深蒂固。〔徙〕（xǐ）迁移。 ⑤〔壹志〕专一的意志。 ⑥〔素荣〕白花。这里是指橘树初夏时开五瓣白色小花。⑦〔纷〕茂盛的样子。 ⑧〔曾枝〕《山带阁注》："枝之重也。"曾，同"层"。〔剡〕（yǎn）《集注》："利也。"锐利。〔棘〕刺。 ⑨〔抟〕同"团"。圆圆的。 ⑩〔糅〕错杂。按，因果实渐次成熟，所以有"青黄杂糅"的情况。 ⑪〔文章〕指橘子皮色的纹理色彩。〔烂〕很有光彩的样子。 ⑫〔精〕闻一多《楚辞校补》："精，读为䋃，赤黄色也。"⑬〔任道〕担当重任的人。"任道"一本作"可任"。 ⑭〔纷缊〕（—yūn）纷，同"芬"。缊，通"氲"，指香气。纷缊，香气浓郁。〔宜修〕修饰得合适。 ⑮〔丑〕类。《尔雅·释鸟》："凫，雁丑。"不丑，意思是出类拔萃。 ⑯〔嗟〕赞叹词。〔尔〕你。指橘。 ⑰〔廓〕（kuò）广大空阔。这里指心胸豁达。 ⑱〔苏世〕对混浊的世俗保持清醒的头脑。⑲〔横〕横渡，横而不流。以行船比喻人的性格，敢于冲风横渡，不肯随

波逐流。 ⑳〔闭心〕把事情藏在心中。 ㉑此句一本作"不终过失兮"。
㉒〔秉〕执。秉德,保持美好的品德。 ㉓〔参〕合。参天地,与天地相合。《补
注》:"天无私覆,地无私载,秉德无私,则与天地参矣。" ㉔〔谢〕
过去。并谢,说自己的年龄与橘的一起过去,等于说共同成长。 ㉕〔长
友〕长期的朋友。 ㉖〔离〕通"丽"。《山带阁注》:"离,丽也。"
㉗〔梗〕梗直,坚强。〔理〕纹理,这里比喻道理的理。 ㉘〔师〕〔长〕
这里都作动词。意思是可以作师,可以为长。 ㉙〔伯夷〕人名,屈原心
目中的义士,殷人。周灭殷后,拒食周粟,饿死于首阳山。 ㉚〔置〕植。
〔像〕榜样。

悲回风

回风就是旋风。本篇以首句"悲回风"名篇。

悲回风之摇蕙兮,
心冤结而内伤。
物有微而陨性兮, ①
声有隐而先倡。 ②
夫何彭咸之造思兮, ③
暨志介而不忘。 ④
万变其情岂可盖兮,
孰虚伪之可长!
鸟兽鸣以号群兮, ⑤
草苴比而不芳。 ⑥
鱼葺鳞以自别兮, ⑦
蛟龙隐其文章。 ⑧
故荼荠不同亩兮, ⑨
兰茝幽而独芳。
惟佳人之永都兮, ⑩

可怜啊旋风摇撼着蕙草,
我的愁思郁结内心悲伤。
物虽微小可以损害性命,
声虽细弱却是最先传扬。
为何我总是思慕着彭咸,
他的志气节操难以遗忘。
感情变化无常岂能掩盖,
哪有虚情假意可以久长!
鸟兽鸣叫为了追求群集,
香草枯草堆积失去芬芳。
群鱼彼此炫耀层层鳞甲,
蛟龙却把美丽龙鳞隐藏。
所以苦菜甜菜分田种植,
兰茝身居僻处散发幽香。
只有圣贤才会永放光彩,

更统世以自贶。⑪
眇远志之所及兮，⑫
怜浮云之相羊。⑬
介眇志之所惑兮，⑭
窃赋诗之所明。
惟佳人之独怀兮，
折芳椒以自处。⑮
曾歔欷之嗟嗟兮，
独隐伏而思虑。
涕泣交而凄凄兮，
思不眠以至曙。
终长夜之曼曼兮，
掩此哀而不去。
寤从容以周流兮，
聊逍遥以自恃。
伤太息之愍怜兮，
气于邑而不可止。⑯
纠思心以为纕兮，⑰
编愁苦以为膺。⑱
折若木以蔽光兮，
随飘风之所仍。⑲
存仿佛而不见兮，⑳
心踊跃其若汤。
抚佩衽以案志兮，
超惘惘而遂行。㉑
岁忽忽其若颓兮，
时亦冉冉其将至。
薠蘅槁而节离兮，㉒
芳已歇而不比。㉓

怡然自得经历千秋万代。
细看我要想实现的大志，
可怜得像浮云漂荡无止。
我微小的心志难被理解，
我只好写出诗歌来表白。
我只怀念那古代的圣贤，
摘取杜若申椒自己安排。
我一次又一次长长叹息，
独处荒僻引起万千思量。
我伤心的眼泪不断流淌，
一夜想来想去直到天亮。
这黑夜啊是多么的漫长，
很难压抑住心中的悲伤。
醒来后我四处慢慢游荡，
暂把忧愁寄于逍遥徜徉。
满腔悲悯使我伤心长叹，
胸中气息急促难以舒畅。
我把无数忧虑搓成佩带，
我把无限愁苦编成背囊。
折下若木枝条遮住阳光，
任从狂风把我吹到何方。
周围的一切好像看不见，
我的心像沸水一样激荡。
抚摸玉佩衣襟压抑激情，
心里渺渺茫茫走向前方。
这一年很快就要过去了，
我的一生渐渐要结束了。
香草枯萎了，枝叶飘零了，
花朵凋谢了，香气散尽了。

怜思心之不可惩兮，
证此言之不可聊。㉔
宁溘死而流亡兮，
不忍为此之常愁。
孤子吟而抆泪兮，㉕
放子出而不还。㉖
孰能思而不隐兮，㉗
昭彭咸之所闻。㉘
登石峦以远望兮，
路眇眇之默默。
入景响之无应兮，㉙
闻省想而不可得。㉚
愁郁郁之无快兮，
居戚戚而不可解。㉛
心鞿羁而不开兮，㉜
气缭转而自缔。㉝
穆眇眇之无垠兮，㉞
莽芒芒之无仪。㉟
声有隐而相感兮，㊱
物有纯而不可为。㊲
邈漫漫之不可量兮，
缥绵绵之不可纡。㊳
愁悄悄之常悲兮，
翩冥冥之不可娱。㊴
凌大波而流风兮，
托彭咸之所居。
上高岩之峭岸兮，
处雌蜺之标颠。㊵
据青冥而摅虹兮，㊶

可怜我的痴心无法改变，
证明这些话是多余之言。
宁可忽然死去魂魄散离，
不忍为这些事长此忧虑。
我像孤儿呻吟擦着眼泪，
又像弃儿一样无家可归。
谁能忧愁焦虑而不痛苦，
真想明白彭咸处世风度。
当登上山峦向远处眺望，
眼前道路寂静而又渺茫。
进入那空旷无声的境界，
谁也不能够无念又无想。
心中愁思郁结毫无乐趣，
思虑难分难解凄切悲凉。
思想被约束着无法舒展，
我气息幽闷着郁结一团。
宇宙多么渺茫无边无际，
天地多么广阔无与伦比。
听不见的声音还可感触，
无形的事物却不能造出。
道路遥远漫长无法估量，
忧思难以断绝缥缈绵长。
悲愁总是悄悄长随着我，
神魂飞逝心情才会舒畅。
我要乘着波涛随风而去，
走向彭咸所居住的地方。
我登上峭峻的高山之巅，
我坐在五彩的虹霓之上。
我占据着天空舒展长虹，

遂倏忽而扪天。

我又很快伸手抚摸青天。

吸湛露之浮凉兮，⑫

我吸饮的甘露多么凉爽，

漱凝霜之雾雾。⑬

还含漱飘然而降的冰霜。

依风穴以自息兮，⑭

我依靠在风穴旁边休息，

忽倾寤以婵媛。⑮

忽然清醒过来不禁惊惶。

冯昆仑以瞰雾兮，⑯

凭靠着昆仑山俯瞰云雾，

隐岷山以清江。⑰

依靠岷山眺望清澈长江。

惮涌湍之礚礚兮，⑱

云雾滚滚奔涌令人胆寒，

听波声之汹汹。

长江波涛澎湃使人激荡。

纷容容之无经兮，⑲

心中烦乱不知人在哪里，

罔芒芒之无纪。⑳

心里茫茫不知身到何方。

轧洋洋之无从兮，㉑

后浪推着前浪从何而来，

驰委移之焉止！㉒

曲折奔腾又要向哪流淌！

漂翻翻其上下兮，

波浪或上或下流动翻卷，

翼遥遥其左右。㉓

浪涛忽左忽右摇晃激荡，

泛潏潏其前后兮，㉔

潮水汹涌湍急前后泛滥，

伴张弛之信期。㉕

依从一定时间落落涨涨。

观炎气之相仍兮，㉖

我观看不断蒸腾的热气，

窃烟液之所积。㉗

看见蒸汽凝聚成了雨滴。

悲霜雪之俱下兮，

悲叹严霜冰雪一起下降，

听潮水之相击。

听见了潮水在彼此冲击。

借光景以往来兮，

我趁着时光往来于天地，

施黄棘之枉策。㉘

用的黄荆马鞭弯弯曲曲。

求介子之所存兮，

寻求介子推所在的地方，

见伯夷之放迹。㉙

找找古贤人伯夷的遗迹。

心调度而弗去兮，㉚

心里仔细思量不愿走开，

刻著志之无适。㉛

约束自己意志不想离去。

曰：

尾声：

吾怨往昔之所冀兮，

我怨恨从前的希望落空，

悼来者之愁愁。⑫	哀悼后来事情使人忧惧。
浮江淮而入海兮，	顺着长江淮河漂流到海，
从子胥而自适。⑬	追随伍员以求自己心安。
望大河之洲渚兮，	我看见了黄河中的沙洲，
悲申徒之抗迹。⑭	悲叹申徒狄高尚的事迹。
骤谏君而不听兮，	多次规劝君王不被采纳，
任重石之何益。⑮	背负重石投水又有何益。
心絓结而不解兮，	我心中的牵挂无法解除，
思蹇产而不释。	忧思郁结胸中愁情难去。

①〔有微〕虽然微小。〔阴性〕阴生。　②〔有隐〕听不见。〔倡〕倡导，带头。　③〔造思〕思念。　④〔暨〕(jì)以及。〔志介〕志气节操。　⑤〔号〕呼。号群，呼求群集的意思。　⑥〔苴〕(jū)枯草。〔比〕挨在一起。　⑦〔茸〕《章句》："累也。"一层又一层的意思。〔自别〕自行区别。引申为互相对比的意思。　⑧〔文章〕指美丽的龙鳞。　⑨〔荼荠〕《集注》："荼，苦菜也。荠，甘菜也。"　⑩〔惟〕只有。〔佳人〕美人。指圣贤。〔都〕美好。　⑪〔更〕经历。〔统〕丝的头绪。引申为一脉相传的系统。统世，意思是世世代代相继不绝。〔贶〕(kuàng)赐，赠给。自贶，引申为使自己充实起来。以，一本作而。　⑫〔眇〕审视。一说遥远。〔所及〕所实现的。　⑬〔相羊〕同"徜徉"，逍遥自在的样子。　⑭〔介〕通"芥"。微小。〔眇〕微小。介眇志，微小的心志。〔惑〕疑惑。　⑮〔自处〕自己安排。一说自己留在这里。芳，一作若。　⑯〔于邑〕《补注》："颜师古云，于邑，气短。"即气息急促而不舒展。　⑰〔纠〕搓扭。〔思心〕思绪。〔纕〕佩带。　⑱〔膺〕胸。这里指胸前的饰物。　⑲〔仍〕义同"引"。　⑳〔存〕指四周存在的事物。　㉑〔超惘惘〕《章句》："失志惶遽。"即失意而心中渺茫的样子。　㉒〔蘋〕〔蘅〕都是香草。〔槁〕枯萎。〔节离〕枝节断离。　㉓〔歇〕消散。〔比〕《集注》："比，合也。"聚合的意思。不比，指叶落香散。已，一作以。　㉔〔聊〕《集注》："聊，赖也。"不可聊，不可依赖。马茂元《楚辞选》："不可聊，谓无聊之极。

意思说，连这都是多余的。"现取后说。　㉕〔抆〕（wěn）揩擦。　㉖〔放子〕被弃逐的儿子。　㉗〔隐〕《集注》："隐，痛也。"　㉘〔昭〕明白。〔闻〕郭沫若《屈原赋今译》："'闻'字与上'还'字失韵，当是闲字之误，闲与闲通。"所闻，即安闲。昭，一本作照。　㉙〔景〕同"影"。影随形，响应声。景响无应，是形容境界的寂寥。　㉚〔闻〕郭沫若《屈原赋今译》："此'闻'字亦当作'闲'。"〔省〕深思。〔想〕冥想。闻省想，没有深思冥想。　㉛〔居〕疑作虑。因为居与"愁、心、气"等不类。〔戚戚〕形容痛苦凄切。　㉜〔轸羁〕本来指控制马的缰绳，这里比喻心情被约束。　㉝〔缭转〕《集注》："缭转，自缔。谓缭戾回转而自相结也。"　㉞〔穆〕《补注》："深微貌。"指空虚的状态。〔眇眇〕同"渺渺"。〔无垠〕无边无际。　㉟〔芒芒〕同"茫茫"。莽芒芒，广阔而空虚的样子。〔仪〕《集注》："仪，匹也。"无仪，无比。这些诗句表现了诗人陷入空虚而无所着落的精神状态。　㊱〔相感〕相互感应。㊲〔有纯〕看不见（依郭沫若说）。〔不可为〕不可造成。　㊳〔缥〕缥缈。〔绵绵〕形容愁思很长的样子。〔纡〕《集注》："纡，萦也。"这一句的意思，《章句》："细微之思难断绝也。"　㊴〔翾〕飞翔。翾冥冥，指精神的飞逝。〔不〕郭沫若《屈原赋今译》："'不'字殆袭首二句而衍。"㊵〔雌蜺〕古人把虹分内外两层，内层为虹，外层为蜺（也写作霓）。虹色鲜明，为雄；蜺色阴暗，为雌。〔标颠〕指虹的顶点。　㊶〔青冥〕《通释》："空宇也。"即指青色的天空。〔摅〕《集注》："舒也。"舒展。㊷凉，一本作源。　㊸〔漱〕漱口。〔雰雰〕霜降落的样子。　㊹〔风穴〕神话中飘风居住的地方。　㊺〔倾寤〕醒转过来。〔婵媛〕即啴咺。有惊骇的意思。一说空游自得也。　㊻〔瞰〕一作澄。　㊼〔隐〕《集注》："依也。如隐几之隐。"〔岐〕同"岷"。岷山，山名，在今青海省。　㊽〔惮〕心惊。〔涌湍〕指迅速奔涌的云雾。〔礚〕（kē）水石撞击声。　㊾〔纷〕乱。〔容容〕《集注》："纷乱之貌。"指内心。〔无经〕不知经纬，即不知在哪里。　㊿〔罔〕怅惘。〔芒芒〕同"茫茫"。〔无纪〕没有头绪。《集注》："言己心烦乱，无复经纪。"　(51)〔轧〕《集注》："倾压之貌。"这里指波涛互相倾压。〔洋洋〕水大的样子。"　(52)〔委移〕同"逶迤"，流水曲折回旋的样子。　(53)〔翼〕指像鸟翼一样左右扇动的波浪。〔遥遥〕同"摇摇"。

○54〔漓漓〕（yù）《通释》："流转貌。" ○55〔伴〕依从。〔张弛〕指潮汐的涨落。〔信期〕一定的时间。 ○56〔炎气〕地上蒸腾的热气。〔相仍〕《集注》："相因而不已也。" ○57〔烟液〕《通释》："烟，云也。液，雨也。积者，云屯而雨沛也。"窃，一作窥。 ○58〔黄棘〕木名。黄色的荆棘。〔枉策〕弯曲的马鞭。 ○59〔放迹〕故迹的意思。 ○60〔调度〕《通释》："审处也。"即仔细思量、安排。 ○61〔刻〕刻意。有约束的意思。〔著志〕显著的志向。无，一作所。 ○62〔愬愬〕愬同"惕"。《集注》："忧惧貌。" ○63〔自适〕顺从自己的心意。 ○64〔申徒〕即申徒狄，殷贤臣。《庄子》："申徒狄谏纣不听，负石自沉于河。"〔抗迹〕抗，同"亢"。抗迹，高尚的形为。 ○65〔任〕《集注》："负也。"任重石，可能指抱重石投水。一本作重任石。

〔说明〕本篇风格与前几篇不完全一致，思想与屈原一贯的思想有着较大的差距。从清初开始，不少研究者就怀疑不是屈原作品。但是因为资料限制，还不能得出明确结论。本篇最末两句，一本没有。它和《哀郢》的句子完全相同。闻一多、郭沫若等专家认为是脱简窜入，应当删去。"望大河之洲渚兮，悲申徒之抗迹。骤谏君而不听兮，任重石之何益。"这四句，郭沫若也认为是从别处窜入的文字。因文意相反，语句也重复，也应当删去。本文现保留供参考。

远　游

王逸《楚辞章句》认为，本篇是屈原所作。但是，现在不少研究者认为，这是汉人模仿《离骚》的作品，尚无定论。

这是一篇游仙诗。描写神游天上和走遍四方的快乐，其中也涉及服食轻举、养生炼形的理论，充满了阴阳家和道家的出世思想。诗篇不乏出色的诗句，有一定的文学价值。

悲时俗之迫阨兮，①	悲哀社会习气嫉贤妒能，
愿轻举而远游。②	我愿轻身高举远游求真。
质菲薄而无因兮，③	本性鄙陋没有什么依靠，
焉托乘而上浮？④	怎么能乘清气向上飞升？
遭沈浊而污秽兮，	我遭逢的时世污秽浑浊，
独郁结其谁语！	独自愁思郁结向谁诉说！
夜耿耿而不寐兮，⑤	夜里辗转反侧难以成眠，
魂营营而至曙。⑥	神魂凄凄切切直到天明。
惟天地之无穷兮，	只有天地才是无穷无尽，
哀人生之长勤。	可怜人生只会劳碌终身。
往者余弗及兮，	过去了的我已不能追及，
来者吾不闻。	将要来的我也不能听见。
步徙倚而遥思兮，⑦	我徘徊不定而想得很远，
怊惝怳而乖怀。⑧	惆怅失意理想难以实现。
意荒忽而流荡兮，⑨	我心情迷茫而四处游荡，
心愁凄而增悲。⑩	心中愁惨痛苦无限悲伤。
神倏忽而不反兮，⑪	魂魄很快飘忽离而不返，

形枯槁而独留。　　　　　　躯体形销骨立独自留下。

内惟省以端操兮，⑫　　　　　心中反复思索审察志向，

求正气之所由。⑬　　　　　　探求正大之气来自何方。

漠虚静以恬愉兮，⑭　　　　　淡漠平静内心安适愉悦，

澹无为而自得。⑮　　　　　　清心寡欲才能恬然自得。

闻赤松之清尘兮，⑯　　　　　我想听赤松先生的美言，

愿承风乎遗则。　　　　　　　愿意继承他的遗风法则。

贵真人之休德兮，⑰　　　　　我崇尚赤松先生的美德，

美往世之登仙。⑱　　　　　　羡慕过去的人能够成仙。

与化去而不见兮，⑲　　　　　他们蜕形而去人不能见，

名声著而日延。⑳　　　　　　他们名声显著流传千年。

奇傅说之托辰星兮，㉑　　　　惊叹傅说死后化为辰星，

羡韩众之得一。㉒　　　　　　我羡慕韩众能得道成仙。

形穆穆以浸远兮，㉓　　　　　他们形体渐渐远离尘世，

离人群而遁逸。㉔　　　　　　他们逃避世俗隐去不见。

因气变而遂曾举兮，㉕　　　　凭借精气变化高高升举。

忽神奔而鬼怪。㉖　　　　　　能像鬼神往来瞬息万变。

时仿佛以遥见兮，　　　　　　有时仿佛能够远远看见，

精皎皎以往来。㉗　　　　　　神灵耀眼往来宇宙之间。

超氛埃而淑邮兮，㉘　　　　　超越浊世居住名山洞府，

终不反其故都。　　　　　　　始终不愿返回他的故都。

免众患而不惧兮，　　　　　　避免众人忧患毫不惧怕，

世莫知其所如。　　　　　　　世人难测他们从哪到哪。

恐天时之代序兮，㉙　　　　　担心一年四季不断变化，

耀灵晔而西征。㉚　　　　　　灿烂的太阳在渐渐西下。

微霜降而下沦兮，㉛　　　　　寒冷的严霜也开始降临，

悼芳草之先零。㉜　　　　　　我悼惜香草会首先凋零。

聊仿佯而逍遥兮，　　　　　　我暂且徘徊而逍遥自在，

永历年而无成。㉝　　　　　　我只虚度年华一事无成。

谁可与玩斯遗芳兮？　　　谁能和我共赏这些香草？
长向风而舒情。㉞　　　　我只好长久地迎风抒情。
高阳邈以远兮，　　　　　古帝高阳离我们太远了，
余将焉所程？㉟　　　　　我又将如何去效法古人？

①〔迫阨〕（—è）迫，胁迫。阨，灾难，引申为危害。《章句》：“嫉妒，迫胁贤也。”这里指嫉贤妒能。　②〔轻举〕《通释》：“轻身高举。”〔远游〕《通释》：“远尘而游于旷杳。”　③〔质〕本性。〔菲薄〕《章句》：“质性鄙陋。”〔因〕依靠、凭借。　④〔托乘〕《通释》：“乘太清之气也。”〔浮〕漂浮。　⑤〔耿耿〕《章句》：“耿耿，犹儆儆，不寐貌也。”　⑥〔营营〕《集注》：“营营，犹曰荧荧。亦耿耿之意也。”一说“悲绪也”，见《山带阁注》。现取后说。一本作荣荣。　⑦〔步〕行走。〔徙倚〕《章句》：“仿徨东西。”即徘徊不定。〔遥〕远。　⑧〔怊〕（chāo）悲伤的意思。〔惝怳〕（tǎng huǎng）失意而不快乐的样子。〔乖〕违反。一本作永。〔怀〕怀抱，志向。乖怀，理想不能实现。　⑨〔荒忽〕通“恍惚”，心神不定、心情迷茫。〔流荡〕游荡。　⑩〔凄〕痛。　⑪〔倏忽〕很快。　⑫〔惟〕〔省〕思考。〔端〕《通释》：“端，审也。”〔操〕《通释》：“志也。”　⑬〔正气〕《山带阁注》：“正大之气也。”　⑭〔漠〕淡漠。〔虚〕空虚。〔静〕寂静。漠虚静，这是阴阳家要求求正气者炼形归神的原则。〔恬愉〕恬然自乐的意思。　⑮〔澹〕（dàn）淡。〔无为〕清心寡欲。这是道家为人的原则。　⑯〔赤松〕《补注》：“《列仙传》：‘赤松子，神农时为雨师，服冰玉，教神农，能入火自烧。至昆山上，常止西王母石室，随风雨上下。炎帝少女追之，亦得仙俱去。’”〔清尘〕对人尊敬的词，指他脚下的尘土。赤松清尘，即在赤松先生的脚下。《章句》：“想听真人之徽美也。”兹用王说。　⑰〔贵〕崇尚、重视。这里和下句的“美”都作谓语，是形容词的意动用法。〔休〕《补注》：“休，美也。”　⑱〔美〕羡慕的意思。〔登仙〕成仙。　⑲〔与化去〕《通释》：“与化去者，蜕形而往，所谓尸解也。”　⑳〔日延〕一天天扩展。　㉑〔傅说〕《集注》：“傅说，武丁之相。辰星，东方苍龙之体，心，尾，箕之星。所谓大辰也。《庄子》曰：‘傅说得之以相武丁，奄有天下，乘东维，骑箕尾，而比于列星。’”　㉒〔羡〕念慕。〔韩众〕《补

注》：“《列仙传》：齐人韩终（众），为王采药，王不肯服，终自服之，遂得仙也。”〔一〕这是道家的哲学概念，即“道”。 ㉓〔穆穆〕《通释》：“幽远也。”〔浸远〕越来越远。 ㉔〔遁逸〕隐去。 ㉕〔因〕凭借。〔气变〕这里指精气的变化。古人认为人身上有一种精气。《通释》："精化气，气化神也。"〔曾〕《通释》："曾，高也。曾举，谓上升也。"㉖〔神奔〕《通释》："神奔，神御气以往来。"这里指像神那么往来迅速。〔鬼怪〕《通释》："阴魄炼尽，形变不测，所谓太阴炼形也。"这里应该是指像鬼一样行为变化莫测。 ㉗〔精〕神灵。〔皎皎〕《补注》："神灵照耀，皎如星也。"明亮的样子。皎通“皎”。 ㉘〔氛〕《集注》："昏浊之气。"氛埃，昏浊的尘世。〔淑邮〕《山带阁注》："淑，善也。邮，传舍也。神仙往来，皆洞府名胜之地。故曰淑邮。"“超”一作“绝”。“邮”一作“尤”。 ㉙〔代序〕代谢。 ㉚〔耀灵〕《集注》："耀灵，日也。"〔晔〕光闪闪的样子。〔西征〕向西而行。 ㉛〔沦〕《集注》："沉也。" ㉜〔零〕凋零。 ㉝〔永历年〕经过了很多年。 ㉞〔长〕一本作晨。 ㉟〔程〕《通释》："衡量也。"焉程，《章句》："安取法度，修我身也。"

重曰：①	又一支歌：
春秋忽其不淹兮，	四季不会停留很快过去，
奚久留此故居。	我怎能长久地留在故居。
轩辕不可攀援兮，②	黄帝尊贵高远难以求助，
吾将从王乔而娱戏③	我将跟随王乔娱乐游戏。
餐六气而饮沆瀣兮，④	我要吸食六气渴饮清露，
漱正阳而含朝霞⑤	含漱朝霞呼吸正阳之气。
保神明之清澄兮，	保持自己精神清新纯净，
精气入而粗秽除。	精气入浊气除吐故纳新。
顺凯风以从游兮，⑥	我将乘着南风随风而去，
至南巢而一息。⑦	到达南巢后我停下休息。
见王子而宿之兮，⑧	看见了王乔我深深作揖，
审一气之和德⑨	讯问他“一气”怎样“和德”。

曰："道一可受兮，不可传；　　　　他说："'道'可心领不可言传；
其小无内兮，其大无垠；　　　　　　道是无限小的又无穷大；
毋滑而魂兮，彼将自然；⑩　　　　　你精神不混乱，心就自然；
一气孔神兮，⑪　　　　　　　　　　'一气'什么时候最为神通，
于中夜存；⑫　　　　　　　　　　　半夜寂静存在自己心中；
虚以待之兮，⑬　　　　　　　　　　对待一切事物任其自然，
无为之先；⑭　　　　　　　　　　　万事之前应该寡欲清心；
庶类以成兮，⑮　　　　　　　　　　如果众多法门已经成功，
此德之门。"⑯　　　　　　　　　　　那就找到了'和德'的路径。"
闻至贵而遂徂兮，⑰　　　　　　　　领教这些要诀就想去做，
忽乎吾将行。　　　　　　　　　　　迫不及待地我将要前行。
仍羽人于丹丘兮，⑱　　　　　　　　走到飞仙们居住的丹丘，
留不死之旧乡。　　　　　　　　　　留在这长生不死的仙乡。
朝濯发于汤谷兮，　　　　　　　　　早晨我在阳谷洗濯头发，
夕晞余身兮九阳。⑲　　　　　　　　傍晚我让九阳晒干身上。
吸飞泉之微液兮，⑳　　　　　　　　我要吸饮飞泉里的泉水，
怀琬琰之华英。㉑　　　　　　　　　把美玉的花朵作为食粮。
玉色頩以脕颜兮，㉒　　　　　　　　我的貌如美玉光彩照人，
精醇粹而始壮。㉓　　　　　　　　　我的精神纯粹开始强壮。
质销铄以汋约兮，㉔　　　　　　　　我的凡胎脱尽质丽体轻，
神要眇以淫放。㉕　　　　　　　　　我的神灵深远无束无拘。
嘉南州之炎德兮，㉖　　　　　　　　南州气候温暖令人赞美，
丽桂树之冬荣；　　　　　　　　　　桂树冬天开花非常美丽；
山萧条而无兽兮，㉗　　　　　　　　这里仙山空虚野兽不到，
野寂漠其无人。　　　　　　　　　　这里旷野寂静没有人迹。
载营魄而登霞兮，㉘　　　　　　　　载着晶莹魂魄登上朝霞，
掩浮云而上征。㉙　　　　　　　　　乘着飘浮云彩向上飞去。
命天阍其开关兮，　　　　　　　　　我叫守门人把天门打开，
排阊阖而望予。㉚　　　　　　　　　他推开南门望着我进来。

召丰隆使先导兮，	我召唤丰隆去前面开路，
问太微之所居。㉛	叫他打听太微宫的所在。
集重阳入帝宫兮，㉜	来到九重天进入太微宫，
造旬始而观清都。㉝	访问旬始星游览天帝府。
朝发轫于太仪兮，㉞	早晨又从天帝宫庭出发，
夕始临乎于微闾。㉟	傍晚来到了于微闾停留。
屯余车之万乘兮，	我把很多车辆聚集一起，
纷容与而并驰。㊱	众车缓缓而行并驾齐驱。
驾八龙之婉婉兮，	驾车的八条龙蜿蜒前进，
载云旗之逶蛇。	载着的云霓旗随风卷曲。
建雄虹之采旄兮，㊲	又把虹霓作为彩色大旗，
五色杂而炫耀。	旗帜五色混杂光耀千里。
服偃蹇以低昂兮，㊳	服马高大雄俊俯仰自如，
骖连蜷以骄骜。㊴	骖马身长蹄曲纵横恣意。
骑胶葛以杂乱兮，㊵	车骑众多相互交加杂错，
斑漫衍而方行。㊶	从游队列正在浩荡前往。
撰余辔而正策兮，㊷	我已拉紧缰绳持好马鞭，
吾将过乎句芒。㊸	我的车骑将要越过句芒。
历太皓以右转兮，㊹	经过太皓身旁车向右转，
前飞廉以启路。	飞廉开路走在队列前方。
阳杲杲其未光兮，㊺	明亮太阳还未放射光芒，
凌天地以径度。㊻	由东往西凌驾天地之上。
风伯为余先驱兮，	风伯是我们车队的先驱，
氛埃辟而清凉。㊼	我已避开浊世身心清爽。
凤凰翼其承旗兮，	凤凰展开双翅承接旌旗，
遇蓐收乎西皇。㊽	途中又遇到蓐收和西皇。
揽慧星以为旍兮，㊾	摘取慧星作为我的旗帜，
举斗柄以为麾。㊿	举起北斗斗柄作旗挥扬。
叛陆离其上下兮，(51)	旗帜五光十色忽上忽下，

游惊雾之流波。⑤

时暖瞹其晼莽兮，⑤

召玄武而奔属。⑤

后文昌使掌行兮，⑤

选署众神以并毂。⑤

路漫漫其修远兮，

徐弭节而高厉。⑤

左雨师使径侍兮，

右雷公以为卫。

欲度世以忘归兮，⑤

意姿睢以担挢。⑤

内欣欣而自美兮，

聊愉娱以淫乐。⑥

涉青云以泛滥游兮，⑥

忽临睨夫旧乡。

仆夫怀余心悲兮，

边马顾而不行。

思旧故以想象兮，⑥

长太息而掩涕。

泛容与而遐举兮，⑥

聊抑志而自弭。⑥

指炎神而直驰兮，⑥

吾将往乎南疑。⑥

览方外之荒忽兮，⑥

沛罔瀁而自浮。⑥

祝融戒而跸御兮，⑥

腾告鸾鸟迎宓妃。⑦

张《咸池》奏《承云》兮，⑦

上如云雾流动下如波浪。

天色渐渐昏暗日月天光，

我命玄武赶快紧紧跟上。

让文昌在后面掌管随从，

选择安排众神并驾前往。

前面的道路啊又远又长，

慢慢把车停下高高凭望。

叫雨师在左边路旁侍候，

让雷公在右边放哨站岗。

我想超脱尘世乐而忘返，

我想随心所欲高举向上。

心中高高兴兴修饰自己，

暂且尽情娱乐身心舒畅。

穿过层层云雾纵横游荡，

忽然看见了自己的故乡。

车夫感怀啊我心中悲伤，

两边马儿停下回头眺望。

我思念故土啊又想回去，

深深叹息涕泪沾湿衣裳。

游荡徘徊还是远远离去，

暂且控制感情硬起心肠。

指定炎帝驱车向南驰去，

我将要奔驰到九疑山旁。

我看见那世外渺渺茫茫，

就像浩瀚波涛上下浮荡。

祝融告诫我要停止前行，

我传令鸾鸟把宓妃迎上。

安排《咸池》曲奏起《承

云》乐，

二女御《九韶》歌。⑦　　　娥皇女英进献《九韶》之歌。
使湘灵鼓瑟兮，⑦　　　　　我让湘灵把瑟弹奏起来，
令海若舞冯夷。⑦　　　　　叫海神与河神一起跳舞。
玄螭虫象并出进兮，⑦　　　众多水中神物一齐走出，
形蟉虬而逶蛇。⑦　　　　　它们形体屈曲婉转自如。
雌蜺便娟以增挠兮，⑦　　　彩虹艳丽把我层层缠绕，
鸾鸟轩翥而翔飞。⑦　　　　鸾鸟高高飞翔围着舞蹈。
音乐博衍无终极兮，⑦　　　舒展的音乐声缭绕不绝，
焉乃逝以徘徊。　　　　　　于是我就到处徘徊寻找。
舒并节以驰骛兮，⑧　　　　我放松了缰绳纵马驰骋，
逴绝垠乎寒门。⑧　　　　　奔向那遥远的天边寒门。
轶迅风于清源兮，⑧　　　　穿过寒冷疾风发源之地，
从颛顼乎增冰。⑧　　　　　跟从颛顼来到冰天雪地。
历玄冥以邪径兮，　　　　　经过玄冥前面道路崎岖，
乘间维以反顾。⑧　　　　　暂且凭借天间地维休息。
召黔赢而见之兮，⑧　　　　召见黔赢向他讯问缘故，
为余先乎平路。　　　　　　让他给我在前铺平道路。
经营四方兮，⑧　　　　　　我乘驾着车辆走遍四方，
周流六漠。⑧　　　　　　　东西南北上下周游一趟。
上至列缺兮，⑧　　　　　　向上我来到了闪电之处，
降望大壑。⑧　　　　　　　向下把东方的归墟眺望。
下峥嵘而无地兮，　　　　　下界深远渺茫看不见地，
上寥廓而无天。　　　　　　上界空旷无垠天在何方。
视倏忽而无见兮，　　　　　一切迅速变化眼看不见，
听惝恍而无闻。⑨　　　　　四周空寂默默没有声响。
超无为以至清兮，⑨　　　　远远胜过无为清虚境界，
与泰初而为邻。⑨　　　　　我和泰初一起共存共亡。

①〔重〕《山带阁注》："重，音节之名。洪氏（兴祖）曰，情志未申，

更作赋也。”这是古代乐歌中的表现形式之一，大致相当于今天的领唱。从诗的结构来看，这是另起一层意思，所以用“重”辞来重新发端。　②〔轩辕〕传说中的远古帝王黄帝的名。　③〔王乔〕《集注》：“周灵王太子晋也。《列仙传》曰：‘好吹笙，作凤鸣，遇浮丘公，接之仙去。’”④〔六气〕《集注》：“六气者，陵阳子明《经》言：‘春食朝霞，日始欲出，赤黄气也；秋食沦阴，日没以后，赤黄气也；冬饮沆瀣，北方夜半气也；夏食正阳，南方日中气也；并天地玄黄之气，是为六气也。’”即天上的云霞。〔沆瀣〕（hàng xiè）露水。　⑤〔正阳〕即上注，南方日中之气。　⑥〔凯风〕《集注》：“南风曰凯风。”　⑦〔南巢〕《集注》：“旧说以为南方凤鸟之巢，非汤放桀之居巢也。”〔一息〕休息。　⑧〔王子〕即王乔。〔宿〕《集注》：“宿，与‘肃’通。”深深地作揖。　⑨〔审〕《山带阁注》：“审，讯问也。”〔一气〕一，即“道”。一气，《山带阁注》：“外气既入，内德自成。所谓六气者，凝炼而为一气矣。然必得所养而后能和，故就王子而讯之。”　⑩〔滑〕（gǔ）《通释》：“滑，音骨，乱也。”毋，一本作无。　⑪〔孔〕最。　⑫〔于中夜存〕《集注》：“而气之甚神者，当中夜虚静之时，自存于己，而不相离矣。”　⑬〔虚〕清虚。与“无为”义近。　⑭〔无为〕清心寡欲。清虚、无为，都是道家的处世原则。　⑮〔庶类〕《补注》：“众法。”　⑯〔门〕路径。　⑰〔至贵〕《通释》：“上所闻之道要也。”〔徂〕（cú）往。　⑱〔仍〕就。〔羽人〕《山带阁注》：“飞仙也。”〔丹丘〕《通释》：“南方赤色之丘，神之所在也。”　⑲〔晞〕晒干。〔九阳〕《山带阁注》：“九阳，即所谓汤谷上有扶木，九日居下枝者也。”　⑳〔飞泉〕《山带阁注》：“张楫云，飞谷也。在昆仑西南。”〔微液〕即神话中飞泉的泉水。“吸”一本作“漱”。㉑〔琬琰〕美玉。《章句》：“咀嚼玉英，以养神也。”〔怀〕揣着，引申为吞食。古人有食玉的习惯。　㉒〔玉色〕是指自己饮微液食玉英后面色如玉。〔颒〕（pīng）美好。〔腕〕（wàn）《补注》：“艳美色也。”㉓〔醇粹〕《补注》：“班固云，不变曰醇，不杂曰粹。”这里就是纯粹完美的意思。　㉔〔质〕指形体。〔质销铄〕《集注》：“所谓形解销化也。”即凡胎脱尽。〔汋约〕通“绰约”。《集注》：“汋约，柔弱貌。《庄子》曰：‘藐姑射山，有神人焉，汋约若处子。’”　㉕〔要眇〕《集注》：“深远貌。”〔淫放〕钱澄之《屈诂》：“淫放，无拘无碍。言其得道之效。”㉖〔嘉〕赞美。〔炎德〕南方气候温暖，所以认为南方有炎德。《章句》：“奇美太阳，气和正也。元气温暖，不殒零也。" ㉗〔萧条〕这里指空虚寂寥。㉘〔营〕《山带阁注》："营，荧同。营魄者，质既销铄，晶荧而轻也。"〔霞〕《补注》："霞，谓朝霞，赤黄气也。"一说与'遐'同，远的意思。 ㉙〔掩〕《章句》："攀缘。"这里是乘着。 ㉚〔阊阖〕（chāng hé）传说中天上的南门。 ㉛〔太微〕传说中天上的宫殿。《通释》："太微，在紫微之南，天市之北，中宫也。" ㉜〔集〕停留。引申为来到。〔重阳〕指天。《集注》："积阳为天，天有九重，故曰重阳。" ㉝〔旬始〕《集注》："星名。"〔清都〕《集注》："《列子》以为帝之所居也。" ㉞〔太仪〕《集注》："天帝之庭也。" ㉟〔于微闾〕传说中的地名。《集注》："于微闾，《周礼》：'东北曰幽州，其山镇曰医无闾。'" ㊱〔容与〕缓缓而行的样子。"容"一本作"溶"。 ㊲〔雄虹〕古人把虹分为内环、外环，内环叫雄虹，外环叫雌霓。〔旄〕（máo）旗的一种。原指旗杆上的装饰品。 ㊳〔服〕服马，居中的两匹马。〔偃蹇〕高大雄俊的样子。〔低昂〕俯仰自如的神态。 ㊴〔连蜷〕指体形长而四腿弯曲自如。〔骄骜〕即骄傲，指骖马（边马）的神态。《集注》："马行纵姿也。" ㊵〔胶葛〕《集注》："胶葛，杂乱貌。一曰犹交加也。"《通释》："缠绵相杂错貌。" ㊶〔斑漫衍〕《通释》："斑，从行之众列。漫衍，从游众盛貌。" ㊷〔撰〕持、拿。 ㊸〔句芒〕神话中的木神。《集注》："木神也。《月令》：'东方甲乙，其帝太皞，其神句芒'注云：'此木帝之君，木官之佐，自古以来著德立功者也。'" ㊹〔太皓〕传说中的远古帝王伏羲。《集注》："太皓，即太皞也。始结网罟，以畋以渔，制立庖厨，天下号之为庖羲氏。" ㊺〔杲杲〕（gǎo）明亮。 ㊻〔经度〕这里指从东向西直去。 ㊼〔辟〕同"避"。 ㊽〔蓐收〕传说中的西方之神。《集注》："西方庚辛，其帝少皓，其神蓐收。"〔西皇〕指神话中的古帝少昊氏，也是西方之神。 ㊾〔彗〕通"慧"。〔旍〕（jīng）同"旌"，旗的一种。 ㊿〔斗柄〕指北斗斗柄。〔麾〕（huī）旗帜。 51〔陆离〕钱澄之《屈诂》："陆离上下，言其光采不定。上若惊雾下若波流，闪铄动摇，皆指旍麾而言。" 52〔游〕流动。 53〔暧曃〕《集注》："昧暗也。"〔晱莽〕《补注》："晱，日不明也。莽，日无光也。" 54〔玄武〕《通释》："玄武，北方之神。" 55〔文昌〕星名。《山带阁注》："文昌，在紫薇宫，北斗魁前六星。"〔掌行〕《山带阁注》："掌领从行者。" 56〔并毂〕

并驾齐驰。　　㉗〔厉〕《山带阁注》："凭陵之意。"高厉，高高地凭望。㉘〔度世〕《山带阁注》："度越尘世而仙去也。"　　㉙〔恣睢〕《集注》："放肆。"〔揵挢〕（—jiǎo）《集注》："轩举也。"高举。　　㉚〔淫乐〕尽情地欢乐。"淫"一本作"自"。　　㉛〔泛滥游〕自由自在地到处周游。一本无"游"字。　　㉜〔想象〕象，依顺。这里指想返回故乡。㉝〔泛〕游荡。〔容与〕徘徊不定的样子。　　㉞〔自弭〕自己压抑感情。㉟〔炎神〕传说中的南方之神。《集注》："南方丙丁，其帝炎帝，其神祝融。"　　㉠〔南疑〕九疑山。　　㉡〔方外〕世外。〔荒忽〕渺渺茫茫的样子。　　㉢〔沛〕水流的样子。〔潏湟〕一作罔象。《集注》："水盛貌。"㉣〔跸御〕《集注》："跸、止行人也。御，禦也。"御，止。跸御，停止进行。"跸御"一作"还衡"。　　㉤〔腾〕传递。　　㉥〔咸池〕〔承云〕都是古代乐曲名。《章句》："咸池，尧乐也。承云，即云门，黄帝乐也。"㉦〔二女〕指舜妻娥皇、女英。〔九韶〕古代乐曲名。　　㉧〔湘灵〕传说中的湘水之神。　　㉨〔海若〕《集注》："海若，海神号。《庄子》：有北海若。"〔冯夷〕河伯，黄河之神。　　㉩〔玄螭〕红黑色的无角龙。〔虫象〕《章句》：指为水中神物。　　㉪〔形〕指以上水中神物的形体。〔蟉虬〕《集注》："盘曲貌。"　　㉫〔便娟〕《集注》："轻丽貌。"〔增挠〕层层缠绕。　　㉬〔轩鹜〕高高地飞翔。鹜，举。　　㉭〔博衍〕《集注》："宽平之意。"形容音乐声舒缓悠扬。　　㉮〔并节〕车上的缰绳。《通释》："并节，总辔也。"　　㉯〔逴绝垠〕《集注》："逴，远也。绝垠，天之边际也。"〔寒门〕指神话中的北极之门。　　㉰〔轶〕《集注》："从后出前也。"即穿过。〔清源〕《章句》："八风之藏府也。"指寒冷的北极风的源头。　　㉱〔颛顼〕神话中的北方之神。《补注》："北方壬癸，其帝颛顼，其神玄冥。"　　㉲〔间维〕《通释》："间，上下四方为六间。维，四隅为四维。"这里指天地之间。　　㉳〔黔嬴〕《通释》："雷神。""嬴"一作"赢"。　　㉴〔经营〕《章句》："周遍八极。"到处周游。"方"一作"荒"。　　㉵〔六漠〕《集注》："六漠，六合也。"指东西南北上下。　　㉶〔列缺〕闪电。这里指天的最高处。　　㉷〔大壑〕《集注》："大壑，在渤海东实惟无底之谷，名曰归墟。"　　㉸〔惝恍〕

寂静无声的状况。 ⑨〔至清〕最清虚的境界。 ⑨〔泰初〕《集注》：
"《列子》曰：'泰初者，气之始也。'《庄子》曰：'泰初有无，无有
无名。'"道家认为，"道"是无形无象的混沌状态的精气。泰初就是指
这精气产生之初，即"道"出现时最初的境界。与泰初为邻，意思可能是
与"道"一样永存。正如朱熹说的，"真可以后天不老"了。

卜 居

这是一首叙事诗。卜，就是占卜、问卦，以卜决疑。居，处世的方法和态度。卜居的意思是说，通过问卦来决定自己在现实生活中的态度。很显然，本篇并不是真正问卜决疑的作品，只不过是以问答的形式，来表达或抒发作者的人生态度和愤世嫉俗的感情，这种思想感情与《离骚》是完全一致的。

《章句》认为本篇是屈原所作。后人多怀疑这种说法。郭沫若《屈原赋今译》认为"可能是深知屈原生活和思想的楚人作品"。但也还不能做定论。

屈原既放，　　　　　　　　屈原啊他已经遭到放逐，
三年不得复见。①　　　　　三年了不能与楚王再见。
竭智尽忠，　　　　　　　　他为了国君用尽了心力，
而蔽障于谗。②　　　　　　但他的进取却遭到谗言。
心烦虑乱不知所从，③　　　他心烦意乱不知怎么办，
乃往见太卜郑詹尹。④　　　就去见管卜筮的郑詹尹。
曰："余有所疑，　　　　　屈原说："有些问题想不通，
愿因先生决之。"⑤　　　　特来请教先生帮我决断。"
詹尹乃端策拂龟，⑥　　　　詹尹忙把卜筮工具备好，
曰："君将何以教之？"⑦　说道："不知您有什么见教？"
屈原曰：　　　　　　　　　屈原十分激动地对他说：
"吾宁悃悃款款朴以忠乎，⑧　"应该诚实勤恳朴质忠厚，
将送往劳来斯无穷乎？⑨　　还是周旋应酬媚世取巧？
宁诛锄草茅以力耕乎，⑩　　应该努力耕作除草助苗，

将游大人以成名乎？ ⑪
宁正言不讳以危身乎， ⑫
将从俗富贵以偷生乎？
宁超然高举以保真乎， ⑬
将哫訾栗斯， ⑭
喔咿儒儿以事妇人乎？ ⑮
宁廉洁正直以自清乎，
将突梯滑稽如脂如韦， ⑯
以絜楹乎？ ⑰
宁昂昂若千里之驹乎， ⑱
将氾氾若水中之凫， ⑲
与波上下偷以全吾躯乎？
宁与骐骥亢轭乎， ⑳
将随驽马之迹乎？
宁与黄鹄比翼乎， ㉑
将与鸡鹜争食乎？
此孰吉孰凶，
何去何从？
世混浊而不清。
蝉翼为重千钧为轻， ㉒
黄钟毁弃， ㉓
瓦釜雷鸣， ㉔
谗人高张贤士无名。 ㉕
吁嗟默默兮，
谁知吾之廉贞？"
詹尹乃释策而谢，
曰："夫尺有所短寸有所长， ㉖
物有所不足，
智有所不明，

还是游说诸侯求取名爵？
应该不惜性命大胆直言，
还是贪图富贵可耻活着？
应该远走高飞保全性真，
还是阿谀逢迎屈己从俗，
奴颜婢膝般去取媚妇人？
应该廉洁正直清清白白，
还是圆滑随俗没有骨气，
像那油脂光滑牛皮柔软？
应该昂首挺胸像千里驹，
还是像水中鸟浮游不定，
随波逐流苟且保全身躯？
我应该与骏马并驾齐驱，
还是追随那劣马的足迹？
我应该与天鹅长空比翼，
还是去与鸡鸭争食斗气？
这到底哪样好哪样不好，
我应该如何做又如何行？
这个世道真是浑浊不清。
有人说千钧比蝉翼还轻，
青铜的编钟被销毁抛弃，
瓦锅作为乐器响如雷鸣，
坏人得势好人埋没无名。
啊！我不说了，再也不说了，
谁了解我廉洁正直品行？"
詹尹放下蓍草起身道歉：
"衡量事物尺寸也不标准，
万事万物都有不足之处，
聪明的人也有不明之理，

数有所不逮，　　　　　数理不是什么都能猜透，
神有所不通。　　　　　神灵有时也会变得糊涂。
用君之心行君之意，　　你想怎么做那就怎么做，
龟策诚不能知此事。"㉗　龟壳蓍草实在于此无补。"

①〔复见〕指再见到楚王。　②〔蔽障〕阻挠。〔谗〕诽谤。　③〔虑〕一本作"意"。　④〔太卜〕替国家掌管卜筮的官。〔郑詹尹〕太卜的姓名。一本无"乃"字。　⑤〔因〕依靠。　⑥〔端策〕《章句》："策，蓍也，立蓍拂龟以展敬也。"蓍，蓍草，筮要用蓍草做工具。端策，把蓍草放端正。〔龟〕龟壳，卜要用龟壳，灼龟观兆。拂龟，拂去龟壳上的灰尘。　⑦〔何以〕以何，有什么。〔之〕代詹尹。　⑧〔宁〕应该。〔悃悃款款〕诚实而勤恳的样子。《山带阁注》："悃款，诚实倾尽之貌。"〔朴〕质朴。　⑨〔送往劳来〕指社会上的周旋应酬。《章句》："追俗人也。"〔无穷〕没完没了。　⑩〔诛锄草茅〕除去田地里的杂草。〔力耕〕认真种地。《山带阁注》："力耕，所以隐退也。"　⑪〔游大人〕游说诸侯。　⑫〔讳〕避讳。正言不讳，实事求是地大胆讲话。　⑬〔高举〕远走高飞。〔保真〕保全自己真实的本性。一本作"保贞"。　⑭〔呫訾〕（zú zī）《章句》："以言求媚也。"即阿谀逢迎。〔栗斯〕与〔呫訾〕同义。　⑮〔喔咿〕即嗳嗳嗬，想说又不敢说的神态，用来形容一种屈己从人的态度。《章句》："喔咿、儒儿……皆强笑之貌。"〔妇人〕《山带阁注》："指郑袖言。"郑袖是楚怀王的宠姬。　⑯〔突梯〕〔滑稽〕形容圆滑处世，善于迎合别人。《章句》："委曲顺俗也。"〔如脂如韦〕指像油脂那样光滑，像牛皮那样柔软，形容人没有骨气。　⑰〔絜楹〕《山带阁注》："如工人之絜其柱，而使之圆也。"意思是测量屋柱，顺圆而转，这里用来比喻顺圆随俗的处世作风。　⑱〔昂昂〕昂首挺胸，堂堂正正的样子。　⑲〔氾氾〕即泛泛，浮游不定的样子。〔凫〕（fú）水鸟。　⑳〔亢轭〕并驾齐驱。　㉑〔鹄〕（hú）天鹅。　㉒〔钧〕古代度量单位，三十斤为一钧。　㉓〔黄钟〕青铜的编钟，古代的一种乐器。　㉔〔瓦釜〕陶器，用普通黏土烧制成的锅子。　㉕〔高张〕大大地夸张。引申为得势。　㉖〔尺有所短〕意思是说，尺寸也不很标准，一尺可能会短一点，一寸可能会长一些。按，以下四句都是比喻卜筮虽然可以替人决疑，但不是所有的疑都能决。　㉗一本无"此"字。

渔 父

本篇的作者难以确定。王逸《楚辞章句》："渔父者，屈原之所作也……楚人思念屈原因叙其辞以相传焉。"王逸的说法是矛盾的。据历代学者研究，《渔父》难定为屈原的作品，和《卜居》一样，也可能是楚人所作。

这是一首散文诗。它通过渔父和屈原的对话，表现了屈原坚持真理，不同流合污、随波逐俗的人生态度。

屈原既放，	屈原啊已经遭到了放逐，
游于江潭，①	他来到了沅江边上游荡，
行吟泽畔，	在江边一边走一边吟唱，
颜色憔悴，	他衰弱不振啊面色发黄，
形容枯槁。②	他形销骨立啊枯瘦模样。
渔父见而问之曰：③	渔翁看到屈原向他问道：
"子非三闾大夫欤？④	"您不就是三闾大夫吗？
何故至于斯？"⑤	为什么会落到这种景况？"
屈原曰：	屈原回答渔翁的问话说：
"举世皆浊我独清，⑥	"人人都肮脏只有我干净，
众人皆醉我独醒，⑦	个个都醉了只有我清醒，
是以见放。"	所以我怎么能不被流放。"
渔父曰：	渔翁听他说完就劝他道：
"圣人不凝滞于物，⑧	"圣人不拘泥于任何事物，
而能与世推移。	并能够随着世道而变化。
世人皆浊，	如果世间上人人都浑浊，

何不淈其泥而扬其波？⑨　　　　　何不搅浑泥水助澜推波？
众人皆醉，　　　　　　　　　　　如果世间上个个都醉了，
何不铺其糟而歠其醨？⑩　　　　　为何不吃酒糟把酒大喝？
何故深思高举，⑪　　　　　　　　为什么遇事深思又超脱，
自令放为？”　　　　　　　　　　以至于使自己被人放逐？”
屈原曰：“吾闻之，　　　　　　　屈原回答说：“我听说：
新沐者必弹冠，　　　　　　　　　刚洗头要弹去帽上灰尘，
新浴者必振衣。　　　　　　　　　刚洗澡要抖净衣上尘土。
安能以自身之察察，⑫　　　　　　怎能让干干净净的身体，
受物之汶汶者乎？⑬　　　　　　　去沾染污污浊浊的外物？
宁赴湘流，　　　　　　　　　　　我宁愿投入那湘江水中，
葬于江鱼之腹中。　　　　　　　　让自己葬身在江中鱼腹。
安能以皓皓之白，　　　　　　　　怎能让洁白纯净的东西，
而蒙世俗之尘埃乎！”⑭　　　　　蒙受那世俗尘埃的沾污！”
渔父莞尔而笑，⑮　　　　　　　　渔翁听完后就微笑起来，
鼓枻而去。乃歌曰：⑯　　　　　　拍着他的船桨边走边唱：
“沧浪之水清兮，⑰　　　　　　　“沧浪江的水啊清又清啊，
可以濯吾缨。⑱　　　　　　　　　可以洗一洗啊我的头巾。
沧浪之水浊兮，　　　　　　　　　沧浪江的水啊浊又浊啊，
可以濯吾足。”　　　　　　　　　可以洗一洗啊我的双脚。”
遂去，不复与言。　　　　　　　　他走了不再和屈原说话。

①〔江〕沅江。《山带阁注》：“谓沅江。”一说指沧浪江。郭沫若《屈
原赋今译》：“《楚辞》原文作‘游于江潭’，《史记·屈原列传》作‘至
于江滨’，都没有说是什么江，但下文渔父的歌明说是‘沧浪之水’故据
此增补。”〔潭〕作“滨”。　②〔形容〕形体容貌。〔槁〕与“枯”同
义。枯槁，枯瘦。　③〔渔父〕渔翁。父，古代对老年男子的尊称。　④
〔子〕古代对男子的尊称。〔三闾大夫〕屈原曾担任的官职。据旧说，是
掌管楚国王族屈、景、昭三姓事务的官。　⑤〔至于斯〕到这个地步。
⑥〔浊〕〔清〕指行为品质而言。　⑦〔醉〕〔醒〕指对现实环境的认识

而言。 ⑧〔凝滞〕冻结不解叫凝，停留不前叫滞。凝滞，引申为拘泥、执着的意思。 ⑨〔淈〕(gǔ) 搅浑。 ⑩〔餔〕(bū) 吃。〔歠〕(chuò) 饮。〔醨〕(lí) 薄酒。 ⑪〔高举〕指行为高出于世俗。 ⑫〔察察〕《山带阁注》:"皎洁。" ⑬〔汶汶〕《山带阁注》:"玷辱也。" ⑭一本无"俗"字。 ⑮〔莞尔〕微笑的样子。 ⑯〔鼓〕动词。敲打。〔枻〕(yì) 桨。一本无"乃"字。 ⑰〔沧浪〕水名。汉水的支流，在湖北境内。 ⑱〔濯〕洗。〔缨〕系帽的带子。

按:这首《沧浪歌》是楚地流传的古歌谣，意思是比喻人的行为要适应客观实际，渔父唱这首歌，是劝屈原应该"不凝滞于物，而能与世推移"，随波逐流，对世俗妥协，向邪恶势力低头。

九 辩

　　本篇为宋玉所作。宋玉，著名的楚辞作家，战国楚人。时代稍后于屈原，顷襄王时做过官，但不为楚王重视，终因被谗罢官，一生郁郁。他的生平事迹，没有完整史料，只能从《史记·屈原列传》后附数语中见到他的生长时代、文学修养和他的人格。从《九辩》这篇作品看，宋玉是战国末期一位富有才华的诗人。他的文章风格深受屈原的影响，是屈原的继承者，后人常常以"屈宋"并称。不过，他不像屈原那样具有强烈的正义感和爱国精神，作品也缺乏屈原的积极浪漫主义风格。

　　《九辩》原是古代传下来的乐章名。"九"表示多，不代表数字，意思是由多组乐章组成的乐曲，就好像元曲的套数一样。本篇是宋玉借古乐章名为题抒写自己的感慨和愁思，是一篇自叙性的长篇抒情诗。

　　宋玉生当楚国灭亡的前夕，在作品中，不仅抒发了"贫士失职而志不平"的悲叹，而且也透露了他对祖国命运的关心。诗中揭露楚国统治集团的腐朽黑暗和战乱带给人民的苦难，是有现实意义的。特别是他抒发个人失意的悲哀痛苦，在封建社会里引起了无数受压抑的知识分子的强烈共鸣，受到很高的评价。"宋玉悲秋"成为中国文学上的熟语。

　　《九辩》虽然是模仿屈原《离骚》而作，但在艺术上仍有它的独创性。作为抒情诗，它不是以直接倾泻诗人内心的激情来感染读者，而是善于通过自然景物抒发自己浓厚的感情，造成一种情景交融的境界，使诗人的感情和自然景物互相衬托而融合为一。这样就进一步开拓了诗的意境，提高了诗歌的表情达意的作用，对后世文学产生了不小的影响。《九辩》在形式上继承《离骚》而稍有发展。它打破了四句两韵的格式，句法更加灵活自由，句中字数增加，兮字位置的变化，双声叠韵的联绵词和叠音词的大量使用，加强了诗歌音节的谐适美。

悲哉秋之为气也！①	悲凉啊秋天肃杀的气氛！
萧瑟兮草木摇落而变衰。	草木在秋风中枯黄凋零。
憭栗兮若在远行；②	心情凄凉好像离乡背井；
登山临水兮送将归。	又像登山临水送别故人。
泬寥兮天高而气清；③	碧空万里无云秋高气爽；
寂寥兮收潦而水清；④	雨停水退秋水清澄平静。
憯凄增欷兮薄寒之中人；⑤	微寒袭人使人倍增伤情。
怆怳懭悢兮去故而就新；⑥	离家远行心中怅然失意；
坎廪兮贫士失职而志不平。⑦	贫士挫折失位心中不平。
廓落兮羁旅而无友生；⑧	留滞异乡孤独难寻知音；
惆怅兮而私自怜。	多么失望啊我独自哀怜。
燕翩翩其辞归兮，	燕子翩翩今又飞回南方，
蝉寂漠而无声；⑨	秋蝉默默终日寂寞无声。
雁雍雍而南游兮，⑩	大雁雍雍和鸣向南飞去，
鹍鸡啁哳而悲鸣。⑪	鹍鸡急促悲啼令人伤心。
独申旦而不寐兮，	我啊孤独一人通宵难寐，
哀蟋蟀之宵征。	怎堪听那蟋蟀彻夜哀鸣，
时亹亹而过中兮，⑫	时光荏苒转眼人过中年，
蹇淹留而无成。	我还久留异乡一事无成。

①〔气〕气氛。　②〔憭栗〕（liáo lì）凄凉的样子。〔若〕句中语助词。一说"若在"的意思。这两句的意思，《集注》："在远行羁旅之中，而登高望远临流叹逝，以送将归之人，因离别之怀，动家乡之念，可悲之甚也。"但屈复《楚辞新注》认为，这两句非实叙。"远行"和"登

山临水兮送将归"都是比喻，形容秋意的凄凉。现取后说。 ③〔沕寥〕（xuè—）旷荡空虚的样子。 ④〔寂廖〕（jì liǎo）清澄平静的状态。〔潦〕（lǎo）积蓄的雨水。收潦，雨水退尽。〔水清〕屈复《楚辞新注》："清，当作'澄'。断未有连句重韵理。" ⑤〔憯凄〕（cǎn—）《集注》："悲痛貌。"〔欿〕叹息声。增欿，悲叹不止。〔中人〕侵袭人。 ⑥〔怆怳〕（chuàng huǎng）失意的样子。〔圹恨〕（kuàng lǎng）失意怅惘。《集注》："皆失意貌。"〔去故就新〕指背井离乡。 ⑦〔坎廪〕（—lǐn）《通释》："坎，洼下也。廪，积高也。高下不平貌。"这里指生活道路坎坷，挫折很多。〔贫士〕宋玉自称。 ⑧〔廓落〕孤独空虚。〔羁旅〕留滞异乡。"羁"一本作羇。〔友生〕知心朋友。 ⑨〔寂漠〕即"寂寞"。 ⑩〔雍雍〕象声词。雁鸣声。 ⑪〔鹍鸡〕鸟名。似鹤，黄白色。〔啁哳〕大小相间、杂碎而急促的叫声。《集注》："声繁细貌。" ⑫〔时〕指人的年龄。〔亹亹〕（wěi）前进不停的样子。《集注》："进貌。"〔过中〕已过中年。

按：以上是第一段。诗人通过对秋景的描绘，对秋天季节的感受，抒发了自己对时序迁移、遭遇坎坷、事业无成的感慨。

悲忧贫蹙兮独处廓，①	悲伤穷困独处空旷境地，
有美一人兮心不绎。②	痛苦充满一个美人心里，
去乡离家兮徕远客，③	他离乡背井啊客居异地，
超逍遥兮今焉薄？④	到处漂泊如今留在哪里？
专思君兮不可化，⑤	一心思念君王忠贞不渝，
君不知兮可奈何！	君王不知道有啥办法呢！
蓄怨兮积思，	怨恨忧愁在他胸中蓄积，
心烦憺兮忘食事。⑥	寝食俱废总是烦闷焦虑。
愿一见兮道余意，	希望见见君王陈述心意，
君之心兮与余异。	但君王的心和我的相异。
车既驾兮朅而归，⑦	车虽驾出来了还得回去，
不得见兮心伤悲。	我见不到君王心中悲戚。
倚结轸兮长太息，⑧	只好靠着车箱长长叹息，

涕潺湲兮下沾轼。⑨　　　　沾湿车板的是滚滚泪涕。
忼慨绝兮不得，⑩　　　　　实难做到啊与君王决绝，
中瞀乱兮迷惑。⑪　　　　　心中烦乱难解纷繁思绪。
私自怜兮何极，　　　　　　独自悲伤此情何时终结，
心怦怦兮谅直。⑫　　　　　内心忠诚正直坚定不移。

　　①〔穷蹙〕（—cù）处境穷困。"蹙"一作戚。〔廓〕《章句》："空也。"这里指空旷荒野。　②〔美人〕作者自称。《诗经·郑风·野有蔓草》："有美一人，清扬婉兮。"这里的"有美一人"，即有一美人。〔绎〕怿的假借字。愉快的意思。　③〔徕〕一作"来"。徕远客，来为远客。　④〔超逍遥〕远远游荡无着落的样子。《章句》："远去浮游，离州域也。"〔薄〕停止。　⑤〔君〕《集注》："此君字乃指楚王而言。"这里指顷襄王。　⑥〔烦憺〕（—dān）烦闷、忧愁。〔食事〕吃饭和做事。　⑦〔朅〕（qiè）离去。　⑧〔结轸〕（—líng）古代车的前面和左右都有箱，用木条交错结成，所以叫作结轸。结轸，车箱。　⑨〔潺湲〕流水声。这里形容涕泪很多。〔轼〕车前横木。　⑩〔绝〕与楚王决绝。　⑪〔瞀乱〕（mào—）烦乱。　⑫〔怦怦〕忠谨的样子。〔谅直〕忠诚正直。
　　按：这是第二段。诗人叙述自己有乡不能归、思君不能见的苦闷。

皇天平分四时兮，　　　　　上天把一年平分为四季，
窃独悲此凛秋。①　　　　　我只对凄凉的秋季悲伤。
白露既下百草兮，　　　　　白露已经降临百草之上，
奄离披此梧楸。②　　　　　梧桐楸树很快枝枯叶光。
去白日之昭昭兮，　　　　　离开了阳光灿烂的夏日，
袭长夜之悠悠。③　　　　　进入茫茫秋夜无穷漫长。
离芳蔼之方壮兮，④　　　　百花盛开时节已经逝去，
余萎约而悲愁。⑤　　　　　草木枯萎衰败令人悲伤。
秋既先戒以白露兮，　　　　白露下降警戒秋季来临，
冬又申之以严霜。　　　　　严霜又来告诫寒冬将降。
收恢台之孟夏兮，⑥　　　　秋冬一扫盛夏繁茂景象，

然欿僁而沈臧。⑦ 　　　　旺盛生机不知哪里躲藏。
叶菸邑而无色兮，⑧ 　　　这时草木显得黯淡失色，
枝烦挐而交横；⑨ 　　　　枝条纷乱交横错杂无章。
颜淫溢而将罢兮，⑩ 　　　树叶凋敝零落即将萎谢，
柯仿佛而萎黄；⑪ 　　　　树木枝干衰败颜色枯黄。
萷櫹椮之可哀兮，⑫ 　　　树杪光秃萧疏使人悲哀，
形销铄而瘀伤。⑬ 　　　　枝丫形销骨立内受损伤。
惟其纷糅而将落兮，⑭ 　　想到枝叶相杂将要飘落，
恨其失时而无当。 　　　　怅恨命乖运塞失去时光。
揽骓辔而下节兮，⑮ 　　　抓住边马马缰缓缓而行，
聊逍遥以相羊。⑯ 　　　　姑且漫无边际徘徊游荡。
岁忽忽而遒尽兮，⑰ 　　　日月易逝眼看时近岁暮，
恐余寿之弗将。⑱ 　　　　我担心自己的寿命不长。
悼余生之不时兮， 　　　　自己生不逢时实堪悲伤，
逢此世之俇攘。⑲ 　　　　遭逢混乱世道令人沮丧。
澹容与而独倚兮，⑳ 　　　心中百无聊赖独倚栏杆，
蟋蟀鸣此西堂。 　　　　　愁听蟋蟀声声鸣叫西堂。
心怵惕而震荡兮，㉑ 　　　我的内心时时惊惧震动，
何所忧之多方！ 　　　　　为何百感交集时牵愁肠。
仰明月而太息兮，㉒ 　　　夜里仰望明月长长叹息，
步列星而极明。㉓ 　　　　在星光下徘徊直到天亮。

　　①〔凛〕（lǐn）寒冷。凛秋，凄清而寒冷的秋季。　　②〔奄〕忽，
很快地。〔离披〕《补注》：“分散貌。”这里指草木叶萎不振的样子。
〔梧楸〕（—qiū）梧桐和楸树。这都是早凋的树木。　　③〔袭〕进入。
〔长夜〕比喻自己处境的悲惨。　　④〔芳蔼〕芳菲而繁盛。〔方壮〕正当
茂盛。　　⑤〔萎约〕《集注》：“萎，草木枯也。约，穷也。”　　⑥〔恢
台〕《集注》：“广大貌。”恢台，广大而繁盛的样子。因为孟夏是草木
生命力量充沛的时期。　　⑦〔然〕义同“乃”。〔欿僁〕《集注》：“欿，
陷。僁，止也。言收敛长养之气，使陷止而沈藏也。”〔臧〕同“藏”。按，

这两句是说，秋冬一到，盛夏的生机完全停止，繁茂的景象不知被收藏到哪里去了。 ⑧〔菸邑〕（yù yì）黯淡的样子。"邑"，一本作"邑"。 ⑨〔烦挐〕（—rú）纷乱。 ⑩〔颜〕指枝叶的颜色。〔淫溢〕过甚。〔罢〕（pí）指凋零。 ⑪〔柯〕树枝的别名。《章句》："柯，枝也。"〔仿佛〕指颜色不鲜明。 ⑫〔萷〕《通释》："与'梢'同。树梢也。"〔橚槮〕（xiāo sēn）《通释》："无叶孤存而划空貌。"即光秃秃的样子。 ⑬〔销铄〕《通释》："严霜迫之使耗也。"〔瘀伤〕指严霜下植物内部的损伤。 ⑭〔纷糅〕《通释》："败叶衰草相杂委也。" ⑮〔骓〕（fēi）骖马。即边马。〔下节〕停鞭。 ⑯〔相羊〕同"徜徉"。 ⑰〔遒〕（qiú）迫近。 ⑱〔将〕长。 ⑲〔俇攘〕（guàng rǎng）纷扰不安。《章句》："卒遇瞢谗，而遽惶也。" ⑳〔澹〕水流徐缓的样子。这里指百无聊赖的心情。 ㉑〔怵惕〕（chù—）戒惧，惊惧。 ㉒〔仰〕一本作卯。 ㉓〔步列星〕这句是说，因忧愁而彻夜不眠，在星光下一直徘徊到天明。

按：这是第三段。诗人以凄艳的笔调从不同角度来描写秋景，抒发自己悲秋的感情。

窃悲夫蕙华之曾敷兮，①	我悲叹那蕙花曾经开放，
纷旖旎乎都房；②	枝繁叶茂长在华丽北堂。
何曾华之无实兮，③	为何层层花朵没有结果，
从风雨而飞扬？	花瓣顺着风雨到处飞扬？
以为君独服此蕙兮，	我还以为君王独爱蕙花，
羌无以异于众芳。	哪知蕙花也与众花一样。
闵奇思之不通兮，④	可怜曲折心思无人理解，
将去君而高翔。	我将离开君王远走高翔。
心闵怜之惨凄兮，	我的心啊多么忧愁凄凉，
愿一见而有明。⑤	希望一见君王倾诉衷肠。
重无怨而生离兮，⑥	深念自己无罪生生别离，
中结轸而增伤。⑦	心情郁结沉痛更加悲伤。
岂不郁陶而思君兮？⑧	哪会不思君而忧思郁结？

君之门以九重。⑨	只是君门幽深重重关防。
猛犬狺狺而迎吠兮，⑩	猛犬守门迎着来人狂叫，
关梁闭而不通。⑪	门关和桥梁都闭塞不畅。
皇天淫溢而秋霖兮，	老天爷降下了绵绵秋雨，
后土何时而得漧！⑫	地上何时才有干燥地方。
块独守此无泽兮，⑬	阴雨连绵独处荒芜沼泽，
仰浮云而永叹。	仰望蔽日阴云叹息深长。

①〔敷〕《集注》：“布也。”引申为开放。曾敷，曾经开放。
②〔旖旎〕（yǐ nǐ）《集注》：“盛貌。”即繁茂的样子。〔都房〕《集注》：“房，北堂也。《诗》所谓背。盖古人植花草之处也。”《通释》：“都，美也。都房，犹言华屋。”　③〔曾华〕曾同“层”。华即花。曾华，一层层花朵。〔实〕果实。　④〔奇思〕《通释》：“曲尽事变之思。”这里指自己委宛曲折的思虑。〔不通〕不能达到君王那里。　⑤〔一见〕指见到楚王。〔有明〕《集注》：“有以自明也。”即自己表白。　⑥〔重〕一次又一次地想着。引申为深念。〔无怨〕无罪的意思。《通释》：“无取怨于君之道也。”　⑦〔结轸〕（—zhěn）忧思郁结而心情沉痛。⑧〔郁陶〕忧思郁结。　⑨〔九重〕《章句》：“君门深邃，不可至也。”《补注》：“月令云：九门磔禳，天子有九门，谓关门、远郊门、近郊门、城门、皋门、库门、雉门、应门、路门也。”按，这里是说国君的门很深邃，不一定是指实。　⑩〔狺狺〕象声词。犬吠声。　⑪〔关〕门关。〔梁〕桥梁。⑫〔漧〕（gān）同“干”，干燥。　⑬〔块〕孤独的样子。〔无〕通“芜”，荒芜。〔泽〕积水的洼地。《通释》：“乃块然困处于荒芜沮泽之中。”

　　按：这是第四段。诗人以蕙花的遭遇自比，因无法得到楚王的理解，处境又极为恶劣，心中充满了失意的愁闷。

何时俗之工巧兮，	为何社会风气善于取巧，
背绳墨而改错！	改变良好措施背离正道。
却骐骥而不乘兮，	放着日行千里骏马不用，
策驽骀而取路。①	却要赶着劣马慢慢上路。

当世岂无骐骥兮？　　　　当今世上难道没有骏马？
诚莫之能善御。　　　　　实在是无人善于驾驭它。
见执辔者非其人兮，　　　它看见驾驭的人不适当，
故骈跳而远去。②　　　　就会连蹦带跳远远逃跑。
凫雁皆唼夫粱藻兮，③　　野鸭和大雁都争食粮草，
凤愈飘翔而高举。　　　　凤凰远远离去越飞越高。
圆凿而方枘兮，　　　　　圆的凿孔配上方的榫头，
吾固知其钼铻而难入。④　不相合难容纳我早知道。
众鸟皆有所登栖兮，　　　群鸟都有自己歇宿地方，
凤独遑遑而无所集。⑤　　只有凤凰安身之处难找。
愿衔枚而无言兮，⑥　　　我情愿遇事情闭口不言，
尝被君之渥洽。⑦　　　　曾受君王恩泽难以做到。
太公九十乃显荣兮，⑧　　姜太公九十岁才显荣耀，
诚未遇其匹合。⑨　　　　圣明君主实在未曾遇到。
谓骐骥兮安归？　　　　　千里马的归宿究竟在哪？
谓凤凰兮安栖？　　　　　凤凰又应该在何处栖息？
变古易俗兮世衰，　　　　改变古风习俗世道衰败，
今之相者兮举肥。⑩　　　相马的人只选肥的马匹。
骐骥伏匿而不见兮，　　　骏马只好隐藏不肯露面，
凤凰高飞而不下；　　　　凤凰高飞不愿下来停息；
鸟兽犹知怀德兮，⑪　　　鸟兽都知恋慕有德的人，
云何贤士之不处？⑫　　　为何责怪贤士遁世隐居？
骥不骤进而求服兮，⑬　　骏马不会急进求人使用，
凤亦不贪喂而妄食。　　　凤凰不贪饲养乱吃东西。
君弃远而不察兮，　　　　君王不辨是非远弃贤士，
虽愿忠其焉得。　　　　　他虽愿效忠又怎能如意。
欲寂漠而绝端兮，⑭　　　想与君王决绝寂寞隐退，
窃不敢忘初之厚德。　　　君王的深恩又怎敢忘记。
独悲愁其伤人兮，　　　　独自悲愁令人肝肠寸断，

冯郁郁其何极！　　　　满腔忧愤何时才是终极！

①〔策〕马鞭。这里作动词，用鞭赶马。〔驽骀〕（nú tái）劣马。比喻无能的人。上句的骐骥比喻贤能的人。〔取路〕上路。　②〔骒跳〕（jú—）跳跃。这句比喻贤能的人离开昏庸的君王。　③〔凫〕（fú）野鸭。〔唼〕（shà）水鸟或鱼吃食。〔粱〕高粱。〔藻〕水草。　④〔铻铻〕（jǔ yǔ）《集注》："相距貌。"即彼此不相合。　⑤〔遑遑〕匆匆忙忙。　⑥〔衔枚〕古代行军时为了防止士兵说话，常令士兵口中衔一根木制短筷似的东西。这里是闭口不言的意思。　⑦〔渥洽〕（wò qià）《集注》："渥，厚也。洽，泽也。"即深厚的恩泽。　⑧〔太公〕即姜尚。⑨〔匹合〕配合，合适。　⑩〔相者〕指相马的人。　⑪〔怀德〕恋慕有德的人。　⑫〔云何〕一作"何云"。〔不处〕指遁世隐居，不留在朝廷。《通释》："何云贤士之乐于退隐，而不处其廷哉。前言感知遇而不能默，此抑云非德可怀则不处。"　⑬〔服〕用。　⑭〔端〕头绪。绝端，指与君王断绝感情。

按：以上是第五段。诉说世道的昏暗，慨叹贤士与明主遇合之难。

霜露惨凄而交下兮，①	凛冽的霜露啊一齐袭来，
心尚幸其弗济；②	我曾盼望它们不能逞凶。
霰雪雰糅其增加兮，③	雪珠雪片混杂越下越大，
乃知遭命之将至。④	才知悲惨命运即将降临。
愿徼幸而有待兮，⑤	希望侥幸避难有所期待，
泊莽莽与野草同死。⑥	死在荒原上与野草相同。
愿自直而径往兮，⑦	我想见到君王辨明曲直，
路壅绝而不通；	但是道路阻绝难以走通。
欲循道而平驱兮，	想要遵循正道平稳前进，
又未知其所以，	但又不知应该何去何从。
然中路而迷惑兮，	行至中途就觉迷惑不解，
自压按而学诵。⑧	只好压抑感情把《诗》朗诵。
性愚陋以褊浅兮，⑨	本性愚昧无知狭隘浅薄，

信未达乎从容。　　　　　　学《诗》还未养成宽阔心胸。

窃美申包胥之气盛兮，⑩　　　我赞美申包胥志气壮盛，

恐时世之不固。⑪　　　　　　但恐怕现在与那时不同。

何时俗之工巧兮，　　　　　　为何世人善于投机取巧，

灭规矩而改凿。⑫　　　　　　废除法度改变正常措施。

独耿介而不随兮，　　　　　　我光明正大不同流合污，

愿慕先圣之遗教。　　　　　　愿把前代圣贤教诲遵崇。

处浊世而显荣兮，　　　　　　处在混浊社会显名荣耀，

非余心之所乐。　　　　　　　这些不是我心所愿乐从。

与其无义而有名兮，　　　　　与其没有道义博得虚名，

宁处穷而守高。⑬　　　　　　宁可保持高节安于贫穷。

食不偷而为饱兮，　　　　　　不能苟且求食而得饱腹，

衣不苟而为温。　　　　　　　不能苟且求衣以求温暖。

窃慕诗人之遗风兮，　　　　　我暗自仰慕诗人的风格，

愿托志乎素餐。⑭　　　　　　不愿无功受禄尸位素餐。

蹇充倔而无端兮，⑮　　　　　我的心里充满无穷委屈，

泊莽莽而无垠。　　　　　　　漂泊荒郊野外无边无际。

无衣裘以御冬兮，　　　　　　没有棉衣皮袄抵御寒冬，

恐溘死不得见乎阳春。　　　　恐怕不见春天突然死去。

---

①〔霜露〕比喻小人的诬陷、迫害。　②〔幸〕希望。〔济〕成功。
③〔霰〕（xiàn）雪米。霰雪，比喻比霜露更大的迫害。〔雰〕同"氛"，
雪很大的样子。　④〔遭命〕所要遭遇的命运。　⑤〔徼幸〕同"侥幸"。
⑥〔泊〕《集注》："止也。"一说忽然。闻一多《楚辞校补》："案，
泊疑当从一本作汨，汨犹忽也。语助词，有出其不意之意。"现取前说。
〔莽莽〕草盛的样子。这里指荒野。　⑦〔自直〕自己辨明曲直。　⑧
〔压按〕压抑。〔学诵〕即学《诗》（专指《诗经》）。　⑨〔褊浅〕（biǎn—）
狭隘浅薄。　⑩〔申包胥〕春秋时楚国大夫。为救楚国，曾在秦廷上哭了
七天七夜，终于感动秦哀公出兵救楚。　⑪〔固〕《集注》："固，当作
'同'。叶通。从、诵、容韵。"　⑫〔凿〕当为"错"。措施。闻一多

《楚辞校补》："案，凿当为错，声之误也。"　⑬〔守高〕保持高节。
"处穷"，一本作"穷此"。　⑭〔素餐〕《集注》："素餐，谓无功德
而空食其禄也。"《通释》："托志素餐，以素餐为耻。"素餐，本于《诗
经·魏风·伐檀》："彼君子兮，不素餐兮。"　⑮〔充倔〕充，充塞、
充满。倔，通"屈"，委曲。一说谓喜失节貌；另一说，充倔义犹"莽莽"，
无边缘的样子。现取第一说。

　　按：这是第六段。诗人叙述自己的不幸遭遇和穷困处境，并感慨楚
国命运的倾危。

靓杪秋之遥夜兮，^①	在寂静的暮秋漫长夜里，
心缭悷而有哀。^②	我心中郁结着绵绵哀绪。
春秋逴逴而日高兮，^③	岁月如流自己年事已高，
然惆怅而自悲。	心里充满失望可怜自己。
四时递来而卒岁兮，	四季交替到来年近岁暮，
阴阳不可与俪偕。^④	人不能跟时光永在一起。
白日晼晚其将入兮，^⑤	太阳冉冉地将要下山了，
明月销铄而减毁。^⑥	明亮的圆月也缺损隐逸。
岁忽忽而遒尽兮，^⑦	岁月匆匆流逝一年将尽，
老冉冉而愈弛。	自己逐渐衰老精力不济。
心摇悦而日幸兮，^⑧	情绪难定常抱侥幸心理，
然怊怅而无翼。^⑨	但总失去希望倍增忧虑。
中憯恻之凄怆兮，^⑩	我的心中哀痛凄惨悲伤，
长太息而增欷。	我长长地叹息声声抽泣。
年洋洋以日往兮，	岁月无穷无尽天天流逝，
老嵺廓而无处。^⑪	老来无处托身内心空虚。
事亹亹而觊进兮，^⑫	世事日日变化还希进取，
蹇淹留而踌躇。	久处无成心中犹豫迟疑。

　　①〔靓〕（jìng）通"静"。〔杪秋〕暮秋。　②〔缭悷〕（liáo
lì）缠绕而郁结。　③〔春秋〕指年纪。〔逴逴〕（chuò）《通释》："行

愈远也。"指过去的年岁越来越远了。〔日高〕一天比一天老了。 ④
〔阴阳〕古人认为四季是阴阳二气交替形成。这里指变化的时光。〔俪偕〕
同在一起的意思。 ⑤〔晼晚〕(wǎn—)日落的景象。 ⑥〔销铄〕《集注》：
"销铄，减毁，谓缺也。" ⑦〔忽忽〕很快的样子。〔遒〕迫近。 ⑧
〔摇悦〕一时动摇，一时喜悦，〔日幸〕每天都抱着侥幸心理。 ⑨〔怊
怅〕惆怅、失意的样子。 ⑩〔憯恻〕(cǎn—)〔凄怆〕都是悲伤的意思。
⑪〔嵺廓〕(liáo—)通"寥廓"，空虚的样子。 ⑫〔亹亹〕前进不息
的样子。〔凯进〕《章句》："思想君命，幸复位也。"

按：这是第七段。诗人感叹时光的流逝，悲伤自己事业的无成。

何泛滥之浮云兮，①   为何满天浮云层层涌现，
猋壅蔽此明月！②   很快把明亮的圆月遮掩！
忠昭昭而愿见兮，   我的耿耿忠心希望奉献，
然露曀而莫达。③   阴云蔽日难达君王面前。
愿皓日之显行兮，   盼望太阳光辉显耀运行，
云濛濛而蔽之。   蒙蒙云气却遮住它笑脸。
窃不自料而愿忠兮，④   我不自量愿意效忠君王，
或黕点而污之。⑤   有人用污秽玷污我心愿。
尧舜之抗行兮，⑥   尧舜高尚行为远超世俗，
瞭冥冥而薄天。⑦   他们崇高人格直迫云天。
何险巇之嫉妒兮，⑧   为何恶毒的人嫉妒尧舜，
被以不慈之伪名？   使他们蒙受了不慈之冤？
彼日月之照明兮，   那光芒四射的太阳月亮，
尚黯黮而有瑕；⑨   尚且有时出现阴影黑斑；
何况一国之事兮，   何况一个国家大小事务，
亦多端而胶加。⑩   自然纷繁错杂头绪万千。
被荷裯之晏晏兮，⑪   披上荷叶短衣轻柔鲜艳，
然潢洋而不可带。⑫   只是难以系带又肥又宽。
既骄美而伐武兮，⑬   君王自骄美丽夸耀武功，
负左右之耿介。   倚仗近臣认为都很正派。

憎愠忳之修美兮，　　　　他憎恨忠心耿耿的美德，

好夫人之慷慨。　　　　　却喜爱虚假的激昂慷慨。

众踥蹀而日进兮，　　　　小人奔走钻营飞黄腾达，

美超远而逾迈。　　　　　贤士引身自退远远躲开。

农夫辍耕而容与兮，　　　农夫停止耕作闲散起来，

恐田野之芜秽。　　　　　只怕田园荒芜生产破坏。

事绵绵而多私兮，⑭　　　国事长期都被私利危害，

窃悼后之危败。　　　　　担忧国家必将危亡衰败。

世雷同而炫曜兮，⑮　　　世上人云亦云不辨是非，

何毁誉之昧昧！⑯　　　　善恶不分乱评人的好坏！

今修饰而窥镜兮，⑰　　　现要修饰就得照照镜子，

后尚可以窜藏。⑱　　　　以后还可谨慎自守不败。

愿寄言夫流星兮，　　　　想托流星替我传达心意，

羌倏忽而难当。　　　　　实在难遇上它飞得太快。

卒壅蔽此浮云兮，⑲　　　明月终为浮云所遮蔽啊，

下暗淡而无光。⑳　　　　大地昏暗无光令人悲哀。

①〔泛滥〕本义指大水的横流漫溢，这里形容浮云层层涌现的样子。②〔猋〕(biāo)迅速的意思。指浮云飘得很快。　③〔雰曀〕(yīn yì)《章句》："雰，云覆日也。曀，阴风也。"　④〔料〕一本作聊。　⑤〔默点〕(dǎn—)玷污。　⑥〔抗行〕高尚的行为。　⑦〔瞭冥冥〕高远的样子。　⑧〔险巇〕(—xī)险阻。这里指险恶的人。　⑨〔黮〕(dàn)昏暗的样子。〔瑕〕(xiá)玉上的斑点。　⑩〔胶加〕纠缠不清的意思。⑪〔裯〕(dāo)短衣。〔晏晏〕轻柔鲜艳。　⑫〔潢洋〕《章句》："潢洋，犹浩荡。不著人貌也。"意思是空荡荡的，比喻衣服不贴身。〔带〕动词。结上带子。　⑬〔伐武〕夸耀武功。　⑭〔事〕指国事。〔绵绵〕长久。〔多私〕《通释》："党人恤利而忘君也。"　⑮〔雷同〕雷声一发，山鸣谷应，彼此相同，叫雷同。这里比喻人云亦云。〔炫曜〕(xuàn yào)本指阳光强烈。引申为目光迷乱，不辨是非。　⑯〔毁〕说人坏话。〔誉〕赞美。〔昧昧〕昏暗的样子。　⑰〔修饰〕〔窥镜〕《集注》："修

饰，窥镜，谓修德行政，而听人言，考往事以自鉴也。" ⑱〔窅藏〕《集注》："尚可窅藏，言尚可以潜伏而不至于灭亡也。"这里引申为谨慎自守。 ⑲〔浮云〕比喻小人。 ⑳〔下〕指楚国。"淡"，一本作"漠"。

按：这是第八段。诗人痛斥小人混淆是非，蒙蔽楚王，败坏国事，同时也指责了楚王的昏庸。

尧舜皆有所举任兮，	尧舜他们能够举贤任能，
故高枕而自适。	所以高枕无忧自然安逸。
谅无怨于天下兮， ①	相信自己没有取怨世人，
心焉取此怵惕？	他们的心里哪来的惊惧？
乘骐骥之浏浏兮， ②	乘上骏马就能畅行无阻，
驭安用夫强策。	何必用坚硬的马鞭驾驭。
谅城郭之不足恃兮，	纵有里城外城不足倚恃，
虽重介之何益。 ③	虽有坚甲利兵也是无益。
遭翼翼而无终兮， ④	我一生谨慎但结果不好，
忳惛惛而愁约。 ⑤	心中郁闷悲愁无法摆脱。
生天地之若过兮， ⑥	人生在世如同匆匆过客，
功不成而无效。	功业不能成就终生蹉跎。
愿沈滞而不见兮， ⑦	志愿已被埋没不能实现，
尚欲布名乎天下。 ⑧	还希望在天下身显名播。
然潢洋而不遇兮， ⑨	既然毫无着落无所遇合，
直怐愗而直苦。 ⑩	想扬名天下真愚昧苦多。
莽洋洋而无极兮，	辽阔的荒野啊一望无际，
忽翱翔之焉薄。	在哪停留啊我到处漂泊。
国有骥而不知乘兮，	国有千里马不知去乘坐，
焉皇皇而更索。	为何匆匆忙忙另外求索。
宁戚讴于车下兮，	宁戚喂牛时在车下唱歌，
桓公闻而知之。	齐桓听后就知人才不错。
无伯乐之善相兮，	没有善于相马的伯乐了，

今谁使乎誉之。	现在好马又让谁来评说。
罔流涕以聊虑兮，	失意使我悲涕使我思索，
惟著意而得之。⑪	我想存心求贤贤臣必多。
纷忳忳之愿忠兮，⑫	愿意效忠国君的人不少，
妒被离而障之。⑬	却被各种嫉妒的人阻隔。
愿赐不肖之躯而别离兮，	就让不成才的我离去吧，
放游志乎云中。	我要在云天里神游寄兴。
乘精气之抟抟兮，⑭	我乘着日月阴阳的精气，
骛诸神之湛湛。⑮	我与众神驰向深邃太空。
骖白霓之习习兮，	驾起白虹而高高飞翔啊，
历群灵之丰丰。	游历了各种各样的神宫。
左朱雀之芨芨兮，⑯	左边朱雀七宿翩翩飞翔，
右苍龙之躣躣。⑰	右边蜿蜒翻腾七宿苍龙。
属雷师之阗阗兮，⑱	隆隆的雷师在后面跟随，
通飞廉之衙衙。⑲	习习的风神把前路打通。
前轻辌之锵锵兮，⑳	前面轻便卧车铃声锵锵，
后辎乘之从从。㉑	后面轴重车辆紧紧跟从。
载云旗之委蛇兮，	车上云霓旗帜迎风招展，
扈屯骑之容容。㉒	众多车骑跟随前呼后拥。
计专专之不可化兮，	我忠贞的心啊不可改变，
愿遂推而为臧。㉓	只愿扬善惩恶君与我同，
赖皇天之厚德兮，	仰仗上天的深思厚德啊，
还及君之无恙！㉔	保佑君王永远无病无痛！

①〔谅〕确实。 ②〔浏浏〕水流清澈的样子。《集注》："言如水之流也。"按，这句比喻有才能的臣子不待君王的督促，也能把事办好。 ③〔介〕盔甲。《通释》："介，甲也。" ④〔遭〕（zhān）回旋不前。〔翼翼〕谨慎的样子。〔无终〕没有好结果。 ⑤〔忳〕忧郁、烦闷。〔惛惛〕（hūn）一作惽惽，心中昏昧不明。〔愁约〕被愁闷所束缚。

⑥〔若过〕《集注》：“言如行所经历，不能久留。古诗云：‘人生天地间，忽如远行客。’是也。” ⑦〔沈滞〕埋没。 ⑧〔布名〕扬名。 ⑨〔潢洋〕空荡荡的。这里是没有着落的意思。 ⑩〔恂愁〕（kòu mào）愚昧。《集注》：“恂愁，愚也。言欲退而自修以立名于世，然亦未有所遇，以著其节，空愚昧而自苦耳。” ⑪〔著意〕着意、存心。 ⑫〔忳忳〕（zhūn）专一、诚挚的样子。 ⑬〔被离〕众多而杂乱的样子。《通释》：“杂沓也。”⑭〔精气〕古代人认为天地之间充塞着阴阳二气，这就是精气。〔抟抟〕《集注》：“抟，与团同。”这里指聚集成球形的样子。 ⑮〔骛〕（wù）追随。〔湛湛〕《集注》：“厚集貌。”比喻众神之多。 ⑯〔朱雀〕星宿名，南方七宿的总称。〔芰芰〕（pèi）翩翩飞翔的样子。 ⑰〔苍龙〕星宿名，东方七宿的总称。〔躍躍〕（qú）行进的样子。 ⑱〔属〕在后面跟随。〔阗阗〕（tián）雷声。 ⑲〔飞廉〕神话中的风神。〔衙衙〕前进的样子。⑳〔辌〕（liáng）古代一种卧车。〔锵锵〕车铃声。“轻”，一本作“轾”。㉑〔从从〕连接的样子。 ㉒〔屯骑〕聚集的车骑。〔容容〕不紧不慢的样子。 ㉓〔臧〕善。《集注》：“言我但能专一于君，而不可化。故今只愿推此而为善，明本性固然，非择而为之也。” ㉔〔恙〕（yàng）这本是一种虫名，古人认为它入腹会吃人心。古代居住野外，人们经常受到这种虫的毒害，大家见面时，都用“无恙”来询问对方是否安全。后来这一词义引申为没有一切病痛。（见马茂元《楚辞选》）

　　按：这是第九段。作者提出自己的政治主张和对待现实的态度，幻想超脱现实，遨游太空，以摆脱自己悲惨的处境和心中的痛苦。

　　〔说明〕“九辩”的含义，《章句》认为：“辩者，变也。”《周礼·大司乐》郑玄注：“变，犹更也。乐成则更奏也。”《通释》：“辩，犹遍也。一阕谓之一遍。”“变”和“遍”都是指乐曲的一段，一部分。所以，“九辩”就是由很多段乐章组成的乐曲。九是指数多，不是实数。这首长诗有九部分，只是巧合。

招　魂

　　本篇的作者是谁，历来有两种说法。司马迁《史记·屈原贾生列传》的赞语说："余读《离骚》《天问》《招魂》《哀郢》，悲其志。"认为《招魂》是屈原的作品。但是，王逸的《楚辞章句》却说："《招魂》者，宋玉之所作也。宋玉怜哀屈原，忠而斥弃，愁懑山泽，魂魄放佚，厥命将落。故作《招魂》，欲以复其精神，延其年寿，外陈四方之恶，内崇楚国之美，以讽谏怀王，冀其觉悟而还之也。"现在大多数学者都采用第一种说法，认为本篇的作者是屈原，招的是楚怀王的魂。

　　招魂是古代的一种迷信活动。巫术宗教统治下的楚国，这种活动更为盛行。楚怀王被骗入秦，三年后在秦国忧郁而死，这件事给楚国人民极大的震动。屈原用民间招魂的形式，来表达自己对楚怀王的悼念和热爱楚国的感情。因此，《招魂》含有较丰富的思想内容，有一定的积极意义。

　　在屈原作品中，《招魂》是很有特色的一篇。诗篇的内容和形式结合很完美。作者描写上下四方的险恶，用神话传说和浪漫主义的幻想来构成；宫廷生活和豪华的享受，用极大胆的夸张和层层的铺叙展开；游猎的盛况和江南的春景，用细腻的笔触和丰富的感情来表达。所以在中国文学史上，《招魂》也占有重要地位，它的结构和写法开了汉赋的先河，对后来汉赋的创作产生了直接的影响。

　　朕幼清以廉洁兮，^①　　　　　我从年轻时就清白廉洁，
　　身服义而未沫。^②　　　　　　亲身实行仁义毫不含糊。

主此盛德兮，③　　　　　　　我一直保持着这些美德，
牵于俗而芜秽。④　　　　　　但受世俗牵累身受秽污。
上无所考此盛德兮，⑤　　　　上天无法考察这些美德，
长离殃而愁苦。⑥　　　　　　我长期受难啊忧愁痛苦。
帝告巫阳曰：⑦　　　　　　　上帝唤来巫阳并对他讲：
"有人在下，⑧　　　　　　　　"现在有一个人他在下方，
我欲辅之。⑨　　　　　　　　我正想要辅助他保佑他。
魂魄离散，　　　　　　　　　他的魂魄已经离身散亡，
汝筮予之。"⑩　　　　　　　你快占个卦给他帮帮忙。"
巫阳对曰：　　　　　　　　　巫阳很为难地回答上帝：
"掌梦！上帝：⑪　　　　　　　"上帝啊，我的职务是掌梦，
其难从；　　　　　　　　　　你的指示实在难以服从；
若必筮予之，　　　　　　　　如果定要占卦给他招魂，
恐后之谢，⑫　　　　　　　　恐怕时期过了身躯已坏，
不能复用。"　　　　　　　　给他的灵魂也不再有用。"

　　①〔朕〕我。　②〔服〕实行。〔沫〕《集注》："沫，与昧同。"
暗淡，引申为含糊不清。　③〔主〕保持。《补注》："五臣云，主，守
也。言己主执仁义忠信之德。"　④〔芜秽〕草荒。比喻自身受世俗牵累
而有缺点。　⑤〔考〕《补注》："考，察也。"　⑥〔离〕同"罹"。
遭到。　⑦〔巫阳〕神话中的巫师。　⑧〔有人〕指楚怀王。　⑨〔辅〕
保佑。　⑩〔筮〕古时用蓍草卜吉凶的方法。　⑪〔掌梦〕掌管占梦的官。
一说梦，指梦泽，代楚国。掌梦，是掌管楚国的人，指楚王。"掌梦"之
后，《集注》疑有脱误。　⑫〔谢〕衰败。《通释》："谢，萎落也。言
待筮而予，恐于期已后，魂已萎谢而无从招。"这里指躯体已坏。
　　按：这是全文的序。是用幻想的形式叙述招魂的原因。

巫阳焉乃下招曰：　　　　　　于是巫阳降临人间召唤：
魂兮归来！　　　　　　　　　魂魄啊！快回到你的身上！
去君之恒干，①　　　　　　　你离开了你常在的身体，

何为四方些?②
舍君之乐处,
而离彼不祥些。
魂兮归来!
东方不可以托些。
长人千仞,③
惟魂是索些。
十日代出,④
流金铄石些。⑤
彼皆习之,⑥
魂往必释些。⑦
归来兮! 不可以托些。⑧
魂兮归来!
南方不可以止些。
雕题黑齿,⑨
得人肉以祀,
以其骨为醢些。
蝮蛇蓁蓁,⑩
封狐千里些。⑪
雄虺九首,⑫
往来倏忽,⑬
吞人以益其心些。
归来兮! 不可久淫些。⑭
魂兮归来!
西方之害,
流沙千里些。⑮
旋入雷渊,⑯
靡散而不可止些。⑰
幸而得脱,

为何要流散到四面八方?
你抛弃了你安乐的处所,
就会遇到不吉利的情况。
魂魄啊! 快回到你的身体!
东方不是可安身的地方。
那里的巨人啊身长千丈,
专门搜寻人的灵魂品尝。
那里十个太阳轮流出来,
晒得石头熔化金属流淌。
那种炎热巨人已经习惯,
如果你去了一定要遭殃。
回来吧! 那不是安身地方。
魂魄啊! 快回到你的身体。
南方啊也不可以去安居。
额头刺花黑牙齿的野人,
他们祭神要用人肉来祭,
还要把人骨也剁成烂泥。
那里蝮蛇很多盘绕聚集,
大狐狸也遍布千里之地。
还有那九个头的大毒蛇,
它们穿梭似的窜来窜去,
以吞吃活人来满足心意。
回来吧! 南方不可以久居。
魂魄啊! 还是快快回来吧!
西方对你的危害会更大,
那里是一望无际的流沙。
风沙飞卷把你埋进雷渊,
就要粉身碎骨难以收拾。
即使能够有幸逃出雷渊,

其外旷宇些。⑱

赤蚁若象，⑲

玄蜂若壶些。⑳

五谷不生，

丛菅是食些。㉑

其土烂人，

求水无所得些。

彷徉无所倚，㉒

广大无所极些。

归来兮！恐自遗贼些。㉓

魂兮归来！

北方不可以止些。

增冰峨峨，㉔

飞雪千里些。

归来兮！不可以久些。

魂兮归来！

君无上天些。

虎豹九关，㉕

啄害下人些。㉖

一夫九首，

拔木九千些。

豺狼从目，㉗

往来侁侁些。㉘

悬人以嬉，㉙

投之深渊些。

致命于帝，㉚

然后得瞑些。㉛

归来！往恐危身些。

魂兮归来！

外面茫茫荒野十分可怕。

那里的红蚁有象那么大，

黑蜂也长得像只葫芦瓜。

在那里五谷不能够生长，

一丛丛野茅草便是食粮。

西方的土使人皮肉腐烂，

要找一滴水也非常困难。

在那游荡徘徊无处安居，

四周辽阔广大无边无际。

回来吧！别招灾难害自己。

魂魄啊！快回到你的身体！

北方也不是那停留之地。

一层层的坚冰如山堆积，

一团团的大雪纷飞千里。

回来吧！北方不可以久居。

魂魄啊！快快回到你身体！

你千万不能够跑上天去。

虎豹守着上面九重天门，

它们咬得人们有来无去。

那里有个怪人九个脑袋，

一天能把九千大树拔起。

成群的豺狼把眼睛瞪着，

它们恶狠狠地跑来跑去。

九头怪物把人吊起游戏，

然后把人丢进深水潭里。

掉进深渊只有报告上帝，

死了才能够把双眼紧闭。

回来吧！去了会危害自己。

魂魄啊！快回到你的故都，

君无下此幽都些。㉜	你千万不能到阴曹地府。
土伯九约，㉝	地下魔王身体弯弯曲曲，
其角觺觺些。㉞	双角尖锐锋利难以接触。
敦脄血拇，㉟	满爪的鲜血鼓起的背肉，
逐人駓駓些。㊱	它们飞快来往把人追逐。
参目虎首，㊲	长着虎的脑袋三只眼睛，
其身若牛些。	它们身体像牛又壮又粗，
此皆甘人。㊳	这些土伯吃人才能满足。
归来！恐自遗灾些。	回来吧！不要去受灾受辱。
魂兮归来！	魂魄啊！快回到你的身体！
入修门些。	你快走进这高高的门里。
工祝招君，㊴	请你的是有本领的巫师，
背行先些。㊵	他一步步倒退着引导你。
秦篝齐缕，㊶	秦国熏笼系着齐国丝绳，
郑绵络些。㊷	上面还盖着郑国的笼衣。
招具该备，㊸	招魂的器具都已经备齐，
永啸呼些。㊹	大家都拉长声调呼唤你。
魂兮归来！	魂魄啊！请你快快回来吧！
反故居些。	从四方上下返回你故居。

①〔恒〕常。〔干〕躯体。恒干，指灵魂经常寄托的人的身体。②〔些〕（suò）句尾语助词。《说文》："语词也。"楚方言，与"兮"字义同。宋沈括《梦溪笔谈》："今夔、峡、湖、湘及南北江獠人，凡禁咒句尾皆称'些'，乃楚人旧俗。"何为之下，一本有乎字。　③〔长人〕《补注》："《山海经》：'东海之外，大荒之中，有大人之国。'"《山海经·大荒经》："有神名赤郭：好食鬼。"〔仞〕古代八尺。　④〔十日〕神话说东方的扶桑树上有十个太阳，它们轮流升起。　⑤〔流金〕金属都熔为流动的液体。〔铄石〕销熔石头。　⑥〔彼〕指长人。　⑦〔释〕熔解。　⑧〔托〕一本作讬。　⑨〔题〕《集注》："题，额也。"雕题，在额头上刻刺花纹。〔黑齿〕把牙齿染黑。这里指南方没有开化的野人。

⑩〔蝮蛇〕灰褐色的毒蛇。〔蓁蓁〕（zhēn）《集注》："积聚之貌。"
⑪〔封〕大。〔千里〕遍地都有的意思。 ⑫〔雄〕大。〔虺〕（huǐ）
毒蛇。⑬〔倏忽〕极快的样子。 ⑭〔不可〕一本作不可以。 ⑮〔流沙〕
神话说西方是一片沙漠，沙不停地流动。 ⑯〔旋〕旋转。这里是卷的意思。
〔雷渊〕神话中的深渊。 ⑰〔靡〕同"糜"，粉碎。 ⑱〔旷宇〕荒野。
⑲〔赤蚁若象〕《山带阁注》："《八纮译史》：'蚁国在极西，其色赤，
大如象，其聚千里。'" ⑳〔玄蜂若壶〕《山带阁注》："《五侯鲭》：
'大蜂出昆仑，长一丈，其毒杀象。'"玄，黑。壶，通"瓠"，葫芦。
㉑〔菅〕（jiān）茅草。 ㉒〔彷徉〕（páng yáng）徘徊不定。〔倚〕靠、
依托。 ㉓〔贼〕害。 ㉔〔增冰〕层冰。增，通"层"。〔峨峨〕高高
耸立的样子。《尸子》载，北极左右，有不释之冰。 ㉕〔九关〕九重天
门。《山带阁注》："言天门九重，有虎豹守之也。"《山海经·大荒西
经》：昆仑，帝之下都，面有九门，门有开明之兽守之，虎身人面。 ㉖
〔啄〕用口咬人。 ㉗〔从〕同"纵"。从目，瞪大眼睛。 ㉘〔侁侁〕
（shēn）众多的样子。 ㉙〔嬉〕一本作娭，嬉、娭相同。 ㉚〔致命〕
回报。 ㉛〔瞑〕闭上眼睛。指人死去。 ㉜〔幽都〕《章句》："幽都，
地下后土所治也。地下幽冥，故称幽都。" ㉝〔土伯〕《章句》："土
伯，后土之侯伯也。约，屈也。"地府的君主。〔九约〕九屈，指土伯的
身体弯弯曲曲。 ㉞〔觺〕（yí）形容角很锐利。《章句》："地有土伯，
执卫门户，其身九屈，有角觺觺，主触害人也。" ㉟〔敦脄〕《章句》：
"敦，厚也。脄，背也。"脄（méi）指背上的肉。 ㊱〔駓駓〕（pī）跑
得快的样子。 ㊲〔参〕同"三"。 ㊳〔甘人〕《集注》："甘，美也。
言此物食人以为甘美也。" ㊴〔工祝〕工，巧。祝，男巫。工祝，有本
领的巫师。 ㊵〔背行〕《山带阁注》："却行而向魂，为之先导也。"
即后退着走，面向魂，一步步引入修门。 ㊶〔篝〕（gōu）《山带阁注》：
"竹笼，以栖魂者。"据说古代招魂把被招者的衣物放在竹笼中，象征他
的魂就在笼里。篝，也叫熏笼，可以用来熏衣。秦篝，秦国出产的竹笼。
〔缕〕线。《山带阁注》："五色之线，以饰篝者也。"齐缕，产于齐国
的线。 ㊷〔绵络〕织物。指盖在竹笼上的笼衣。郑绵络，郑国出产的织物。
㊸〔招具〕招魂用的器具，指上文的秦篝、齐缕、郑绵络。 ㊹〔永〕长。
　　按：以上是全文的第一部分。从四方上下招回灵魂。

天地四方， 多贼奸些。①	天上地下东南西北四方， 凶恶害人的东西非常多。
像设君室，② 静闲安些。③	依照你生前布置的居室， 就比在外面要宁静安乐。
高堂邃宇，④ 槛层轩些。⑤	高大的房屋深深的庭院， 一层层厅堂有栏杆围着。
层台累榭，⑥ 临高山些。	那重重叠叠的楼台亭榭， 面临着高山一座又一座。
网户朱缀，⑦ 刻方连些。⑧	朱红的大门上镂着花格， 上面又雕刻着方格网络。
冬有突厦，⑨ 夏室寒些。	冬天这里有温暖的大厦， 夏天凉爽的屋子很适合。
川谷径复，⑩ 流潺湲些。	园中的小溪流纵横曲折， 溪水清澈透明潺潺流着。
光风转蕙，⑪ 汜崇兰些。⑫	阳光下微风吹拂着蕙草， 一丛丛兰花散发出幽香。
经堂入奥，⑬ 朱尘筵些。⑭	穿过层层厅堂走进内房， 朱红色的竹席装饰顶棚。
砥室翠翘，⑮ 挂曲琼些。⑯	房间四壁磨得光洁明亮， 翠色羽毛掸子挂玉钩上。
翡翠珠被，⑰ 烂齐光些。⑱	锦被色如翡翠缀饰珍珠， 那一粒粒珍珠闪闪发光。
蒻阿拂壁，⑲ 罗帱张些。⑳	墙壁上蒙着轻软的丝绸， 大床上挂着美丽的罗帐。
纂组绮缟，㉑ 结琦璜些。㉒	五彩的丝绸带各种各样， 联结块块美玉挂满帐旁。
室中之观，㉓ 多珍怪些。㉔	室中所见之物真说不完， 多么珍贵奇异非同一般。
兰膏明烛，㉕	灯烛明亮散发兰草芳香，

华容备些。㉖	侍宿的美女们前来陪伴。
二八侍宿，㉗	十六位姑娘已分成两班，
射递代些。㉘	她们侍候过夜轮流替换。
九侯淑女，㉙	各国来的公主美丽娇艳，
多迅众些。㉚	这么多的美女非同一般。
盛鬋不同制，㉛	她们梳着各式各样发型，
实满宫些。	已充满了你的深宫后院。
容态好比，㉜	容貌姿态一个胜似一个，
顺弥代些。㉝	个个盖世无双妙不可言。
弱颜固植，㉞	柔嫩的脸儿健壮的体魄，
謇其有意些。㉟	一个个都心儿好意儿甜。
姱容修态，	漂亮的脸蛋苗条的身材，
絙洞房些。㊱	往来不绝在你卧房里边。
蛾眉曼睩，㊲	她们眉似蛾须又细又弯，
目腾光些。	眼睛轻柔一瞥光芒闪现。
靡颜腻理，㊳	她们颜色如玉肌肤如脂，
遗视矊些。㊴	常常脉脉凝视情意绵绵。
离榭修幕，㊵	在离宫别墅和大营帐里，
侍君之闲些。	你闲暇时美人侍候身边。

①〔贼〕害。贼奸，指凶恶害人的东西。　②〔像〕仿照。〔设〕设置。一说，你的遗像张设在你的房间里。　③〔闲〕宽舒。　④〔邃〕（suì）深。〔宇〕庭院。　⑤〔槛〕（jiàn）栏杆。这里是动词，用栏杆围着。〔轩〕有长廊的厅堂。　⑥〔累〕重叠。〔榭〕（xiè）建在台上的屋子。　⑦〔网户〕指门上镂空花格，像网眼一样。〔朱缀〕缀，《山带阁注》：“以丹涂其交缀之处也。”联结的地方是红色的。　⑧〔方连〕方格图案。　⑨〔突〕（yào）深密的意思。突厦，结构重深，寒气不易侵入的暖房。按，以上写房屋的结构。　⑩〔川谷〕指园中的溪流。〔径复〕往来环绕。　⑪〔转〕摇动、吹动的意思。　⑫〔汜〕同“泛”，洋溢。〔崇〕聚。指丛生。按，以上是描写室外景色。　⑬〔奥〕房屋的角落。

这里指内室。　⑭〔尘筵〕《集注》："尘，承尘也。筵，竹席也。"承尘，即天花板、顶棚。　⑮〔砥〕磨刀石。这里是动词，磨平、磨光的意思。砥室，指四壁磨得光亮的房间。〔翠〕〔翘〕《集注》："翠，青羽雀。翘，鸟尾长毛也。"这里指用翠鸟尾羽做的拂尘用具，好比今天的羽毛掸子。⑯〔曲琼〕《山带阁注》："玉钩也。"　⑰〔翡翠〕鸟名。雄的毛色绯红叫翡；雌的毛色青翠，叫翠。这里形容锦被的色彩红红绿绿，鲜艳美丽。〔珠被〕缀有细珠的锦被。　⑱〔齐光〕指被色和珠光交相辉映。　⑲〔蒻〕王夫之《通释》："蒻，当作'弱'。纤也。"柔软的意思。〔阿〕即缯。古代一种轻细的丝织品（用林庚说）。〔拂壁〕挂在壁上。　⑳〔帱〕（chóu）《集注》："禅帐也。"　㉑〔纂组绮缟〕各种颜色的丝带。《山带阁注》："缕带纯赤曰纂。五色曰组。绮，文缯。缟，白缯也。"　㉒〔琦〕（qí）美玉。〔璜〕（huáng）半环形的玉器。　㉓〔观〕名词。指室中所见之物。　㉔〔珍〕贵重。〔怪〕奇异。按，以上十二句是描写室中装饰和布置。　㉕〔兰膏〕加了香料的油脂，用来制烛，燃时有香气。　㉖〔华容〕美丽的容貌，指美女。　㉗〔二八〕两列。古代宫中女乐或值宿以八人为一列。〔侍宿〕侍候过夜。　㉘〔射〕《集注》："射，厌也。递，更也。意有厌倦，便使更相代也。"〔递代〕轮流值班。　㉙〔九侯〕列侯。指楚国境内封的列侯。一说各国诸侯。《通释》："九侯，纠诸侯。"〔淑〕善。淑女，指列侯送来的美女。　㉚〔迅〕通"洵"。真正。多迅众，真是众多。　㉛〔鬋〕（jiǎn）鬓发。〔制〕样式。　㉜〔好比〕足可以比美。个个都美，一个胜似一个。　㉝〔顺〕通"洵"，真正。〔弥代〕《山带阁注》："犹云盖世。"　㉞〔弱〕柔嫩的意思。〔固〕健壮的意思。〔植〕指身体。　㉟〔有意〕有情意。　㊱〔绠〕（gēng）绵延。这里指往来不绝。〔洞房〕幽深的内室。　㊲〔蛾眉〕比喻女子眉毛如蚕蛾的触角一样，又细又弯。〔曼〕柔婉。〔睩〕（lù）眼珠的转动。　㊳〔靡〕细腻的意思。〔理〕肌理，指皮肤。　㊴〔遗视〕含情地一视。〔眄〕（mián）《通释》："从容有意貌。"　㊵〔离榭〕即别墅。〔修幕〕游猎时所设的大营帐。按：以上二十句描写宫中的美女。

翡帷翠帐，　①　　　　　那红红绿绿鲜艳的幕帐，
饰高堂些，　　　　　　　它们装饰着高高的厅堂。

红壁沙版，②	四壁墙板涂着朱红颜色，
玄玉梁些。③	顶上是漆黑如玉的房梁。
仰观刻桷，④	抬头观看方椽整整齐齐，
画龙蛇些。	上面刻画着龙蛇的形象。
坐堂伏槛，	坐进厅堂中手伏栏杆上，
临曲池些。	对面是曲曲折折的池塘。
芙蓉始发，⑤	池中荷花朵朵刚刚开放，
杂芰荷些。⑥	菱叶和荷叶映衬在中央。
紫茎屏风，⑦	荇菜紫叶白茎露出水面，
文绿波些。⑧	水上映显出绿色的波光。
文异豹饰，⑨	卫士豹皮衣饰文彩奇异，
侍陂陁些。⑩	一个个守卫在四周山上。
轩辌既低，⑪	要外出就乘坐舒适篷车，
步骑罗些。⑫	很多步骑随从侍候身旁。
兰薄户树，⑬	门前种着一丛丛的兰花，
琼木篱些。⑭	四周的玉树一行又一行。
魂兮归来！	灵魂啊快回到你的身上！
何远为些。	为什么你还要跑向远方。
室家遂宗，⑮	宗族举行祭礼祀飨亡魂，
食多方些。⑯	摆出的供品有各种各样。
稻粢穱麦，⑰	供品中有各色精细粮食，
挐黄粱些。⑱	大米小米新麦掺杂黄粱。
大苦咸酸，	食品中有苦的咸的酸的，
辛甘行些。	辣和甜这些味道也用上。
肥牛之腱，⑲	供上一碗碗肥牛的蹄筋，
臑若芳些。⑳	蹄筋炖得烂熟散发肉香。
和酸若苦，	要调合食物酸味和苦味，
陈吴羹些。㉑	陈列着吴国厨师的羹汤。
胹鳖炮羔，㉒	还有清炖甲鱼火炮羔羊，

有柘浆些。㉒ 　　　烧菜时调味的还有甜浆。

鹄酸臇凫，㉓

煎鸿鸧些。㉔ 　　　醋烹天鹅肉野鸭炖浓汤，

　　　　　　　　　煎炸的鸿肉鸧肉脆又香。

露鸡臛蠵，㉕

厉而不爽些。㉖ 　　红烧龟肉再加上卤汁鸡，

　　　　　　　　　味道真是鲜美十分清爽。

粔籹蜜饵，㉗

有餦餭些。㉘ 　　　各色各样点心又甜又脆，

　　　　　　　　　有蜜制的糕饼和干饴糖。

瑶浆蜜勺，㉙

实羽觞些。㉚ 　　　颜色如玉的美酒加蜂蜜，

　　　　　　　　　各种美酒都斟满了酒杯。

挫糟冻饮，㉛

酎清凉些。㉜ 　　　逼开酒糟挤出酒来冰冻，

　　　　　　　　　冷饮时味道又醇又清凉。

华酌既陈，㉝

有琼浆些。 　　　豪华的筵席已经摆好了，

　　　　　　　　　劝客痛饮那如玉的酒浆。

归来反故室，

敬而无妨些。 　　　回来吧快返回你的故居，

　　　　　　　　　人们都尊敬你对你无妨。

　　①〔翡〕〔翠〕指翡翠鸟的颜色，有红有绿。〔帷〕〔帐〕都是指挂在厅堂上的帐幕。　　②〔沙〕《集注》："沙，丹砂也。"〔版〕指室中镶的木板。　　③〔玄玉梁〕用黑漆漆成的屋梁，光泽如玉。　　④〔桷〕（jué）椽（chuán）子。刻桷，指整整齐齐的方形椽子。　　⑤〔芙蓉〕荷花。⑥〔芰〕（jì）指菱叶。　　⑦〔屏风〕《集注》："屏风，水葵也。又名凫葵，又名防风，即荇菜也。"这种植物是紫叶白茎，这里的紫茎是泛说。⑧〔文〕同"纹"。〔绿〕一作缘。　　⑨〔文异〕指服装文彩奇异。〔豹饰〕用豹皮为衣饰。这里指卫士的服装。　　⑩〔陂陁〕（pō tuó）高低不平的山坡。　　⑪〔轩〕有篷的车。〔辌〕（liáng）有窗而舒适的卧车。〔低〕通"抵"，到达。一说通"邸"，舍。指车停下来。　　⑫〔步骑〕指步行和骑马的随从。　　⑬〔薄〕《集注》："草木丛生曰薄。"　　⑭〔琼木〕《集注》："嘉木之美名也。"　　⑮〔室家〕《集注》："宗族也。"〔宗〕《山带阁注》："尊也。言室家之人，欲尽其宗尊之意也。"这里指聚集一起祭祀。　　⑯〔多方〕多样。　　⑰〔粱〕（zī）粟米，小米。〔稯〕（zhuō）

早熟的麦子。　⑱〔挐〕（rú）掺杂。〔黄粱〕黄小米。　⑲〔腱〕蹄筋。⑳〔臑〕（ér）通"胹"，炖烂。　㉑〔胹鳖〕炖甲鱼。〔炮〕一种烹调方法。《集注》："合毛裹物而烧之也。"　㉒〔柘〕（zhè）《集注》："诸蔗也。"柘浆，即糖汁。　㉓〔鹄〕天鹅。鹄酸，即酸鹄，加了醋烹制的天鹅肉。〔臇〕（juǎn）少汁的羹。〔凫〕（fú）野鸭。　㉔〔鸿〕〔鸧〕（cāng）都是雁类。　㉕〔露鸡〕郭沫若《屈原赋今译》："卤鸡。"〔臛〕（huò）红烧。〔蠵〕（xī）大龟。　㉖〔厉〕《通释》："香酢烈也。"〔爽〕《集注》："败也。楚人名羹败曰爽。"不爽，不伤胃口。　㉗〔粔籹〕（jù nǚ）《集注》："环饼也……以蜜和米面煎熬作之。"〔饵〕《集注》："捣黍为之，《方言》谓之糕者也。"　㉘〔帐锽〕（zhāng huáng）《集注》："饧也。……亦谓之饴，此则其干者也。"　㉙〔瑶浆〕像玉一样透明的美酒。〔勺〕通"酌"，饮酒。蜜勺，饮酒时加蜜。　㉚〔实〕动词，斟满。〔羽觞〕（shāng）酒杯。形状像雀，有羽翼，所以叫羽觞。　㉛〔挫糟〕指除去酒糟的清酒。〔冻饮〕等于说冷饮。　㉜〔酎〕（zhòu）酒味很醇。㉝〔酌〕酒斗。这里指酒宴。华酌，豪华的酒宴。按：以上二十六句描写饮食肴馔之盛。

肴羞未通，①	丰盛的酒菜还没有吃遍，
女乐罗些。②	女乐队就开始列队表演。
陈钟按鼓，③	陈设好乐钟安放好乐鼓，
造新歌些。④	将要表演新创作的歌舞。
涉江采菱，⑤	先唱《涉江》曲后唱《采菱》歌，
发扬荷些。⑥	最后大家都齐声唱《阳阿》。
美人既醉，	筵席上美女们喝醉了酒，
朱颜酡些。⑦	一个个红光满面乐呵呵。
嬉光眇视，⑧	她们目光逗人含情脉脉，
目曾波些。⑨	两眼水汪汪频频送秋波。
被文服纤，⑩	她们身穿绣花的绸衣裳，
丽而不奇些。	色彩那么华丽款式大方。
长发曼鬋，⑪	长长的头发柔美的鬓角，

艳陆离些。⑫
二八齐容，⑬
起郑舞些。
衽若交竿，⑭
抚案下些。⑮
竽瑟狂会，⑯
搷鸣鼓些。⑰
宫庭震惊，⑱
发激楚些。⑲
吴歈蔡讴，⑳
奏大吕些。㉑
士女杂坐，
乱而不分些。
放陈组缨，㉒
班其相纷些。㉓
郑卫妖玩，㉔
来杂陈些。㉕
激楚之结，
独秀先些。㉖
菎蔽象棋，㉗
有六簙些。㉘
分曹并进，㉙
遒相迫些。㉚
成枭而牟，㉛
呼五白些。㉜
晋制犀比，㉝
费白日些。
铿钟摇簴，㉞
揳梓瑟些。㉟

个个打扮成娇艳的模样。
十六位美女的容貌相像，
跳起郑国舞蹈排列两行。
舞袖翩翩彼此交错回旋，
垂手敛臂徐徐合拍退场。
吹竽弹瑟急管繁弦合奏，
鼓师将大鼓不停地敲响。
鼓乐齐鸣整个宫廷振荡，
奏出的楚歌振奋又激昂。
吴国的民谣蔡国的歌曲，
这些都用那大吕调来唱。
男男女女交错坐在一起，
乱纷纷地彼此相依相傍。
脱下衣带冠帽随便乱放，
座位次序变得杂乱无章。
郑国卫国来的妖艳美女，
前来陪坐玩乐心花怒放。
作尾声的楚歌慷慨激昂，
独具特色只有这首合唱。
玩具有饰玉筹码象牙棋，
消遣还有六簙对局游戏。
对手分成两组运子进攻，
双方互不相让紧紧相逼。
个个都争取"成枭"而获胜，
大声呼唤"五白"十分着急。
要度闲暇还有晋国犀比，
玩玩消磨一天不算稀奇。
用力撞击乐钟钟架震动，
梓木琴瑟也拼命弹奏起。

娱酒不废，㊱	饮酒娱乐一刻也不停止，
沈日夜些。㊲	日日夜夜都会这样欢娱。
兰膏明烛，	兰草脂膏灯烛芳香明亮，
华镫错些。㊳	宫灯雕饰金花十分华丽。
结撰至思，㊴	酒后构思诗篇精心思考，
兰芳假些。㊵	写出佳作都用华丽辞藻。
人有所极，	这时人们欢乐到了极点，
同心赋些。㊶	共同朗诵诗作互相唱和。
酎饮尽欢，	人们痛饮美酒尽情欢娱，
乐先故些。㊷	使先辈灵魂也得到安乐。
魂兮归来！	魂魄啊请你快快回来吧，
反故居些。	快回到你的故乡安乐窝。

①〔肴〕肉菜。〔羞〕指美味的食物。〔通〕遍。 ②〔女乐〕这里是女子歌舞乐队。 ③〔陈钟〕陈设乐钟。〔按鼓〕安放乐鼓。 ④〔造〕制作。 ⑤〔涉江〕〔采菱〕《山带阁注》："涉江，采菱，扬荷，皆楚歌名。" ⑥〔扬荷〕荷，当作"阿"。即阳阿，楚歌曲名。这是一种合唱曲。 ⑦〔酡〕（tuó）指喝了酒脸上发红。 ⑧〔嬉光〕欢乐逗人的目光。嬉，一本作娱。〔眇视〕含情而视。 ⑨〔曾〕通"层"。目曾波，指两眼水汪汪的。 ⑩〔文〕指绣花衣服。〔纤〕轻软的丝织衣服。 ⑪〔曼鬋〕曼，长。鬋，鬓角。 ⑫〔陆离〕形容女子打扮得五光十色，十分娇艳。 ⑬〔二八〕女乐两列，八人一列。〔齐容〕一样的装束。 ⑭〔衽〕衣襟。〔交竽〕《山带阁注》："言舞人回转衣襟，相交如竽也。" ⑮〔案〕同"按"。抚案，舞袖低抚，合着节奏。〔下〕走下来。 ⑯〔竽〕古管乐器。笙类，三十六簧。〔瑟〕古弦乐器，二十五弦。〔狂会〕急管繁弦地合奏。 ⑰〔搷〕（tián）急击。 ⑱〔震惊〕这里指震动。 ⑲〔激楚〕激昂的楚歌。一说，楚国歌舞名。 ⑳〔欹〕（yú）〔讴〕《山带阁注》："欹讴，皆歌也。" ㉑〔大吕〕古乐调名。十二律之一。 ㉒〔组〕用来系玉或印的丝带。〔缨〕帽带。这里代冠。 ㉓〔班〕座位的秩序。〔相纷〕纷乱不定。 ㉔〔妖玩〕《章句》："妖玩，好女也。" ㉕〔杂陈〕参

加在一起娱乐。　㉖〔秀先〕比前面演奏的音乐更优美动听。按，以上写歌舞娱乐场面。　㉗〔菎蔽〕（kūn bì）《章句》："菎，玉。蔽，菎箸。以玉饰之也。"即饰玉的赌博用的筹码。〔象棋〕象牙做的棋子。　㉘〔六簙〕这是古代的一种棋戏。《章句》："投六箸行六棋，故为六簙。"㉙〔曹〕偶。相对的两方。　㉚〔遒〕（qiú）使劲，紧张。　㉛〔枭〕〔牟〕都是博戏的专门术语。《补注》："《古博经》云：'博法，二人相对，坐向局，局分为十二道，两头当中名为水，用棋十二枚，六白六黑，又用鱼二枚，置于水中，其掷彩以琼为之，……二人互掷采行棋，棋行到处即竖之，名为骁棋（即枭棋）。即入水食鱼，亦名牵鱼。每牵一鱼获二筹。'"成枭，可能是力争使棋子成为枭棋。牟，取的意思。指得鱼多而获胜。　㉜〔五白〕指五颗骰子组成的一种特采，走棋时双方掷骰子都希望出现五白求胜，所以大呼五白。　㉝〔犀比〕不详。马茂元说可能是用犀角制成的另一种赌具。　㉞〔铿〕（kēng）象声词。这里指撞钟。〔簴〕（jù）钟架。　㉟〔揳〕（xiē）弹奏。〔梓瑟〕梓木做的瑟。　㊱〔娱酒〕饮酒取乐。〔不废〕不停止。　㊲〔沈〕同"沉"，沉湎。　㊳〔镫〕同"灯"。华镫，华丽的灯。〔错〕《说文》："金涂也。"　㊴〔结撰〕构思写诗。〔至思〕尽心思考。　㊵〔兰芳〕指优美的辞藻。〔假〕借助。《通释》："藻思中发，若兰蕙之芳相假借也。"　㊶〔赋〕《集注》："不歌而诵其所撰之词也。"　㊷〔先故〕死去的先辈。按，以上描写游戏情况和赋诗唱和的酒后余兴。

　　按：以上是招魂的正文。作者用巫阳的口气极力描写上下四方的险恶，以及故乡居室、饮食、音乐、娱乐之美，召唤灵魂返回故乡。

乱曰：献岁发春兮，①
汩吾南征。②
菉蘋齐叶兮，③
白芷生。
路贯庐江兮，④
左长薄。⑤
倚沼畦瀛兮，⑥
遥望博。⑦

尾声：新的一年春天来临，
我被流放向南匆匆而行。
绿色的水草长齐了叶片，
路上的白芷也开始萌生。
南行道路一直通往庐江，
江的左岸是连绵的丛林。
我沿着片片沼泽地前行，
那辽阔的荒野一望无垠。

青骊结驷兮，⑧ 齐千乘。	当年猎车驾着四匹青马， 千辆车子出猎整整齐齐。
悬火延起兮，⑨ 玄颜烝。⑩	火把点燃树林火势蔓延， 天空黑里透红火光冲天。
步及骤处兮，⑪ 诱骋先。⑫	步行的赶到车马聚集处， 狩猎的向导已一马当先。
抑骛若通兮，⑬ 引车右还。	猎车指挥顺当进退自如， 车队向右转弯继续向前。
与王趋梦兮，⑭ 课后先。⑮	跟随着君王向梦泽驰去， 大家比赛看看谁后谁先。
君王亲发兮， 惮青兕。⑯	君王弯弓搭箭亲自发射， 围猎时把青兕全都射完。
朱明承夜兮，⑰ 时不可以淹。	红亮的太阳承接着黑夜， 时光流逝不会停止不前。
皋兰被径兮，⑱ 斯路渐。⑲	河岸上长满芳香的兰草， 道路已被青青春草遮掩。
湛湛江水兮， 上有枫。	春江水清清地向前流淌， 江岸上还有着枫林一片。
目极千里兮， 伤春心。⑳	站在这里纵目遥望千里， 满目春色使人愁思顿起。
魂兮归来， 哀江南！㉑	魂魄啊快回到你的身体， 快回到可爱的江南故居！

①〔献岁〕献，进。献岁，进入了新的一年。〔发春〕春天开始了。②〔汩〕（gǔ）水流很快的样子。这里是行走匆匆的意思。〔吾〕屈原自称。〔南征〕南行。可能指向南流放。《章句》：“自伤放逐，独南行也。”③〔菉〕通“绿”。〔𬞟〕一种水草，也叫四叶菜。〔齐叶〕叶，动词，生出叶子。齐叶，生齐了叶片。④〔贯〕直通。〔庐江〕地名。一说，即今青弋江，安徽省东南地带。又一说指长满芦丛的大江。⑤〔左〕指江的左岸。〔长薄〕连绵不断的丛林。⑥〔倚〕沿着。〔畽〕《集注》：“畽，

犹区也。"动词，区划。〔瀛〕（yíng）大泽，大的沼泽地。这句的意思说屈原流放的江南地区，沼泽地很多。他沿着沼泽地边上的道路行走，这里沼泽被陆地分成一块一块的，一眼望去如在一个大的沼泽中行走一样。⑦〔博〕指荒野广阔。按，以上是屈原自叙放逐江南的情景。　⑧〔青骊〕指青黑色的马。〔驷〕指一辆车所用的四匹马。按，以下描写的是打猎场面。有人认为是为了招魂的铺叙；有人认为是讥刺顷襄王不以国事为念，纵情游猎。我们认为是在追怀往事表示对亡魂的悼念。　⑨〔悬火〕焚林驱兽的火把。〔延起〕火势蔓延。　⑩〔玄颜〕指天色被火光映照得黑里透红的样子。〔炎〕火光冲天。　⑪〔步〕指徒步的从猎者。〔骤处〕指车马驰到的地方，骤，马奔驰。　⑫〔诱〕引导。这里指打猎中的向导。诱，作名词用。⑬〔抑〕勒住马。〔骛〕奔驰。〔若〕顺。〔通〕通"畅"，指猎车不混乱堵塞，进退自如。　⑭〔趋〕奔赴。〔梦〕古代湖名。在长江之南，与江北的云泽合称云梦泽。《集注》："梦，泽名。楚有云梦泽，方八九百里，跨江两岸，云在江北，今玉沙、监利、景陵等县是也。梦在江南，今公安、石首、建宁等县是也。"　⑮〔课〕比试。　⑯〔惮〕郭沫若《屈原赋今译》："惮当是殚字之误。"尽的意思。〔兕〕（sì）类似犀牛的一种野兽。　⑰〔朱明〕又红又亮，指太阳。　⑱〔皋〕水边陆地。皋兰，长满了兰草的河岸。　⑲〔斯〕这。〔渐〕没。指被草遮盖。⑳〔伤春心〕《集注》："目极千里，言湖泽博平，春时草短，望见千里，令人愁思也。"又《章句》："或曰荡春心。荡，涤也。言春时泽平望远，可以涤荡愁思之心也。"　㉑〔哀〕旧说均作可哀解。惟郭沫若《屈原赋今译》云："哀与爱通，亦非悲哀之意。"

　　按：这段乱词，追述与怀王一起打猎的盛况，也写出作者招魂的心情和环境。

　　〔说明〕关于本篇招魂的对象还有两种说法。

　　1.游国恩主编的《中国文学史》认为，这篇是屈原自己招自己的生魂："屈原放逐江南后，思想中充满着矛盾和斗争，根本原因就是《离骚》提出的是否离开祖国的问题，这就造成他'愁懑山泽，魂魄放逸'的精神状态。诗人采用民间招魂的形式，极力描写四方上下的险恶和故乡居室、饮食、音乐之美，不仅赖以坚定自己不肯离开祖国的意志，寄托他对故乡的热爱，甚至流露了重返故都再得进用的愿望。"

2. 林庚主编的《中国历代诗歌选》认为："从篇中描写来看，所谓'招魂'的性质并非属于单纯的个人哀悼，而是在春天举行的一场规模宏大、仪式隆重的典礼。"

大　招

本篇作者不详。有人说是屈原，有人说是景差。王逸时就已经不能确定了。

景差，楚国人。出身楚国贵族。生卒年代不详，但知他稍后于屈原。他的创作直接受到屈原的影响。

本篇也是"招魂词"。关于本篇所招的对象，有两种说法：王逸《楚辞章句》认为是屈原招自己的生魂。他说："屈原放流九年，忧思烦乱，精神越散，与形离别，恐命将终，所行不遂，故愤然大招其魂。"而王夫之《楚辞通释》认为是景差招屈原的魂。他说："昭、屈、景为楚三族，屈子旧所掌理，（景差）受教而知深，哀其誓死，而欲招之。"

本篇与《招魂》结构相似，但写法上有其特色。它的句式更趋整齐，与《诗经》四言句式接近，语言显得古拙板滞些。

在内容上，《大招》只写东西南北四方，不写天上地下。后半部分以豪杰执政、选贤任能的政治理想招魂，这种立足现实的人生态度，与楚风信巫重祀之俗不同。这可能是汉人的作品，它反映了汉王朝一统天下的社会客观现实的需求，是符合文学发展规律的。

青春受谢，①	春天来了，
白日昭只。②	太阳多么明亮。
春气奋发，	春意盎然，
万物遽只。③	万物蓬勃生长。
冥凌浃行，④	玄冥遍行驰收，

魂无逃只。	魂魄无处逃亡。
魂魄归来！	魂魄啊！回来吧！
无远遥只。	不要漂游远方。
魂乎归来！	魂魄啊！回来吧！
无东无西，	不要到东方不要去西方，
无南无北只。	不要往南方不要跑北方。
东有大海，	东方有大海，
溺水㵰㵰只。⑤	水深流急。
螭龙并流，⑥	海中螭龙随流而行，
上下悠悠只。⑦	上下游戏。
雾雨淫淫，	东方阴雨连绵，
白皓胶只。⑧	白茫茫无边无际。
魂乎无东！	魂魄啊！别到东方去！
汤谷寂廖只。⑨	旸谷那地方无声无息。
魂乎无南！	魂魄啊！别到南方去！
南有炎火千里，⑩	南方炎热千里，
蝮蛇蜒只。⑪	长长的蝮蛇来来住往。
山林险隘，	山险林深道路崎岖，
虎豹蜿只。⑫	虎豹横行匍匐盘踞。
鰅鳙短狐，⑬	鰅鳙怪鱼和短狐群聚，
王虺骞只。⑭	大蟒时时把头昂起。
魂乎无南！	魂魄啊！别到南方去！
蜮伤躬只。	鬼蜮会伤害你的身体。
魂乎无西！	魂魄啊！别到西方去！
西方流沙，	西方有流沙，
漭洋洋只。⑮	茫茫无边无际。
豕首纵目，⑯	那里的怪物猪头竖目，
被发鬤只。⑰	披着满头乱发。
长爪踞牙，⑱	长长的爪子锯似的牙，

诶笑狂只。⑲	捉住人就嘻嘻哈哈。
魂乎无西！	魂魄啊！别到西方去！
多害伤只。	伤害太多令人害怕。
魂乎无北！	魂魄啊！别到北方去！
北有寒山，	北方有寒山，
逴龙艳只。⑳	红色的烛龙就在那里。
代水不可涉，㉑	代水不能渡过，
深不可测只。	水深不见底。
天白颢颢，㉒	蓝天与白雪映照，
寒凝凝只。	严寒凝聚大地。
魂乎无往！	魂魄啊！千万不可去！
盈北极只。㉓	整个北极都是冰天雪地。
魂魄归来！	魂魄啊！回来吧，
闲以静只。	这里安闲清静。
自恣荆楚，㉔	在楚国可以自由自在，
安以定只。	安安定定。
逞志究欲，	这里能够心满意足，
心意安只。	无忧无虑。
穷身永乐，	你将终身快乐，
年寿延只。	延年长命。
魂乎归来！	魂魄啊！回来吧！
乐不可言只。	这里的欢乐说不尽。

①〔青〕《集注》："青，东方春位，其色青也。"青春，春天。〔受谢〕春天承接着冬天谢去。即是春天来归的意思。　②〔昭〕明亮。〔只〕句末语气词。　③〔遽〕《集注》："犹竞也。言春气奋发，而万物忽遽竞起而生出也。"　④〔冥〕《章句》："玄冥，北方之神也。"〔凌〕《章句》："犹驰也。"〔浃行〕遍地行走。这句的意思是说，春天来了，阳气上升，阴气下降，玄冥就到处收集阴气藏起来，魂魄也是阴气，所以下句说"魂无逃只"。　⑤〔溺水〕水很深，容易使人沉溺。〔潋潋〕（yóu）

水流的样子。　⑥〔并流〕顺流而行。　⑦〔悠悠〕指螭龙在海中游动的样子很自在。　⑧〔皓胶〕《集注》："冰冻貌。"这里指雨雾白茫茫的，像凝固在天空中一样。　⑨〔汤谷〕即旸谷。《集注》："日之所出，其地无人，视听寂然，无所见闻也。"《通释》云："汤与旸通。"一本无寥字。　⑩〔炎火〕指炎热。　⑪〔蜓〕很长的样子。　⑫〔蜿〕《集注》："虎行貌。"　⑬〔鲗鱅〕（yú yōng）《章句》："鲗鱅，短狐类也。短狐，鬼蜮也。"《补注》："鲗鱅状如犁牛。又鲗，鱼名，皮有文。鱅鱼，音如彘鸣。"传说这些都是会含沙射人的鬼怪。　⑭〔王虺〕大蛇。〔搴〕《集注》："举头貌也。"　⑮〔漭〕（mǎng）水大的样子。这里指流沙。〔洋洋〕形容沙面很宽，无边无际。　⑯〔纵目〕眼睛竖起。　⑰〔鬤〕（xiāng）头发乱的样子。　⑱〔踞〕同"锯"。　⑲〔诶〕（xī）《集注》："强笑也。"　⑳〔逴龙〕（chuō—）《补注》："《山海经》：西北海之外，有章尾山，有神，身长千里，人面蛇身而赤，是烛九阴，是谓烛龙。疑此逴龙即烛龙也。赩（xì），大赤也。"　㉑〔代水〕神话中的水名。㉒〔颢颢〕（hào）白而发亮的样子。这里指冰雪。　㉓〔盈北极〕整个北极都充满了冰雪。　㉔〔自恣〕自由任性。

五谷六仞，①	这里有很多精细的食粮，
设菰粱只。②	用菰米做饭真香。
鼎臑盈望，③	食鼎满案陈列，
和致芳只。④	食物散发芬芳。
内鸧鸽鹄，⑤	肥嫩的仓庚鹁鸠天鹅肉，
味豺羹只。⑥	还调合着豺狗的肉汤。
魂乎归来！	魂魄啊！回来吧！
恣所尝只。⑦	任你品尝。
鲜蠵甘鸡，⑧	鲜美的大龟炖肥鸡，
和楚酪只。⑨	再放点楚国的乳浆。
醢豚苦狗，⑩	猪肉酱和苦味的狗肉，
脍苴蒪只。⑪	再切点苴蒪加上。
吴酸蒿蒌，⑫	吴国做的酸菜，

不沾薄只。⑬	浓淡正恰当。
魂兮归来！	魂魄啊！回来吧！
恣所择只。	任你选择哪样。
炙鸹烝凫，⑭	烤乌鸦，蒸野鸭，
黏鹑陈只。⑮	鹌鹑肉汤陈列上。
煎鰿膗雀，⑯	煎鲫鱼，炒雀肉，
遽爽存只。⑰	味道鲜美令人口爽。
魂乎归来！	魂魄啊！回来吧！
丽以先只。⑱	味美请先尝。
四酎并孰，⑲	一起成熟的四缸醇酒，
不涩嗌只。⑳	醇正不会刺激咽喉。
清馨冻饮，㉑	酒味清香最宜冷饮，
不歠役只。㉒	奴仆难以上口。
吴醴白糵，㉓	吴国的白谷酒，
和楚沥只。㉔	掺入楚国的清酒。
魂乎归来！	魂魄啊！回来吧！
不遽惕只。㉕	酒不醉人不要害怕。
代秦郑卫，㉖	这里有代、秦、郑、卫的乐章，
鸣竽张只。	竽管吹奏也很响亮。
伏戏驾辩，㉗	演奏伏羲氏的《驾辩》曲，
楚劳商只。㉘	吹起楚国的《劳商》。
讴和扬阿，㉙	合唱《扬阿》这支歌，
赵箫倡只。	赵国洞箫先吹奏。
魂乎归来！	魂魄啊！回来吧！
定空桑只。㉚	你也来调定"空桑"。
二八接舞，㉛	两列美女轮流起舞，
投诗赋只。㉜	节奏配合着诗赋。
叩钟调磬，	钟磬敲响了，
娱人乱只。㉝	欢乐的人儿更有节度。

四上竞气，㉞	各国音乐互相比美，
极声变只。	乐曲变化无数。
魂乎归来！	魂魄啊！回来吧！
听歌谍只。㉟	快来欣赏各种歌舞。
朱唇皓齿，	这里的美人唇红齿白，
嫭以姱只。㊱	容貌美好世间难得。
比德好闲，㊲	才德相同性情娴静，
习以都只。㊳	风度高雅熟悉礼节。
丰肉微骨，	身体丰满小巧玲珑，
调以娱只。㊴	态度和蔼待人亲切。
魂乎归来！	魂魄啊！回来吧！
安以舒只。	你会感到怡然自得。
嫮目宜笑，㊵	她们含笑的眼睛真漂亮，
娥眉曼只。㊶	弯弯的眉毛细又长。
容则秀雅，㊷	圆圆的脸蛋挺秀气，
稚朱颜只。㊸	红红的面色嫩又光。
魂乎归来！	魂魄啊！回来吧！
静以安只。	你的心情会宁静舒畅。
姱修滂浩，㊹	有的姑娘身高体胖，
丽以佳只。	美丽又善良。
曾颊倚耳，㊺	面貌丰满耳贴两旁，
曲眉规只。㊻	眉毛弯弯像月亮。
滂心绰态，㊼	感情丰富姿态柔美，
姣丽施只。㊽	举止美好又大方。
小腰秀颈，	腰肢纤细脖颈秀长，
若鲜卑只。㊾	像用鲜卑带约束一样。
魂乎归来！	魂魄啊！回来吧！
思怨移只。㊿	相思的怨恨你会遗忘。
易中利心，(51)	有的姑娘心思敏慧，

以动作只。	她们动作柔顺。
粉白黛黑，	面如白玉眉黑如漆，
施芳泽只。㉜	巧于修饰芳香扑鼻。
长袂拂面，㉝	长长的衣袖半遮面，
善留客只。	善于留客休息。
魂乎归来！	魂魄啊！回来吧！
以娱昔只。㉞	晚上可以好好欢娱。
青色直眉，㉟	姑娘黑黑眉毛连在一起，
美目媔只。㊱	美丽的眼睛脉脉含情。
靥辅奇牙，㊲	小小的笑涡细细的白牙，
宜笑嘕只。㊳	嫣然一笑诱惑人心。
丰肉微骨，㊴	体形丰满小巧玲珑，
体便娟只。㊵	身材美好步履轻盈。
魂乎归来！	魂魄啊！回来吧！
恣所便只。	任你挑选定会称心。
夏屋广大，㊶	这里房屋又宽又大，
沙堂秀只。㊷	红色的厅堂非常秀雅。
南房小坛，㊸	幽静小堂坐北朝南，
观绝霤只。㊹	高高的小楼超过房梁。
曲屋步壛，㊺	周阁相连走廊曲折，
宜扰畜只。㊻	廊外适宜把马驯养。
腾驾步游，㊼	车马奔驰外出游猎，
猎春囿只。㊽	春天的园地就是猎场。
琼毂错衡，㊾	金玉装饰着猎车，
英华假只。㊿	美丽如花大放光芒。
茝兰桂树。	一路种满各种香草，
郁弥路只。	馥郁的花香弥漫路上。
魂乎归来！	魂魄啊！回来吧！
恣志虑只。㉛	怎样游玩任你所想。

孔雀盈园，	园中有很多孔雀，
畜鸾皇只！	还养着鸾鸟凤凰。
鹍鸿群晨，⑫	鹍鸡鸿雁清晨争着啼叫，
杂鹙鸧只。⑬	啼声中还有秃鹙的歌唱。
鸿鹄代游，⑭	天鹅在池中往来游戏，
曼鹔鹴只。⑮	追逐一只只的鹔鹴。
魂乎归来！	魂魄啊！回来吧！
凤凰翔只。	看看凤凰飞翔。

①〔五谷〕指稻、稷、麦、豆、麻。〔六仞〕《集注》："仞，伸臂一寻，八尺也。言积谷之多也。" ②〔设〕施。这里是用来做饭。〔菰粱〕（gū—）蔬类植物。梗高五六尺，叶像蒲苇，中心生嫩芽像笋，可吃，通称茭白。秋间结实像米，可以做饭，很香。 ③〔鼎臑〕臑通"胹"。煮得烂。鼎臑，这里指用鼎煮好的食物。〔盈望〕满目都是。形容食鼎很多。 ④〔和〕调和。〔致〕放置佐料。和致芳，食物被调制得很香。 ⑤〔内〕《集注》："内，与肭（nà）同，肥也。"〔鸧〕（cāng）鸧鹒。也写作仓庚，就是黄莺。〔鸽〕《通释》："鸽，鹁鸠。" ⑥〔味〕《通释》："犹和也。" ⑦〔恣〕任凭。 ⑧〔蠵〕（xī）即蠵龟。是一种大龟。 ⑨〔酪〕乳浆。 ⑩〔苦狗〕带苦味的狗肉。 ⑪〔苴蒪〕（jū pò）蔬类植物。产在湖里，梗有黏液，可以作羹。蒪，一本作莼。 ⑫〔酸〕动词。做酸菜。〔蒿蒌〕《通释》："蒿，香蒿。蒌，蒌蒿。吴酸，吴人善罨诸菜，若蘘荷蒌蒿之属。皆盐藏令酸，用以和胾。" ⑬〔沾薄〕《通释》："沾古添字。浓也。不沾薄者，浓淡皆宜择。" ⑭〔鸹〕（guā）老鸹，就是乌鸦。 ⑮〔黏〕（qián）一种烹调方法，把食物放入沸汤中烫熟。〔鹑〕鹌鹑。是一种鸟，体形小而好斗。〔敶〕通"陈"。陈列。 ⑯〔鲗〕（jí）《山带阁注》："鲗，小鱼也。俗作鲫。"〔臛〕（huò）肉羹。一说带汁的肉。这里是动词，做成这样的肉。 ⑰〔遽爽存〕《通释》："遽，与渠同。犹言如许也。爽，食之有异味，今俗言味佳者为爽口。存，犹在也。" ⑱〔丽〕美，味美。 ⑲〔酎〕醇酒。四酎，四缸醇酒。《章句》："乃言酝酿醇酒，四器俱熟。" ⑳〔嗌〕（yì）咽喉。不涩嗌，不刺激咽喉。"涩"，一本作瀒。 ㉑〔冻饮〕冷饮。 ㉒〔歠〕（chuò）饮。

不歠役，《章句》："不可以饮役贱之人。即以饮役贱之人，即易醉颠仆，失礼敬。"　㉓〔蘖〕(niè)《通释》："谷芽，以造醴者。"　㉔〔沥〕《集注》："清酒也。"　㉕〔不遽惕〕《通释》："言饮之和柔，不致醉，而心惕惕然。"　㉖〔代〕代国。这句指各国的音乐舞蹈。　㉗〔伏戏〕伏羲。〔驾辩〕舞曲名。一说伏戏也是舞曲名。　㉘〔劳商〕《章句》："驾辩、劳商皆曲名也。"　㉙〔扬阿〕楚曲名。是一种众人合唱的歌曲。㉚〔定〕调定乐曲的音调。〔空桑〕《通释》："瑟名。"　㉛〔二八〕指女乐的两列（八人为一列）。〔接舞〕轮流起舞。　㉜〔投〕投合。指舞步与诗歌的节奏相配合。　㉝〔乱〕《章句》："乱，理也。言美女起舞，叩钟击磬，得其节度，则诸乐人各得其理，有条序也。"　㉞〔四上〕《章句》："四上，谓上四国，代、秦、郑、卫也。"〔竞气〕比赛音乐的美好。　㉟〔谍〕《通释》："谍，具也。言八音与歌相叶皆备具也。"㊱〔嫭〕(hù)美好。　㊲〔闲〕一本作间。　㊳〔习〕《集注》："习，谓习于礼节。"〔都〕《集注》："谓容态之美，不鄙野也。"　㊴〔调〕《通释》："调，和也。言其和蔼善娱人也。"　㊵〔娉〕同"嫭"，美貌。㊶〔曼〕《集注》："长而轻细也。"　㊷〔雅〕美好。　㊸〔稚〕幼儿。这句说美女的脸蛋像小孩一样又嫩又红润。　㊹〔修〕指身高。〔滂浩〕广大的样子。这里比喻身体胖。　㊺〔曾颊〕曾，重叠的。这里指脸上的肉很丰满，下巴都叠在一起了。〔倚耳〕两耳贴在后面。　㊻〔规〕指眉毛很弯，像半圆一样。规，圆的意思。　㊼〔滂心〕《通释》："情有余。"即感情很丰富。〔绰态〕姿态优美。　㊽〔施〕发出的动作。　㊾〔若鲜卑〕《集注》："鲜卑，衮带头也。言腰支细小，颈锐秀长，若以鲜卑之带，约而束之也。"　㊿〔移〕《集注〕："移，去也。言可以忘去怨思也。"(51)〔易中〕〔利心〕《集注》："皆敏慧之意。"　(52)〔芳泽〕《集注》："芳香之膏泽也。"　(53)〔拂面〕掩遮脸蛋。形容娇羞的姿态。　(54)〔昔〕晚上。(55)〔直〕同"值"。　(56)〔嫔〕(mián)眼睛美的样子。　(57)〔靥辅〕(yè—)两颊。指两颊上的笑窝。〔奇牙〕指牙齿长得很美。　(58)〔嗎〕《通释》："笑而媚也。"　(59)〔丰肉微骨〕《通释》："再言'丰肉微骨'，疑有衍文。"　(60)〔便娟〕《通释》："轻好貌。"　(61)〔夏〕通"厦"。(62)〔沙〕丹砂。沙堂，用丹砂涂红的厅堂。　(63)〔南房〕《通释》："房，堂左右侧室。南房户向南也。"〔小坛〕《集注》："坛，犹堂也。"小厅堂。 (64)〔观〕指楼观，楼房。〔霤〕屋宇，屋檐。绝霤，超过屋宇。形容楼高。 (65)〔曲屋〕《集注》："周阁也。"周阁，楼与楼之间的架空复道。〔步壛〕（—yán）壛与檐同，步檐。《集注》："李善云：'长廊也。'" (66)〔扰畜〕《集注》："驯养禽兽。"这里指驯养马。 (67)〔腾驾〕车马奔腾。〔步游〕《集注》："亦言行游耳，非必舍车而徒也。" (68)〔春囿〕春天围猎的场地。 (69)〔琼毂〕用玉装饰车毂。〔错衡〕《章句》："金银为错。"衡，车上横木。用金银装饰车上。 (70)〔假〕《章句》："假，大也。言所乘之车以玉饰毂，以金错衡，英华照耀，大有光明也。" (71)〔虑〕一作处。安排。 (72)〔鹍〕（kūn）鹍鸡，鸟名。形状像鹤，长颈红嘴，羽毛黄白色。〔鸿〕《集注》："鸿鹤也。"鸿，水鸟名，比雁略大。在古文中一般指天鹅。 (73)〔鹙鸧〕（qiū cāng）一种水鸟。因头秃，又叫秃鹙。长脖颈，羽毛灰黑色，性极贪暴，好吃鱼、蛇等。 (74)〔代游〕《章句》："往来游戏。" (75)〔曼〕《集注》："曼衍也。"连续不断的意思。〔鹔鹴〕是一种水鸟，像雁，毛绿色。

曼泽怡面，①	回来精神愉快肌肤丰润，
血气盛只。	身体强壮血气充盛。
永宜厥身，	身心永远适宜，
保寿命只。	长寿会有保证。
室家盈廷，②	你的宗室充满朝廷，
爵禄盛只。	爵位俸禄非常丰盛。
魂乎归来！	魂魄啊！回来吧！
居室定只。	住在家里十分安静。
接径千里，③	楚国的道路连绵千里，
出若云只。④	人民众多出如浮云。
三圭重侯，⑤	国家的大臣，
听类神只。⑥	审察事理细如神明。
察笃夭隐，⑦	了解厚待儿童病人，
孤寡存只。⑧	孤儿寡妇安置慰问。

魂兮归来！　　　　　　　　魂魄啊！回来吧！

正始昆只。⑨　　　　　　　　分先后，定仁政。

田邑千畛，⑩　　　　　　　　楚国田野广阔道路众多。

人阜昌只。⑪　　　　　　　　人口繁盛千座村落。

美冒众流，⑫　　　　　　　　美善教化普遍推行，

德泽章只。⑬　　　　　　　　德政恩惠非常显明。

先威后文，⑭　　　　　　　　先施严政后行仁政，

善美明只。　　　　　　　　　政治清廉美善光明。

魂乎归来！　　　　　　　　　魂魄啊！回来吧！

赏罚当只。　　　　　　　　　楚国赏罚分明。

名声若日，　　　　　　　　　楚国的名声像太阳，

照四海只。　　　　　　　　　光辉灿烂照耀四方。

德誉配天，⑮　　　　　　　　功德荣誉能比天地，

万民理只。⑯　　　　　　　　天下万民能够治理。

北至幽陵，⑯　　　　　　　　北方到达幽州，

南交阯只。⑰　　　　　　　　南方直达交阯。

西薄羊肠，⑱　　　　　　　　西方抵达羊肠，

东穷海只。⑲　　　　　　　　东方直到大海。

魂乎归来！　　　　　　　　　魂魄啊！回来吧！

尚贤士只。　　　　　　　　　楚国尊重贤德之士。

发政献行，⑳　　　　　　　　发布政令推行仁义，

禁苛暴只。　　　　　　　　　禁止苛刻暴虐人民。

举杰压陛，㉑　　　　　　　　举用俊杰坐镇朝廷，

诛讥罢只。㉒　　　　　　　　罢免昏庸之辈。

直赢在位，㉓　　　　　　　　任用智慧丰富的人，

近禹麾只。㉔　　　　　　　　把他安排在近身。

豪杰执政，　　　　　　　　　贤能大臣掌握大权，

流泽施只。　　　　　　　　　恩泽遍及民间。

魂乎归来！　　　　　　　　　魂魄啊！回来吧！

国家为只。㉕	这样的国家大有作为。
雄雄赫赫，㉖	楚国军力雄壮名声赫赫，
天德明只。㉗	楚王英明功德比天。
三公穆穆，㉘	三公和睦相处，
登降堂只。㉙	朝廷中共同出入。
诸侯毕极，㉚	诸侯都来致敬，
立九卿只。㉛	九卿设立。
昭质既设，㉜	射箭的地方已经画好，
大侯张只。㉝	大箭靶已经挂上。
执弓挟矢，㉞	左手执弓右手拿箭，
揖辞让只。㉞	诸侯们互相谦让。
魂乎来归！	魂魄啊！回来吧！
尚三王只。㉟	大家都崇尚三王。

①〔曼泽〕细腻润泽。〔怡面〕指脸色滋润，保养很好。《通释》："谓归而备诸奉养，心康体适。" ②〔室家〕指宗族。 ③〔接径〕即径接，道路连接。 ④〔出若云〕《集注》："言人民众多，其出如云也。" ⑤〔三圭〕《集注》："三圭，谓公、侯、伯也。公执桓圭，侯执信圭，伯执躬圭，故曰三圭也。"〔重侯〕《集注》："犹曰陪臣，谓子、男也。"三圭重侯，即指国家的重臣。 ⑥〔听类神〕《集注》："言其听察精审，如神明也。" ⑦〔笃〕《集注》："厚也。"优待。〔夭〕《通释》："幼也。"指儿童。〔隐〕《山带阁注》："疾痛也。"这里指病人。 ⑧〔存〕《通释》："问而安之也。" ⑨〔正始昆〕《山带阁注》："正，定。昆，后。始昆，犹言先后。……定仁政之先后也。" ⑩〔畛〕（zhěn）《章句》："畛，田上道也。"千畛，道路千条。 ⑪〔阜〕（fù）盛，大。 ⑫〔美〕指美善的教化。〔冒〕《集注》："覆也。"引申为遍及。〔众流〕指广大人民。 ⑬〔章〕同"彰"，显明。 ⑭〔先威后文〕《章句》："言楚国为政，先以威武严民，后以文德抚之。" ⑮〔配天〕能比得上天的功德。 ⑯〔幽陵〕古地名，在今河北北部和辽宁南部一带。 ⑰〔交阯〕也作"交趾"，指南方少数民族地区。《集注》："交趾，南夷。其人足

大指开，析两足并立，指则相交。”　⑱〔羊肠〕《集注》：“羊肠，山名。山形屈辟，状如羊肠。今在太原、晋阳之西北。”　⑲〔穷〕尽，直到。这里作动词。　⑳〔发政〕发布政令。〔献行〕《章句》：“进用仁义之行。”㉑〔压〕《通释》：“压，镇也。贤者立于庭陛，镇抚国家，奸佞不敢干也。”㉒〔诛讥罢〕《集注》：“诛，责而退之也。讥罢，众所讥诮疲软不胜任之人也。”　㉓〔直赢〕《集注》：“理直而才有余者。”“赢”，一作嬴。　㉔〔近禹麾〕《山带阁注》：“禹麾，疑楚王车旗之名。禹或羽字之误也。……直赢者使在亲近之地以辅君。”　㉕〔国家为〕《集注》：“言如此则国家可为矣。”　㉖〔雄雄赫赫〕《章句》：“威势盛也。”雄雄，指国家的军力。赫赫，指国家的名声。　㉗〔天德〕《山带阁注》：“即上配天之德。”　㉘〔三公〕古代官名。《尚书·周官》：“立太师、太傅、太保，兹惟三公。”这里指的是周朝的三公，与西汉、东汉的三公不同。〔穆穆〕和睦、互相尊重的样子。　㉙〔登降〕出入。〔堂〕指朝廷。㉚〔毕极〕《通释》：“极，至也。”都来。　㉛〔九卿〕古代官名。这里指周朝的九卿，即少师、少傅、少保、冢宰、司徒、宗伯、司马、司寇、司空。　㉜〔昭质〕《山带阁注》：“谓射侯所画之地。如白质、赤质之类。”㉝〔大侯〕《集注》：“谓所射之布，如言虎侯、豹侯之类也。”侯，布做的箭靶。　㉞〔揖辞让〕互相谦让。古代有射箭的礼节，参加射箭比赛的人，都要拿好弓箭互相谦让，然后才射，战国时这种礼节已经废止，这里写是希望魂魄回来崇尚三王，恢复礼节。　㉟〔三王〕禹、汤、文王。

惜 誓

　　本篇是贾谊所作。贾谊（前200—前168），洛阳（今河南洛阳市）人。汉文帝初年，由洛阳太守吴公推荐，被文帝召见，官至大中大夫。他提出积极的改革政治的主张，受到权贵的中伤，于是汉文帝疏远他，贬他为长沙王太傅。四年后，他又被召为梁怀王太傅，过了几年，梁怀王骑马跌死。贾谊痛恨自己没有尽到太傅的责任，痛哭郁闷，一年就死了。死时才三十三岁。

　　《史记》《汉书》的贾谊传中只记载《吊屈原》《鵩鸟赋》两篇，所以王逸《楚辞章句》说本篇作者"或曰贾谊，疑不能明也"。洪兴祖认为本篇的主题思想和用词都与《吊屈原》相同，无疑是贾谊所作。以后的研究者大都同意这种观点。

　　"惜誓"的意思，王夫之《楚辞通释》认为："惜誓者，惜屈子之誓死，而不知变计也。"

<table>
<tr><td>惜余年老而日衰兮，</td><td>叹惜自己年老日渐衰弱，</td></tr>
<tr><td>岁忽忽而不反。</td><td>岁月匆匆过去永不回还。</td></tr>
<tr><td>登苍天而高举兮，</td><td>我要高高升起登上苍天，</td></tr>
<tr><td>历众山而日远。</td><td>经历群山离乡越来越远。</td></tr>
<tr><td>观江河之纡曲兮，①</td><td>观赏长江黄河曲折流淌，</td></tr>
<tr><td>离四海之沾濡。②</td><td>遭遇四海风浪沾湿衣裳。</td></tr>
<tr><td>攀北极而一息兮，③</td><td>我攀上北极星稍稍休息，</td></tr>
<tr><td>吸沆瀣以充虚。④</td><td>吸饮清气暂且充充饥肠。</td></tr>
<tr><td>飞朱鸟使先驱兮，⑤</td><td>让朱雀星飞在前面开路，</td></tr>
<tr><td>驾太一之象舆。⑥</td><td>驾着太一象车四处游荡。</td></tr>
</table>

苍龙蚴虬于左骖兮，⑦
白虎骋而为右騑。⑧
建日月以为盖兮，⑨
载玉女于后车。⑩
驰骛于杳冥之中兮，⑪
休息虖昆仑之墟。⑫
乐穷极而不厌兮，
愿从容乎神明。⑬
涉丹水而驼骋兮，⑭
右大夏之遗风。⑮
黄鹄之一举兮，
知山川之纡曲。
再举兮，
睹天地之圆方。⑯
临中国之众人兮，⑰
讬回飙乎尚羊。⑱
乃至少原之野兮，⑲
赤松、王乔皆在旁。⑳
二子拥瑟而调均兮，㉑
余因称乎《清》《商》。㉒
澹然而自乐兮，㉓
吸众气而翱翔。
念我长生而久仙兮，
不如反余之故乡。
黄鹄后时而寄处兮，㉔
鸱枭群而制之。
神龙失水而陆居兮，
为蝼蚁之所裁。
夫黄鹄神龙若犹此兮，

苍龙蜿蜒屈曲驾在左边，
白虎迅猛飞奔驾在右方。
日月的光辉是我的车盖，
我把玉女载在后面车上。
在寂静昏暗的境界驰骋，
休息在高高的昆仑山冈。
我快乐到极点心中不厌，
还想跟随神明从容游逛。
我渡过了丹水向前奔驰，
大夏淳朴风俗就在右旁。
黄鹄壮志凌云展翅一飞，
看清了蜿蜒的山山水水。
黄鹄展翅再飞高瞻远望，
就能看见天地是圆是方。
向下俯瞰中原人民大众，
我又凭借回风继续游荡。
终于来到了少原的郊野，
赤松子、王子乔都在身旁。
两位先生已把瑟弦调好，
我认为最好听的是《清》《商》。
我的心神安适恬淡自乐，
我呼吸六气而自由翱翔。
虽想长生不死永做神仙，
但是不如返回我的故乡。
黄鹄不能早去他处栖息，
猫头鹰会对它群聚制裁。
神龙栖于陆上离开大海，
就会遭到蝼蛄蚂蚁侵害。
黄鹄神龙处境都是这样，

况贤者之逢乱世哉！　　　　何况贤人处在混乱时代！
寿冉冉而日衰兮，　　　　　　年纪渐渐大了日渐衰弱，
固僔回而不息。　　　　　　　时光不断流逝永不停息。
俗流从而不止兮，　　　　　　俗人随波逐流不可停止，
众枉聚而矫直。㉕　　　　　　众邪群聚还想改造正直。
或偷合而苟进兮，　　　　　　有人迎合世俗苟且进取，
或隐居而深藏，　　　　　　　有人隐居山中深藏不仕。
苦称量之不审兮，㉖　　　　　人们苦患称物轻重不分，
同权概而就衡。㉗　　　　　　人们怨恨量物多少相等。
或推移而苟容兮，㉘　　　　　有人可推可移苟合逞媚，
或直言之谔谔。　　　　　　　有人直言敢谏为人忠贞。
伤诚是之不察兮，　　　　　　痛惜君王这样是非不分，
并纫茅丝以为索。㉙　　　　　像把茅草丝线合搓成绳。
方世俗之幽昏兮，　　　　　　当今君臣糊涂浑浑噩噩，
眩白黑之美恶。㉚　　　　　　黑与白、善与恶辨别不明。
放山渊之龟玉兮，　　　　　　抛弃昆山美玉大泽神龟，
相与贵夫砾石。　　　　　　　反而相互赞美小石珍贵。
梅伯数谏而致醢兮，　　　　　梅伯多次规劝终受菹醢，
来、革顺志而用国。㉛　　　　来、革阿谀顺从受到重用。
悲仁人之尽节兮，　　　　　　悲哀正直的人保持气节，
反为小人之所贼。　　　　　　反而遭到谗佞小人迫害。
比干忠谏而剖心兮，　　　　　比干忠心规劝惨遭剖心，
箕子被发而佯狂。　　　　　　箕子披散头发佯装疯狂。
水背流而源竭兮，㉜　　　　　水流脱离源头就会枯竭，
木去根而不长。　　　　　　　树木离开树根不能生长。
非重躯以虑难兮，㉝　　　　　并非吝惜生命害怕受难，
惜伤身之无功。　　　　　　　没有为国建功内心悲伤。
已矣哉！　　　　　　　　　　算了吧！
独不见夫鸾凤之高翔兮，　　　岂不见鸾凤已高高飞翔，

乃集大皇之野。⑭　　　成群聚集在广阔原野上。
循四极而回周兮，　　　循环回旋四方周游观望，
见盛德而后下。　　　　看见大德的人才肯下降。
彼圣人之神德兮，⑮　　那些圣人有非凡的品德，
远浊世而自藏。　　　　远离浑浊社会自己躲藏。
使麒麟可得羁而系兮，⑯　假使麒麟可以束缚起来，
又何以异乎犬羊！　　　那又与犬羊有什么两样！

①〔纡曲〕（yū—）曲折。　②〔沾濡〕沾湿。这里指海水沾湿衣服。
③〔北极〕指北极星。　④〔充虚〕充饥。　⑤〔朱鸟〕星宿名，即朱雀。
南方七宿的总称。《集注》："《淮南》云：'左青龙，右白虎，前朱雀，
后玄武。'注云：'角、亢为青龙。参、伐为白虎。星、张为朱雀。斗、
牛为玄武。"　⑥〔象舆〕《集注》："以象齿饰舆也。"象牙装饰的车。
⑦〔苍龙〕即青龙，星宿名。为东方七宿的总称。〔蚴虬〕（yòu—）屈
曲走动的样子。　⑧〔白虎〕星宿名。西方七宿的总称。〔騑〕（fēi）古
代驾在车前两侧的马，也叫骖。这里《通释》认为是服马，即驾在中间的
马。疑非是。　⑨〔建日月〕《章句》："言己乃立日月之光，以为车盖。"
⑩〔玉女〕星宿名，在北方七宿之中。所以在车后。　⑪〔鹜〕追求、追随。
⑫〔虖〕通"乎"。　⑬〔从容〕舒缓的样子。这里作动词用，意思是慢
慢游荡。　⑭〔丹水〕神话中的地名。《通释》："丹水，出昆仑西南，
坤维地户也。"〔驼〕一作"驰"。　⑮〔大夏〕《集注》："外国名也。
在西南。"　⑯〔天地之圆方〕古人认为天圆地方。　⑰〔中国〕指中原。
⑱〔回飙〕回风，旋风。〔尚羊〕通"徜徉"。　⑲〔少原〕神话中的地
名。《集注》："仙人所居。"　⑳〔赤松〕〔王乔〕即赤松子、王子乔，
传说中的两个神仙。　㉑〔均〕《集注》："亦调也。"　㉒〔清〕〔商〕
《集注》："歌曲名。"　㉓〔澹然〕心神安适的样子。　㉔〔后时〕《通
释》："不早去也。……知远游之乐，而依依故国，不能早去，为谗佞所制，
所为可惜者，此也。"　㉕〔枉聚矫直〕《集注》："矫，揉也。枉者自
以为直，又群众而聚合，则其党盛，而反欲揉直以为枉也。"　㉖〔称〕
指轻重。〔量〕指多少。　㉗〔权〕秤砣。〔概〕用来平斗的木条。　㉘
〔推移〕《章句》："言臣承顺君非，可推可移，苟自容入以得高位。"

㉙〔并纼〕合起来搓。 ㉚〔眩〕糊涂。 ㉛〔来〕〔革〕两个人名。《集注》："来，恶来也。与革皆纣之佞臣也。"〔用国〕《集注》："见用于国也。" ㉜〔背流〕这句疑为"背源而流竭"。《章句》："水横流，背其源泉，则枯竭。" ㉝〔重躯〕爱惜生命。 ㉞〔大皇之野〕《集注》："大荒之薮。" ㉟〔神德〕非凡的功德。 ㊱〔麒麟〕传说中的神兽。

吊屈原

本篇是汉初贾谊悼念屈原的作品。贾谊的政治遭遇和屈原有相似之处。因此，他被谪往长沙途经湘水时写下这篇作品，借凭吊屈原来抒发自己的感慨。

恭承嘉惠兮，①	我恭敬地承受皇帝恩惠，
俟罪长沙。②	就在长沙随时等候降罪。
仄闻屈原兮，③	我从旁听到了屈原先生，
自湛汨罗。④	他就在这汨罗江中自沉。
造托湘流兮，⑤	我来到湘江畔托它寄意，
敬吊先生。⑥	表示我尊敬地吊唁先生。
遭世罔极兮，⑦	屈原他遭遇到混乱世道，
乃陨厥身。⑧	以致把自己的生命送掉。
乌乎哀哉兮，⑨	啊，多么可悲啊多么可哀，
逢时不祥。	偏偏处在不吉利的时代。
鸾凤伏窜兮，⑩	鸾鸟凤凰都已隐蔽躲藏，
鸱鸮翱翔。⑪	猫头鹰得意地回旋飞翔。
阘茸尊显兮，⑫	平庸低能的人位尊名显，
谗谀得志。⑬	诽谤谄媚的人满足欲望。
贤圣逆曳兮，⑭	贤人圣人处于不顺境地，
方正倒植。⑮	正直的人却被压在下方。
谓随、夷混兮，⑯	认为卞随、伯夷污浊邪恶，
谓跖、蹻廉。⑰	都说盗跖、庄蹻廉洁无比。
莫邪为钝兮，⑱	莫邪宝剑被人认为很钝，

铅刀为铦。⑲ 　　　　　　卷刃铅刀却被认为锋利。
于嗟默默，⑳ 　　　　　　可叹啊你现在默默无语，
生之亡故兮。㉑ 　　　　　先生已经离开人世死去。
斡弃周鼎，㉒ 　　　　　　抛弃了周代传国的宝鼎，
宝康瓠兮。㉓ 　　　　　　却很珍视那些破瓦盆底。
腾驾罢牛，㉔ 　　　　　　使用疲乏老牛驾车奔跑，
骖蹇驴兮。㉕ 　　　　　　还让跛足毛驴拉车边套。
骥垂两耳，㉖ 　　　　　　骏马不受重用垂着两耳，
服盐车兮。㉗ 　　　　　　拉着沉重盐车爬上山道。
章甫荐屦，㉘ 　　　　　　把高贵的礼帽用来垫鞋，
渐不可久兮。㉙ 　　　　　它用不了多久就会坏掉。
嗟苦先生，　　　　　　　可悲的是苦了屈原先生，
独离此咎兮。㉚ 　　　　　这些罪只有他全部遭到。
讯曰：㉛ 　　　　　　　　尾声：
已矣！国其莫吾知兮，　　算了，国内没人了解我们，
子独壹郁其谁语？㉜ 　　您又向谁诉说心中郁闷？
凤缥缥其高逝兮，　　　　凤凰它飘然地高高飞去，
夫固自引而远去。㉝ 　　全是自己避开远远逃离。
袭九渊之神龙兮，㉞ 　　应该效法深渊中的神龙，
沕渊潜以自珍。㉟ 　　　深深潜藏起来自我珍惜。
偭蟂獭以隐处兮，㊱ 　　神龙将要离开蟂獭隐居，
夫岂从虾与蛭蟥？㊲ 　　难道还与小虫处在一起？
所贵圣之神德兮，　　　　值得珍惜的是圣人美德，
远浊世而自藏。　　　　　要与浊世远离自己隐藏。
使麒麟可系而羁兮，　　假使麒麟也可以被束缚，
岂云异夫犬羊。　　　　那它和犬羊还不是一样。
般纷纷其离此邮兮，㊳ 　在混乱的社会遭此痛苦，
亦夫子之故也！㊴ 　　　也有先生你自身的缘故。
历九州而相其君兮，　　你应到九州去选择贤君，

何必怀此都也！	何必定要怀念故国首都。
凤凰翔于千仞兮，	凤凰在千仞的空中飞翔，
览德辉而下之。⑩	看到圣德光辉才肯下降。
见细德之险征兮，⑪	发现薄德君王险恶征兆，
遥增击而去之。⑫	它就会远远地飞快奔逃。
彼寻常之污渎兮，⑬	那些丈把宽的死水沟里，
岂容吞舟之鱼。⑭	哪里能容得下吞舟大鱼。
横江湖之鳣鲟兮，⑮	横行在江湖的鲟鳇大鱼，
固将制乎蝼蚁！⑯	入小沟受制于蝼蛄蚂蚁！

①〔恭承〕恭敬地承受。〔嘉惠〕是对恩惠的敬称。这里指皇帝的诏命，任命贾谊为长沙王太傅。　②〔俟罪〕(sì—) 待罪。旧时对做官的谦称，意思是随时等待皇帝降罪。〔长沙〕汉初所封的异姓王国名，领地在今湖南省东部。　③〔仄〕《史记》作"侧"。仄闻，从旁听说。　④〔湛〕(chén)《史记》作"沉"。通"沉"。〔汨罗〕水名。在今湖南东北部。　⑤〔造〕往。〔托〕请托，请湘水寄意。　⑥〔先生〕指屈原。　⑦〔罔极〕没有标准。形容社会混乱变化，没有法度。　⑧〔陨〕通"殒"，死亡。　⑨〔乌乎〕即呜呼。　⑩〔伏窜〕隐藏。　⑪〔鸱鸮〕(chī xiāo) 猫头鹰。　⑫〔阘茸〕(tà rǒng)《集注》："下材不肖之人也。"即指品格平庸、才能低下的人。⑬〔谗谀〕指专搞造谣谄媚的人。　⑭〔逆曳〕(—yè) 不顺。　⑮〔植〕同"置"。　⑯〔随〕即卞随，传说中的隐者。商灭夏后，汤要把天下让给他，他不肯接受，投水而死。〔夷〕伯夷。卞随、伯夷，都是古代统治阶级心目中的贤者。　⑰〔跖〕〔蹻〕《集注》："跖，盗跖。蹻，庄蹻，秦、楚之大盗也。"盗跖、庄蹻，都是古代统治阶级心目中的"大盗"。⑱〔莫邪〕古代著名的宝剑。　⑲〔铦〕(xiān) 锋利。　⑳〔于嗟〕即吁嗟。叹词。㉑〔生〕古代对男子的尊称，即先生。指屈原。㉒〔斡〕(wò)《集注》："斡，转也。"斡，回转、旋转。斡弃，背弃、抛弃。〔周鼎〕指周代传国的"九鼎"。　㉓〔康瓠〕《集注》："瓦盆底也。"　㉔〔罢〕通"疲"。　㉕〔骖〕作动词，意思是驾作边马。　㉖〔垂两耳〕形容马劳累过度，低头垂耳。　㉗〔服〕《集注》："驾也。"按，骏马拉盐车是比喻埋没人才。《战国策·楚策四》说，有一匹千里马拉盐车上太行山，

它拉不上去，倒下了。伯乐看见了下车来为它伤心落泪。 ㉘〔章甫〕《集注》："冠名。"这是古代的礼帽。〔荐〕这里是垫的意思。〔屦〕（jù）用麻或葛做的鞋。 ㉙〔渐〕损蚀。 ㉚〔咎〕罪过。 ㉛〔谇〕（suì）《集注》："谇，告也。即乱辞也。" ㉜〔壹郁〕壹，通"抑"。心情郁闷。 ㉝〔引〕避开。自引，自动逃避。 ㉞〔九渊〕很深的渊。 ㉟〔汩〕（mì）潜藏的样子。 ㊱〔偭〕（miǎn）《集注》："偭，背也。"离开。〔鱎〕（xiāo）据说是一种害鱼的水中动物。〔獭〕（tǎ）水獭，生活在水边，吃鱼。 ㊲〔蛭〕（zhì）水蛭，蚂蟥。〔螾〕（yǐn）同"蚓"。 ㊳〔般〕王先谦《汉书补注》："经典'般''斑''班'皆通用。……注：'斑'，乱貌。与此般字同。"般纷纷，乱糟糟的样子。〔邮〕通"尤"。罪过。 ㊴〔夫子〕指屈原。 ㊵〔德辉〕圣德的光辉。 ㊶〔细德〕指薄德的国君。〔险征〕险恶的征兆。 ㊷〔增击〕加快飞行。 ㊸〔寻常〕古代长度单位。《集注》："八尺曰寻，倍寻曰常。"〔污渎〕《集注》："不泄之水也。"即死水沟。 ㊹〔吞舟〕形容鱼很大。 ㊺〔鳣〕（zhān）鳇鱼，很大。鳣，即鲟鱼。 ㊻〔蝼蚁〕蝼蛄，蚂蚁。司马贞《史记索隐》："《庄子》云：'庚桑楚谓弟子曰，吞舟之鱼，荡而失水，则蝼蚁能制之。'《战国策》齐人说靖郭君亦同。"按：此以喻小国暗主不容忠臣，而为谗贼小臣所见害。

鵩鸟赋

本篇是贾谊所作。

鵩（fú）鸟即猫头鹰。古人认为它是不吉祥的鸟。

据《史记·贾生列传》说，贾谊在长沙任长沙王太傅期间，有一只猫头鹰飞进他的住宅，停息在他座位的旁边。贾谊就认为自己的寿命不长了，很伤感，于是写了这篇赋来表达自己的感情。贾谊在文中假托与鵩鸟的问答，抒发自己怀才不遇的郁抑不平情绪，并以老庄齐死生、等祸福的消极思想来自我排遣。

单阏之岁兮，①	在太岁在卯的这一年里，
四月孟夏；	正是四月里初夏的时节。
庚子日斜兮，②	庚子日夕阳西下的时候，
鵩集予舍；	猫头鹰飞进了我的住宅。
止于坐隅兮，	它停息在我座位的一角，
貌甚闲暇。	样子十分从容优闲自得。
异物来萃兮，③	奇怪的动物来这里停宿，
私怪其故；	心里暗暗惊疑有何缘故。
发书占之兮，	我打开策数的书来占卜，
谶言其度。曰：④	书上谶言指出吉凶定数。
"野鸟入室兮，	书上说："野鸟飞入了房屋，
主人将去。"	主人将要离开这里搬出。"
请问于鵩兮：⑤	于是我就向猫头鹰请教。
"予去何之？	"我离开这里要去何处？
吉乎告我，	如果有吉事请向我说明，

凶言其灾。　　　　　　即使有凶事把灾难告诉。

淹速之度兮，⑥　　　　　我的寿命究竟是长是短，

语予其期。"　　　　　　希望猫头鹰把期限指出。"

鵩乃叹息，⑦　　　　　　猫头鹰听后就深深叹息，

举首奋翼，　　　　　　把头高高昂起展开两翼。

口不能言，　　　　　　猫头鹰它口中说不出话，

请对以臆。⑧　　　　　它只好示意来代表回答。

曰："万物变化兮，　　它说："世上万物都在变化，

固无休息。　　　　　　本来没有什么运动停息。

斡流而迁兮，⑨　　　　一切事物都在运转推移，

或推而还。　　　　　　永远循环反复发展不已。

形气转续兮，⑩　　　　形和气在相互连续转化，

变化而蟺。⑪　　　　　这种变化就像蝉的蜕皮。

沕穆无穷兮，⑫　　　　自然的道理真深奥无穷，

胡可胜言！　　　　　　语言哪里能够表达清楚！

祸兮福所倚，⑬　　　　灾祸就紧紧挨靠着幸福，

福兮祸所伏。　　　　　幸福也有灾祸暗暗潜伏。

忧喜聚门兮，　　　　　忧愁喜事常聚一家之门，

吉凶同域。⑭　　　　　吉祥凶咎往往同在一处。

彼吴强大兮，　　　　　就像那十分强大的吴国，

夫差以败；　　　　　　夫差最终失败成为俘虏；

越栖会稽兮，⑮　　　　越王兵败退守会稽山上，

句践霸世。⑯　　　　　勾践终于成为春秋霸主。

斯游遂成兮⑰　　　　　李斯游说秦国取得成功，

卒被五刑。⑱　　　　　终却受五种酷刑的惩处。

傅说胥靡兮，⑲　　　　傅说虽是服劳役的刑徒，

乃相武丁。　　　　　　后担任武丁的相国职务。

夫祸之与福兮，　　　　灾祸与幸福总相因相伏，

何异纠缠！⑳　　　　　像搓成绳的线紧相依附！

命不可说兮,㉑
孰知其极?
水激则旱兮,㉒
矢激则远。
万物回薄兮,㉓
振荡相转。㉔
云蒸雨降兮,
纠错相纷。
大钧播物兮,㉕
块圠无垠。㉖
天不可预虑兮,㉗
道不可预谋。
迟速有命兮,
焉识其时!
且夫天地为炉兮,
造化为工。㉘
阴阳为炭兮,㉙
万物为铜。
合散消息兮,㉚
安有常则?
千变万化兮,
未始有极。
忽然为人兮,㉛
何足控揣。㉜
化为异物兮,
又何足患!
小智自私兮,㉝
贱彼贵我。
达人大观兮,㉞

命运不能够用语言解说,
谁能预知何时是它终极?
水受外物冲击奔流迅速,
箭受外力推动远远射出。
万物在反复不停地激荡,
不断相互转化相互影响。
水汽上升成云下降成雨,
相互纠缠错杂纷乱不已。
自然造化功能推动万物,
使它运行变化无穷无际。
天太高远不可预为思虑,
道太深奥不能预先谋计。
寿命是长是短自有定数,
哪里能够预知它的限期!
何况天地就是冶金火炉,
自然造化就是冶金师傅。
阴阳像炭一样熔化万物,
万物像铜一样被熔被铸。
万物或聚或散或生或灭,
哪里会有一定规律法度?
一切事物产生千变万化,
未尝都有终极都有限度。
生而为人这是偶然的事,
对待生命何必珍重爱护。
人死身体变成别的东西,
这是自然现象不足忧虑!
眼光短浅的人只顾自身,
他们轻视外物看重自己。
心胸广阔的人高瞻远瞩,

物无不可。	万物一视同仁无所不宜。
贪夫徇财兮，㉟	贪财好利的人以身殉财，
烈士徇名。	重义轻生之士身殉名誉。
夸者死权兮，㊱	追求虚荣的人贪权丧生，
品庶每生。㊲	一般俗人贪生害怕死去。
怵迫之徒兮，㊳	为利所诱为势所迫的人，
或趋西东。	不免东奔西走避害趋利。
大人不曲兮，㊴	道德高尚的人超脱物欲，
意变齐同。㊵	对待万物变化等同齐一。
愚士系俗兮，	一般愚夫都被世俗羁绊，
窘若囚拘。㊶	举动拘束像被禁的囚犯。
至人遗物兮，㊷	至德的人遗弃世俗物累，
独与道俱。㊸	所以他独能与大道共存。
众人惑惑兮，㊹	众人都迷惑于世俗利害，
好恶积亿。㊺	爱憎的感情已积满胸怀。
真人恬漠兮，㊻	得道的人处世清心寡欲，
独与道息。	所以他独能与大道共处。
释智遗形兮，㊼	只有绝圣弃智遗弃形体，
超然自丧。㊽	超脱万物之外忘记自己。
寥廓忽荒兮，	进入深远广阔恍惚境界，
与道翱翔。㊾	人才能与大道合为一体。
乘流则逝兮，	人生如木浮水顺流则行，
得坻则止。㊿	遇到水中小洲就得停息。
纵躯委命兮，	把身体完全交付给命运，
不私与己。	别把它看成自己的东西。
其生兮若浮，(51)	活着是把身体寄托世上，
其死兮若休。	死了也就好像长久休息。
澹乎若深渊之静，(52)	心情要像深渊一样宁静，
泛乎若不系之舟。	行动像不系的船在漂行。

不以生故自宝兮，⑤③　　不因为活着而宝贵自己，
养空而浮。⑤④　　　　浮游人世修养空虚灵性。
德人无累兮，⑤⑤　　　修养高尚的人没有牵累，
知命不忧。　　　　　不忧不愁因为他知天命。
细故蒂芥兮，⑤⑥　　　那些不快意的琐细事情，
何足以疑！”　　　　有什么值得我疑虑在心！”

　①〔单阏〕（chán yān）《集注》：“太岁在卯曰单阏。文帝六年，丁卯也。”据清钱大昕《十驾斋养新录》及《廿二史考异》，丁卯年应该是汉文帝七年。他说：“徐氏（徐广）不知古有超辰之法，故云，六年也。”这种说法是正确的。因此可见贾谊初出为长沙王太傅时，是汉文帝五年，及文帝七年作这篇赋时，正合为太傅三年之数。　②〔庚子〕古时用天干地支记日，庚子是四月里的一天。　③〔萃〕一本作崪。王念孙《读书杂志》：“崪，止也。”　④〔谶〕（chèn）迷信的人所宣扬的将来能应验的预言、预兆。〔度〕王先谦《汉书补注》认为：度，即数。定数。　⑤此句一本作“问于子鹏”。　⑥〔淹速〕李善《文选注》：“淹，迟也；速，疾也。谓死生之迟疾也。”〔度〕数。　⑦〔叹〕一本作“太”。⑧〔臆〕《汉书》作“意”。以臆，示意。一说臆即胸。李善《文选注》：“请以臆中之事对也。”一本无“曰”字。　⑨〔斡〕（古音管），回转，旋转。斡流，即运转。　⑩〔形〕指自然界有形之物。〔气〕指自然界无形之物。〔转〕相互转化。〔续〕连续不断。　⑪〔蟺〕通“蝉”。《史记索隐》引韦昭注：“而，如也。如蝉之蜕化也。”　⑫〔沕穆〕（wù—）精微深远的样子。“无穷”，一本作“亡间”。　⑬〔倚〕依靠。一说“因”。⑭〔同域〕域，处所。同域，同在一处。　⑮〔会稽〕山名。　⑯〔霸世〕称霸于世。　⑰〔斯〕秦国宰相李斯。〔游〕游说秦国。终于成为秦的相国。⑱〔五刑〕指李斯在秦二世时被赵高所谗，最终身受五种刑法被处死。五刑，指墨、劓、剕（fèi，断足）、宫、大辟。　⑲〔傅说〕事见《离骚》。〔胥靡〕这是古代的一种刑罚。用绳索把犯人拴在一起，相随而行，服劳役。《荀子》杨倞注：“胥靡，刑徒人也。胥，相。靡，系也。”　⑳〔纠缠〕（—mò）两股线搓成的绳子叫纠；三股线搓成的绳子叫缠。李善注引应劭说：“祸福相与为表里，如绳索相附会（‘会’作‘合’解）。”

㉑〔说〕一本作"测"。　㉒〔旱〕《集注》："旱与悍通。"猛疾的意思。
㉓〔回薄〕回，反；薄，迫。回薄，往返激荡的意思。　㉔〔振〕同"震"。
〔转〕转化。　㉕〔大钧〕即造化。《集注》："造瓦者，谓所转者为钧。
言造化为人，亦犹陶之造瓦，故谓之大钧也。"〔播〕作"运转""推动"解。
㉖〔块圠〕（yǎng yà）无边无限的样子。《集注》："块圠，无限齐也。"
㉗〔预〕一本作"与"。　㉘〔工〕冶金的工匠。　㉙〔为炭〕清顾施祯《文
选六臣汇注疏解》："阴阳所以成物，故曰为炭。物由阴阳而成，故曰为
铜。"　㉚〔合〕聚。〔消〕灭。〔息〕生、存在。　㉛〔忽然〕等于说
偶然。　㉜〔控揣〕《集注》："玩弄爱惜之意也。"　㉝〔小智〕指眼
光短浅的人。　㉞〔达人〕《史记》作"通人"，指通达事理的人。〔大观〕
指所见远大。　㉟〔徇〕通"殉"。　㊱〔夸者〕指好虚名、喜权势的人。
㊲〔品庶〕王先谦《汉书补注》："品庶，众庶也。"即一般的人。〔每〕
《史记》作"凭"。《集注》："每，贪也。"　㊳〔怵迫〕《史记集解》
引孟康说："怵，为利所诱怵。迫，迫贫贱。西东，趋利也。"《集注》：
"怵，为利所诱也。迫，为势所逼也。"　㊴〔大人〕指道德修养极高的
人。〔不曲〕曲，屈。指不为物欲所羁绊。　㊵〔意〕王念孙《读书杂志》：
"意，读为亿万年之亿。《史记》正作'亿'。亿变，犹上文言'千变万化'
也。'亿变齐同'，即《庄子》齐物之旨。"〔齐同〕一视同仁，等同齐一。
㊶〔囚拘〕等于"拘囚"。意思说，一举一动，都拘束得像被囚禁的犯人
一样。　㊷〔至人〕指有至德的人。《庄子·天下》："不离于真，谓之
至人。"这里所说的"至人"与以下的"真人""德人"等都是道家理想
中的人格。〔遗物〕遗，忘、弃。物，外界的事物。遗物，指遗弃外物的
牵累。　㊸〔道〕指老庄哲学中的"道"。　㊹〔惑惑〕王先谦《汉书补注》：
"《说文》：'惑，乱也。'惑惑，谓惑之甚。"　㊺〔亿〕同"臆"。
王念孙《读书杂志》："臆，作'满'解。"积臆，积满于胸中。亿，又
作意，谓积之于心意。　㊻〔真人〕李善注引《文子》："得天地之道，
故谓之真人。"〔恬漠〕淡泊无欲。　㊼〔释智〕弃智。〔遗形〕忘形。
㊽〔自丧〕自忘其身。这两句就是道家所说的"心如死灰，形如槁木"的
情况。这是道家修养的最高境界。　㊾〔与道翱翔〕指人与道合而为一。
意思是说，人如果修养到了极高深的境界，那么精神和宇宙就可以浑然为
一、无所分别了。　㊿〔坻〕水中小洲。坻，一作坎。　(51)〔浮〕寄托的

意思。 ㉜〔静〕一作"靓",两字相通。 ㉝〔自宝〕等于说"自贵",把自己看得很珍贵。 ㉞〔养空〕培养空虚的灵性。《汉书注》引服虔说:"道家养空虚若浮舟也。""浮",一本作"游"。 ㉟〔德人〕《庄子·天地》:"德人者,居无思,行无虑,不藏是非美恶。" ㊱〔蒂芥〕(dì jiè)即芥蒂,芒刺。比喻心怀嫌怨和小不快意的事。细故蒂芥,是指猫头鹰飞进住宅这件事。

招隐士

王逸《楚辞章句》指出本篇是"淮南小山之所作也"。汉初淮南王刘安，爱好文艺，广招天下文士，著作辞赋。王逸说这些作品，以类相从，有的称《小山》，有的称《大山》。意思相当于《诗经》的《小雅》《大雅》。这样看来，本篇作者是淮南王刘安的宾客。"淮南小山"不一定是作者的名号，可能是文艺作品的体制名称，或文学团体的称号。

王逸认为本篇是"闵伤屈原之作"。

在《楚辞》中，本篇较有特色，篇中很少直接抒情，而是刻意描绘形象和极力渲染气氛，来曲折地表达深沉的思绪和情感，是一篇有深远意境的抒情诗。因此，王夫之《楚辞通释》认为："其可以类附《离骚》之后者，以音节局度，浏漓昂激，绍'楚辞'之余韵，非他词赋之比。"

桂树丛生兮山之幽，
偃蹇连蜷兮枝相缭。①
山气茏葱兮石嵯峨，②
溪谷崭岩兮水曾波。③
猿狖群啸兮虎豹嗥，
攀援桂枝兮聊淹留。
王孙游兮不归，④
春草生兮萋萋。
岁暮兮不自聊，⑤
蟪蛄鸣兮啾啾。⑥

桂树丛生在那深山幽谷，
枝条纠缠树干盘绕弯曲。
山中云气弥漫岩石巍峨，
岩下溪谷泛起层层水波。
猿群声声悲啼虎豹吼叫，
桂树枝上栖息猿猴斑豹。
王孙遨游深山乐而忘归，
春天来了青草生长茂盛。
年齿已老心情空虚无凭，
蟪蛄也一声声啾啾聚鸣。

块兮轧，山曲岪，⑦　　　　　山势盘旋曲折云蒸雾迷，

心淹留兮恫慌忽。⑧　　　　　心想留下却又惊慌不定。

罔兮沕，憭兮栗，虎豹穴，⑨　行经虎豹巢穴忧疑恐惧，

丛薄深林兮人上栗。　　　　　山中草茂林深令人心惊。

嶔岑碕礒兮，碅磳魂硊。⑩　　山石奇形怪状突兀险峻，

树轮相纠兮，林木茷骫。⑪　　树木盘根错节枝叶茂盛。

青莎杂树兮，薠草靃靡。⑫　　林间杂草丛生掩盖路径，

白鹿麏麚兮，或腾或倚。⑬　　山里白鹿獐子或立或腾。

状貌崟崟兮峨峨，⑭　　　　　白鹿头上双角高耸兀立，

凄凄兮漇漇。⑮　　　　　　　它们身上皮毛光滑润泽。

猕猴兮熊罴，⑯　　　　　　　猕猴马熊来往深山老林，

慕类兮以悲。　　　　　　　　它们思慕同类声声悲鸣。

攀援桂枝兮聊淹留。　　　　　攀援桂树就在树上安身。

虎豹斗兮熊罴咆，　　　　　　虎豹恶斗马熊横行咆哮，

禽兽骇兮亡其曹。⑰　　　　　禽兽闻风丧胆惊惧离群。

王孙兮归来，　　　　　　　　王孙啊你还是快快回来，

山中兮不可以久留！　　　　　深山中不可以久留久停！

①〔偃蹇〕（yǎn jiǎn）〔连蜷〕（—quán）同义，都是屈曲的样子。〔缭〕纠缠。　②〔茏蓯〕（lóng sǒng）《集注》：“云气貌。”云气四起的样子。〔嵯峨〕高峻的样子。　③〔嵽〕（chán）通“巉”（chán）。巉岩，《集注》：“险峻貌。”〔曾〕通“层”。层波，水波层层。　④〔王孙〕古代贵族子弟的通称。《集注》：“原与楚同姓，故云王孙。”指屈原。　⑤〔不自聊〕《通释》：“不自聊赖。”指生活或情感上没有依托，心情空虚。　⑥〔蟪蛄〕（huì gū）昆虫名：蝉的一种，夏秋时鸣，又叫寒蜩。　⑦〔块〕〔轧〕《通释》：“山气郁蒸之貌。”形容云雾浓厚。〔曲岪〕（—fú）形容山势曲折盘绕。　⑧〔恫〕（dòng）恐惧。　⑨〔罔〕〔沕〕《通释》：“疑也。”忧愁疑惑。〔憭〕〔栗〕恐惧战栗。　⑩〔嶔岑〕（qīn cén）〔碕礒〕（qí yǐ）〔碅磳〕（jūn zēng）〔魂硊〕（kuǐ wuǐ）《集注》：“并石貌。”都是形容石头各种形状。　⑪〔树轮〕句：

《太平御览》卷九百五十三引作"树轮囷以相纠兮林木茷骫"。轮囷，形容树干盘曲。〔茷骫〕（bá wěi）《集注》："茷木，枝叶盘纡貌。骫，骫骳，屈曲也。"形容枝叶萦绕繁杂。　⑫〔霾靡〕（suǐ—）《通释》："凌杂覆道貌，草卉弥漫，径路绝也。"　⑬〔麇〕（jūn）兽名。即獐子。〔麚〕（jiā）雄鹿。旧注说是"牝鹿"。　⑭〔嶙嶙〕（yín）〔峨峨〕同义。《集注》："峨峨，头角高貌。"二者都是形容鹿角高耸的样子。⑮〔凄凄〕〔湜湜〕《通释》："凄凄，湜湜，毛色濡泽貌。"　⑯〔罴〕马熊。熊的一种。　⑰〔曹〕同类。亡曹，离群。

〔说明〕关于本篇所招的"隐士"，还有两种意见：

1. 王夫之《楚辞通释》认为："义尽于招隐，为淮南王招致山谷潜伏之士，绝无闵屈子而章之之意。"

2. 近人金秬香《汉代词赋之发达》认为："小山招隐，何为而作也？详其词意，当是武帝猜忌骨肉，适淮南王安入朝，小山之徒知谗衅已深，祸变将及，乃作此以劝王亟谋返国之作。"

七 谏

　　《七谏》是汉朝东方朔所作。东方朔是汉武帝时代的辞赋家，字曼倩。官至太中大夫。他是个滑稽家，常在武帝前调笑取乐，"然时观察颜色，直言切谏"（《汉书·东方朔传》）。由于武帝把他当俳优看待，他在政治上也不得志。他的作品《答客难》《非有先生论》对后世文学有一定影响。他的这篇《七谏》从内容到形式都是模仿《九章》的，用代言体写成。王逸《楚辞章句》认为："东方朔追悯屈原，故作此辞以述其志，所以昭忠信、矫曲朝也。"

　　《七谏》由七篇短诗组成。谏，规劝的意思。七谏的意思，王逸认为："古者，人臣三谏不从，退而待放。屈原与楚同姓，无相去之义，故加为七谏。"

初 放

　　这首诗写屈原初被放逐时对楚国黑暗政治的抨击，表现诗人宁可孤独而死，也决不变心从俗的高洁精神。

平生于国兮，^①	我屈原从小生长在国都，
长于原野。^②	现在却长期在原野居住。
言语讷涩兮，^③	我的口齿笨拙不善言辞，
又无强辅。^④	缺乏有势力的朋友帮助。
浅智褊能兮，^⑤	我的才智欠缺能力微薄，

闻见又寡。 而又孤陋寡闻无甚长处。

数言便事兮，⑥ 有利国君的话只说几次，

见怨门下。⑦ 便把君王手下亲信惹怒。

王不察其长利兮， 君王也不明察话的好坏，

卒见弃乎原野。 终于听信谗言把我放逐。

伏念思过兮，⑧ 我暗自检查自己的行为，

无可改者。 没有什么要改正的错误。

群众成朋兮，⑨ 群小们总是在结党营私，

上浸以惑。⑩ 君王越来越受他们迷惑。

巧佞在前兮， 佞臣取巧出入君王之前，

贤者灭息。⑪ 忠贞贤臣有话难以说出。

尧舜圣已没兮，⑫ 尧舜似的贤君已经没有，

孰为忠直？ 又忠贞正直地为谁服务？

高山崔巍兮， 崇山峻岭永远巍峨耸立，

水流汤汤。⑬ 流水浩浩荡荡东流不住。

死日将至兮，⑭ 年老人衰死期就要到来，

与麋鹿同坑。 只能在荒野与禽兽为伍。

块兮鞠，当道宿。⑮ 我孤独无偶在道上露宿。

举世皆然兮， 整个世道都是这样浑浊，

余将谁告。 我的衷情又能向谁倾诉。

斥逐鸿鹄兮， 他们赶走了鸿雁和天鹅，

近习鸱枭。⑯ 却把恶禽鸱枭亲近保护。

斩伐橘柚兮， 他们把甜甜的橘柚砍掉，

列树苦桃。 到处栽种苦桃这种树木。

便娟之修竹兮，⑰ 那些婆娑摇摆的美竹啊，

寄生乎江潭。 却只能在江边潭畔独处。

上葳蕤而防露兮， 它上有茂盛的叶片御寒，

下泠泠而来风。 下有阵阵凉爽清风送出。

孰知其不合兮， 谁能了解我与君王不合，

若竹柏之异心。	我们不同心就像柏与竹。
往者不可及兮,	以前的圣王我追赶不上,
来者不可待。	却也等不到以后的明主。
悠悠苍天兮,	高高的苍天啊高高的天,
莫我振理。⑱	你为何不解救我的冤屈。
窃怨君之不寤兮,	我怨恨君王他终不觉悟,
吾独死而后已。	唯有独抱忠信一死结束。

①〔平〕屈原的名。本篇是作者代屈原抒情,所以自称其名。 ②〔长〕这里是长期在……生活的意思。《章句》:"言屈原少生于楚国,与君同朝,长大见远弃于山野。" ③〔讷謇〕《章句》:"讷者,钝也。謇者,难也。"即口齿不灵利。 ④〔强辅〕强有力的辅助。指有势力的朋党。 ⑤〔褊〕(biǎn)《章句》:"褊,狭也。"引申为薄弱。 ⑥〔便事〕对君国有利的事。 ⑦〔门下〕《章句》:"喻亲近之人也。"指君王左右的近臣。 ⑧〔伏念〕暗自思考。 ⑨〔群众〕指群小,佞臣。〔成朋〕结党营私。 ⑩〔上〕指国君。 ⑪〔灭息〕《章句》:"灭消也。"没有声息,不敢说话。 ⑫一本无"圣"字。 ⑬〔汤汤〕《章句》:"汤汤,流貌。" ⑭〔坑〕《章句》:"陂池曰坑。"陂池,水坑。与麋鹿同坑,即在荒野与禽兽为伍的意思。《章句》:"言己年岁衰老,死日将至,不得处国朝辅政治,而与麋鹿同坑,鸟兽为伍,将坠陷坑窜,不复久也。" ⑮〔块〕〔鞠〕《章句》:"块,独处貌。匍匐为鞠。" ⑯〔习〕一本无"习"字。 ⑰〔便娟〕《章句》:"好貌。屈原以竹自喻。" ⑱〔振〕《章句》:"振,救也。"振理,解救查理。

沈① 江

这首诗摹写屈原投江自杀前的悲愤之情和复杂心理。

惟往古之得失兮,②	我思考古往今来的兴衰,
览私微之所伤。③	观国君亲近佞臣的危害。

尧舜圣而慈仁兮，
后世称而弗忘。
齐桓失于专任兮，④
夷吾忠而名彰。⑤
晋献惑于姬姬兮，⑥
申生孝而被殃。⑦
偃王行其仁义兮，⑧
荆文寤而徐亡。⑨
纣暴虐以失位兮，
周得佐乎吕望。
修往古以行恩兮，⑩
封比干之丘垄。⑪
贤俊慕而自附兮，⑫
日浸淫而合同。⑬
明法令而修理兮，⑭
兰芷幽而有芳。
苦众人之妒予兮，
箕子寤而佯狂。⑮
不顾地以贪名兮，⑯
心怫郁而内伤。
联蕙芷以为佩兮，
过鲍肆而失香。⑰
正臣端其操行兮，
反离谤而见攘。⑱
世俗更而变化兮，
伯夷饿于首阳。
独廉洁而不容兮，
叔齐久而逾明。
浮云陈而蔽晦兮，

尧舜圣明对待百姓仁慈，
后代称颂他们永不忘怀。
齐桓公失去了国家大权，
管仲忠直名声更加显扬。
晋献公被宠妃姬姬迷惑，
申生因孝顺而被谗遭殃。
徐偃王行仁义不备武装，
楚文王发觉后徐国灭亡。
殷纣王因残肆虐失位，
周得天下因有贤臣吕望。
武王效法古人施行恩惠，
封赐比干之墓大力表彰。
贤能英俊羡慕纷纷投奔，
人才天天增多统一有望。
法令严明制定治国良策，
兰芷在暗处也散发馨香。
群小对我妒嫉令人苦恼，
箕子及时醒悟装疯佯狂。
不顾念家乡而贪求名声，
我胸中又忧闷内心悲伤。
把芳香的蕙芷结成佩带，
经过鲍鱼之肆失去芬芳。
正直臣子端正他的品行，
反要受到诬蔑遭到流放。
社会在更替时代在变化，
伯夷宁愿守节饿死首阳。
他们独行廉洁不容于世，
日子越久叔齐名声越响。
层层乌云遮蔽太阳月亮，

使日月乎无光。　使得日月失去灿烂光芒。

忠臣贞而欲谏兮，　正直坚贞忠臣想要规劝，
谗谀毁而在旁。　佞臣却在君旁进谗诽谤。

秋草荣其将实兮，⑲　秋天百草的花都要结实，
微霜下而夜降。⑳　夜里寒冷霜露悄悄下降。

商风肃而害生兮，㉑　急疾的西风摧残着生物，
百草育而不长。㉒　使得百草披靡难以生长。

众并谐以妒贤兮，　群小勾结起来妒害贤良，
孤圣特而易伤。㉓　贤才能人孤独更易受伤。

怀计谋而不见用兮，　我身怀良策而不被任用，
岩穴处而隐藏。　只能在岩洞中栖身隐藏。

成功隳而不卒兮，　子胥功成后受无穷谗毁，
子胥死而不葬。㉔　被逼而死尸体弃而不葬。

世从俗而变化兮，　世人从俗变化随波逐流，
随风靡而成行。　如草随风披靡整齐成行。

信直退而毁败兮，㉕　诚信正直的人身退名毁，
虚伪进而得当。　虚伪谗佞的人身显名扬。

追悔过之无及兮，　国危时追悔已经来不及，
岂尽忠而有功。　这时尽忠怎能认为有功。

废制度而不用兮，　他们废弃制度而不实行，
务行私而去公。　一心追求私利毫不为公。

终不变而死节兮，　我守清白而死终不改变，
惜年齿之未央。㉖　可惜我还年轻不愿死亡。

将方舟而下流兮，㉗　我将乘着方舟随江而下，
冀幸君之发矇。㉘　希望君王觉悟不再迷茫。

痛忠言之逆耳兮，　想忠言不中听使人哀痛，
恨申子之沈江。㉙　子胥被杀沉江令人悲伤。

愿悉心之所闻兮，　愿把全部史实告诉君王，
遭值君之不聪。㉚　可是遇到君王不愿听讲。

不开寤而难道兮，君王不悟难以向他陈述，

不别横之与纵。㉛君王糊里糊涂不辨横竖。

听奸臣之浮说兮，㉜但却听信奸臣虚浮假话，

绝国家之久长。使国家的命运难以久长。

灭规矩而不用兮，放弃先王法度而不施行，

背绳墨之正方。违背正确原则前进方向。

离忧患而乃寤兮，只有遭到危险才能觉醒，

若纵火于秋蓬。㉝已像大火烧在秋蒿草上。

业失之而不救兮，君王既然失道自身难保，

尚何论乎祸凶。还谈什么国家祸福吉祥。

彼离畔而朋党兮，㉞谗佞小人都在结党营私，

独行之士其何望！㉟忠直的人对国有何指望！

日渐染而不自知兮，社会天天变化还不知道，

秋毫微哉而变容。㊱秋毫虽小日日改变容貌。

众轻积而折轴兮，㊲轻物多载车子也会断轴，

原咎杂而累重。大错都是小错累积所造。

赴湘沅之流澌兮，㊳我要投入湘江沅水之中，

恐逐波而复东。恐怕随波逐流又要向东。

怀沙砾而自沈兮，还是怀抱石头自沉江里，

不忍见君之蔽雍。不忍看见君王糊涂昏庸。

①〔沈〕同"沉"。 ②〔得失〕指得道失道，兴亡安危。王逸《章句》："言己思念古者，人君得道则安，失道则危。禹汤以王，桀纣以亡。" ③〔私〕亲近。〔微〕贱。指佞谗小人。 ④〔专任〕国家大权。 ⑤〔夷吾〕即管仲。据《左传》载，管仲临死时告诫齐桓公，不能重任竖刁、易牙这些人，桓公不听，让竖刁、易牙掌权。结果自己一死，诸公子争立，国家大乱。 ⑥〔嬺姬〕即骊姬，晋献公的宠妃。 ⑦〔申生〕春秋时晋献公太子。献公听信骊姬的谗言，把他逼死。 ⑧〔偃王〕《章句》："徐，偃王国名也。周宣王之舅申伯所封也。" ⑨〔荆文〕荆，楚国。文，楚文王。〔徐亡〕《章句》："言徐偃王修行仁义，诸侯朝之三十余国，而

无武备。楚文王见诸侯朝徐者众，心中觉悟，恐为所并，因兴兵击之而灭徐也。"　⑩〔修〕学习、效法。　⑪〔比干〕商朝贤臣，被纣王杀害。〔丘垄〕指坟墓。《章句》："言武王修先古之法，敬爱贤能，克纣。封比干之墓，以彰其德，宣示四方也。"　⑫〔自附〕自己前来投奔。　⑬〔合同〕《章句》："四海并合，皆同志也。"指天下统一。　⑭〔修理〕修明法令，治理国家。　⑮〔箕子〕《章句》："箕子，纣之庶兄。见比干谏而被诛，则被发佯狂以脱其难也。"痞：通"悟"，醒悟。　⑯〔不顾地〕指不顾念楚国的地，即不顾念家乡。　⑰〔鲍肆〕鲍鱼之肆。卖鲍鱼的货摊。陈货鬻物之所曰肆。　⑱〔攘〕《章句》："排也。"即排挤、放逐。　⑲〔荣〕草开的花。　⑳〔微霜〕《章句》："微霜杀物以喻谗谀。"㉑〔商风〕《章句》："商风，西风肃急貌。"　㉒〔育而不长〕《章句》："言君令急促划伤百姓，使不得保其性命也。"　㉓〔圣特〕指有圣明的智慧的人才。　㉔〔死而不葬〕《补注》："吴王取子胥尸盛以鸱夷革，浮之江中，故曰死而不葬。"　㉕〔信直〕指诚恳正直的人。　㉖〔年齿未央〕《章句》："惜年齿尚少，寿命未尽，而将夭逝也。"年齿，年龄。未央，没有穷尽。　㉗〔方舟〕《章句》："大夫方舟。"《补注》："舫与方同。《说文》云：'方，并船也。'"大夫所乘的船。　㉘〔发矇〕解惑。㉙〔申子〕《章句》："申子，伍子胥也。吴封之于申，故号为申子也。"㉚〔聪〕《章句》："听远曰聪。"不聪，听觉不灵敏。　㉛〔不别横纵〕比喻不辨是非、贤愚。　㉜〔浮说〕不实际的虚伪话。　㉝〔蓬〕《章句》："蒿也。秋时枯槁。"蒿（hāo）草名，艾类。梗高四五尺，可吃。㉞〔畔〕通"叛"，离叛，指谗佞小人。　㉟〔独行之士〕指被孤立的正直的人。　㊱〔秋毫〕毫，长而尖锐的毛。夏落秋生，所以叫秋毫。　㊲〔众轻积〕很多轻东西堆积在车上。　㊳〔流渐〕流水。《说文》："渐，水索也。"《段注》："方言曰，渐，索也。郭注云，尽也。"本意是水尽，这里指流水。

怨　世

这首诗写屈原流放中投江前对当时楚国黑暗世道的怨恨。

世沈淖而难论兮，^①
俗岭峨而嶒嵯。^②
清泠泠而歼灭兮，^③
溷湛湛而日多。^④
枭鸮既以成群兮，
玄鹤弭翼而屏移。^⑤
蓬艾亲入御于床笫兮，^⑥
马兰踸踔而日加。^⑦
弃捐药芷与杜衡兮，
余奈世之不知芳何。
何周道之平易兮，
然芜秽而险戏。^⑧
高阳无故而委尘兮，^⑨
唐虞点灼而毁议。^⑩
谁使正其真是兮，
虽有八师而不可为。^⑪
皇天保其高兮，
后土持其久。^⑫
服清白以逍遥兮，^⑬
偏与乎玄英异色。^⑭
西施媞媞而不得见兮，^⑮
嫫母勃屑而日侍。^⑯
桂蠹不知所淹留兮，^⑰
蓼虫不知徙乎葵菜。^⑱
处湣湣之浊世兮，^⑲

社会腐败没落难以评说，
世俗毁誉高下差别太多。
洁白纯净东西已经没有，
天天增多的都肮脏龌龊。
猫头鹰都已经成群结队，
黑鹤收敛双翅被迫退缩。
蒿艾受到喜爱铺满床上，
恶草马兰繁茂越长越多。
他们抛弃白芷杜衡香草，
世人不知香臭我能如何？
周朝的道路是多么平直，
现已荒芜破败危险很多。
古帝高阳无故受到诬蔑，
尧舜圣明也遭谗毁诽谤。
让谁来判断他们的是非，
虽有八个贤人也难评讲。
老天永远保持高高在上，
大地深厚永存日久天长。
我的行为清廉自由自在，
偏偏不喜欢那污浊黑色。
西施虽然美丽受到排挤，
嫫母丑陋却得亲近宠爱。
桂树蠹虫不知满足停留，
蓼虫吃惯苦菜不知甜菜。
我处在这惑乱浑浊世上，

今安所达乎吾志。　　现在怎能实现我的理想。

意有所载而远逝兮，　　我胸怀大志要远走高飞，

固非众人之所识。　　本来不是群小所能了解。

骥踟蹰于弊辇兮，⑳　　拉着破车骏马踟蹰不前，

遇孙阳而得代。㉑　　遇到伯乐破车才被替代。

吕望穷困而不聊生兮，　　吕望在穷困时无以求生，

遭周文而舒志。　　碰到文王施展大略雄才。

宁戚饭牛而商歌兮，㉒　　宁戚夜里喂牛唱着悲歌，

桓公闻而弗置。　　齐桓公听到后贵宾相待。

路室女之方桑兮，㉓　　旅舍的姑娘她正在采桑，

孔子过之以自侍。㉔　　孔子尊敬地经过她身旁。

吾独乖刺而无当兮，㉕　　我独与时相违不容于世，

心悼怵而耄思。㉖　　我心烦意乱心中也凄怆。

思比干之恲恲兮，㉗　　思念比干能够忠心耿耿，

哀子胥之慎事。　　哀痛子胥侍君谨慎得当。

悲楚人之和氏兮，㉘　　楚人卞和遭遇令人悲哀，

献宝玉以为石。　　献宝玉却被说献的石块。

遇厉武之不察兮，㉙　　遇到厉王武王不加明察。

刖两足以毕斫。　　两脚都被砍掉身受残害。

小人之居势兮，　　小人们得势后身居高位，

视忠正之何若。　　忠正的人受到如此对待。

改前圣之法度兮，　　他们改变前代圣贤法度，

喜嗫嚅而妄作。㉚　　喜欢阴谋诡计妄作胡来。

亲谗谀而疏贤圣兮，　　君王亲近坏人疏远良臣，

讼谓间娵为丑恶。㉛　　美女间娵也被诬为丑怪。

愉近习而蔽远兮，㉜　　君王宠爱亲信排斥贤人，

孰知察其黑白。　　谁能知道他们是黑是白。

卒不得效其心容兮，　　我始终不能为国君效力，

安眇眇而无所归薄。　　前途渺茫我的归宿何在？

专精爽以自明兮，㉝
晦冥冥而壅蔽。㉞
年既已过太半兮，
然坺轲而留滞。㉟
欲高飞而远集兮，
恐离罔而灭败。
独冤抑而无极兮，
伤精神而寿夭。
皇天既不纯命兮，
余生终无所依。
愿自沈于江流兮，
绝横流而径逝。㊱
宁为江海之泥涂兮，
安能久见此浊世。

自己忠心专一光明磊落，
世道浑浊黑暗蒙蔽国君。
我现在已经是年过半百，
但却终不得志毫无取进。
我想远走高飞离开故乡，
又怕遭受处罚身败名毁。
独受冤枉压抑无穷无尽，
摧残我的精神减损寿命。
既然老天这样反复无常，
我的一生始终没有依傍。
宁愿投身到江流中去啊，
我自绝于流水漂向远方。
宁愿成为江海中的泥沙，
怎能长久活在污浊世上。

①〔沈淖〕《章句》："沈，没也。淖，溺也。"这里是没落的意思。②〔岑峨〕（qián—）参差不齐。〔嵾嵯〕（cēn cuó）高山不平。岑峨、嵾嵯在这里都是比喻人们对是非的评价不一样。《章句》："言时世之人，沈没财利，用心淖溺，不论是非，不别忠佞，风俗毁誉，高下嵾嵯，贤愚合同。"　③〔清泠泠〕《章句》："以喻洁白歼尽也。"　④〔涳湛湛〕《章句》："喻贪浊也。"　⑤〔玄鹤〕神话中的神鸟。《补注》："《山海经》：雷山有玄鹤，粹黑如漆。其寿满三百六十岁，则色纯黑。昔黄帝习乐于昆仑山，有玄鹤飞翔。"这里比喻圣贤的人。〔弭翼〕收敛翅膀。〔屏〕除去、排除。引申为退缩。　⑥〔第〕（zǐ）竹编的床席。这里指床。　⑦〔马兰〕《章句》："马兰，恶草也。"《补注》："《本草》云，马兰生泽旁，气臭，花似菊而紫。"〔踸踔〕（chěn chuō）《章句》："暴长貌。"　⑧〔险戏〕《章句》："险戏犹言倾危也。"　⑨〔委尘〕《章句》："委尘，坋（bèn）尘也。"即被尘沾污，比喻受到诬蔑。《章句》："言帝颛顼圣明克让，然无故被尘翳，言与帝共工争天下也。"　⑩〔点灼〕《章句》："点，污也。灼，灸也。犹身有病，人点灸之。"比喻受人

诽谤。　⑪〔八师〕《章句》："八师，谓禹、稷、卨（xiè）、皋陶、伯夷、倕、益、夔也。"这些人都是尧舜的贤臣。　⑫〔后土〕对土地的尊称。　⑬〔服〕与"行"同义。　⑭〔玄英〕纯黑色。这里比喻贪浊。⑮〔媞媞〕（tí）《章句》："媞媞，好貌也。《诗》曰好人媞媞也。"⑯〔嫫母〕即嫫母。《章句》："丑女也。"传说是黄帝的妃子，容貌最丑陋。〔勃屑〕《章句》："犹蹒跚膝行貌。"　⑰〔桂蠹〕桂树上的蠹虫。《章句》："以喻食禄之臣。言桂蠹食芬香，居高显，不知留止，妄欲移徙，则失甘美之木，亡其处也。"　⑱〔蓼虫〕（liǎo—）蓼，一年生或多年生草本植物。在这种植物上的虫叫蓼虫。这句的意思，《章句》："言蓼虫处辛烈，食苦恶，不能知徙于葵菜，食甘美，终以困苦而瘰瘦也。以喻己修洁白，不能变志易行，以求禄位，亦将终身贫贱而困穷也。"　⑲〔溷溷〕（hūn）同溷溷，惑乱、浑浊。　⑳〔弊辇〕破败的车。　㉑〔孙阳〕伯乐的姓名。　㉒〔商歌〕悲痛的歌。歌辞为："南山矸（gān），白石烂，生不蓬尧与舜禅，短布单衣适至骭（gàn，小腿），从昏饭牛薄夜半，长夜曼曼何时旦？"（据《三齐记》）　㉓〔路室〕《章句》："路室，客舍也。"　㉔〔自侍〕在尊长旁边陪着叫"侍"。自侍，自己整肃，恭敬地对待对方。《章句》："言孔子出游，过于客舍，其女方采桑，一心不视，喜其贞信，故以自侍。"　㉕〔乖剌〕（—là）剌，违戾。乖剌，相反、违背。引申为不得志。　㉖〔悼怵〕（dào chù）悲伤凄怆。〔耄〕（mào）《章句》："耄，乱也。"昏乱、糊涂。㉗〔怦怦〕（pēng）《章句》："忠直之貌。"《补注》："忼慨也。"㉘〔和氏〕《章句》："昔卞和得宝玉之璞，而献之楚厉王。或毁之以为石，王怒，断其左足。武王即位，和复献之，武王不察视，又断其右足。和乃抱宝泣于荆山之下，悲极血出。于是暨成王，乃使工人攻之，果得美玉，世所谓和氏之璧也。"　㉙〔厉武〕楚厉王、楚武王。春秋时楚国的国君。　㉚〔嗫嚅〕《章句》："小语谋私貌。"　㉛〔闾娵〕（lú jū）人名。《补注》："韦昭云，梁王魏罃之美女。"　㉜〔近习〕君王的亲近。　㉝〔精爽〕明亮。指心中光明磊落。　㉞〔晦冥冥〕昏暗。这里指社会黑暗。　㉟〔埳轲〕即"坎坷"，道路不平。比喻境遇不顺利，不得志。　㊱〔绝〕自绝。〔径〕一作远。

怨　思

这首短诗写出了屈原对国事、对朝廷政治深广的怨愤，表现了诗人深沉的忧患意识。

贤士穷而隐处兮，①	贤良的人贫穷身处困境，
廉方正而不容。②	廉洁正直世上难以通行。
子胥谏而靡躯兮，③	子胥规劝吴王没得好死，
比干忠而剖心。	比干忠心耿耿却被剖心。
子推自割而饲君兮，④	子推割下腿肉救活国君，
德日忘而怨深。	恩德逐渐被忘怨恨加深。
行明白而曰黑兮，	行为清白却被诬蔑为黑，
荆棘聚而成林。	荆棘聚满朝廷已经成林。
江离弃于穷巷兮，	香草江离抛在穷街陋巷，
蒺藜蔓乎东厢。⑤	刺丛恶草长在宫殿华堂。
贤者蔽而不见兮，	贤臣受到排挤难见君主，
谗谀进而相朋。⑥	奸臣受到重用结为朋党。
枭鸮并进而俱鸣兮，	猫头鹰成群飞进来鸣叫，
凤皇飞而高翔。	凤凰只能离开高高飞翔。
愿一往而径逝兮，	想见一见君王我就远走，
道壅绝而不通。	但是道路阻绝不能通行。

①〔隐处〕指处在困境中，没有被国君任用。　②〔廉方正〕指廉洁正直的人。同时也指这种行为。〔不容〕不容于世。在社会上行不通。③〔靡躯〕死后找不到尸体。　④〔子推〕介子推。据《左传》载：介子推，春秋时晋国贤臣，曾跟随晋文公在外流浪十九年。有一次在途中没有吃的，介子推割了自己大腿的肉给晋文公充饥。回国后，晋文公却忘了他，后来想起了他，派人去找，他逃隐在绵山中不肯出来，文公想烧山诱他出来，结果他抱木烧死。　⑤〔东厢〕《章句》："庑序之东为东厢。"正

屋两边的房屋叫厢房，东边的叫东厢。这里是相对"穷巷"而言的，指好房屋。　⑥〔相朋〕互相勾结。

自　悲

　　这首诗刻画了屈原放逐时的矛盾心理，再现了诗人悲剧性的巨人形象。

居愁勤其谁告兮，^①	身居山泽愁苦向谁去讲，
独永思而忧悲。	独自深思心中无限悲伤。
内自省而不惭兮，	考察自己行为问心无愧，
操愈坚而不衰。	我的信心十足意志坚强。
隐三年而无决兮，^②	我被放逐三年没有召回，
岁忽忽其若颓。^③	岁月很快过去如水流淌。
怜余身不足以卒意兮，^④	可怜我的一生终不得志，
冀一见而复归。	希望再见君王返回故乡。
哀人事之不幸兮，	哀痛我的遭遇总是不幸，
属天命而委之咸池。^⑤	只好靠天命把天神依傍。
身被疾而不间兮，^⑥	我身患疾病总不见好啊，
心沸热其若汤。	心中焦急像沸腾的热汤。
冰炭不可以相并兮，	冰和炭不能够放在一起，
吾固知乎命之不长。	本来知道我的寿命不长。
哀独苦死之无乐兮，	孤苦无乐而死令人悲哀，
惜予年之未央。	痛惜我还年轻就要死亡。
悲不反余之所居兮，	悲叹不能返回我的旧居，
恨离予之故乡。	怨恨啊离开了我的故乡。
鸟兽惊而失群兮，	鸟兽如果受惊离群失散，
犹高飞而哀鸣。	还会高高飞翔哀鸣悲伤。
狐死必首丘兮，	狐狸死时头要向着故丘，

夫人孰能不反其真情。　　　人老将死谁不思念家乡。
故人疏而日忘兮，　　　　　旧人被疏远了渐渐淡忘，
新人近而俞好。⑦　　　　　　新人得到亲近越来越好。
莫能行于杳冥兮，⑧　　　　　谁能默默无闻去做好事，
孰能施于无报。　　　　　　　谁能施舍别人不要酬报。
苦众人之皆然兮，　　　　　　苦恼众人都把名利追求，
乘回风而远游。　　　　　　　我只能乘旋风外出远游。
凌恒山其若陋兮，⑨　　　　　登临恒山觉得它太渺小，
聊愉娱以忘忧。　　　　　　　我暂且在这里娱乐忘忧。
悲虚言之无实兮，　　　　　　假话没有凭据令人可悲，
苦众口之铄金。　　　　　　　金子也会熔于众人之口。
过故乡而一顾兮，　　　　　　经过故乡时我回头一望，
泣歔欷而沾衿。　　　　　　　悲伤的热泪已沾湿衣裳。
厌白玉以为面兮，⑩　　　　　我的行为就像白玉纯洁，
怀琬琰以为心。⑪　　　　　　我内心像美玉琬琰一样。
邪气入而感内兮，　　　　　　邪恶俗气虽想侵袭入内，
施玉色而外淫。⑫　　　　　　玉的本色不变外表放光。
何青云之流澜兮，⑬　　　　　天上乌云为何翻卷波澜，
微霜降之蒙蒙。　　　　　　　微霜正在迷迷蒙蒙下降。
徐风至而徘徊兮，　　　　　　轻风吹来使我徘徊飘荡，
疾风过之汤汤。⑭　　　　　　阵阵疾风吹过迅猛异常。
闻南藩乐而欲往兮，⑮　　　　听说南国快乐我想前往，
至会稽而且止。　　　　　　　停下休息来到会稽山上。
见韩众而宿之兮，⑯　　　　　看见仙人韩众在此停宿，
问天道之所在。⑰　　　　　　我就请教他天道在何方。
借浮云以送予兮，　　　　　　凭借着浮云送我去远游，
载雌霓而为旌。　　　　　　　彩虹作旗帆在车上飘扬。
驾青龙以驰骛兮，　　　　　　驾着青龙的车向前奔驰，
班衍衍之冥冥。⑱　　　　　　我的车迅速地奔向远方。

忽容容其安之兮，^⑲　　青龙快速飞奔不知到哪，
超慌忽其焉如。^⑳　　　前途遥远迷茫知向何方。
苦众人之难信兮，　　　众人难以信任使人痛苦，
愿离群而远举。　　　　宁愿离开他们远走他乡。
登峦山而远望兮，　　　登上小小山岗远远眺望，
好桂树之冬荣。　　　　惊喜桂树冬天花朵开放。
观天火之炎炀兮，^㉑　看到天降火灾炽盛异常，
听大壑之波声。^㉒　　俯听大海涛声汹涌激荡。
引八维以自道兮，^㉓　我揽持八维而引导自己，
含沆瀣以长生。　　　　吸饮夜半水汽以求命长。
居不乐以时思兮，　　　居处不愉快我常常忧思，
食草木之秋实。　　　　我吃草木秋天结的果实。
饮菌若之朝露兮，^㉔　我喝菌若上清晨的露水，
构桂木以为室。　　　　用桂木来构造我的居室。
杂橘柚以为圃兮，　　　我在园圃中种上橘和柚，
列新夷与椒桢。^㉕　　还栽培辛夷花椒女贞子。
鹍鹤孤而夜号兮，^㉖　鹍鸡白鹤夜里孤苦悲啼，
哀居者之诚贞。^㉗　　哀痛隐居的人诚信正直。

①〔勤〕一本作苦。　②〔无决〕没有听到君王召回的命令。《章句》："古者人臣三谏不从，待放三年，君命还则复，无则遂行也。"　③〔颓〕水向下流。　④〔卒意〕尽意。实现自己的愿望。　⑤〔咸池〕《章句》："咸池，天神也。"《补注》："《淮南》云，咸池者，水鱼之圃也。注云，水鱼，天神。"　⑥〔间〕《补注》："间，瘳也。"瘳（chōu），病好了。　⑦〔俞〕同"愈"。　⑧〔杳冥〕原意是昏暗。引申为暗中、默默无闻地做好事不让人知道。　⑨〔恒山〕五岳之一，又叫北岳。在山西省北部。〔陋〕《章句》："陋，小也。"　⑩〔厌〕《章句》："厌，著也。"施用。这句的意思是，用白玉做我的外表。也就是说我的外表行为像白玉一样洁白纯洁。　⑪〔琬琰〕（wǎn yǎn）美玉名。　⑫〔外淫〕《章句》："淫，润也。"外面表现出光润来。　⑬〔流澜〕形容乌云很

浓厚。 ⑭〔汤汤〕（shāng shāng）水大的样子。这里形容风大。"汤"一作"荡"。 ⑮〔南藩〕《章句》："藩，蔽也。南国诸侯为天子藩蔽，故称藩也。"〔乐〕《章句》："饶乐。" ⑯〔韩众〕《章句》："韩众，仙人也。" ⑰〔天道〕《章句》："长生之道。" ⑱〔班衍衍〕《章句》："言极疾也。" ⑲〔容容〕王先谦《汉书补注》："飞扬之貌。" ⑳〔超〕遥远。〔焉如〕到哪里。 ㉑〔天火〕由雷电或物体自燃引起的大火。《左传·宣公十六年》："凡火，人火曰火，天火曰灾。"〔炀〕（yáng）火炽猛。 ㉒〔大壑〕《章句》："大壑，海水也。"指大海。 ㉓〔八维〕《章句》："天有八维，以为纲纪也。"四方（东、南、西、北）和四隅（东南、西南、东北、西北）合称八维。〔道〕通"导"。 ㉔〔菌〕香草名。薰草，《广雅释草》："叶曰蕙，根曰薰。" ㉕〔列〕有顺序地栽培。〔桢〕女贞子。〔新夷〕辛夷。 ㉖〔鹍〕（kūn）鹍鸡，鸟名。形状像鹤，长颈红嘴，羽毛黄白色。 ㉗〔居者〕隐居山泽的人。指屈原自己。

哀 命

这首诗哀的是自己的性格悲剧和楚国的政治悲剧。

哀时命之不合兮，① 　　可怜啊我真是生不逢时，
伤楚国之多忧。　　　　悲伤啊楚国总多难多忧。
内怀情之洁白兮，　　　我的内心情感纯洁无瑕，
遭乱世而离尤。　　　　遇到混乱世道却把罪受。
恶耿介之直行兮，② 　　他们仇恨光明正大品行，
世溷浊而不知。　　　　社会黑暗不知善恶美丑。
何君臣之相失兮，　　　为何明君贤臣要分离啊，
上沅湘而分离。　　　　我逆沅湘而上与君分手。
测汨罗之湘水兮，③ 　　我将沉身汨罗湘水之中，
知时固而不反。　　　　已知社会丑恶决不回头。
伤离散之交乱兮，④ 　　伤心人民离散君臣相怨，

遂侧身而既远。⑤
处玄舍之幽门兮，⑥
穴岩石而窟伏。⑦
从水蛟而为徒兮，
与神龙乎休息。
何山石之嶄岩兮，⑧
灵魂屈而偃蹇。
含素水而蒙深兮，⑨
日眇眇而既远。
哀形体之离解兮，⑩
神罔两而无舍。⑪
惟椒兰之不反兮，⑫
魂迷惑而不知路。⑬
愿无过之设行兮，⑭
虽灭没之自乐。⑮
痛楚国之流亡兮，⑯
哀灵修之过到。⑰
固时俗之溷浊兮，
志瞀迷而不知路。⑱
念私门之正匠兮，⑲
遥涉江而远去。
念女嬃之婵媛兮，⑳
涕泣流乎于悒。㉑
我决死而不生兮，
虽重追吾何及。㉒
戏疾濑之素水兮，㉓
望高山之蹇产。㉔
哀高丘之赤岸兮，㉕
遂没身而不反。㉖

心中恐惧不安赶快远走。
我深藏在黑暗居室里面，
我隐居在岩石洞穴之中。
我跟随着水中蛟龙生活，
我同神龙一起休息活动。
高山是多么的巍峨险峻，
我的灵魂委屈困顿难行。
我饮用无尽的洁净清泉，
一天天远远地离开朝廷。
哀痛我的身体精疲力竭，
我的神思恍惚何止何停。
想到子椒子兰不让回去，
我的魂魄迷惑不知路径。
我愿终无过错坚持己行，
虽然身败名裂我也甘心。
悲痛楚国命运将要危亡，
这是国君之过令人伤心。
本来世道就是这样混乱，
我不知道出路心中迷茫。
想到群臣都以私心治国，
我愿渡过长江走向远方。
想到女嬃对我关切爱护，
不禁涕泪横流叹息悲伤。
我决心一死而不愿求生，
虽然再三追怀我也这样。
我游戏在急流清水之中，
仰望高山那么险峻崎岖。
悲高丘也有危险的赤岸，
我将投身江中不愿回还。

①〔时命〕时代和命运。时命不合，生不逢时。 ②〔耿介〕光明正大。 ③〔测〕度量水的深浅。这里是要投身水中，用自己的身体来度量水的深浅。表示自绝于世。 ④〔交乱〕相互怨恨。指君臣的关系。 ⑤〔侧身〕戒惧恐惧、不敢安身的意思。 ⑥〔玄舍〕〔幽门〕都是指黑暗的居室。比喻身被放逐、远离朝廷的困境。 ⑦〔穴〕这里作动词，隐居的意思。 ⑧〔嶄岩〕山高而险峻的样子。 ⑨〔素水〕《章句》："素水，白水也。"清洁纯净的水。〔蒙深〕《补注》："蒙深，一作蒙蒙。"盛多的意思。 ⑩〔离解〕〔补注〕："解，一作懈。"懈怠。形体离解，精疲力竭的意思。 ⑪〔罔两〕罔，通"惘"。《章句》："罔两，无所据依貌也。"〔舍〕《章句》："舍，止也。" ⑫〔椒兰〕《章句》："椒，子椒也。兰，子兰也。"这是楚国的两个佞臣。 ⑬〔不知路〕《章句》："言子椒子兰不肯反己，魂魄迷惑不知道路当如何也。" ⑭〔设行〕犹言施行。按照自己的意志去行动。 ⑮〔灭没〕指名和身的败裂。 ⑯〔流亡〕危亡。 ⑰〔过到〕《补注》："到，至也。"过到，过错造成的。 ⑱〔瞀迷〕《章句》："瞀，闷也。迷，惑也。"瞀迷，心中烦乱迷茫。 ⑲〔私门〕犹言权门，指掌权的群小党人。〔匠〕《章句》："匠，教也。言己念众臣皆营其私，相教以利，乃以其邪心欲正国家之事，故己远去也。" ⑳〔女婆〕（—xū）旧注多指为屈原的姐姐；郭沫若《屈原赋今译》作"女伴"。婆是楚语中对女性的称呼。"女婆"可作为广义的女性来解释。这句出自《离骚》，这里还应理解为屈原虚构的一个"老大姐"式的人物为妥。〔婵媛〕（chán yuán）由于内心的关切而表现出的牵持不舍的样子。 ㉑〔于悒〕（—yì）《章句》："增叹貌也。" ㉒〔追〕追怀。重追，再三追思。〔何及〕《章句》："言亦无所复还也。" ㉓〔濑〕（lài）流得很急的水。 ㉔〔蹇产〕迂曲、屈折的样子。 ㉕〔赤岸〕《中文大辞典》："极南之地。"这里比喻朝廷中的危险境地。《章句》："伤无贤君，将以陷危。" ㉖〔没身〕指投身江流中去。

谬 谏①

这首诗写屈原怀才不遇的悲愤和积极用世的强烈愿望，诗中也渗进了东方朔自己求谏汉武帝的希望和抑郁失志的悲哀。

怨灵修之浩荡兮，	君王糊里糊涂使人怨恨，
夫何执操之不固。②	他的意志为何经常变更。
悲太山之为隍兮，③	大山将为池塘多么可悲，
孰江河之可涸！	哪一条江河会枯竭水退！
原承闲而效志兮，④	我原趁君闲暇进献忠言，
恐犯忌而干讳。⑤	又怕犯忌讳把君王得罪。
卒抚情以寂寞兮，	终于压抑感情闭口不言，
然怊怅而自悲。	但是心中懊恼自恨伤悲。
玉与石其同匮兮，	美玉石块受到相同对待，
贯鱼眼与珠玑。⑥	鱼眼宝珠看作一样珍贵。
驽骏杂而不分兮，	劣马骏马混杂一起不分，
服罢牛而骖骥。⑦	老牛驾中骏马在边跟随。
年滔滔而自远兮，⑧	岁月不停流逝越去越远，
寿冉冉而愈衰。	年纪老了一天不如一天。
心悇憛而烦冤兮，⑨	我满腔的忧愁烦闷难遣，
蹇超摇而无冀。⑩	前途无望心里总不安定。
固时俗之工巧兮，	本来社会习俗善于取巧，
灭规矩而改错。	废弃法度又把良策改变。
却骐骥而不乘兮，	闲置那千里马不去乘驾，
策驽骀而取路。	赶着劣马上路慢慢向前。
当世岂无骐骥兮，	当今难道会没有千里驹，
诚无王良之善驭。⑪	但却没有王良善于驾驭。
见执辔者非其人兮，	骏马见赶车的不是好手，
故驹跳而远去。	就要连蹦带跳远远逃走。
不量凿而正枘兮，	不度量凿孔就削好木柄，
恐矩镬之不同。⑫	恐怕尺寸大小不会相同。
不论世而高举兮，⑬	不观察世风把美德推崇，

恐操行之不调。

弧弓弛而不张兮，
孰云知其所至。

无倾危之患难兮，⑭
焉知贤士之所死。

俗推佞而进富兮，⑮
节行张而不著。⑯

贤良蔽而不群兮，
朋曹比而党誉。⑰

邪说饰而多曲兮，
正法弧而不公。⑱

直士隐而避匿兮，
谗谀登乎明堂。

弃彭咸之娱乐兮，⑲
灭巧倕之绳墨。⑳

葀蔏杂于黀蒸兮，㉑
机蓬矢以射革。㉒

驾蹇驴而无策兮，
又何路之能极？

以直针而为钓兮，㉓
又何鱼之能得？

伯牙之绝弦兮，㉔
无钟子期而听之。

和抱璞而泣血兮，
安得良工而剖之。㉕

同音者相和兮，
同类者相似。

飞鸟号其群兮，
鹿鸣求其友。

恐怕品行节操难以合众。

松弛的强弓还没有拉开，
谁能说清它有多大力量。

国家还未出现危险患难，
怎能知道贤士为国而亡。

世俗以佞为贤以富为良，
良好品行难以推广发扬。

好人受到排挤十分孤立，
谗佞结党营私互相推举。

装饰歪门邪道总非直理，
违背正当法度还是不公。

忠直的人都已隐居避世，
好吹好捧之徒挤进朝中。

抛弃彭咸廉洁正直行为，
把巧倕的绳墨废除不用。

竹子麻秸混杂一起为烛，
用草箭射皮革还拉强弓。

没有鞭子驾驭跛脚毛驴，
哪一条道路啊能走到底？

用直的针当钓鱼的鱼钩，
又能够钓得到什么大鱼？

伯牙所以不再拨弄琴弦，
是因为失去知音钟子期。

卞和怀抱玉璞痛哭流血，
从哪得到良匠琢出宝玉。

音调相同互相呼应谐和，
事物同类性质彼此相似。

飞鸟啼叫是在召唤朋友，
麋鹿鸣叫是在呼求伴侣。

故叩宫而宫应兮，㉖
弹角而角动。㉗

叩击大宫调少宫声相应，
弹奏大角调少角音齐鸣。

虎啸而谷风至兮，
龙举而景云往。㉘

猛虎咆啸山谷卷起大风，
神龙飞升上天彩云随行。

音声之相和兮，㉙
言物类之相感。

音与声互相对立而谐和，
说明万物同类相互感应。

夫方圆之异形兮，
势不可以相错。

所以方与圆的形状不同，
难以错杂一起混同一形。

列子隐身而穷处兮，㉚
世莫可以寄托。

列子隐居避世处境穷困，
因为社会不能托身寄命。

众鸟皆有行列兮，
凤独翔翔而无所薄。㉛

天上众鸟都是各自成群，
凤凰孤独飞翔无所依凭。

经浊世而还得志兮，
愿侧身岩穴而自托。

我经历了浊世很不得志，
宁愿隐居岩洞逃避浊世。

欲阖口而无言兮，
尝被君之厚德。

我想对于国事闭口不言，
但曾受到君王深恩厚德。

独便悁而怀毒兮，
愁郁郁之焉极。

我独自忧愁而心怀怨恨，
我的愁情无限何时了结。

念三年之积思兮，
愿一见而陈词。

想念君王三年忧思积聚，
希望见君一面向他表白。

不及君而骋说兮，
世孰可为明之。

我没遇上贤君尽情直言，
人世黑暗又向谁去说明。

身寝疾而日愁兮，
情沈抑而不扬。

我身卧病整日忧愁烦闷，
感情压抑难以表达内心。

众人莫可与论道兮，
悲精神之不通。

无人可以和我谈论道理，
可怜我的思想君王难明。

①〔谬谏〕狂者之妄言叫谬。谬谏，是作者谦虚的说法。《补注》：
"《汉书·东方朔传》：‘亦郁邑子不登用。’故因名此章为《谬谏》。

若云谬语，因讬屈原以讽汉主也。”②〔操〕《章句》：“志也。”意志。③〔太〕同“大”。〔隍〕《章句》：“隍，城下池也。”《补注》：“《说文》：‘城池有水曰池，无水曰隍。’”这里泛指池塘。这句的意思《章句》说：“言太山将颓为池，以喻君且失其位。” ④〔承〕通“乘”。趁着。〔志〕一本作“忠”。 ⑤〔忌〕〔讳〕《章句》：“所畏为忌；所隐为讳。” ⑥〔玑〕（jī）不圆的珠子。 ⑦〔服罢牛〕服，这里作动词，作服马，即驾在车当中。服罢牛，用疲惫的老牛驾在车当中。 ⑧〔滔滔〕《章句》：“滔滔，行貌。” ⑨〔悇憛〕（tú tán）《章句》：“忧愁貌也。” ⑩〔超摇〕《章句》：“超摇，不安也。” ⑪〔王良〕《补注》：“许慎云，王良，晋大夫御无恤子良也。所谓御良也，一名孙无政。为赵简子御，死而讬精于天驷星，天文有王良星是也。” ⑫〔矩矱〕（jǔ yuē）法度。这里是用引申义：尺寸。 ⑬〔论世〕认识，观察世道。〔高举〕指推崇优良品行。 ⑭〔无倾危〕指国家命运。《章句》：“言国无倾危之难，则不知贤士之伏节死义。” ⑮〔推佞〕〔进富〕《章句》：“言世俗之人推佞以为贤，进富以为能。” ⑯〔张而不著〕张，扩张、推广的意思。著，显著。张而不著，不能推广发扬。 ⑰〔朋曹〕指馋佞小人。〔党誉〕袒护称赞。 ⑱〔弧〕《章句》：“弧，戾也。”违反、违背。 ⑲〔弃彭咸之娱乐〕《章句》：“言弃彭咸清洁之行。娱乐风俗，则为贪佞也。” ⑳〔巧倕〕倕（chuí），古代传说中的巧匠。㉑〔莫〕一作筦，通“箇”，一种竹子。〔蔋〕一作簵，通“簬（lù）”。一种竹子。《补注》：“莫音昆，蔋音路，莫与箇同，箇蔋也。”〔廯〕一作蔌（zōu），麻秸。〔蒸〕析麻干的中干。（见《说文》）《广雅释器》：“古人造烛用之。凡用麻干葭苇竹木为烛皆曰蒸。” ㉒〔蓬矢〕用蓬蒿做的箭。〔革〕没有毛的兽皮。这里指犀皮做的盾。 ㉓〔钓〕一作钩。㉔〔伯牙〕春秋时人，姓伯，名牙。传说以精于琴艺而著名。《荀子·劝学》：“伯牙鼓琴而六马仰秣。”《吕氏春秋·本味》记载，伯牙善鼓琴，只有知音钟子期完全理解琴意，子期死后，伯牙终身不再鼓琴。 ㉕〔剖〕《章句》：“犹治也。” ㉖〔宫〕指五音（宫、商、角、徵、羽）之一。㉗〔角〕也是五音之一。这两句意思，《补注》：“《庄子》云，鼓宫宫动，鼓角角动，音律同矣。《淮南》云，调弦者叩宫宫应，弹角角动，此同声相和者也。注，叩大宫则少宫应，弹大角则少角动。” ㉘〔景云〕《章句》：“景云，大云而有光者。” ㉙〔音声〕古人用时有区别。简单的发音叫作"声"；声的组合，成为音乐节奏的，叫作"音"。　㉚〔列子〕战国郑人。一作列圄寇、列圉寇。姓列名御寇。汉刘向《七录》认为与郑穆公同时。《汉书·艺文志》说先于庄子。唐成玄英《庄子疏》、柳宗元《辩列子》都说与郑缧（rú）公同时。《补注》："列子名御寇，其书曰：'子列子穷容貌，有饥色，居郑圃四十年，人无识者。'"　㉛〔翔翔〕一作翱翔。

乱曰：① 鸾皇孔凤日以远兮， 畜凫驾鹅。②	尾声：鸾凤孔雀渐渐远离家乡， 野鸭野鹅却在家中喂养。
鸡鹜满堂坛兮，③ 蛙黾游乎华池。④	呆鸡笨鸭占满殿堂庭院， 青蛙在华丽的池中游荡。
要袅奔亡兮，⑤ 腾驾橐驼。⑥	骏马要袅只能奔命逃亡， 骆驼却驾着车奔驰道上。
铅刀进御兮，⑦ 遥弃太阿。⑧	把钝拙的铅刀进献君王， 锋利的太阿剑却被远抛。
拔搴玄芝兮，⑨ 列树芋荷。	神草玄芝已被拔除干净， 到处栽种的是荷花山芋。
橘柚萎枯兮， 苦李旖旎。⑩	那橘树和柚树逐渐枯萎， 那枝叶繁茂的却是苦李。
甂瓯登于明堂兮，⑪ 周鼎潜乎深渊。⑫	瓦盆陶罐陈列明亮殿堂， 周朝宝鼎抛进深渊水底。
自古而固然兮， 吾又何怨乎今之人！	是非颠倒自古就是如此， 我对现在的人有何怨气！

①〔乱〕这是《七谏》全篇的结尾，不是《谬谏》这篇独有的。《补注》："古本释文《七谏》之后《乱曰》，别为一篇。《九怀》《九思》皆同。"　②〔驾鹅〕《补注》："郭璞云，驾鹅，野鹅也。"　③〔堂坛〕《章句》："高殿敞扬为堂，平场广坦为坛。"　④〔黾〕（měng）青蛙。　⑤〔要袅〕《补注》："应劭曰，骙袅，古之骏马。赤喙玄身，日行五千里。"骙袅，即要袅。　⑥〔橐驼〕（tuó—）骆驼。　⑦〔御〕

进献。　⑧〔太阿〕《章句》："太阿，利剑也。"　⑨〔玄芝〕《章句》："玄芝，神草也。"　⑩〔旖旎〕（yǐ nǐ）原义是旗帜随风飘舞的样子。这里指枝叶繁盛。《章句》："旖旎，盛貌。"　⑪〔甂瓯〕（biān ōu）盆一类的瓦器。《补注》："《方言》，自关而西，盆盎小者曰甂也。瓯，小盆也。"　⑫〔周鼎〕《章句》："周鼎，夏禹所作鼎也。左氏传曰：昔夏禹之有德，远方图物贡金，九牧铸鼎象物。桀有昏德，鼎迁于商。商纣暴虐，鼎迁于周，是为周鼎。"

哀时命

　　本篇是汉梁孝王的门客庄忌所作。庄忌，会稽人，文景时的辞赋家，与司马相如俱好辞赋，遇汉景帝不好辞赋，不得志。投奔吴王刘濞。不久，吴王谋反，庄忌知道不可规劝，就离开吴国到梁。他深得梁孝王的器重，与邹阳、枚乘等同列，被尊称为夫子。后因避汉明帝讳，改姓严，世称严夫子。

　　王逸《楚辞章句》认为，本篇是"忌哀屈原受性忠贞，不遭明君而遇暗世，斐然作辞，叹而述之，故曰'哀时命'也"。这种解释是不准确的。诗中的"予"，实际上不是指屈原，而是严忌自称。"哀时命"并非"哀屈原"，而是汉初被压抑、被排斥的正直知识分子的自哀，自哀生不逢时，怀才不遇。诗歌高度概括了作者的身世经历和人生体验，曲折而强烈地表达了汉初知识分子内心的苦闷和抗争。

哀时命之不及古人兮， 夫何予生之不遭时！① 往者不可扳援兮，② 来者不可与期。③ 志憾恨而不逞兮，④ 抒中情而属诗。 夜炯炯而不寐兮， 怀隐忧而历兹。 心郁郁而无告兮， 众孰可以深谋！	生时没能赶上古代圣王， 为何生不逢时令人悲伤！ 从前那些圣贤不可攀援， 后世明主我也难以期望。 心中怨恨我总不能称心， 只有诗歌抒发我的感情。 夜里睁着两眼不能入睡， 胸中常怀忧愁历时至今。 心里郁郁不乐无人可说， 众人谁与我有深厚交情！

欿愁悴而委惰兮，⑤　　　　我真愁苦憔悴精神沮丧，
老冉冉而逮之。　　　　　　　渐渐衰老我虚度了时光。

①〔遘〕（gòu）遭遇。《章句》："遘，遇也。"　②〔扳〕同"攀"。
③〔来〕一本作"倈"。　④〔逞〕称心。〔憾〕《章句》："憾，亦恨也。《论
语》曰：'与朋友共，弊之而无憾。'"　⑤〔欿〕（kǎn）愁苦的样子。
〔委惰〕懈倦，精神沮丧。

按：这是第一段，自哀生不逢时，老之将至，并表明写诗原因。

居处愁以隐约兮，①　　　　我居住在山泽贫穷困苦，
志沈抑而不扬。　　　　　　意志深受压抑难以表露。
道壅塞而不通兮，　　　　　道路已经阻塞无法通行，
江河广而无梁。　　　　　　江河宽广没有桥梁可渡。
愿至昆仑之悬圃兮，　　　　我想去那昆仑山的悬圃，
采钟山之玉英。②　　　　　把美玉花朵从钟山采出。
揽瑶木之櫖枝兮，③　　　　我要攀折玉树上的长枝，
望阆风之板桐。④　　　　　眺望阆风板桐山的雄姿。
弱水汨其为难兮，⑤　　　　弱水迅速奔流令我为难，
路中断而不通。　　　　　　通向仙山道路突然中断。
势不能凌波以径度兮，　　　我又不能乘着波浪直往，
又无羽翼而高翔。　　　　　我又没有双翅可以高翔。
然隐悯而不达兮，　　　　　我心中的忧愁难以抒发，
独徙倚而仿徉。⑥　　　　　我只好孤独地徘徊游荡。
怅惝罔以永思兮，⑦　　　　失意悲痛使我忧思不绝，
心纡轸而增伤。⑧　　　　　心中痛苦郁积无限悲伤。
倚踌躇以淹留兮，　　　　　犹豫徘徊我想久留深山，
日饥馑而绝粮。　　　　　　但我每天饥饿已经断粮。
廓抱景而独倚兮，⑨　　　　我空对山景而孤独自处，
超永思乎故乡。　　　　　　我心里长久地思念故乡。

廓落寂而无友兮，⑩
谁可与玩此遗芳！
白日晼晚其将入兮，⑪
哀余寿之弗将。⑫
车既弊而马罢兮，
蹇遭徊而不能行。
身既不容于浊世兮，
不知进退之宜当。
冠崔嵬而切云兮，
剑淋离而从横。⑬
衣摄叶以储与兮，⑭
左袪挂于榑桑。⑮
右衽拂于不周兮，⑯
六合不足以肆行。⑰
上同凿枘于伏戏兮，⑱
下合矩矱于虞唐。
愿尊节而式高兮，⑲
志犹卑夫禹汤。
虽知困其不改操兮，
终不以邪枉而害方。⑳
世并举而好朋兮，
一斗斛而相量。
众比周而肩迫兮，㉑
贤者远而隐藏。

四周空旷寂静没有伴侣，
我能和谁共把香草玩赏！
太阳渐渐落下依山而尽，
可怜我的寿命不能久长。
我的车已破损马已疲惫，
回转困苦不能再向前方。
既与污浊社会不能相容，
不知进还是退哪样恰当。
我戴着高高的切云之冠，
佩着长长宝剑豪情奔放。
我的衣服宽大难以舒展，
左边衣袖挂在扶桑树上。
右边衣襟擦着不周高山，
天地四方不够自由来往。
我的规矩上与伏羲相同，
我的法度下与尧舜一样。
我愿以高尚节操为标准，
但志向还不及大禹商汤。
我既知道贫贱不能变节，
始终不用邪恶危害正良。
世人相互推举成群结党，
好坏善恶不分待遇一样。
群小亲密相合并肩同行，
贤人只能远远避世隐藏。

①〔隐约〕穷困的意思。 ②〔钟山〕神话中的山名。《章句》："钟山，在昆仑山西北。《淮南》言，钟山之玉，烧之三日，其色不变。" ③〔礴〕（tán）通"覃"，长。 ④〔板桐〕神话中的山名。《章句》："板桐，山名也。在阆风之上。"《补注》："《博雅》云，昆仑虚有三山，阆风，

板桐，玄圃。《水经》云，昆仑三级，下曰樊桐，一名板松；二曰玄圃，一名阆风；上曰层城，一名天庭。《淮南》云，悬圃，凉风，樊桐在昆仑阊阖之中。" ⑤〔弱水〕水名。《补注》："应劭曰，弱水出张掖删丹，西至酒泉，合黎，余波入于流沙。师古曰，弱水谓西域绝远之水，乘毛车以渡者耳，非张掖弱水也。" ⑥〔徙倚〕徘徊犹豫。《章句》："犹低佪也。" ⑦〔怅惘罔〕失意的样子。 ⑧〔纡轸〕《补注》："轸，当作'轸'。"纡轸（yū zhěn），隐曲、悲痛。 ⑨〔抱景〕面对山景。 ⑩〔廓落〕空旷，空寂。 ⑪〔晼晚〕（wǎn—）日将暮，迟暮。 ⑫〔将〕《章句》："将，犹长也。" ⑬〔淋离〕长大的样子。《章句》："长貌也。" ⑭〔摄叶〕〔储与〕《章句》："不舒展貌。……言己衣服长大，摄叶储与，不得舒展。德能弘广，不得施用。" ⑮〔祛〕（qū）袖口。〔榑桑〕（fú—）即"扶桑"。神话中的树名，太阳出来的地方。 ⑯〔不周〕不周山。神话中的山名。 ⑰〔六合〕《章句》："六合，谓天地四方也。" ⑱〔凿枘〕凿孔和插入孔中的木柄。这里比喻一定的尺度。〔伏戏〕即伏羲。古代传说中的部落酋长。即太昊，姓风。相传他始画八卦，教民捕鱼畜牧，以充庖厨。 ⑲〔尊节〕尊崇节操。〔式〕模范、标准。这里作动词，以……为标准。式高，以高尚的节操为标准。 ⑳一本无"而"字。 ㉑〔比周〕亲密相合。《章句》："比，亲也。周，合也。"〔肩迫〕肩头靠得很近。形容亲密的样子。"而"，一本作"以"。

按：这是第二段，自己远游无路，仍将避世隐藏。

为凤皇作鹑笼兮，	给凤凰做鹌鹑笼子栖息，
虽翕翅其不容。①	虽然合拢翅膀身体难容。
灵皇其不寤知兮，	君王糊糊涂涂总不觉悟，
焉陈词而效忠？	一片忠心怎样向他倾诉？
俗嫉妒而蔽贤兮，	嫉贤妒能就是楚国习俗，
孰知余之从容？②	谁又了解我的一举一动？
愿舒志而抽冯兮，③	我想舒展心志消除愤懑，
庸讵知其吉凶？④	怎么知道前途是吉是凶？
璋珪杂于甑窐兮，⑤	宝玉和瓦器被混杂一起，
陇廉与孟娵同宫。⑥	丑妇和美女却同居一宫。

举世以为恒俗兮，
固将愁苦而终穷。
幽独转而不寐兮，
惟烦懑而盈胸。
魂眇眇而驰骋兮，
心烦冤之仲仲。
志欲憾而不憺兮，⑦
路幽昧而甚难。
块独守此曲隅兮，⑧
然欲切而永叹。
愁修夜而宛转兮，⑨
气涫沸其若波。⑩
握剞劂而不用兮，⑪
操规矩而无所施。
骋骐骥于中庭兮，
焉能极夫远道？
置猿狄于棂栏兮，⑫
夫何以责其捷巧？
驷跛鳖而上山兮，
吾固知其不能升。
释管晏而任臧获兮，⑬
何权衡之能称？
菎蕗杂于黀蒸兮，⑭
机蓬矢以射革。
负担荷以丈尺兮，⑮
欲伸腰而不可得。
外迫胁于机臂兮，⑯
上牵联于矰弋。⑰
肩倾侧而不容兮，

全世间都认为这是常理，
所以我将愁苦终身受穷。
夜里独自辗转不能入睡，
思虑烦乱愤懑郁积满胸。
我的灵魂独自远远奔跑，
心里愁闷委屈忧心忡忡。
可恨总不得志内心不安，
我眼前的道路黑暗艰难。
孑然一身处在深山沟里，
时时愁苦痛切声声长叹。
我愁黑夜太长辗转不寐，
满腔怒气如沸腾的热水。
手握着刻刀而不去使用，
拿着圆规直尺无所作为。
让千里马在小院里驰骋，
如何能够走完遥远路程？
猿猴放在屋檐栏杆之间，
凭什么要求它敏捷灵巧？
驾着那跛脚的甲鱼上山，
我本来就明白它办不到。
放弃管仲晏婴任用奴婢，
怎能防乱治国权衡事理？
竹子麻秸混杂一起为烛，
用蓬蒿作箭想射穿犀皮。
在低矮的地方挑担行走，
想伸一伸腰背也不可能。
强弓硬弩对我时时威胁，
又时时与短箭联在一起。
我想倾肩侧背不见容纳，

固狭腹而不得息。⑱　　　　本来弯着腰背就难喘息。

①〔翕〕（xī）收敛。　②〔从容〕《礼记》《疏》："正义曰：从容有常者，从容，谓举动有其常度。"　③〔冯〕愤懑。　④〔庸讵〕怎么，何以。　⑤〔璋珪〕《章句》："玉名也。"〔窐〕（guī）《章句》："窐，甄土孔。"　⑥〔陇廉〕古代丑妇的名字。〔孟娵〕（—jū）古代的美女。《章句》："陇廉，丑妇也。孟娵，好女也。"　⑦〔歁憨〕（kǎn—）愁貌。未得到满足，引以为恨。〔憺〕（dàn）安。　⑧〔块〕孤独。　⑨〔宛转〕辗转。　⑩〔涫〕（guàn）沸腾。〔波〕一作汤。　⑪〔刓劂〕（jī jué）《章句》："刻镂刀也。"《补注》："应劭曰，刓，曲刀；劂，曲凿。《说文》云，刓劂，曲刀也。"　⑫〔棂〕（líng）檐端与椽相连的板。《方言》："屋梠谓之棂。"注："即屋檐也。"　⑬〔臧获〕《章句》："臧，为人所贱系也。获，为人所系得也。"《补注》："《方言》云，臧获，奴婢贱称也。"　⑭〔筥簬〕（jùn lù）《集注》："竹箭也。"〔廲蒸〕（zōu—）《集注》："廲，麻藟也。蒸，竹炬也。"　⑮〔丈尺〕《集注》："丈尺，言行于丈尺之下也。"　⑯〔机臂〕《集注》："弩身也。"　⑰〔矰弋〕（zēng yì）矰，一种丝绳系住用来射飞鸟的短箭。弋，用绳系在箭上射。《章句》："言己居常怖惧，若附强弩机臂，畏其妄发，上恐牵联于弋射，身被矰缴也。"　⑱〔狭腹〕《补注》："狭，隘也。"隘，狭小。这里作动词。狭腹，使腹狭小，即弯曲腰背的意思。形容胁肩谄笑，卑躬屈膝的形象。"狭"，一本作"惬"。

按：这是第三段，世俗蔽贤忌能，自己难容于世。

务光自投于深渊兮，①　　　务光自己投身到深渊里，
不获世之尘垢。　　　　　　不让浊世尘垢沾污自己。
孰魁摧之可久兮，②　　　　谁能独处忧愁可以久留，
愿退身而穷处。　　　　　　宁愿不求进取贫困隐居。
凿山楹而为室兮，③　　　　凿开山石做好我的居室，
下被衣于水渚。　　　　　　我要下到小洲披衣洗浴。
雾露蒙蒙其晨降兮，　　　　清晨大雾弥漫白露如霜，
云依斐而承宇。④　　　　　层层云朵缭绕我的住房。

虹霓纷其朝霞兮，　　　　天上彩虹缤纷朝霞灿烂，
夕淫淫而淋雨。　　　　　晚上倾盆大雨忽然下降。
怊茫茫而无归兮，　　　　我的愁思茫茫无所依归，
怅远望此旷野。　　　　　心中失意对这荒野眺望。
下垂钓于溪谷兮，　　　　我下到溪谷中把鱼垂钓，
上要求于仙者。　　　　　我上山又想把仙人寻找。
与赤松而结友兮，　　　　我与赤松先生结为朋友，
比王侨而为耦。　　　　　也和王侨先生并肩同道。
使枭扬先导兮，⑤　　　　让枭扬在前面为我开路，
白虎为之前后。　　　　　令白虎在前后来回照料。
浮云雾而入冥兮，　　　　我乘着云雾越走越深远，
骑白鹿而容与。　　　　　我骑上白鹿啊自在逍遥。

　　①〔务光〕人名。《章句》："务光，古清白之士也。"　②〔魁摧〕
独处忧愁。（见《中文大辞典》）　③〔山楹〕（—yíng）楹，柱。山楹，
山中石柱。　④〔依斐〕形容云朵浓密。〔承宇〕承接房屋。　⑤〔枭扬〕
《章句》："山神名，即狒狒也。"《补注》："《说文》，周成王时，
州靡国献狒，人身反踵而笑，笑则上唇掩其目，食人。……《山海经》曰，
其状如人，而长唇黑身，有毛，反踵，见人则笑。"
　　按：这是第四段，自己愿退处山野，与神仙为友。

魂眐眐以寄独兮，①　　　我的灵魂独自缓步而行，
汩徂往而不归。　　　　　它已不想回头迫切前往。
处卓卓而日远兮，②　　　随仙人居处一天天高远，
志浩荡而伤怀。　　　　　志向渐渐模糊心中悲伤。
鸾凤翔于苍云兮，⑧　　　鸾鸟凤凰飞翔青云之中，
故矰缴而不能加。　　　　短箭不能射到它们身上。
蛟龙潜于旋渊兮，④　　　蛟龙深深潜藏在深渊底，
身不挂于罔罗。　　　　　所以它们不会掉入罗网。
知贪饵而近死兮，　　　　知道贪吃香饵必有危险，

不如下游乎清波。	不如下到清波里去游荡。
宁幽隐以远祸兮，	宁愿隐藏起来远离灾祸，
孰侵辱之可为！	谁能把侮辱加在我身上！
子胥死而成义兮，	贤士子胥为了仁义而死，
屈原沈于汩罗。	忠臣屈原为了忠信投江。
虽体解其不变兮，	他们身体可亡意志不变，
岂忠信之可化？	忠信的人岂能改变志向？
志怦怦而内直兮，⑤	我为人忠谨且内心正直，
履绳墨而不颇。	遵循绳墨规矩没有偏颇。
执权衡而无私兮，	衡量事物我能大公无私，
称轻重而不差。	称物轻重也会分毫不差。

①〔眐眐〕（zhēng）《章句》："独行貌。" ②〔卓卓〕高远的样子。《章句》："卓卓，高貌。" ③〔苍云〕青云。 ④〔旋渊〕《补注》："《淮南》云，藏志乎九旋之渊。注云，九回之渊，至深也。" ⑤〔怦怦〕忠谨的样子。

按：这是第五段，自己不为贪饵所侵辱，愿为忠义而死。

摡尘垢之狂攮兮，①	我要洗涤尘垢纠正混乱，
除秽累而反真。②	清除君王赘疣恢复真性。
形体白而质素兮，	我的形体洁白本质纯朴，
中皎洁而淑清。③	心中皎洁内有善良品行。
时厌饫而不用兮，④	君王对我厌倦弃而不用，
且隐伏而远身。	只能隐居山泽远离国君。
聊窜端而匿迹兮，⑤	暂且藏头匿足自伏隐藏，
嗼寂默而无声。⑥	我要执守寂静默默无声。
独便娟而烦毒兮，⑦	独自忧愁心里烦恼怨恨，
焉发愤而抒情。	怎能发泄愤懑抒发感情。
时暧暧其将罢兮，⑧	时间已晚人也感到疲倦，
遂闷叹而无名。⑨	内心烦闷感叹没有美名。

伯夷死于首阳兮，	伯夷守节饿死首阳山中，
卒夭隐而不荣。	最终早死没能显贵荣幸。
太公不遇文王兮，	太公吕望如果不遇文王，
身至死而不得逞。	那么他到死时也难称心。
怀瑶象而佩琼兮，	我怀抱美玉般优秀才能，
愿陈列而无正。⑩	愿意贡献出来但无知音。
生天地之若过兮，	生在天地之间过如烟云，
忽烂漫而无成。⑪	忽然风吹消散杳无音信。
邪气袭余之形体兮，	邪气不断侵袭我的身体，
疾憯怛而萌生。⑫	忧伤痛苦使我产生疾病。
愿一见阳春之白日兮，	我希望再看见春天太阳，
恐不终乎永年。	恐怕难以度完漫长时光。

①〔摡〕（gài）洗涤。《章句》："涤也。"〔狂攘〕《章句》："乱貌。" ②〔反真〕《章句》："言己又欲概激浊乱之臣，使君除去秽累，而反于清明之德。" ③〔淑清〕《章句》："内有善性，清明之质也。" ④〔厌饫〕饮食饱足。引申为自足不外求的意思。《集注》："自足而不乐见闻之意也。" ⑤〔窜端〕藏头匿足。《集注》："藏其端绪，不使人少见之也。" ⑥〔嗼〕（mò）《说文》注："寂无人声也。"⑦〔便悁〕忧愁。 ⑧〔暧暧〕（ài）昏暗不明的样子。 ⑨〔无名〕《章句》："伤无美名以流后世也。" ⑩〔无正〕《集注》："言无人能知己之贤，而平其是非也。" ⑪〔烂漫〕《章句》："犹消散也。" ⑫〔憯怛〕（cǎn dá）忧伤痛苦。

按：这是第六段，想远身匿迹，恐终没世而不见知。

九 怀

本篇是王褒所作。王褒,字子渊,蜀人(今四川成都一带)。西汉宣帝时,受益州刺史王襄推荐,向宣帝上《圣主得贤臣颂》,被任为谏议大夫。后宣帝令他往益州祭祀金马碧鸡之神,死在途中。

怀,思念的意思。《九怀》由九个短篇组成。王逸《楚辞章句》说:"怀者,思也。言屈原虽见放逐,犹思念其君,忧国倾危而不能忘也。"

本文的创作目的,王逸认为是:"褒读屈原之文,嘉其温雅,藻采敷衍,执握金玉,委之污渎,遭世溷浊,莫之能识。追而愍之,故作《九怀》,以裨其词。"

这九篇作品,都是政治抒情诗。它们强烈的政治性、浓重的抒情意味与《离骚》基本相似。在表现手法上也多效法《离骚》,采用幻想夸张的手法,很少纪实之辞。语言流畅、生动、形象,篇章结构跌宕有致,诚笃的爱国思想与丰富的想象相结合,是这组诗歌的主要特色。

匡 机

极运兮不中,①	尽力规劝君王但不中用,
来将屈兮困穷。②	只好委屈在此忍受贫穷。
余深愍兮惨怛,③	我深深地忧伤心中悲痛,
愿一列兮无从。④	希望陈述忠心无路可通。

乘日月兮上征， 乘着红日明月向上飞行，
顾游心兮鄗丰。⑤ 我心中顾念着丰都镐京。
弥览兮九隅，⑥ 我在天上遍览九州各地，
彷徨兮兰宫。 终于徘徊流连香草宫廷。
芷闾兮药房，⑦ 这里香芷屋子白芷的房，
奋摇兮众芳。⑧ 群花蓬勃开放散发馨香。
菌阁兮蕙楼，⑨ 蕙草的亭阁啊蕙草的楼，
观道兮从横。⑩ 道路交错楼台杂陈相望。
宝金兮委积， 这里宝石金银到处堆积，
美玉兮盈堂。 美丽的玉石啊聚满厅堂。
桂水兮潺湲，⑪ 桂花香水成河潺潺流淌，
扬流兮洋洋。 芬芳流水扬波浩浩荡荡。
蓍蔡兮踊跃，⑫ 老神龟乐滋滋爬来爬去，
孔鹤兮回翔。 孔雀仙鹤自由自在飞翔。
抚槛兮远望， 登上高楼凭栏远远眺望，
念君兮不忘。 我怀念着君王时时不忘。
怫郁兮莫陈， 心中愤懑忧愁向谁倾诉，
永怀兮内伤。 长久的思念啊内心悲伤。

①〔极运〕尽力规劝。《章句》："周转求君，道不合也。" ②〔来〕《章句》："还就农桑，修播植也。" ③〔惨怛〕（cǎn dá）忧伤、悲痛。 ④〔一列〕全部陈列出来。 ⑤〔游心〕游子之心。〔鄗〕同"镐（hào）"，古地名，是周武王姬发所定的京城。在今陕西省西安市长安区西南。〔丰〕古地名，周文王姬昌的都城。在今陕西省西安市鄠（hù）邑区境内。 ⑥〔弥览〕遍览。〔九隅〕九州。 ⑦〔闾〕一作室。〔药〕白芷叶。 ⑧〔奋摇〕指花蓬勃生长开放。 ⑨〔菌〕蕙草。《广雅·释草》："叶曰蕙，根曰薰。"《注》："香草，此即七里香，亦名零陵香者。" ⑩〔观〕宗庙或宫廷大门外两旁的高建筑物。也指宫廷中高大华丽的楼台。 ⑪〔桂水〕桂花香水。《章句》："芳流衍溢，周四境也。"⑫〔蓍〕《补注》："蓍当作耆。"耆，老。〔蔡〕《章句》："蔡，大

龟也。"《补注》："《淮南》云，大蔡，神龟。注云，大蔡，元龟所出地名，因名其龟为大蔡。"〔踊跃〕形容欢乐的样子。《章句》："蓍龟喜乐，慕清高也。"

通　路

天门兮地户，	天和地啊有无数的门户，
孰由兮贤者？	哪一个门是贤人走的路？
无正兮混厕，①	世上没有是非好坏混杂，
怀德兮何睹？②	我的内在品德何人看出？
假寐兮愍斯，③	和衣而睡心中无限忧伤，
谁可与兮寤语？④	谁能和我一起日夜相处？
痛凤兮远逝，	我悲痛凤凰已远远离去，
畜鹑兮近处。⑤	畜养的鹑雀却日见亲附。
鲸鳣兮幽潜，	大鲸鲟鱼只能深藏水底，
从虾兮游渚。⑥	小鱼小虾却可游戏洲渚。
乘虬兮登阳，⑦	我乘着那虬龙飞升上天，
载象兮上行。⑧	我在天上游览骑着神象。
朝发兮葱岭，⑨	清晨我从西方葱岭出发，
夕至兮明光。⑩	傍晚来到东方丹峦山岗。
北饮兮飞泉，⑪	我到北方渴饮昆仑飞泉，
南采兮芝英。	采摘灵芝花朵来到南方。
宣游兮列宿，⑫	二十八宿群星我都游遍，
顺极兮彷徉。⑬	围绕着北极我徘徊游荡。
红采兮骍衣，⑭	艳丽的彩虹做我的红衣，
翠缥兮为裳。⑮	淡青色的云朵做我下裳。
舒佩兮绅缡，⑯	舒缓衣带玉佩叮当着响，
竦余剑兮干将。⑰	握着干将宝剑引颈眺望。
腾蛇兮后从，⑱	腾蛇在我后面紧紧跟随，

飞驱兮步旁。⑲　　　那飞奔的驱驦跟在身旁。

微观兮玄圃，⑳　　　我暗暗地观看天帝玄圃，

览察兮瑶光。㉑　　　我仔细视察着北斗瑶光。

启匮兮探策，㉒　　　我打开了匣子取出蓍草，

悲命兮相当。　　　　悲惨的命运与卦上一样。

纫蕙兮永辞，　　　　我连缀着蕙草誓死不归，

将离兮所思。　　　　将永别思念的家乡君王。

浮云兮容与，　　　　我乘着白云啊自得而去，

道余兮何之。　　　　白云不知引我走向何方。

远望兮仟眠，㉓　　　遥望着楚国啊暗昧不明，

闻雷兮阗阗。㉔　　　我听见雷声在隆隆轰响。

阴忧兮感余，㉕　　　内心的忧愁啊震撼我心，

惆怅兮自怜。　　　　我怅然失意啊独自悲伤。

①〔无正〕《集注》："言无人能知己之贤，而平其是非也。"〔混厕〕混乱杂置。　②〔怀德〕内在品德。　③〔假寐〕《章句》："不脱冠带而卧曰假寐。"　④〔寤寐〕寤寐，醒时与睡时。犹言日夜。寤语，寤寐同语，引申为日夜相处。　⑤〔鹓〕通"鷃"（yàn），小鸟。　⑥〔陼〕一作渚。　⑦〔登阳〕上天。阳，指天。古人认为天为阳，地为阴。　⑧〔象〕传说中的神象。《章句》："神象，白身赤头，有翼能飞。"　⑨〔葱岭〕山名。在新疆西南境。昆仑，天山等大山都从这里发脉。《补注》："葱岭，山名。其山高大，生葱，故名。"　⑩〔明光〕《章句》："暮宿东极之丹峦也。"　⑪〔飞泉〕神话中的地名。《补注》："张揖云，飞泉在昆仑西南。"　⑫〔宣〕《补注》："宣，徧也。"徧，同"遍"。全面，遍及。〔列宿〕指二十八宿。　⑬〔顺极〕《章句》："周绕北辰。"北辰，北极星。　⑭〔红采〕《章句》："古本：'虹采兮霓衣。'"〔骍〕（xīng）红色的马。这里作形容词，红色的。　⑮〔翠缥〕指青云。缥（piǎo），淡青色的帛。　⑯〔綝缅〕（lín lí）《补注》："衣裳毛羽垂貌。"上文是用云霓做衣裳，如何有毛羽？疑非是。《章句》："缓带徐步，五玉鸣也。"近是。　⑰〔干将〕宝剑的名。《补注》："张揖云，干将，韩王

剑师也。《博物志》：干将阳龟文，莫邪阴漫理，此二剑吴王使干将作之。莫邪，干将妻也。夫妇善作剑。" ⑱〔腾蛇〕即螣蛇。神话中的神蛇。《山海经》："谓之飞蛇。"《补注》："荀子云，'螣蛇无足而飞。'文子曰：'螣蛇无足而腾。'郭璞云：'螣，龙类，能兴云雾而游其中。'" ⑲〔駏〕（jù）駏驉（xū），一种似骡的动物。这里指神话中的駏驉。《补注》："《淮南》云：'北方有兽，其名曰蹶，常为蛩蛩、駏驉取甘草。蹶有患，蛩蛩、駏驉必负而走。'郭璞曰：'邛邛似马而青。'《穆天子传》：'邛邛、駏驉，日走五百里。'" ⑳〔微观〕暗暗地看。㉑〔瑶光〕《补注》："瑶光，北斗杓第七星也，居中而运，历指十二辰。" ㉒〔策〕古代占卜用的蓍草。㉓〔仟眠〕暗昧不明的样子。《章句》："遥视楚国，阖未明也。" ㉔〔阗阗〕（tián）声音很大。（见《广雅释训》）这里指雷声。 ㉕〔感〕通"撼"。

危　俊

林不容兮鸣蜩，①	鸣叫的蝉难在林中栖息，
余何留兮中州？②	我又为何要在中州停留？
陶嘉月兮总驾，③	到吉日愉快地把车聚集，
搴玉英兮自修。	采摘美玉花朵修饰自己。
结荣茝兮逶逝，④	茝草系好书信我要远走，
将去兮远游。⑤	我将离开君王外出远游。
径岱土兮魏阙，⑥	我直往巍峨雄伟的泰山，
历九曲兮牵牛。⑦	经过九天我去访问牵牛。
聊假日兮相佯，	姑且趁这时光徘徊游荡，
遗光耀兮周流。	灿烂光芒照耀游遍四周。
望太一兮淹息，⑧	仰望太一尊神停滞不前，
纡余辔兮自休。⑨	舒缓我的马勒停下暂休。
晞白日兮皎皎，⑩	清晨东方升起明亮太阳，
弥远路兮悠悠。	道路多么遥远没有尽头。

顾列孛兮缥缥，^⑪　回头看见彗星轻轻飞去，
观幽云兮陈浮。^⑫　山中云气弥漫随风飘浮。
钜宝迁兮砏磤，^⑬　太岁星在转移隆隆震响，
雉咸雊兮相求。^⑭　野鸡声声鸣叫雌雄相求。
泱莽莽兮究志，　　　四周辽阔广大无边无际，
惧吾心兮惝惝。^⑮　担心自己心中又生忧愁。
步余马兮飞柱，^⑯　我的马在飞柱山下徘徊，
览可与兮匹俦。^⑰　我观察谁能做我的配偶。
卒莫有兮纤介，^⑱　众人邪佞终究不够理想，
永余思兮怞怞。^⑲　深深思虑啊我无限心忧。

①〔蜩〕（tiáo）蝉。　②〔中州〕中国。《汉书》注："中州，中国也。"《章句》："我去诸夏，将远逝也。"　③〔嘉月〕吉祥的日子。《章句》："嘉及吉时，驱乘驷也。"〔总〕汇集、聚集。总驾，聚集车辆。④〔结〕打结。古代书信是卷成卷子，外面用小带束住，在打结处加封泥。结荣茝，就是用茝草和花作束书信的小带，束住给君王的信。即屈原《离骚》中的"解佩纕以结言兮"的意思。〔逶〕（wēi）一作远。　⑤〔烝〕《章句》："《尔雅》曰，林烝，君也。"君王。　⑥〔岱〕（dài）泰山的别名。也叫"岱宗""岱岳"。〔魏阙〕也叫象魏。古代宫门前悬挂法令的地方。《补注》："许慎云，巍巍高大，故曰魏阙。"这里作形容词，高大巍峨的意思。　⑦〔九曲〕九天。《章句》："过观列宿，九天际也。"〔牵牛〕星名。在天鹰星座。　⑧〔淹息〕沉滞，停滞不前。《章句》："观天贵将止沉滞也。"　⑨〔纡〕（yū）屈曲。引申为"舒缓""放松"。《章句》："缓我马勒，留寝寐也。"　⑩〔睎〕（xī）天亮时的日光。《毛诗》《疏》："睎，谓将旦之时，日之光气始升于上。"《补注》："睎，明之始升也。"〔皎皎〕洁白明亮。　⑪〔列孛〕（—bèi）彗星。《章句》："邪视彗星，光瞥瞥也。"　⑫〔幽云〕山中云气。《章句》："山气滃郁，而罗列也。"　⑬〔钜宝〕太岁星。《章句》："太岁转移，声磕礚也。"〔砏磤〕（pīn yīn）《补注》："石声。"　⑭〔雊〕（gòu）野鸡叫。　⑮〔惝惝〕（chóu）忧愁的样子。《补注》："惝，忧也。"⑯〔飞柱〕神话中的山。《章句》："徘徊神山，且休息也。"　⑰〔匹俦〕

这里指配偶。《章句》："历观群英，求妃合也。二人为匹，四人为俦。"
⑱〔纤介〕细微的意思。这里指错误。《章句》："众皆邪佞，无忠直也。"
⑲〔怞怞〕（yóu）忧愁的样子。《章句》："愁心长虑，忧无极也。"《补注》："怞，忧貌。"

昭　世

世混兮冥昏，①
违君兮归真。②
乘龙兮偃蹇，③
高回翔兮上臻。④
袭英衣兮缇缲，⑤
披华裳兮芳芬。
登羊角兮扶舆，⑥
浮云漠兮自娱。⑦
握神精兮雍容，⑧
与神人兮相胥。⑨
流星坠兮成雨，
进瞵盼兮上丘墟。⑩
览旧邦兮滃郁，⑪
余安能兮久居。
志怀逝兮心怵悷，⑫
纡余辔兮踌躇。
闻素女兮微歌，⑬
听王后兮吹竽。⑭
魂凄怆兮感哀，⑮
肠回回兮盘纡。⑯
抚余佩兮缤纷，
高太息兮自怜。

社会腐败混乱政治黑暗，
我将离开君王追求性真。
乘驾着灵活高傲的神龙，
高高回旋翱翔向上飞升。
穿上鲜艳上衣五彩缤纷，
披着华丽下裳散发芳香。
驾着旋风慢慢盘旋而上，
乘云渡过银河愉快歌唱。
我的精神振作从容不迫，
我与仙人们还互助相帮。
天上流星陨落犹如降雨，
左顾右盼我登上了荒墟。
忽然看见故乡云气迷蒙，
我怎么能长久留居这里。
想要远走高飞内心悲伤，
舒缓我的马辔犹豫彷徨。
轻风传来素女婉转歌声，
我还听见伏妃竽声悠扬。
我的灵魂悲痛深感哀伤，
心中烦乱牵动缕缕愁肠。
抚摩身上玉佩叮当作响，
我深深地长叹自怜自伤。

使祝融兮先行，	扭转车头派遣祝融开路，
令昭明兮开门。⑰	我命令炎神去打开天门。
驰六蛟兮上征，	驾着六条蛟龙向上奔驰，
竦余驾兮入冥。⑱	我驱车驰向遥远的地方。
历九州兮索合，⑲	我游遍了天下寻找伴侣，
谁可与兮终生。	谁可终生为友苦乐同当。
忽反顾兮西囿，⑳	突然我向西囿回头眺望，
睹轸丘兮崎倾。㉑	看见山陵高峻崎岖峥嵘。
横垂涕兮泫流，㉒	思念故乡使我涕泪横流，
悲余后兮失灵。㉓	悲伤我的君王糊涂昏庸。

①〔冥昏〕黑暗。 ②〔违君〕离开君王。《章句》："将去怀王，就仁贤也。"〔归真〕还其本来。恢复真性。 ③〔偃蹇〕高傲，夭娇。 ④〔臻〕到，达到。 ⑤〔袭〕穿。〔英衣〕美丽如花的上衣。〔缇〕（tí）黄赤色的丝织品。这里作形容词，金黄色的。〔缗〕（qiè）麻织的衣。《补注》："缗，缏衣。"《说文》："缏（biàn），交枲也。"枲（xǐ），麻。交枲，就是用麻交错织成的衣。这里应作形容词，颜色错杂的。《章句》："重我绛袍，采色鲜也。" ⑥〔羊角〕旋风。《补注》："《庄子》：'抟扶摇羊角而上者九万里。'《疏》云：'旋风曲戾，犹如羊角。'《音义》云：'风曲上行曰羊角。'"〔扶与〕盘旋的样子。《补注》："《淮南子》云：'曾挠摩地，扶于猗那。'" ⑦〔云漠〕疑是"云汉"之误。云汉，天河、银河。《章句》："或曰：浮云汉。汉，天河也。" ⑧〔神精〕人的精神。《章句》："握持神明，动容仪也。"〔雍容〕温和，从容不迫的样子。 ⑨〔胥〕助。 ⑩〔瞵〕（lín）视，看。瞵盼，左顾右盼。 ⑪〔滃郁〕《补注》："云气起也。" ⑫〔惏慄〕（liú lì）忧伤，悲怆。 ⑬〔微歌〕轻歌。微，作动词。《章句》："神仙讴吟，声依违也。" ⑭〔王后〕指伏妃。《章句》："伏妃作乐，百虫至也。" ⑮〔凄怆〕悲痛，伤感。 ⑯〔回回〕纡曲。引申为心乱的样子。〔盘纡〕屈曲。 ⑰〔昭明〕炎神。《章句》："炎神前驱，关梁发也。" ⑱〔竦〕《说文》："敬也。"有敬肃的意思。引申为振作。〔入冥〕到深远的地方去。《章句》："遂驰我车，上寥廓也。" ⑲〔索合〕寻求配合的人。《章句》："周遍天

下，求双匹也。" ⑳〔西圃〕不详。疑为陇蜀之地的园圃。《章句》："见彼陇蜀，道阻陑也。" ㉑〔轸〕（zhěn）隐曲，屈曲。轸丘，高峻的山。 ㉒〔泫〕（xuàn）流泪。《补注》："泫，涕流貌。" ㉓〔失灵〕头脑不清。

尊 嘉

季春兮阳阳，①	阳春三月天气风和日暖，
列草兮成行。	百卉争妍斗艳排列成行。
余悲兮兰生，②	兰草独自凋零使我悲哀，
委积兮从横。	茎叶交错重叠花朵损伤。
江离兮遗捐，	香草江离被遗弃在山林，
辛夷兮挤臧。③	美丽辛夷受排挤而隐藏。
伊思兮往古，	于是我想到前世的俊贤，
亦多兮遭殃。	命运大多不好遇祸遭殃。
伍胥兮浮江，	子胥尽忠被害弃尸江河，
屈子兮沈湘。	屈原受嫉遭谗自沉湘江。
运余兮念兹，④	又联想到自己今天遭遇，
心内兮怀伤。	内心悲痛难诉几断愁肠。
望淮兮沛沛，	我望着那淮河波涛滚滚，
滨流兮则逝。	站在河边就想顺流而往。
榜舫兮下流，⑤	乘着小船顺水驶向远方，
东注兮磕磕。⑥	流水东注入海浪涛激荡。
蛟龙兮导引，	蛟龙在前游戏给我导航，
文鱼兮上濑。⑦	文鱼助我迎着急流而上。
抽蒲兮陈坐，⑧	用蒲草做座席铺在船中，
援芙蕖兮为盖。	采荷花做船篷盖在船上。
水跃兮余旌，	波浪翻卷水珠溅上船旗，
继以兮微蔡。⑨	船里香草旁边水花开放。

云旗兮电骛，⑩　　　　挂着云旗前进风驰电掣，
倏忽兮容裔。⑪　　　　小船迅速飞奔起伏跳荡。
河伯兮开门，　　　　　河伯把他府第大门打开，
迎余兮欢欣。　　　　　欢欣鼓舞迎接我的来访。
顾念兮旧都，　　　　　这时侯我突然思念故国，
怀恨兮艰难。　　　　　心中生起怨恨前途无望。
窃哀兮浮萍，　　　　　可怜啊我就像水上浮萍，
泛淫兮无根。⑫　　　　到处漂泊没有自己家乡。

①〔阳阳〕风和日暖的样子。《章句》："三月温和，气清明也。"
②〔生〕《章句》："生，一作悴。""哀彼香草，独陨零也。"　　③
〔挤臧〕排挤隐藏。《补注》："挤，排也。臧，匿也。"　　④〔运余〕
回头想到自己。　　⑤〔榜〕船桨。这里作动词。榜舫，乘舟。《章句》："乘
舟顺水，游海滨也。"〔舫〕两条船并在一起。也作船的通称。　　⑥〔磕磕〕
（kē）水石相互撞击声。　　⑦〔濑〕急流。　　⑧〔抽蒲〕《章句》："拔
草为席，处薄单也。"　　⑨〔蔡〕草。《补注》："蔡，草也。"　　⑩
〔骛〕（wù）急跑。电骛，风驰电掣般地前进。　　⑪〔容裔〕起伏的样
子。　　⑫〔泛淫〕《补注》："相如赋云：'泛淫泛滥。'泛音冯，浮也。"
泛淫，漂浮。

蓄　英

秋风兮萧萧，　　　　　秋风阵阵吹来其声萧萧，
舒芳兮振条。①　　　　树木花草在秋风中动摇。
微霜兮眇眇，　　　　　微霜轻轻降临微寒渐生，
疾疭兮鸣蜩。②　　　　飞蝉蜷缩双翼不再鸣叫。
玄鸟兮辞归，②　　　　春燕即将飞回温暖南方，
飞翔兮灵丘。③　　　　它在神山上空飞翔盘绕。
望溪兮滃郁，　　　　　我看见山谷中云气弥漫，

熊罴兮响噑。④	山林里熊罴在声声吼叫。
唐虞兮不存，	今天世上已经没有尧舜，
何故兮久留？	为何久留这里忍受煎熬？
临渊兮汪洋，	瞻望大川流水无边无际，
顾林兮忽荒。	回视山林树木隐隐约约。
修余兮袿衣，⑤	我已经修整好自己衣裳，
骑霓兮南上。	骑上虹霓高高飞向南方。
乘云兮回回，⑥	我乘着那彩云迅速奔驰，
亹亹兮自强。⑦	我要勤勉不倦庄敬自强。
将息兮兰皋，	我将在兰草的水滨休息，
失志兮悠悠。⑧	考虑不周使我深思难忘。
荴蕴兮霉黧，⑨	我的忧思郁积面目垢黑，
思君兮无聊。	我思念着君王愁闷难当。
身去兮意存，	身离国君但还情牵意连，
怆恨兮怀愁。	胸中满怀忧愁内心悲伤。

①〔舒芳〕使花草舒展、摇动的意思。〔振条〕让树枝动摇。 ②〔玄鸟〕燕子。 ③〔灵丘〕神山。《章句》：“悲鸣神山，奋羽翼也。” ④〔响〕同“吼”。〔噑〕（háo）野兽叫。 ⑤〔袿衣〕（guī—）《补注》：“《广雅》：‘袿衣，长襦也。’《释名》：‘妇人上服曰袿，其下垂者上广下狭，如刀圭。’” ⑥〔回回〕杂沓奔驰的样子。 ⑦〔亹亹〕（wěi）勤勉不倦的样子。 ⑧〔失志〕欠考虑。 ⑨〔荴蕴〕（fén yùn）蓄积。《补注》：“荴蕴，蕴积也。”《章句》：“愁思蓄积，面垢黑也。”〔霉黧〕（méi lí）《补注》：“霉，物中久雨青黑；焦，黑黄。”

思　忠

登九灵兮游神，①	我想登上九天舒畅精神，
静女歌兮微晨。②	黎明时传来了神女歌声。

悲皇丘兮积葛，③
众体错兮交纷。
贞枝抑兮枯槁，
枉车登兮庆云。④
感余志兮惨栗，
心怆怆兮自怜。
驾玄螭兮北征，⑤
向吾路兮葱岭。
连五宿兮建旄，⑥
扬氛气兮为旌。⑦
历广漠兮驰骛，
览中国兮冥冥。
玄武步兮水母，⑧
与吾期兮南荣。⑨
登华盖兮乘阳，⑩
聊逍遥兮播光。
抽库娄兮酌醴，⑪
援瓢瓜兮接粮。⑫
毕休息兮远逝，
发玉轫兮西行。
惟时俗兮疾正，
弗可久兮此方。
痛辟摽兮永思，⑬
心怫郁兮内伤。

悲哀大山上的众多葛草，
茎叶交错生长纷繁茂盛。
正直的枝条却受压枯萎，
弯曲的装满车反见珍贵。
想到这些使我无限悲痛，
心里充满忧愁独自伤悲。
我乘驾着玄螭向北奔去，
我的道路向着西北葱岭。
连接五个星宿做我大旗，
大雾就像旗帜飘扬前行。
经过广阔沙漠驱车驰骋，
看见中原上空昏暗不明。
玄武和水神都前来送我，
以后相会南方与我约定。
我攀登上北斗升到天上，
姑且自由自在传播光芒。
提起库娄群星斟满酒浆，
捧着天官四星承接食粮。
休息好后我将远远离去，
驱车出发我要奔向西方。
想到世俗的人嫉恨忠直，
我不可以久留这个地方。
我日夜地抚胸长久思虑，
忧愤积结使我体内损伤。

①〔九灵〕九天。《章句》："想登九天，放精神也。"〔游神〕
舒畅精神。 ②〔静女〕神女。《章句》："神女夜吟，声激情也。"
③〔皇丘〕大山。 ④〔庆云〕《章句》："庆云，喻尊显也。"《补注》："汉
《天文志》：'若烟非烟，若云非云，郁郁纷纷，萧索轮囷，是谓庆云。'"
⑤〔玄螭〕山神。《章句》："将乘山神，而奔走也。" ⑥〔五宿〕天

上五个星宿。　⑦〔氛〕通"雰"（fēn），雾气。　⑧〔水母〕水神。《章句》："天龟水神，侍送余也。"　⑨〔南荣〕南方。《章句》："南方冬温，草木常茂，故曰南荣。"　⑩〔华盖〕北斗星等一群星。《补注》："华盖七星，其杠九星、合十六星，如盖状，在紫微宫中，临勾陈上，以荫帝座。"〔乘阳〕上天。　⑪〔库〕〔娄〕星名。《补注》："《大象赋》注云：'库楼十星，五柱十五星，衡四星，合二十九星，在角南。'晋《天文志》云：'库楼十星，六大星为库，南四星为楼。'按，库楼形似酌酒之器，故云。"　⑫〔瓟瓜〕（bó—）小瓜。这里是星名。《补注》："瓟瓜，天官星。古曰瓟瓜，一名天鸡，在河鼓东。"　⑬〔辟〕《章句》："辟，拊心貌。"抚胸，拍胸的样子。〔摽〕（biào）《补注》："摽，惊心也。""摽，击也。"

陶　壅

览杳杳兮世惟，①	看见世人思想多么愚昧，
余惆怅兮何归。	心里失意忧愁无处可归。
伤时俗兮溷乱，	哀伤社会如此昏暗混乱，
将奋翼兮高飞。	我将振奋双翼远走高飞。
驾六龙兮连蜷，②	驾着六龙飞翔盘旋前进，
建虹旌兮威夷。③	树立彩虹大旗随风飘舞。
观中宇兮浩浩，④	看到天下这么辽阔广大，
纷翼翼兮上跻。⑤	振作精神迅速向上飞奔。
浮溺水兮舒光，⑥	渡过弱水河我焕发光彩，
淹低徊兮京沶。⑦	暂且留在高洲游荡徘徊。
屯余车兮索友，	把车停驻下来寻求伙伴，
观皇公兮问师。⑧	看到天帝向他请教学习。
道莫贵兮归真，⑨	他说道最高是归真返璞，
羡余术兮可夷。⑩	赞扬我的道术令人可喜。
吾乃逝兮南娭，⑪	于是我又驱车奔向九疑，

道幽路兮九疑。	经过九疑山路阴暗崎岖。
越炎火兮万里，	我又穿越万里炎热地带，
过万首兮嶷嶷。⑫	涉历海中万千高峻岛屿。
济江海兮蝉蜕，⑬	渡过江海我将得到解脱，
绝北梁兮永辞。	越过北面桥梁永远别离。
浮云郁兮昼昏，	乌云弥漫天空白日昏暗，
霾土忽兮壒壒。⑭	大风上下翻卷尘土扬起。
息阳城兮广夏，⑮	我休息在阳城广大屋里，
衰色罔兮中怠。⑯	我的意志松懈精神疲乏。
意晓阳兮燎寤，⑰	我的心中明亮理解事理，
乃自诊兮在兹。⑱	在此我要认真检查自己。
思尧舜兮袭兴，⑲	思慕尧舜二圣相继兴盛，
幸咎繇兮获谋。	希望遇到皋陶得到教益。
悲九州兮靡君，	悲伤普天之下没有贤君，
抚轼叹兮作诗。	只好伏车作诗寄托悲绪。

①〔杳杳〕本为深远、幽暗的样子。这里引申为愚昧。〔世惟〕世人的思想。《章句》："观楚泥浊，俗愚蔽也。" ②〔连蜷〕长屈的样子。 ③〔威夷〕旗貌。逶蛇。《章句》："树蜥蝀蝀旗，纷光耀也。" ④〔中宇〕即宇中。天下。 ⑤〔翼翼〕壮健的样子。纷冀翼，《章句》："盛气振迅。"〔跻〕登、升。 ⑥〔溺〕《章句》："溺与弱同。"弱水，水名。见前注。〔舒光〕焕发光彩。《章句》："遂渡沉流，扬精华也。" ⑦〔泧〕（chí）《章句》："水中可居为洲，小洲为渚，小渚为泧。京泧，即高洲也。" ⑧〔皇公〕天帝。《章句》："遂见天帝，谘秘要也。"〔问师〕请教学习。"观"，一本作"觐"。 ⑨〔归真〕还其本性。⑩〔余术〕我的道术。〔夷〕喜。《章句》："念己道艺，可悦乐也。夷，喜也。" ⑪〔南娭〕九疑山。（见《中文大辞典》） ⑫〔万首〕指海中岛屿很多。《章句》："见海中山数万头也。海中山石，嶷嶷岳岳，万首交峙也。"〔嶷嶷〕（nì）高峻的样子。 ⑬〔蝉蜕〕蝉脱皮。比喻解脱。《补注》："《淮南》云，蝉饮而不食三十日而蜕。" ⑭〔壒壒〕（méi）

尘土飞扬的样子。 ⑮〔阳城〕地名。春秋时楚地。《文选》《注》："阳
城，下蔡，县名。盖楚之贵介公子所封。"〔夏〕通"厦"。 ⑯〔衰色罔〕
疑作"气衰罔"。《章句》："志欲懈倦，身罢（pí）劳也。色，一作气。"
⑰〔晓阳〕犹晓明。按，陽字古亦作"阳"，形与"明"字近，晓明讹作"晓
阳"。（见《中文大辞典》）〔燎寤〕即"憭悟"，理解。 ⑱〔诊〕（zhěn）
《补注》："诊，视也。当作诊。" ⑲〔袭兴〕相继兴盛。

株　昭

悲哉于嗟兮，	可怜啊我心中多么悲伤，
心内切磋。①	满腔愤懑使我痛断愁肠。
款冬而生兮，②	款冬在严寒下生长开花，
凋彼叶柯。	百草根茎却又受到损伤。
瓦砾进宝兮，	瓦器石头作为宝贝进献，
捐弃隋和。③	隋侯珠和氏璧抛弃一旁。
铅刀厉御兮，④	受到重用的是钝挫铅刀，
顿弃太阿。⑤	认为太阿不利没人肯要。
骥垂两耳兮，	千里马疲惫地垂下两耳，
中坂磋跎。⑥	爬到半山坡上失足跌倒。
蹇驴服驾兮，	跛脚毛驴驾在车的当中，
无用日多。	它能够拉车的时候很少。
修洁处幽兮，	清白廉洁处于恶劣境地，
贵宠沙麇。⑦	权贵宠臣却能亲近国君。
凤皇不翔兮，	凤凰不能上天自由翱翔，
鹑鹩飞扬。	鹌鹑鷃雀却可到处飞扬。
乘虹骖虬兮，	我要乘驾虹霓外出远游，
载云变化。	车上载着彩云变化无常。
鹬鹏开路兮，⑧	我命令凤凰在前面开路，
后属青蛇。	叫青蛇在后边紧紧跟上。

步骤桂林兮，⑨	向着桂林或慢或快前进，
超骧卷阿。⑩	马儿昂首越过险峻山岗。
丘陵翔舞兮，	山丘欢乐起舞迎接着我，
溪谷悲歌。	溪谷流水潺潺慷慨悲歌。
神章灵篇兮，	众神写出了美妙的诗篇，
赴曲相和。⑪	弹奏琴瑟五音相互应和。
余私娱兹兮，	我默默地感到非常愉快，
孰哉复加。⑫	天下何处会有这种欢乐。
还顾世俗兮，	回头看看人间世俗生活，
坏败罔罗。⑬	废弃仁义社会一片混浊。
卷佩将逝兮，⑭	我将收拾行装远远离去，
涕流滂沲。⑮	但是思君念国涕泪太多。

①〔切磋〕古时加工骨器称切，加工象牙称磋。这里比喻内心绞痛。②〔款冬〕植物名。菊科，多年生草木。叶圆大，春初茎端开黄花，百草中此花最先开，虽冰雪下也生芽，所以叫款冬。　③〔隋、和〕《补注》："隋侯之珠，和氏之璧。"　④〔厉御〕积极进献。　⑤〔顿〕《补注》："顿音钝，不利也。"〔太阿〕古代宝剑名。也作泰阿。相传春秋时，楚王命欧冶子干将铸龙渊、泰阿、工布三剑。楚王持泰阿率众击破敌军。　⑥〔坂〕山坡。〔蹉跎〕（cuō tuó）失足、摔倒。　⑦〔沙〕《补注》："沙，摩挲也。"抚摩，引申为亲近。〔劘〕（mó）迫近。　⑧〔鹔鹏〕《补注》："《博雅》：'鹔鹏，凤也。'"　⑨〔步骤〕步，缓行；骤，疾走。引申为缓急、快慢。　⑩〔骧〕（xiāng）马抬着头快跑。〔卷〕《补注》："卷，曲也。"引申为险峻。〔阿〕大陵，高山。　⑪〔赴曲〕赴，投入。赴曲，乐曲齐奏。《章句》："宫商并会，应琴瑟也。"　⑫〔孰哉复加〕《章句》："天下欢悦，莫如今也。"　⑬〔坏败罔罗〕是不再团结各种好的人才。《章句》："废弃仁义，修诡谀也。"　⑭〔卷佩〕佩，系在衣带上的装饰品。这里指代衣服。卷佩，收拾行装。《章句》："祛衣束带，将横奔也。"　⑮〔滂沲〕同"滂沱"。

乱曰：皇门开兮照下土，①　尾声：王门大大打开光照四方，株秽除兮兰芷睹。②　　　　　　邪恶驱除干净英才满堂。

四佞放兮后得禹，③　　　　　　放逐骧共苗鲧才得大禹，

圣舜摄兮昭尧绪，④　　　　　　虞舜执政唐尧遗业兴旺，

孰能若兮愿为辅。⑤　　　　　　谁像尧舜我愿辅佐君王。

①〔皇门〕王门。《章句》："王门启开，路四通也。"　②〔株〕泛指草木。　③〔四佞〕指尧的四个臣子：骧（huān）兜、共工、苗、鲧。《章句》："骧共苗鲧，窜四荒也。"　④〔摄〕摄政。代君主处理国政。〔绪〕前人留下来的事业。　⑤〔能若〕如尧舜。《章句》："谁能知人，如唐虞也。"

九　叹

　　本篇是刘向所作。刘向（前79—前8），西汉经学家、目录学家、文学家。字子政，本名更生。汉皇族，楚元王刘交的第四代孙。历经宣帝、元帝、成帝三朝，居官三十余年。宣帝时，招选名儒俊才，他以通达能作文应选，献赋颂凡数十篇。他的辞赋，今仅存《九叹》一篇。元帝时，擢宗正。他屡次上书弹劾宦官弘恭、石显，被废十余年。成帝即位，显等伏罪，乃复进用，更名向，任光禄大夫，终中垒校尉。他校理古籍，在我国学术文化上有很大贡献。汉朝从武帝起令民间献书，成帝又派人到各郡国搜集，百年之间，书积如山。汉成帝命他校理宫中藏书，他担任经传、诸子、诗赋部分的校理。校书二十余年，未完成的工作，即由他儿子刘歆续成。他们的这一整理工作，是孔子编六经以后的又一惊人之举。因此，在我国校雠学上，刘向父子是创始人。刘向著有《尚书洪范五行传论》《五经通义》《七略》《别录》《列女传》《新序》《说苑》等，集六卷。

　　九叹的意思，王逸《楚辞章句》认为："叹者，伤也，息也。言屈原放在山泽，犹伤念君，叹息无已，所谓赞贤以辅志，骋词以曜德者也。"《九叹》由九个短篇组成。作者代屈原抒情。作品中抒发了屈原不见容于君、不受知于世的悲叹，描写了他所表现出的强烈爱国热情和为了追求理想而不屈不挠的执着精神，与屈原的基本思想是一致的。在结构上采用若断若续、回环往复的手法，以主人公思想的跃动、发展为线索，反反复复地再三咏唱，层层紧扣，最后还加上一个"叹曰"的尾声，将感情的抒发推到更充沛、更浓烈的境界。大量运用叠字、双声、叠韵是其语言上的显著特色。

逢　纷

伊伯庸之末胄兮，^①	我就是伯庸大人的后代，

伊伯庸之末胄兮，①
谅皇直之屈原。②
云余肇祖于高阳兮，③
惟楚怀之婵连。④
原生受命于贞节兮，⑤
鸿永路有嘉名。⑥
齐名字于天地兮，
并光明于列星。
吸精粹而吐氛浊兮，⑦
横邪世而不取容。
行叩诚而不阿兮，⑧
遂见谗而逢排。⑨
后听虚而黜实兮，⑩
不吾理而顺情。
肠愤悁而含怒兮，⑪
志迁蹇而左倾。⑫
心悦慌其不我与兮，⑬
躬速速其不吾亲。⑭
辞灵修而陨志兮，⑮
吟泽畔之江滨。
椒桂罗以颠覆兮，
有竭信而归诚。⑯
谗夫蔼蔼而漫著兮，⑰
曷其不舒予情。⑱

我就是伯庸大人的后代，
有诚信正直美德的屈原。
我的始祖就是古帝高阳，
楚怀王与我是同一祖先。
我受天地阴阳正气降生，
我有美好名字远大前程。
我的名和字与天地相齐，
美好德行可比天上群星。
我吸天地精华吐出浊气，
人世专横邪恶难容自己。
我的行为真诚正直无私，
于是遭到谗毁受到排挤。
君王听信假话贬斥好人，
顺从佞人虚情对我不理。
我心充满愤恨怒火填膺，
我的意志颓丧犹豫不定。
国君不信任我内心悲伤，
君王不亲近我孤苦伶仃。
我辞别了君王怅然失意，
我只好吟唱在江畔水滨。
要像椒桂必然遇害遭难，
竭尽忠信才能归于诚心。
朝廷谗人众多褒己贬人，
为什么不让我表明心情。

始结言于庙堂兮，⑲
信中涂而叛之。⑳
怀兰蕙与衡芷兮，
行中野而散之。㉑
声哀哀而怀高丘兮，㉒
心愁愁而思旧邦。
愿承闲而自恃兮，㉓
径淫曀而道雍。㉔
颜霉黧以沮败兮，㉕
精越裂而衰耄。㉖
裳襜襜而含风兮，㉗
衣纳纳而掩露。㉘
赶江湘之湍流兮，㉙
顺波凑而下降。㉚
徐徘徊于山阿兮，
飘风来之汹汹。㉛
驰余车兮玄石，㉜
步余马兮洞庭。㉝
平明发兮苍梧，㉞
夕投宿兮石城。㉟
芙蓉盖而菱华车兮，㊱
紫贝阙而玉堂。㊲
薜荔饰而陆离荐兮，㊳
鱼鳞衣而白霓裳。㊴
登逢龙而下陨兮，㊵
违故都之漫漫。
思南郢之旧俗兮，㊶
肠一夕而九运。
扬流波之潢潢兮，㊷

从前我们在宗庙里约好，
现在听人挑拨中途变心。
我怀里有各种美丽香草，
来到荒野只好把它抛弃。
我怀念着朝廷悲伤不已，
我思念着家乡无限愁情。
希望趁君闲暇竭尽忠心，
但是道路不通前途不明。
我已面黄饥瘦形销骨立，
精神沮丧身体衰老无力。
阵阵寒风吹动我的下裙，
浓浓霜露沾湿我的上衣。
在长江湘水急流中航行，
乘着滚滚波浪顺流而去。
来到山谷里我慢慢行走，
迅猛的旋风却迎面吹来。
我的车马向着玄石奔去，
来到洞庭山下马又徘徊。
黎明我从苍梧山下出发，
傍晚我来到石城山投宿。
荷花朵朵盖在菱花车上，
紫贝的楼台白玉的厅堂。
薜荔作装饰美玉作卧席，
五彩的上衣洁白的裙裳。
攀登逢龙山上向下眺望，
离开故国道路多么漫长。
我想起郢都的风土人情，
愁肠一夜九转盼望回乡。
我随着宽广激荡的流水，

体溶溶而东回。⑬　　　　浪涛翻卷把我送到东方。
心怊怅以永思兮，　　　　心中无穷忧愁长久思虑，
意啽啽而日颓。⑭　　　　精神抑郁一天天地颓唐。
白露纷以涂涂兮，⑮　　　　浓重的白露已纷纷下降，
秋风浏以萧萧。⑯　　　　秋风急疾吹来萧萧声响。
身永流而不还兮，　　　　我的身体随水长流不还，
魂长逝而常愁。　　　　我的灵魂远去常念故乡。
叹曰：　　　　　　　多么可叹啊：
譬彼流水，纷扬磕兮。⑰　　　你就像那流水卷起波浪，
波逢汹涌，溃滂沛兮。　　　浪涛汹涌澎湃浩浩荡荡。
揄扬涤荡，漂流陨往，⑱　　　流水激荡回旋浪花飞扬，
触崟石兮。⑲　　　　　层层波浪撞击岩石之上。
龙邛胏圈，缭戾宛转，⑳　　　激流回旋冲荡搏击险阻，
阻相薄兮。　　　　　水流盘旋不前终被阻挡。
遭纷逢凶，蹇离尤兮。　　　这就像遇到了无穷灾害，
垂文扬采，遗将来兮。㉑　　　只好谱写诗篇以待将来。

①〔末胄〕后裔，子孙。　②〔谅〕《章句》："谅，信也。《论语》曰：'君子贞而不谅。'"〔皇〕美、大。　③〔肇祖〕始祖。　④〔婵连〕《章句》："婵连，族亲也。言屈原与怀王俱颛顼之孙，有婵连之族亲，恩深而义笃也。"据《史记·屈原列传》记载，屈原出身于楚国贵族，和楚王同姓。楚国本来姓芈（mǐ），楚王鬻熊以后以熊为氏。屈原与楚王同祖，也应姓芈，屈是氏称。他的祖先屈瑕，是楚武王熊通的儿子，被封在"屈"这个地方，后代就以屈为氏。后来姓氏不分，所以说屈原姓屈。屈原和楚王同一始祖，这个始祖就是传说中的古帝颛顼高阳氏。　⑤〔贞节〕贞，正。节，节度。《章句》："言屈原受阴阳之正气，体合大道。"阴阳正气，是引申义。　⑥〔鸿永路〕《章句》："鸿，大也；永，长也；路，道也。"前途远大。　⑦〔精粹〕《章句》："天地清明之气。"〔氛浊〕《章句》："氛，恶气也。"恶浊污秽之气。　⑧〔叩诚〕真诚，款诚。　⑨〔逢排〕遭到排逐。　⑩〔黜实〕《章句》："黜，贬也。实，诚也。"

实，指诚实的人。 ⑪〔愤悁〕愤恨。 ⑫〔迁蹇〕《章句》："一云'志徙倚而左倾'。"徙倚，留连徘徊。〔左倾〕意思是说意志颓丧而不振。 ⑬〔愰慌〕恍惚。《补注》："失意。"内心悲伤。 ⑭〔速速〕《章句》："不亲附貌也。" ⑮〔陨志〕陨，失。失意。 ⑯〔竭信〕竭尽忠信。〔归诚〕归心于诚。 ⑰〔蔼蔼〕（ǎi）《章句》："盛多貌也。《诗》云：'蔼蔼王多吉士。'"〔漫著〕打击别人，抬高自己。《章句》："谗人相聚，蔼蔼而盛，欲漫污人以自著明。" ⑱〔舒〕本为伸展。引申为表明之意。 ⑲〔结言〕《章句》："结，犹联也。"约好。 ⑳〔涂〕通"途"。 ㉑〔中野〕荒野中。 ㉒〔高丘〕喻朝廷。 ㉓〔自恃〕自负。自行肩负其职责。（见《中文大辞典》） ㉔〔淫曀〕《章句》："闇昧也。" ㉕〔霉〕这里指面黑。〔黧〕（lí）黑中带黄的颜色。〔沮〕《章句》："坏也。" ㉖〔越裂〕《章句》："越，去也。裂，分也。"这里指精神上灰心失意。〔耄〕年老。 ㉗〔襜襜〕（chān）《补注》："衣动貌。" ㉘〔纳纳〕《章句》："濡湿貌也。言己放行山野，下裳襜襜而含疾风，上衣濡湿而掩霜露，单行独处，身苦寒也。"〔掩〕遍及，尽。 ㉙〔江湘〕长江和湘水。 ㉚〔凑〕《章句》："聚也。" ㉛〔汹汹〕《补注》："汹，水势。"原指水势迅猛，这里形容风很大。 ㉜〔玄石〕《章句》："山名。" ㉝〔洞庭〕《补注》："谓洞庭之山。" ㉞〔苍梧〕山名。即九疑山，在今湖南宁远县。 ㉟〔石城〕《章句》："石城，山名。" ㊱〔菱〕又称芰。果类植物，生在池塘中，叶浮水面，夏天开花，实有二角、三角或四角，青色或红色，可吃。 ㊲〔阙〕（què）皇宫前面两边的楼台，中间有道路。 ㊳〔陆离荐〕《章句》："陆离，美玉也。荐，卧席也。" ㊴〔鱼鳞衣〕《章句》："杂五采为衣，如鳞文也。" ㊵〔逢龙〕《章句》："山名。"〔下陨〕陨，从高往低落。这里指从上往下看。《章句》："言已登逢龙之山而遂下顾，去楚国之辽远也。" ㊶〔南郢〕楚国郢都。 ㊷〔潢潢〕《补注》："水深广貌。" ㊸〔溶溶〕《章句》："波貌。"波浪翻卷的样子。〔东回〕《章句》："言已随流而行，水盛广大，波高溶溶，将东入于海也。" ㊹〔晻晻〕抑郁。 ㊺〔涂涂〕《章句》："厚貌。"浓厚的样子。 ㊻〔浏〕《章句》："风疾貌也。" ㊼〔譬彼流水〕《章句》："水性清洁平正，顺而不争，故以喻屈原也。"〔磕〕水石撞击的声音。《补注》："磕，石声。" ㊽〔揄扬〕挥扬，扬起。〔涤荡〕动摇、动荡。 ㊾〔崟〕（yín）《章句》："锐也。"崟石，锐利的岩石。

(50)〔龙邛〕薄击。《骈雅释诂下》：“龙邛，薄击也。”即迫击。〔脟圈〕（luán—）〔缭戾〕《补注》：“脟圈、缭戾，曲也。”流水回旋搏击的样子。 (51)〔垂文〕〔扬采〕同义。垂扬，流传。文采，指文章、诗赋。《章句》：“将垂典雅之文，扬美藻之采，以遗将来贤君，使知己志也。”

离 世

灵怀其不吾知兮，	怀王不知道我清白廉正，
灵怀其不吾闻。	怀王不了解我忠心耿耿。
就灵怀之皇祖兮，	我要向怀王的祖先伸冤，
愬灵怀之鬼神。	我要向怀王的鬼神求证。
灵怀曾不吾与兮，	怀王的心不与我的相同，
即听夫人之谀辞。	又听信小人的无耻谗言。
余辞上参于天地兮，①	我说的话可以上合天地，
旁引之于四时，	也能够从旁用四时检验。
指日月使延照兮，②	太阳月亮永远知道我心，
抚招摇以质正。③	北斗七星也可为我证明。
立师旷俾端词兮，④	我用的词可请师旷考察，
命咎繇使并听。⑤	我讲的话可让皋陶细听。
兆出名曰正则兮，⑥	炙龟求得我的名叫正则，
卦发字曰灵均。⑦	卜卦得到我的字是灵均。
余幼既有此鸿节兮，⑧	我小时候已有好的节度，
长愈固而弥纯。	长大节度更加纯正坚定。
不从俗而诐行兮，⑨	从不随波逐流胡作妄行，
直躬指而信志。⑩	我身正志坚而充满信心。
不枉绳以追曲兮，	决不改变直行追求邪曲，
屈情素以从事。⑪	委屈自己心志阿谀逢迎。
端余行其如玉兮，	端正我的行为纯洁如玉，
述皇舆之踵迹。⑫	遵循先王治国光辉足迹。

群阿容以晦光兮，⑬
皇舆覆以幽辟。⑭
舆中涂以回畔兮，⑮
驷马惊而横奔。
执组者不能制兮，⑯
必折轭而摧辕。⑰
断镰衔以驰骛兮，⑱
暮去次而敢止。⑲
路荡荡其无人兮，⑳
遂不御乎千里。
身衡陷而下沈兮，㉑
不可获而复登。
不顾身之卑贱兮，
惜皇舆之不兴。
出国门而端指兮，
冀一寤而锡还。㉒
哀仆夫之坎毒兮，㉓
屡离忧而逢患。
九年之中不吾反兮，
思彭咸之水游。
惜师延之浮渚兮，㉔
赴汨罗之长流。
遵江曲之逶移兮，
触石碕而衡游。㉕
波濞濞而扬浇兮，㉖
顺长濑之浊流。
凌黄沲而下低兮，㉗
思还流而复反。
玄舆驰而并集兮，㉘

群小阿谀奉承君王不明，
朝廷一片黑暗国家危倾。
好像车行中途忽然回转，
如四马惊惧而乱跑狂奔。
抓住缰绳的人不能控制，
车轭必然折断车辕毁损。
马勒断衔口裂车马飞驰，
傍晚经过旅舍谁敢制止。
道路空空荡荡没有一人，
车马无羁奔走千里路程。
马儿陷入泥泽疲惫倒下，
车马重新上路已不可能。
我不顾念自身卑微贫贱，
哀伤楚国事业不能兴盛。
我离开郢都而意志坚定，
希望君王觉悟赐我回还。
可怜仆夫为我表示愤恨，
多次受到迫害遭到祸患。
放逐九年君不让我回转，
使我想起彭咸水里游戏。
痛惜师延浮游濮水小洲，
我也将要奔赴汨罗江流。
沿着曲折长江宛转前进，
船儿碰到石岸掉头横走。
涛声澎湃急流翻起波浪，
顺着湍急江水驶进浊流。
乘着长江波浪顺流而下，
心中想返回又掉转船头。
驾着水车与船并肩向前，

身容与而日远。　　　　我安闲放任地越走越远。

櫂舟杭以横沥兮，㉙　　　我拨正了航船横渡长江，

济湘流而南极。　　　　我渡过湘水后走向南方。

立江界而长吟兮，　　　站在长江边上迎风高唱，

愁哀哀而累息。㉚　　　声声长叹心里无限悲伤。

情慌忽以忘归兮，　　　我的心中糊涂忘归故里，

神浮游以高厉。㉛　　　精神浮游四周高高飞扬。

心蛩蛩而怀顾兮，㉜　　我的心中常怀忧愁思君念国，

魂眷眷而独逝。㉝　　　魂魄向往故都独自前往。

叹曰：　　　　　　　　多么可叹啊：

余思旧邦，心依违兮。　思念故乡心中迟疑不决，

日暮黄昏，羌幽悲兮。　暮色苍茫使我无限忧伤。

去郢东迁，余谁慕兮？　离开郢都东去我思念谁？

谗夫党旅，其以兹故兮。谗人朋党众多使我流放。

河水淫淫，情所愿兮。　河水潺潺东流我心羡慕，

顾瞻郢路，终不返兮。　回望郢都道路终不还乡。

①〔参〕配合。《章句》："言己所言上参之于天，下合之于地。"
②〔延照〕《章句》："延，长也。照，知也。"　③〔招摇〕《章句》：
"北斗杓星也。"《补注》："《礼记》：'招摇在上'注云：在北斗杓星
间，指时者。《隋志》云：招摇一星，在北斗杓间。"即北斗七星中的
一颗星。　④〔立〕置。这里是请求的意思。　⑤〔并听〕一起来听。
⑥〔兆〕古代占卜时，占卜者观察龟甲烧灼形成的裂纹，用来判断吉凶，
这种裂纹就叫作兆。　⑦〔卦〕（guà）古代占卜用的符号。以阳爻（▬）
和阴爻（▬▬）相配合而成。基本的有"八卦"，即☰（乾）、☷（坤）、
☳（震）、☴（巽）、☵（坎）、☲（离）、☶（艮）、☱（兑）。每卦
代表同一属性的若干事物，八卦相互排列组合为六十四卦。这里的卦，指
卦象。　⑧〔鸿节〕大的节度。　⑨〔诐〕（bì）不平正，邪僻。　⑩〔指〕
通"恉"，意志。直躬指，身正志坚。〔信志〕相信自己的志向。　⑪
〔情素〕即素志，一贯的志向。《章句》："言己心正直，不能枉性以

追曲俗，屈我素志，以从众人而承事之也。” ⑫〔述〕遵循，依照。〔皇舆〕代表国家。这里代先王治理的国家，《章句》：“承述先王正治之法，继续其业而大之也。” ⑬〔晦光〕《章句》：“晦，冥也。光，明也。”“蔽君之聪明。” ⑭〔幽辟〕《章句》：“阘昧也。” ⑮〔回畔〕指车回转。 ⑯〔执组〕《章句》：“执组，犹织组也。织组者，动之于此，而成文于彼。善御者亦动之于手，而尽马力也。”执组，即执缰绳。 ⑰〔轭〕（è）驾车时套在牲口脖子上的曲木。 ⑱〔镳〕（biāo）马具。与衔合用，衔在口内，镳在口旁。〔衔〕马的勒口。 ⑲〔暮去次〕《章句》：“暮，夜也。次，舍也。”夜里经过旅舍。 ⑳〔荡荡〕广大的样子。 ㉑〔衡陷〕即横陷。下沈，即下沉。这里指倒下。 ㉒〔锡〕（cì）通“赐”，赐给。 ㉓〔坎毒〕愤恨。《章句》：“诚哀仆御之夫，坎然恚恨。” ㉔〔师延〕《章句》：“师延，殷纣之臣也。为纣作新声百里之乐，纣失天下，师延抱其乐器自投濮水而死也。”《补注》：“《史记》：卫灵公至于濮水之上，夜半闻鼓琴声，召师涓听而写之。乃之晋，见晋平公，令师涓援琴鼓之，师旷曰：此亡国之声，师延所作也，与纣为靡靡之乐。武王伐纣，师延东走，自投濮水之中。” ㉕〔碕〕（qí）同“埼”。《补注》：“曲岸。”〔衡〕通“横”。 ㉖〔澧澧〕《章句》：“波声也。”〔浇〕《章句》：“回波为浇也。” ㉗〔黄沱〕《章句》：“黄沱，江别名也。江别为沱也。” ㉘〔玄〕《章句》：“玄者，水也。”玄舆，水车。〔并集〕《章句》：“言己以水为车，与船并驰而流。” ㉙〔櫂〕（zhào）划船拨水的用具。状如桨，短的叫枻、楫，长的叫櫂，也作“棹”。〔舟杭〕渡船。杭通“航”。〔沥〕《章句》：“渡也。” ㉚〔累息〕声声叹息。 ㉛〔高厉〕高高飞扬。 ㉜〔茕茕〕（qióng）《章句》：“怀忧貌。” ㉝〔睠睠〕心向往的样子。与“眷”通。

怨　思

惟郁郁之忧毒兮，① 　　我的心情沉闷忧愁怨恨，

志坎壈而不违。② 　　　遭遇虽不顺利忠信不违。

身憔悴而考旦兮，③ 　　我的身心憔悴夜不能寐，

日黄昏而长悲。　　　　从清晨到黄昏长久伤悲。

闵空宇之孤子兮，
哀枯杨之冤雏。④
孤雌吟于高墉兮，⑤
鸣鸠栖于桑榆。
玄猿失于潜林兮，⑥
独偏弃而远放。
征夫劳于周行兮，⑦
处妇愤而长望。⑧
申诚信而罔违兮，
情素结于纽帛。⑨
光明齐于日月兮，
文采耀于玉石。
伤压次而不发兮，
思沈抑而不扬。
芳懿懿而终败兮，⑩
名靡散而不彰。⑪
背玉门以奔骛兮，⑫
塞离尤而干诟。
若龙逢之沈首兮，⑬
王子比干之逢醢。
念社稷之几危兮，
反为雠而见怨。
思国家之离沮兮，
躬获愆而结难。
若青蝇之伪质兮，⑭
晋骊姬之反情。
恐登阶之逢殆兮，
故退伏于末庭。⑮
孽臣之号咷兮，⑯

可怜独坐空屋中的孤儿，
哀伤在枯杨树上的小鸟。
雌鸟失群在高墙上悲鸣，
斑鸠站在桑榆树上啼叫。
黑猿离开了茂密的树林，
独被抛弃在很远的地方。
征夫在大道上行役不归，
家中妻子怨恨翘首企望。
我一再重申不违背诚信，
我的感情有如束帛洁净。
我的美德可与日月争光，
我的学问好像玉石闪亮。
可惜受到压抑难以舒展，
我的思想受制不能发扬。
芬芳的鲜花最终会凋残，
美名传播再远也会消散。
离开君王我要远远出走，
不愿遭受罪过自取耻辱。
像关龙逢那样劝桀被害，
王子比干劝纣遭到杀戮。
担心楚国命运十分危险，
却与众人为仇受人埋怨。
思虑国家法度遭受破坏，
自身反而获罪忧患难遣。
谗人就像青蝇一样变化，
也像晋国骊姬颠倒黑白。
我怕走到君前遇难逢殃，
所以我在远处退身隐藏。
谗佞奸臣在朝廷上喧哗，

本朝芜而不治。[17]
犯颜色而触谏兮，[18]
反蒙辜而被疑。
菀蘼芜与菌若兮，[19]
渐藁本于洿渎。[20]
淹芳芷于腐井兮，[21]
弃鸡骇于筐簏，[22]
执棠溪以刜蓬兮，[23]
秉干将以割肉。
筐泽泻以豹鞟兮，[24]
破荆和以继筑。[25]
时混浊犹未清兮，
世殽乱犹未察。[26]
欲容与以竢时兮，
惧年岁之既晏。
顾屈节以从流兮，[27]
心巩巩而不夷。[28]
宁浮沉而驰骋兮，
下江湘以遭回。
叹曰：
山中槛槛，余伤怀兮。[29]
征夫皇皇，其孰依兮。
经营原野，杳冥冥兮。[30]
乘骐骋骥，舒吾情兮。
归骸旧邦，莫谁语兮。
长辞远逝，乘湘去兮。

国家将要倾危命运不长。
我触犯君王而直言规劝，
反而蒙受罪过被君猜疑。
蘼芜和杜若被混杂一起，
藁本却被浸入脏水沟里。
芳香白芷淹在臭水井中，
宝贵的犀角被抛进竹箱。
用棠溪利剑去割取野草，
干将宝剑却被当作厨刀。
五彩豹皮口袋装满恶草，
使用大杵舂破和氏之宝。
社会混浊善恶是非不清，
人世混乱美丑好坏不明。
我想安逸自得等待时机，
年纪已经衰老令人担心。
想要改变节操随俗从流，
心里感到束缚很不乐意。
宁愿到沅水上浮游驰骋，
下到长江湘水徘徊游戏。
多么可叹啊：
山里车声回响使我心伤，
征夫无依无靠恐惧惊慌
原野四面八方空旷深远，
乘上骏马使我心情舒畅。
尸骨想归故乡又向谁讲，
只能乘上湘水漂流远方。

①〔毒〕痛恨，怨恨。 ②〔坎壈〕(—lǎn)不平。比喻遭遇不顺利。《章句》："不遇貌也。" ③〔考旦〕直到天亮。《章句》："考，犹终也。

旦,明也。"　④〔宛雏〕即鹓雏。一种小鸟。　⑤〔墉〕(yōng)城墙。
⑥〔潜林〕指茂密的树林。　⑦〔周行〕(—háng)大道。　⑧〔处妇〕
居家的女人。　⑨〔纽〕《章句》:"纽,结束也。《易》曰:'束帛
戋戋。'言已放弃,虽无有思之者,然犹重行诚信,无有违离,情志洁净,
有如束帛也。""结",一本作洁。　⑩〔懿懿〕(yì)芳香貌。　⑪
〔靡散〕《章句》:"犹消灭也。"　⑫〔玉门〕《章句》:"玉门,
君门。"　⑬〔沈首〕沉首。被杀害的意思。　⑭〔青蝇〕《诗·小雅·青
蝇》:"营营青蝇,止于樊,岂弟君子,无信谗言。"后用青蝇比喻谗人。
⑮〔末庭〕遥远的地方。《章句》:"末,远也。"　⑯〔号咷〕这里
指谗人在朝庭上大声喧哗。《章句》:"号咷,谨哗。"　⑰〔芜而不治〕《章
句》:"国将倾危,朝用芜秽而不治也。"　⑱〔颜色〕眉眼之间的容色。
这里代君王。　⑲〔菀〕同"蕴",郁结,积滞。《章句》:"菀,积。"
〔蘪芜〕植物名。即芎䓖。叶似芹叶,花白而香,可供观赏,根入药。
茎叶细嫩时叫蘪芜;叶大时叫江蓠。　⑳〔藁本〕(gǎo—)一种药名。
〔洿渎〕(wū dú)《章句》:"小沟也。"　㉑〔腐井〕臭水井。　㉒
〔鸡骇〕一种犀牛的名称。这里指犀角。《章句》:"鸡骇,文犀也。"
《补注》:"《战国策》:'楚献鸡骇之犀,夜光之璧于秦。'《援神契》
云:'神灵滋液,则犀骇鸡。'宋衷曰,角有光,鸡见而骇也。《抱朴子》
云:'通天犀有一理如綖者,以盛米,置群鸡中。鸡欲往啄米,至辄惊
却,故南人名为骇鸡。'"〔簏〕(lù)竹箱。　㉓〔棠溪〕《章句》:
"利剑也。"〔刜〕(fú)用刀砍。　㉔〔鞟〕(kuò)去毛的皮。豹鞟,
用豹皮做的口袋。　㉕〔荆和〕楚国和氏璧。〔筑〕《章句》:"大杵
也。"捣物的棒槌。　㉖〔察〕《章句》:"明也。"　㉗〔顾〕一作愿。
㉘〔巩巩〕《章句》:"拘挛貌也。"挛,系。《说文》:相牵系不绝。
巩巩,束缚、拘束。〔夷〕《章句》:"悦也。"　㉙〔槛槛〕《章句》:"车
声也。"　㉚〔经营〕指方位而言。《章句》:"南北为经,东西为营。"

远　逝

志隐隐而郁怫兮,①	我心中不舒畅满怀忧愁,
愁独哀而冤结。	独自哀伤与人结下冤仇。

肠纷纭以缭转兮，②
涕渐渐其若屑。③
情慨慨而长怀兮，
信上皇而质正。④
合五岳与八灵兮，⑤
讯九魁与六神。⑥
指列宿以白情兮，
诉五帝以置词。⑦
北斗为我折中兮，
太乙为余听之。
云服阴阳之正道兮，
御后土之中和。
佩苍龙之蚴虬兮，⑧
带隐虹之透蛇。⑨
曳彗星之晧旰兮，⑩
抚朱爵与骏鸷。⑪
游清灵之飒戾兮，⑫
服云衣之披披。⑬
杖玉华与朱旗兮，
垂明月之玄珠。⑭
举霓旌之墆翳兮，⑮
建黄缥之总旄。⑯
躬纯粹而罔愆兮，
承皇考之妙仪。
惜往事之不合兮，
横汨罗而下沥。
乘隆波而南渡兮，⑰
逐江湘之顺流。
赴阳侯之潢洋兮，⑱

心乱如麻愁肠旋转回环，
热泪潸然而下涕泣交流。
我常感慨叹息长久思想，
想请上帝证明给我伸张。
我请五岳八方之神会合，
并向九星六宗之神问话。
指着二十八宿表明内心，
我向五方之帝倾诉真情。
北斗为我调和无所偏颇，
太乙为我听讼辨别善恶。
群神劝我实行仁义正道，
思想要像大地一样中和。
行为要像苍龙能屈能伸，
意志要像长虹文采飞扬。
精神要像彗星光明闪耀，
举动要像神鸟飞冲天上。
我上游清凉的清灵之庭，
我身穿长长的五彩云衣。
拿着美玉花带红色大旗，
佩带的夜明珠光彩奕奕。
举起虹霓旗帜遮天蔽日，
扬起色彩缤纷金黄大旗。
我的行为纯粹没有过失，
我继承先父高妙的容止。
痛惜从前与君思想不合，
只好横渡汨罗随水而往。
乘着涛涛江水向南前行，
追逐长江湘水层层波浪。
奔向波涛之乡渺渺茫茫，

下石濑而登洲。　　　　　　渡过急流险滩攀登洲上。
陵魁堆以蔽视兮，　⑲　　　山陵高峻挡住我的视线，
云冥冥而暗前。　　　　　　乌云层层使我眼前晦暗。
山峻高以无垠兮，　　　　　群山巍峨峥嵘连绵不断，
遂曾闳而迫身。　⑳　　　　高大山势逼近我的身边。
雪雰雰而薄木兮，　　　　　大雪纷纷扬扬盖在树上，
云霏霏而陨集。　㉑　　　　乌云翻卷盘旋汇聚下降。
阜隘狭而幽险兮，　　　　　山中悬崖狭谷阴幽险峻，
石嵾嵯以翳日。　　　　　　岩石奇形怪状遮住阳光。
悲故乡而发忿兮，　　　　　思念故乡心里充满怨恨，
去余邦之弥久。　　　　　　我离开故土的日子已长。
背龙门而入河兮，　㉒　　　走出郢都东门进入大河，
登大坟而望夏首。　㉓　　　我登上高坡把夏水眺望。
横舟航而济湘兮，　　　　　然后扭转船头横渡湘水，
耳聊啾而怃慌。　㉔　　　　我的耳鸣心跳心中忧伤。
波淫淫而周流兮，　　　　　湘水波浪滚滚回旋流转，
鸿溶溢而滔荡。　㉕　　　　流水奔腾汹涌浩浩荡荡。
路曼曼其无端兮，　　　　　道路遥远漫长没有尽头，
周容容而无识。　㉖　　　　四周纷乱变动难以辨识。
引日月以指极兮，　㉗　　　我依靠日月星辰的指引，
少须臾而释思。　　　　　　我才暂时解除心头忧思。
水波远以冥冥兮，　　　　　流水广漠无垠无穷深远，
眇不睹其东西。　　　　　　浩渺辽阔不能辨别方向。
顺风波以南北兮，　　　　　顺着狂风巨浪走南撞北，
雾宵晦以纷纷。　㉘　　　　大雾弥漫江面晦暗迷茫。
日杳杳以西颓兮，　　　　　太阳深远幽暗向西落下，
路长远而窘迫。　　　　　　路途长远忧心难以抒发。
欲酌醴以娱忧兮，　　　　　我想举起美酒借酒浇愁，
塞骚骚而不释。　㉙　　　　心里愁思无穷难以解忧。

叹曰：

飘风蓬龙，埃坲坲兮。^㉚

草木摇落，时槁悴兮。

遭倾遇祸，不可救兮。

长吟永欷，涕究究兮。^㉛

舒情陈诗，冀以自免兮。

颓流下陨，身日远兮。

多么可叹啊：

大风盘旋回荡尘埃飞扬，

旋风摇动草木枝叶凋丧。

遭遇倾危祸殃不可挽救，

只能声声长叹涕泪交流。

舒展心中感情希望免祸，

但随流水而下难以回头。

①〔隐隐〕忧愁。《章句》："忧也。" ②〔缭转〕回环旋转。 ③〔渐渐〕《章句》："泣流貌也。"〔若屑〕《章句》："涕泣交流，若硙（wèi）屑之下，无绝时也。"硙，磨。屑，指磨下的粉末。若屑，如磨出的粉末不断地流下。 ④〔信〕通"伸"。舒展，伸张。〔上皇〕《章句》："上帝也。"〔质正〕就人正其是非。 ⑤〔五岳〕《章句》："五方之山也。东为泰山，西为华山，南为衡山，北为恒山，中央为嵩山。〔八灵〕《章句》："八方之神也。" ⑥〔九魖〕（—qí）《章句》："谓北斗九星也。"《补注》："星名也。北斗七星，辅一星在第六星旁，又招摇一星在北斗杓端。"〔六神〕《章句》："六宗之神。" ⑦〔五帝〕《章句》："五方之帝。" ⑧〔佩〕系物在衣带上叫佩。这里引申为"具有"的意思。以下"带""曳""抚"皆同此义。〔蚴虬〕（yòu qiú）屈曲、盘曲的样子。《章句》："龙貌。" ⑨〔隐〕《章句》："大也。" ⑩〔皓旰〕（hào hàn）明亮的样子。《章句》："光也。" ⑪〔骏鹥〕（jùn yí）《章句》："朱爵、骏鹥皆神俊之鸟也。" ⑫〔清灵〕《章句》："清冥清凉之庭。"〔飒戾〕《章句》："清凉貌。" ⑬〔披披〕《章句》："长貌也。" ⑭〔明月〕明月珠。即夜明珠。因珠光晶莹似月光，故名。省作"明月"。 ⑮〔㙍翳〕（dì yì）《章句》："蔽隐貌。" ⑯〔黄缭〕《章句》："赤黄也。天气玄黄，故曰黄缭也。……杂五色以为旗旄。" ⑰〔隆波〕大的波浪。《章句》："盛也。" ⑱〔阳侯〕《章句》："大波之神。"〔横洋〕《补注》："水深貌。" ⑲〔魁堆〕《章句》："高貌。" ⑳〔曾闶〕《章句》："曾，重也。闶，大也。言己所在之处，前有高陵，蔽不得视，后有峻大之山，迫附于己。" ㉑〔陨集〕向下汇聚。《章句》："陨，下也。集，会也。" ㉒〔龙门〕《章句》："郢东门也。"

〔河〕不一定指黄河。此处可能指沅湘。 ㉓〔坟〕《章句》："水中高者为坟。"河里的高洲。〔夏首〕《章句》："夏水之口。" ㉔〔聊啾〕《章句》："耳鸣也。" ㉕〔鸿溶溢〕形容水势很大的样子。〔滔荡〕《章句》："广大貌。" ㉖〔容容〕流动起伏或纷乱变动的样子。《补注》："容容，变动之貌。" ㉗〔极〕《章句》："极，中也。谓北辰星也。" ㉘〔宵晦〕天色晦暗得像夜里一样。《章句》："宵，夜也。雾气晦冥，白昼若夜也。"〔纷纷〕浓厚的样子。 ㉙〔骚骚〕忧思很深的样子。《章句》："心中愁思不可解释也。" ㉚〔蓬龙〕《章句》："犹蓬转，风貌也。"〔埲埲〕（fú）尘埃飞扬。《章句》："尘埃貌。"《补注》："埲，尘起也。" ㉛〔欷〕（xī）哭泣时抽噎、哽咽。这里引申为悲叹声。〔究究〕《章句》："不止貌也。"

惜　贤

览屈氏之离骚兮，	读完了屈原的《离骚》，
心哀哀而怫郁。	使我满腔忧愤无限伤悲。
声嗷嗷以寂寥兮，①	对着空寂荒野大声疾呼，
顾仆夫之憔悴。	看见仆人像我一样憔悴。
拨谄谀而匡邪兮，②	我要惩治谗人纠正邪恶，
切潏涩之流俗。③	我要洗涤世上污泥浊水。
荡湲潖之奸咎兮，④	要扫荡卑劣的奸佞罪恶，
夷蠢蠢之混浊。⑤	要灭除贪残的无礼行为。
怀芬香而挟蕙兮，	我怀抱的蕙草芳香馥郁，
佩江离之斐斐。⑥	佩带洁净江离往来徘徊。
握申椒与杜若兮，	我拿着清香的申椒杜若，
冠浮云之峨峨。⑦	戴着浮云高冠多么巍峨。
登长陵而四望兮，	登上高大山陵四面眺望，
览芷圃之蠡蠡。⑧	看到香芷小树排列成行。
游兰皋与蕙林兮，	来到兰花水滨蕙草芳林，
睨玉石之嵾嵯。⑨	香草就像美玉各色各样。

扬精华以眩耀兮，　　　　枝枝精粹如玉光辉闪耀，

芳郁渥而纯美。⑩　　　　丛丛香气浓郁纯洁美好。

结桂树之旖旎兮，⑪　　　我结上柔嫩的桂树枝条，

纫荃蕙与辛夷。　　　　　再串联各种芬芳的香草。

芳若兹而不御兮，　　　　如此芳香花环不被任用，

捐林薄而菀死。⑫　　　而被抛进丛林堆积烂掉。

驱子侨之奔走兮，⑬　　　我想跟随子侨学道成仙，

申徒狄之赴渊。⑭　　　又仰慕申徒狄避世投渊。

若由夷之纯美兮，⑮　　　要像许由伯夷清高纯洁，

介子推之隐山。　　　　　我要学介子推隐居深山。

晋申生之离殃兮，　　　　痛惜晋国申生受谗遭殃，

荆和氏之泣血。　　　　　可怜楚国卞和泪流血淌。

吴申胥之抉眼兮，⑯　　　吴国子胥死后挖去两眼，

王子比干之横废。⑰　　比干却被纣王剖开胸膛。

欲卑身而下体兮，⑱　　想要卑躬屈膝同流合污，

心隐恻而不置。　　　　　心中隐隐作痛不愿这样。

方圆殊而不合兮，　　　　方和圆的形状本不相同，

钩绳用而异态。　　　　　曲钩直绳用途也不一样。

欲竢时于须臾兮，　　　　我想等候一会美好时光，

日阴曀其将暮。⑲　　　被遮蔽的太阳已近山上。

时迟迟其日进兮，⑳　　天时每日运转从容不迫，

年忽忽而日度。　　　　　岁月每天过去匆匆忙忙。

妄周容而入世兮，㉑　　想要取好于人迎逢谄媚，

内距闭而不开。㉒　　　我的内心笨拙思想不通。

竢时风之清激兮，　　　盼望世风清廉激发人心，

愈氛雾其如塺。㉓　　　雾气却如尘土越来越浓。

进雄鸠之耿耿兮，㉔　　想要进雄鸠般小小诚信，

谗介介而蔽之。㉕　　又要遭到谗人离间阻挡。

默顺风以偃仰兮，　　　要想沉默不语顺风随俗，

尚由由而进之。㉖	心里犹豫迟疑不肯这样。
心忼悢以冤结兮，㉗	我的心中失意怨恨郁结，
情舛错以曼忧。㉘	我的思绪错乱忧愁深长。
搴薜荔于山野兮，	我在荒山野岭摘取薜荔，
采撚支于中洲。㉙	采集撚支香草小芳洲上。
望高丘而叹涕兮，	遥望楚国朝廷叹息流涕，
悲吸吸而长怀。㉚	长久思念我一声声悲泣。
孰契契而委栋兮，㉛	谁能忧国忧民贡献自己，
日晻晻而下颓。㉜	太阳渐渐昏暗坠落下去。
叹曰：	多么可叹啊：
江湘油油，长流汩兮，㉝	长江湘水不断向东流去，
挑揄扬汰，荡迅疾兮，㉞	流水扬起波浪奔流迅疾。
忧心展转，愁怫郁兮，	夜不能寐心头忧愁烦闷，
冤结未舒，长隐忿兮，	怨情郁结难解长怀愤恨。
丁时逢殃，可奈何兮，㉟	生当遇到灾难无可奈何，
劳心悁悁，涕滂沲兮。	只能劳心忧闷涕泪纵横。

①〔嗷嗷〕（áo）《章句》："呼声也。"〔寂寥〕《章句》："空无人民之貌也。""言己思为屈原讼理冤结，嗷嗷而呼，山野寂寥，空无人民，顾视仆御，心皆憔悴而有忧色也。" ②〔拨〕〔匡〕《章句》："拨，治也。匡，正也。" ③〔切〕《章句》："犹概也。"概，通"溉"，洗涤。〔湶涊〕（tiǎn niǎn）污浊。《章句》："垢浊也。" ④〔湤湋〕（wěi wō）《章句》："污秽也。" ⑤〔夷〕《章句》："灭也。"〔蠢蠢〕《章句》："无礼义貌也。" ⑥〔斐斐〕（fēi）往来徘徊。《补注》："《说文》：往来斐斐貌。" ⑦〔浮云〕冠名，犹如"切云"。比喻冠高。 ⑧〔蠡蠡〕（lǐ）《章句》："犹历历，行列貌也。"〔圃〕《章句》："野树也。" ⑨〔睨〕（nì）斜看。《章句》："顾视为睨。" ⑩〔郁渥〕香气浓盛的样子。 ⑪〔旖旎〕（yǐ nǐ）柔和美丽的样子。《补注》："弱貌。" ⑫〔薄〕草木丛生的地方。〔薧〕（yùn）《章句》："积也。" ⑬〔驱〕《章句》："驱，驰也。……意欲驱驰待王子侨，随之奔走，以学道真。" ⑭〔申徒狄〕《章句》："申徒狄，贤者。避世不仕自沉赴

河也。" ⑮〔由夷〕《章句》："由，许由也。夷，伯夷也。"许由，我国古代传说中的高士，字武仲，颍川人。相传尧让天下于许由，许由不受，逃隐于箕山。 ⑯〔抉〕（jué）挖出，挑出。抉眼，《史记·伍子胥列传》里伍子胥临死时说："抉吾眼县（悬）吴东门之上，以观越之灭吴也。" ⑰〔横废〕指被害或受意外灾祸而死。 ⑱〔下体〕卑躬屈节。 ⑲〔阴曀〕《章句》："阘昧也。" ⑳〔迟迟〕徐徐地，从容不迫。《章句》："行貌。" ㉑〔周容〕谄媚逢迎，取好于人。 ㉒〔距〕通"拒"。这句的意思，《章句》认为："心内距闭而意不开，敏于忠正，而愚于谗谀也。" ㉓〔塺〕《章句》："尘也。" ㉔〔耿耿〕《章句》："小节貌。""小节之诚信。" ㉕〔介介〕分隔，离间。《章句》："介，一作纷，分隔。" ㉖〔由由〕《章句》："犹豫也。" ㉗〔忨悢〕《章句》："失志貌。" ㉘〔舛〕（chuǎn）错乱，相违背。 ㉙〔撚支〕《章句》："香草也。" ㉚〔吸吸〕上气不接下气。 ㉛〔契契〕《章句》："忧貌。"〔委栋〕《章句》："委其梁栋之谋。"比喻献身。 ㉜〔晻晻〕日光渐暗的样子。 ㉝〔油油〕《章句》："流貌。"〔汩〕（gǔ）水流迅疾的样子。 ㉞〔挑〕《补注》："挠也。"搅动。〔汰〕水波。 ㉟〔丁〕《章句》："丁，当也。"

忧 苦

悲余心之悁悁兮，	我的心中忧愁无限悲伤，
哀故邦之逢殃。	深深痛惜祖国将要危亡。
辞九年而不复兮，	与君辞别九年不能回去，
独茕茕而南行。	孤孤单单一人走向南方。
思余俗之流风兮，	想到楚国世俗贪谗成风，
心纷错而不受。	使我心绪烦乱不愿去想。
遵野莽以呼风兮，	沿着山野漫步迎风呼唤，
步从容于山廋。①	我山弯里徐行不慌不忙。
巡陆夷之曲衍兮，②	我在高山曲泽旁边巡行，
幽空虚以寂寞。	四周幽静空虚没有声响。

倚石岩以流涕兮，
忧憔悴而无乐。
登巑岏以长企兮，③
望南郢而窥之。
山修远其辽辽兮，④
涂漫漫其无时。
听玄鹤之晨鸣兮，⑤
于高岗之峨峨。
独愤积而哀娱兮，
翔江洲而安歌。
三鸟飞以自南兮，⑥
览其志而欲北。
愿寄言于三鸟兮，
去飘疾而不可得。
欲迁志而改操兮，
心纷结其未离。
外彷徨而游览兮，
内恻隐而含哀。
聊须臾以时忘兮，
心渐渐其烦错。
愿假簧以舒忧兮，
志纡郁而难释。
叹《离骚》以扬意兮，
犹未殚于《九章》。
长嘘吸以于悒兮，⑦
涕横集而成行。
伤明珠之赴泥兮，
鱼眼玑之坚藏。
同驽骥于乘驵兮，⑧

我依靠着石岩悲痛流涕，
身心憔悴没有快乐时光。
登上峻峭山峰长久站立，
久久眺望郢都凝视家乡。
离开故都山路多么遥远，
离开家乡道路多么漫长。
听见神鸟玄鹤清晨鸣叫，
看见它站立在高峻山岗。
孤独愤恨使我苦中作乐，
来到江中小洲尽情歌唱。
我看见三青鸟从南飞来，
观察它们想要飞向北方。
我想委托三鸟给我送信，
可惜飞得太快我追不上。
想要放弃志向改变节操，
思绪烦乱郁结未离心上。
外表安逸自在徘徊游荡，
内心隐隐作痛满怀哀伤。
暂且追求片刻愉快时光，
心绪渐渐错乱烦闷难当。
希望借助乐器聊解忧愁，
怀中愁情萦绕实难遗忘。
长吟屈原《离骚》抒发情怀，
但却难以读完诗歌《九章》。
我长长地抽泣声声悲啼，
我的涕泗交流热泪成行。
珍珠埋进泥里令人悲痛，
鱼眼作为宝珠好好珍藏。
骡子和骏马被同样看待，

杂班骏与阘茸。⑨　　　　　杂色马和劣种大受欣赏。
葛藟虆于桂树兮，⑩　　　　恶草葛藤攀缘桂树枝条，
鸱鸮集于木兰。　　　　　　猫头鹰都聚集木兰花上。
偓促谈于廊庙兮，⑪　　　　局促的小人在朝廷谈论，
律魁放乎山间。⑫　　　　　高大的贤士在山野流放。
恶虞氏之箫韶兮，⑬　　　　世人厌恶虞舜箫韶之乐，
好遗风之激楚。⑭　　　　　喜欢流行音乐凄楚激昂。
潜九鼎于江淮兮，⑮　　　　传国宝鼎沉进江淮之中，
爨土䵼于中宇。⑯　　　　　土锅却使用在殿堂之上。
且人心之持旧兮，⑰　　　　人心怀旧想要坚守信义，
而不可保长。　　　　　　　可惜世风如此难保久长。
邅彼南道兮，　　　　　　　我把自己车马转向南方，
征夫宵行。　　　　　　　　像征夫昼夜在路上奔忙。
思念郢路兮，　　　　　　　我深深思念着郢都道路，
还顾睠睠。　　　　　　　　频频回头眺望心中向往。
涕流交集兮，泣下涟涟。⑱　涕泣纵横热泪滚滚流淌。
叹曰：　　　　　　　　　　多么可叹啊：
登山长望，中心悲兮。　　　登上高山远望心中悲伤，
菀彼青青，泣如颓兮。　　　看到草木茂盛眼泪直淌。
留思北顾，涕渐渐兮。　　　向北顾念郢都涕泣交流，
折锐摧矜，凝泛滥兮。⑲　　意志摧折不愿与世沉浮。
念我茕茕，魂谁求兮。　　　孑然一身灵魂把谁寻求，
仆夫慌悴，散若流兮。⑳　　我的仆人愁悴散亡如流。

①〔廋〕（sōu）通"薮"，弯曲之处。《章句》："隈也。……一作薮。"　②〔陆夷〕《章句》："大阜曰陆。夷，平也。"阜，土山。〔衍〕《章句》："泽也。"　③〔巑岏〕（cuán wán）峻峭的山峰。《章句》："锐山也。"〔企〕《章句》："立貌。《诗》云：'企予望之。'"④〔辽辽〕《章句》："远貌。"　⑤〔玄鹤〕传说中的神鸟。《章句》："玄鹤，俊鸟也。君有德则来，无德则去。若鸾凤矣。故师旷鼓琴，天下

玄鹤皆衔明月之珠以舞也。" ⑥〔三鸟〕指神话中的三青鸟。《补注》："《博物志》：'王母来见武帝，有三青鸟如乌大，夹王母。三鸟，王母使也。'" ⑦〔嘘吸〕〔于悒〕《章句》："皆啼泣貌也。" ⑧〔乘驵〕（—zǎng）《章句》："骏马也。" ⑨〔班驳〕杂色的马。《章句》："杂色也。"〔阘茸〕（tà róng）阘是小门，茸是小草。比喻卑劣下贱的。这里比喻劣马。《章句》："驽顿也。"《补注》："劣也。" ⑩〔蘽〕（lěi）藤。〔虆〕（léi）藤蔓攀缘。作动词用。《章句》："缘也。" ⑪〔偓促〕狭小局促。这里指贪谗小人。《章句》："拘愚之貌。"〔廊庙〕廊，殿四周的廊。庙，太庙。都是古代帝王和大臣用以议论政事的地方。后因称朝廷为廊庙。 ⑫〔律魁〕高大的样子。犹魁伟。王念孙《读书杂志》："'律魁'为'魁垒'之转，皆高大之意。"这里代贤智之士。 ⑬〔箫韶〕相传是舜的音乐。（见《白虎通》） ⑭〔激楚〕指声音激昂凄楚的音乐。 ⑮〔九鼎〕古代象征国家政权的传国之宝。《史记·武帝记》："禹收九牧之金，铸九鼎，象九州。"一本作"周鼎"。 ⑯〔鬵〕（zèng）大釜。釜，古代用的锅。《补注》："鬵，大釜也。大上小下若甑（zèng）。" ⑰〔持旧〕《章句》："言贤人君子，其心所志，自有旧故，执守信义，不可长保而行之也。" ⑱〔涟涟〕泪流不断的样子。《章句》："流貌也。" ⑲〔摧矜〕《章句》："摧，挫也。矜，严也。""挫我矜严忠直之心。"这句的意思《章句》认为："言己欲折我精锐之志，挫我矜严忠直之心，止与俗人更相沉浮，而意不能也。" ⑳〔仆夫慌悴〕二句，《章句》："慌，亡也。言己欲求贤人，而未遭遇，仆御之人，感怀愁悴，欲散亡而去，若水之流，不可复还也。"

愍 命

昔皇考之嘉志兮，	从前我的父亲志向美好，
喜登能而亮贤。①	爱好仁智之士举荐贤能。
情纯洁而罔藏兮，	他的思想纯洁身无瑕秽，
姿盛质而无愆。③	行为没有过失资质美盛。
放佞人与谄谀兮，	敢于远放巧佞谄谀小人，

斥谗夫与便嬖。④	斥逐谗人和邀宠的近臣。
亲忠正之悃诚兮，⑤	亲近诚诚恳恳忠正之士，
招贞良与明智。	招揽洞察事理端正的人。
心溶溶其不可量兮，⑥	他的心胸广阔不可度量，
情澹澹其若渊。	他的性情恬逸有如深渊。
回邪辟而不能入兮，⑦	枉曲邪僻言行难以侵入，
诚愿藏而不可迁。	永远保持真心终不改变。
逐下袟于后堂兮，⑧	他把乱政侍妾赶进后堂，
迎宓妃于伊洛。	把宓妃从洛水接到君前。
刜谗贼于中廇兮，⑨	他把谗谀小人驱出朝廷，
选吕管于榛薄。⑩	又把吕尚管仲选自民间。
丛林之下无怨士兮，	他让山野没有怨恨之士，
江河之畔无隐夫。	江河之畔没有隐居圣贤。
三苗之徒以放逐兮，⑪	他还远远流放三苗之徒，
伊皋之伦以充庐。⑫	伊尹皋陶之类担任佐辅。
今反表以为里兮，	当今之世却把里外颠倒，
颠裳以为衣。	把裙裳倒过来作为上服。
戚宋万于两楹兮，⑬	篡逆臣子宋万安置尊位，
废周邵于遐夷。⑭	不用周公邵公远远放逐。
却骐骥以转运兮，	让千里马去拉沉重盐车，
腾驴骡以驰逐。	乘着笨劣驴骡奔走迅速。
蔡女黜而出帷兮，⑮	蔡国美女贬出帐幕之中，
戎妇入而彩绣服。⑯	纳进戎狄丑妇身穿绣服。
庆忌囚于阱室兮，⑰	勇士庆忌被囚陷阱之内，
陈不占战而赴围。⑱	使懦夫陈不占率军解围。
破伯牙之号钟兮，⑲	打破伯牙珍贵的号钟琴，
挟人筝而弹纬。	却用凡人小筝张弦弹奏。
藏瑉石于金匮兮，⑳	次玉瑉石珍藏金匮之中，
捐赤瑾于中庭。	美玉赤瑾却被远远抛弃。

韩信蒙于介胄兮，	韩信身披铠甲只当士卒，
行夫将而攻城。	行伍怯夫为将攻城略地。
莞芎弃于泽洲兮，㉑	香草莞芎扔进水泽之中，
匏瓤蠹于筐簏。㉒	枯匏小瓢藏入精细竹笼。
麒麟奔于九皋兮，㉓	麒麟奔逃深远水泽淤地，
熊罴群而逸囿。	熊罴成群住满君王苑里。
折芳枝与琼华兮，	摧残芳香树木如玉花朵，
树枳棘与薪柴。	珍视枯枝败叶培植荆棘。
掘荃蕙与射干兮，㉔	挖掉了香草荃蕙和射干，
耘藜藿与襄荷。	种上了恶草襄荷与霍藜。
惜今世其何殊兮，	痛惜今世贤愚有何不同，
远近思而不同。	思虑或远或近智谋各异。
或沉沦其无所达兮，	有人沉沦世俗思虑不通，
或清激其无所通。㉕	有人清明自励难明事理。
哀余生之不当兮，	可怜我真是生不逢时啊，
独蒙毒而逢尤。㉖	独自遭受苦难遇到罪过。
虽謇謇以申志兮，㉗	虽然竭尽忠贞表达心志，
君乖差而屏之。	与君心意相违遭到屏斥。
诚惜芳之菲菲兮，㉘	服饰芬芳四溢令人爱惜，
反以兹为腐也。	君王认为这是臭恶东西。
怀椒聊之莈莈兮，㉙	我揣着椒聊啊香气扑鼻，
乃逢纷以罹诟也。	遭遇乱世受到谗人妒嫉。
叹曰：	多么可叹啊：
嘉皇既殁，终不返兮。㉚	君王已经逝世我终难回。
山中幽险，郢路远兮。	山中幽暗危险郢路遥远。
谗人诶诶，孰可愬兮。㉛	谗人巧言善辩谁能诉说。
征夫罔极，谁可语兮。	远行没有尽头又向谁言？
行吟累欷，声喟喟兮。	我边走边叹啊悲声不断。
怀忧含戚，何侘傺兮。	我已深感失意忧愁无限。

①〔登能〕〔亮贤〕登，亮，是动词的使动用法。即举贤荐能的意思。　②〔薉〕《补注》：“薉与秽同。”　③〔姿〕通“资”，资质，指所谓天生的才能和性情。姿盛质，即姿质盛，天生的才能丰富。　④〔便嬖〕（—bì）指阿谀逢迎得到君王宠信的近臣。　⑤〔悃诚〕（kǔn—）诚恳。　⑥〔溶溶〕水盛的样子。也形容景象的深广。《章句》：“广大貌。”　⑦〔回邪〕不正，枉曲。《礼·乐记》《疏》：“回，谓乖违；邪，谓邪僻。”〔辟〕邪僻。　⑧〔袟〕（zhì）《补注》：“祭有次也。”下袟，《章句》：“谓妾御也。”　⑨〔刜〕《章句》：“去也。”〔中廇〕（—liù）《章句》：“室中央也。”《补注》：“廇，中庭也。”这里指朝廷。　⑩〔榛薄〕（zhēn—）丛杂的草木。这里指民间。　⑪〔三苗〕《章句》：“尧之佞臣也。《尚书》曰：‘窜三苗于三危。’”　⑫〔庐〕本是房屋。这里指朝廷。按，《补注》：“自此以上皆言皇考之美。自此以下言今之不然也。”　⑬〔宋万〕人名。《章句》：“宋万，宋闵公之臣也。与闵公博，争道，以手搏之，绝其脰（dòu，脖子）。”〔两楹〕《章句》：“楹，柱也。两楹之间，户牖之前，尊者所处也。”　⑭〔周邵〕《章句》：“周，周公旦也。邵，邵公奭（shì）也。”〔遐夷〕很远的夷狄之地。　⑮〔蔡女〕《章句》：“蔡国贤女也。”〔黜〕贬斥。　⑯〔戎〕《章句》：“戎，戎狄也。”我国古代对西部民族的统称。　⑰〔庆忌〕《章句》：“吴之公子。勇而有力。”春秋时吴国的公子。《补注》：“吴王僚之弟子阖闾杀僚，庆忌勇健，亡在郑，阖闾畏之，使要离刺庆忌也。”　⑱〔陈不占〕《章句》：“陈不占，齐臣，有义而怯。闻其君战，将赴之，饭则失匕，上车失轼。既至，闻钟鼓之声，因怖而死。”　⑲〔号钟〕《章句》：“琴名。”《补注》：“《轩辕本纪》云：‘黄帝之琴名号钟。’傅玄《琴赋》云：‘齐桓公有鸣琴，曰号钟。’《长笛赋》云：‘号钟高调。’”　⑳〔瑉石〕（mín—）似玉的美石。《章句》：“次玉者。”　㉑〔莞〕（guān）香草名。可织席。　㉒〔蠡〕《补注》：“蠡，《方言》陈楚宋魏之间谓之瓠。”〔蠹〕（dù）《章句》：“蠹也。”这里作动词用，收藏。〔籚〕（lù）竹子编成的圆笼。　㉓〔九皋〕深远的水泽淤地。《毛诗·郑笺》：“皋，泽中水溢出所为坎，自外数至九，喻深远也。”　㉔〔射干〕（yè—）《章句》：“香草。”《补注》：“《荀子》曰：‘西方有木焉，名曰射干。茎长四寸，生于高山之上，而临百仞之渊，木茎非能长也，所立者然也。’”　㉕〔无所通〕《补注》：“此言沉沦于世俗者，困而不能达；清激以自励者，介而不能通。”

㉖〔蒙毒〕蒙受苦难。　㉗〔謇謇〕忠贞的样子。　㉘〔菲菲〕香气很盛。
㉙〔莈莈〕（shè）《章句》："香貌。"〔椒聊〕《章句》："香草。"
㉚〔嘉皇〕《章句》："嘉，美也。皇，君也。以言怀王不用我谋，以没
于秦，遂死而不归，终无遗命使己得还也。"〔殁〕（mò）死。　㉛〔诖
诖〕（jiàn）巧言善辩的样子。《章句》："谇言貌也。"《补注》："巧
言也。"

思　古

冥冥深林兮，	山林无穷无尽阴暗幽深，
树木郁郁。	树木密密层层生长茂盛。
山参差以崭岩兮，①	高山峰峦参差巉岩峥嵘，
阜杳杳以蔽日。	峻岭遮天蔽日时阴时晴。
悲余心之悁悁兮，	可怜我的心中无限愁闷，
目眇眇而遗泣。	举目无亲使我涕泣淋淋。
风骚屑以摇木兮，②	秋风萧萧轻轻摇动草木，
云吸吸以湫戾。③	白云卷曲浮动相随而行。
悲余生之无欢兮，	悲伤我的一生毫无欢乐，
愁倥偬于山陆。	忧愁困苦久居深山野岭。
旦徘徊于长阪兮，	白天我在长坡徘徊游荡。
夕仿偟而独宿。	夜晚孤孤单单独宿山上。
发披披以鬤鬤兮，④	我的头发散乱蓬蓬松松，
躬劬劳而瘏悴。⑤	身心劳苦憔悴贫病卧床。
魂佂佂而南行兮，⑥	魂魄心神不定匆匆南行，
泣沾襟而濡袂。⑦	我的涕泪交流沾湿衣裳。
心婵媛而无告兮，	心中愁情牵持向谁诉说，
口噤闭而不言。	只能噤若寒蝉闭口不讲。
违郢都之旧间兮，	离开我的首都我的家乡，
回湘沅而远迁。	经过湘江沅水走向远方。

念余邦之横陷兮，
宗鬼神之无次。⑧
闵先嗣之中绝兮，⑨
心惶惑而自悲。
聊浮游于山狭兮，⑩
步周流于江畔。
临深水而长啸兮，
且倘佯而泛观。
兴《离骚》之微文兮，⑪
冀灵修之一悟。
还余车于南郢兮，
复往轨于初古。
道修远其难迁兮，
伤余心之不能已。
背三五之典刑兮，⑫
绝《洪范》之辟纪。⑬
播规矩以背度兮，
错权衡而任意。
操绳墨而放弃兮，
倾容幸而侍侧。⑭
甘棠枯于丰草兮，
藜棘树于中庭。
西施斥于北宫兮，
仳倠倚于弥楹。⑮
乌获戚而骖乘兮，⑯
燕公操于马圉。⑰
蒯聩登于清府兮，⑱
咎繇弃而在野。
盖见兹以永叹兮，

思念我的祖国横遭灾难，
祖宗无人祭祀使人心伤。
哀怜祖先事业由此中断，
心中恐惧疑惑独自悲伤。
暂且在山峡里徘徊行走，
来到长江边上各处游荡。
面临万丈深渊长声歌吟，
姑且踱至溪畔踯躅观望。
创作《离骚》隐约讽喻文章，
君王能够醒悟是我希望。
能让我的马车返回郢都，
遵循先王辙迹决不改向。
郢路遥远啊我实难回还，
我真情不自禁暗暗心伤。
君王背离三皇五帝常法，
断绝《洪范》五行准则纪纲。
放弃圆规直尺违背法度，
丢开称物权衡任意估量。
认真执行法纪遭受放逐，
小人侧头安身得近君旁。
棠梨枝叶枯萎野草丰盛，
蒺藜荆棘种满庭院中央。
美女西施被斥冷宫之中，
丑妇仳倠得宠近侍君王。
力士乌获作为贴身警卫，
贤臣燕公执役操劳马房。
蒯聩叛逆无义能进宗庙，
皋陶贤明圣智弃逐远方。
是非如此颠倒使我长叹，

欲登阶而狐疑。　　　　　想要进身规劝犹豫惊慌。

乘白水而高骛兮，　　　　还是乘着白水远走高飞，
因徙弛而长词。⑲　　　　趁此退身回转永别君王。

叹曰：　　　　　　　　　多么可叹啊：

临仿垆阪，沼水深兮。⑳　倘佯黑黄山上池水深长，
容与汉渚，涕淫淫兮。　　徘徊汉水之滨涕泪流淌。
锺牙已死，谁为声兮。　　子期伯牙已死谁弹妙音，
纤阿不御，焉舒情兮。㉑　纤阿不驭怎能发挥力量。
曾哀凄欷，心离离兮。㉒　无限悲哀凄凉心痛欲裂，
还顾高丘，泣如洒兮。　　回望楚国朝廷泪洒地上。

①〔嵽〕高大的样子。　②〔骚屑〕《章句》："风声貌。"　③〔吸吸〕浮动的样子。《章句》："云动貌。"〔湫戾〕（jiǎo lì）《章句》："犹卷戾也。"戾，曲也。湫戾，卷曲的样子。　④〔披披〕散乱的样子。〔囊囊〕（ráng）《章句》："披披、囊囊，解乱貌也。"　⑤〔瘏〕（tú）因劳致病。　⑥〔佂佂〕惶恐，心神不定的样子。《章句》："惶遽之貌。"⑦〔濡袂〕（rú mèi）浸湿袖子。　⑧〔宗〕《章句》："同姓为宗。"这里指宗族。宗鬼神，宗族祖先的鬼神。〔无次〕《章句》："次，第也。失其次第而不见祀也。"　⑨〔先嗣〕嗣，继续。先嗣，先祖事业的继续。《章句》："言己伤念先祖，乃从屈瑕建立基功，子孙世世承而继之，至于己身而当中绝，心为惶惑，内自悲哀也。"　⑩〔狭〕同"峡"。　⑪〔微文〕隐约讽喻之文。　⑫〔三五〕《章句》："三皇五帝。"〔典刑〕《章句》："典，常。刑，法。"　⑬〔洪范〕《章句》："洪范，《尚书》篇名。箕子所为武王陈五行之道也。"〔辟纪〕法度，准则。　⑭〔倾容〕侧头安身的人。《章句》："倾头容身，谗谀之人。"　⑮〔仳倠〕（pǐ suī）古代丑女的名。《淮南子·修务》："虽粉白黛黑，弗能为美者，嫫母，仳倠也。"《章句》："丑女也。"〔弥楹〕《章句》："弥，犹偏也。楹，柱也……立遍两楹之间，侍左右也。"　⑯〔乌获〕人名。古代力士。《帝王世纪》："秦武王好多力之士，乌获之徒并皆归焉。秦王于洛阳举周鼎，乌获两目血出，六国时人也。"〔骖乘〕坐在车右边的警卫，是近侍警卫。⑰〔燕公〕《章句》："邵公也。封于燕，故曰燕公也。"〔圉〕（yǔ）

《章句》："养马曰圉。"马圉，指养马的地方。 ⑱〔蒯聩〕人名。《章句》："卫灵公太子也。不顺其亲，欲害其后母。"〔清府〕《章句》："犹清庙也。"清庙，即宗庙。宗庙清静，所以称清庙。《左传》杜注："清庙，肃然清静之称。" ⑲〔徙弛〕退却的意思。《章句》："因徙弛却退而长诀也。" ⑳〔偩佯〕《章句》："山名也。"〔垆〕(lú)《章句》："黄黑色土也。"〔沼〕池。 ㉑〔纤阿〕《章句》："古善御者。言纤阿不执辔而御，则马不为尽其力。言君不任贤者，贤者亦不尽其节。" ㉒〔离离〕《章句》："剥裂貌。"

远　游

悲余性之不可改兮，
屡惩艾而不移。①
服觉皓以殊俗兮，②
貌揭揭以巍巍。③
譬若王侨之乘云兮，
载赤霄而凌太清。④
欲与天地参寿兮，⑤
与日月而比荣。
登昆仑而北首兮，⑥
悉灵圉而来谒。⑦
选鬼神于太阴兮，⑧
登闾阖于玄阙。⑨
回朕车俾西引兮，
褰虹旗于玉门。⑩
驰六龙于三危兮，⑪
朝西灵于九滨。⑫
结余轸于西山兮，⑬
横飞谷以南征。⑭

悲叹我的本性不可改变，
屡次吸取教训坚定不移。
服饰十分鲜艳与众不同，
形象高高大大顶天立地。
我像仙人王侨驾雾乘云，
乘着红色云气飞升天庭。
我的寿命能像天地久长，
我的光荣就如太阳月亮。
登上昆仑高山向北而坐，
天上全部仙人都来拜望。
我从太阴气中选择鬼神，
和我登上天门进入殿堂。
扭转我的车马奔向西方，
举起虹旗直驱玉门山上。
乘驾六龙奔驰三危山顶，
召西方之神到九曲水滨。
旋转我的车子向着西山，
横渡飞泉山谷又向南行。

绝都广以直指兮，⑮	穿过都广山野一直朝前，
历祝融于朱冥。⑯	会见祝融海神经过朱冥。
枉玉衡于炎火兮，⑰	回转我的玉车穿过炎火，
委两馆于咸唐。⑱	我两次曲意在咸池暂停。
贯颎濛以东竭兮，⑲	贯穿鸿蒙之气向东离去，
维六龙于扶桑。	六条飞龙系在扶桑树上。
周流览于四海兮，	我要周行各地观察天下，
志升降以高驰。	并想上上下下奔驰各方。
征九神于回极兮，⑳	召九天之神在天中会见，
建虹采以招指。㉑	高举彩虹大旗指挥四方。
驾鸾凤以上游兮，	乘驾鸾鸟凤凰向上游荡，
从玄鹤与鹪明。㉒	率领玄鹤鹪明紧跟身旁。
孔鸟飞而送迎兮，	孔雀上下飞舞迎来送往，
腾群鹤于瑶光。㉓	仙鹤成群飞腾经过瑶光。
排帝宫与罗囿兮，㉔	排开天帝之宫进入天苑，
升县圃以眩灭。㉕	登上悬圃仙山心明眼亮。
结琼枝以杂佩兮，	系结美玉枝条掺杂玉佩，
立长庚以继日。	升起长庚明星接替太阳。
凌惊雷以轶骇电兮，㉖	乘驾滚滚惊雷追逐闪电，
缀鬼谷于北辰。㉗	还把百鬼系在北极星上。
鞭风伯使先驱兮，	我又鞭策风伯开路向前，
囚灵玄于虞渊。㉘	并把玄帝之神囚禁虞渊。
遡高风以低佪兮，㉙	迎着高天大风徘徊游荡，
览周流于朔方。	我还观察各地游遍北方。
就颛顼而陈词兮，	我向圣帝颛顼倾诉痛苦，
考玄冥于空桑。㉚	考察玄冥之神来到空桑。
旋车逝于崇山兮，㉛	然后旋过车头驰往崇山，
奏虞舜于苍梧。	向虞舜进言来苍梧山旁。
济杨舟于会稽兮，	乘上杨木轻舟行至会稽，

就申胥于五湖，　　　　　请教伍子胥在五湖之上。
见南郢之流风兮，　　　　看见楚国郢都流行风俗，
殒余躬于沅湘。　　　　　只能投身自沉沉水湘江。
望旧邦之黯黮兮，　㉜　　望见故国家乡昏暗不明，
时混浊其犹未央。　　　　人世混乱污浊令人失望。
怀兰茝之芬芳兮，　　　　怀抱兰花茝草散发芬香，
妒被离而折之。　　　　　众人嫉妒摧折分散四方。
张绛帷以襜襜兮，　㉝　　陈设深红幕布鲜艳美好，
风邑邑而蔽之。　㉞　　　轻风细微柔弱被它阻挡。
日暧暧其西舍兮，　　　　太阳炽盛明亮降落西方，
阳焱焱而复顾。　㉟　　　阳光炎热势盛还想返回。
聊假日以须臾兮，　　　　暂且趁此时光游戏片刻，
何骚骚而自故。　㊱　　　心中忧愁如故始终难忘。
叹曰：　　　　　　　　　多么可叹啊：
譬彼蛟龙，乘浮云兮。　　我好像乘云的深渊蛟龙，
泛淫汜溶，纷若雾兮。　㊲　浮游层层浓云被雾迷蒙。
潺缓鏐鏐，　㊳　　　　　蛟龙卷曲纵横如水流动，
雷动电发，驱高举兮。　㊴　乘驾雷电迅速高飞天空。
升虚凌冥，　㊵　　　　　蛟龙登上天界高远无涯，
沛浊浮清，入帝宫兮。　㊶　弃污秽浮清气进入帝宫。
摇翘奋羽，　㊷　　　　　蛟龙摇头摆尾展开双翅，
驰风骋雨，游无穷兮。　㊸　驱使风雨遨游无穷太空。

①〔惩艾〕（—yì）被惩创而戒惧。也指从失败中吸取教训。
②〔觉皓〕《章句》："觉，较也。皓，犹明也。……较然盛明。"觉皓，
十分鲜明。　③〔揭揭〕《章句》："高貌也。"　④〔赤霄〕红色的云
气。〔太清〕天空。古人认为天系清气所构成，故称为太清。《章句》：
"载赤霄上凌太清，游天庭也。"　⑤〔参寿〕同寿。《章句》："同其
寿命。"　⑥〔北首〕《章句》："首，向。"北首，向北坐。　⑦〔灵圉〕

《章句》：“众神也。” ⑧〔太阴〕极盛的阴气。 ⑨〔玄阙〕玄，幽远。玄阙，指天上的宫殿。《章句》：“入玄阙拜天皇受勑诲也。” ⑩〔玉门〕《章句》：“玉门，山名也。” ⑪〔三危〕神话中的仙山。《山海经·西山经》：“又西二百二十里曰三危之山，三青鸟居之。” ⑫〔西灵〕西方之神。〔九滨〕九曲水滨。《章句》：“召西方之神会于大海九曲之涯也。” ⑬〔结〕《章句》：“结，旋也。” ⑭〔飞谷〕神话中的飞泉之谷。《章句》：“日所行道也。……横度飞泉之谷以南行也。” ⑮〔都广〕神话中的地名。《章句》：“都广，野名也。《山海经》曰：‘都广在西南，其城方三百里，盖天地之中也。’” ⑯〔朱冥〕泛指祝融所居之地。因在南方，色尚赤，所以叫朱冥。 ⑰〔枉〕回转。《章句》：“屈也。”〔玉横〕饰玉的车辕头上的横木。《章句》：“车衡也。”这里代车。〔炎火〕神话中的地名。 ⑱〔委〕《章句》：“曲也。……曲意至于咸池而再会止宿也。”〔两馆〕《章句》：“舍也。”住宿。馆作动词。两馆，两次停下来住宿。〔咸唐〕《章句》：“咸唐，咸池也。” ⑲〔颎濛〕（hòng méng）也作“鸿蒙”。《淮南子·精神》：“气未成形之气。”《章句》：“气也。”〔朅〕（qiè）离去。 ⑳〔九神〕《章句》：“九天之神。”〔回极〕极，指天极，天之中央。回极，天极回旋的枢轴。《章句》：“回，旋也。极，中也。谓会北辰之星于天之中也。” ㉑〔招指〕指挥。《章句》：“指麾也。旗所以招指语人也。” ㉒〔鹪明〕（jiāo—）一种小鸟。性很和善，喜吃小虫。《章句》：“俊鸟也。” ㉓〔瑶光〕《补注》：“北斗杓星也。” ㉔〔罗囿〕《章句》：“天苑。” ㉕〔眩灭〕《章句》：“目为炫耀，精明消灭，心愁思也。” ㉖〔轶〕超车。这里是追逐的意思。 ㉗〔鬼谷〕《章句》：“一作百鬼。”〔北辰〕北极星。《尔雅·释天》：“北极谓之北辰。” ㉘〔灵玄〕《章句》：“玄帝也。”〔虞渊〕神话中的地名。《章句》：“日所入也。《淮南》言：‘日出汤谷，入于虞渊。’” ㉙〔遡〕同“溯”。 ㉚〔玄冥〕《章句》：“太阴之神，主刑杀也。” ㉛〔崇山〕《章句》：“驩兜所放山也。” ㉜〔黯黮〕（àn dǎn）《章句》：“不明貌也。” ㉝〔襜襜〕（chān）鲜艳的样子。《章句》：“朱帷襜襜鲜明，宜与贤者共处其中。” ㉞〔邑邑〕《章句》：

"微弱貌也。" ㉟〔焱焱〕同"炎炎"。势盛。 ㊱〔自故〕依然如故。《章句》："中心愁思如故,终不解也。" ㊲〔泛淫〕随水浮游。〔沇溶〕水深广的样子。这里指云浓厚。 ㊳〔轇辖〕(jiāo gé)参差纵横。《章句》："言蛟龙升天,其形潺湲,若水之流,纵横轇辖。" ㊴〔驳〕(sà)《说文》："马行相及也。"《方言》："马驰也。"《补注》:"疾貌。" ㊵〔升虚凌冥〕《章句》:"言龙能登虚无,凌清冥。"虚无,《淮南子·精神》:"虚无者,道之所居也。"这里指天。清冥,即青冥。指天的高远。 ㊶〔沛〕《章句》:"一作弃。" ㊷〔翘〕鸟尾上的长毛。这里指龙尾。

九　思

　　本篇是王逸所作。王逸，字叔师，东汉宜城（今湖北宜城县）人。汉安帝元初年间（114—119）为校书郎。顺帝（126—144年在位）时官至侍中。据今本《楚辞章句》题"校书郎臣王逸上"，他是在安帝元初中完成《楚辞章句》的。

　　《九思》的写作时间在汉顺帝时。《楚辞章句》题"汉侍中南郡王逸叔师作"。

　　本篇的创作目的，王逸自己说："逸与屈原，同土同国，悼伤之情，与凡有异。窃慕向褒之风，作颂一篇。号曰《九思》，以禅其辞。未有解说，故聊叙训谊焉。"但本篇的注解，洪兴祖《补注》认为："逸不应自为注解，恐其子延寿之徒为之尔。"

　　本文由九个短篇组成，也是王逸代屈原抒发忧愤之情。

　　这九篇诗歌，主要抒写屈原的不幸遭遇，反映了封建时代，中国正直知识分子的普遍境况和典型心态。在艺术上，《九思》善于运用比喻和象征的表现手法，深化抒情主题，具有较强的艺术感染力。诗篇贯穿着丰富的想象，抒情的线索恰当地反映了诗人矛盾的心理和情感发展的逻辑：每一篇的结构都是从现实世界到理想境界，再回到现实。感情先后是痛苦、解脱、痛苦，对比强烈，情绪跌宕，给人留下了深刻的印象。

逢　尤

悲兮愁，哀兮忧。　　　　我的心中多么悲哀忧愁。
天生我兮当暗时，　　　　天生我遇到了昏暗时候，被诼谮兮虚获尤。①
心烦愦兮意无聊，②
严载驾兮出戏游。③
周八极兮历九州，④
求轩辕兮索重华。
世既卓兮远眇眇，⑤
握佩玖兮中路蹉。⑥
羡咎繇兮建典谟，⑦
懿风后兮受瑞图。⑧
愍余命兮遭六极，⑨
委玉质兮于泥涂。
遽傽遑兮驱林泽，⑩
步屏营兮行丘阿。⑪
车轧折兮马虺颓，⑫
䓫怅立兮涕滂沱。⑬
思丁文兮圣明哲，⑭
哀平差兮迷谬愚。⑮
吕傅举兮殷周兴，
忌嚭专兮郢吴虚。⑯
仰长叹兮气噎结，
愊殪绝兮咶复苏。⑰
虎兕争兮于廷中，⑱
豺狼斗兮我之隅。⑲
云雾会兮日冥晦，
飘风起兮扬尘埃。
走鄮罔兮乍东西，⑳
欲患伏兮其焉如？
念灵闺兮隩重深，㉑
愿竭节兮隔无由。

受人诬陷无故遭到罪尤。
我的心里烦乱情绪愁闷，
赶紧乘驾车马出外远游。
游遍遥远八方天下九州，
要把圣明黄帝大舜寻求。
离开前圣时代已经遥远，
手握玉佩半路徘徊心忧。
羡慕皋陶建立制度谋略，
我仰慕接受瑞图的风后。
可怜我的命运多灾多难，
美好品质弃于污秽路途。
恐惧惊慌驱向山林水泽，
惶惶失措我向深山奔走。
我的车辕折断马也疲病，
我怅然呆立着热泪直流。
想遇到圣哲明智的文王，
哀伤夫差平王糊涂荒谬。
举用傅说吕望殷周兴盛，
无忌伯嚭专权楚吴成墟。
仰天长叹使我胸中气闷，
忧郁愤怒使我死去活来。
猛虎犀牛还在朝廷争权，
豺狼就在我的身边斗气。
云雾聚集太阳昏暗不明，
大风旋转灰尘扬满天地。
我触犯了谗人到处奔逃，
想要隐藏下来能到何处？
想到君王宫殿深远难入，
愿意竭尽忠诚无理受阻。

望旧邦兮路逶随，㉒　　　望见故国道路曲折遥远，

忧心悄兮志勤劬，㉓　　　　心中忧愁凄惨矢志不移。

魂茕茕兮不遑寐，　　　　　灵魂孤孤单单无暇睡觉，

目脉脉兮寤终朝。㉔　　　　漫漫长夜眼睁睁地过去。

①〔诼谮〕造谣诬陷。〔虚〕平白无故地。　②〔烦愦〕（—kuì）心烦意乱。《章句》：“愦，乱也。”　③〔严〕急，赶紧。　④〔八极〕八方极远的地方。《淮南子·地形》：“八纮之外，乃有八极。”　⑤〔卓〕遥远。《章句》：“卓，远也。”　⑥〔玖〕（jiǔ）黑色像玉的石头。⑦〔典谟〕制度谋略。一说《尚书》中的篇名。典，《尧典》；谟，《皋陶谟》。　⑧〔风后〕黄帝时人。黄帝在海隅遇到他，举用他为相。《山西通志》：“风后，解州人。黄帝得六相而天下治，风后其一也。解，旧号渤澥之海，所谓海隅，即此。今解州西南蒲州风陵乡有风后墓，因号风陵渡。”〔瑞图〕祥瑞图书。　⑨〔六极〕六种凶恶的事。《尚书·洪范》：“六极：一曰凶短折，二曰疾，三曰忧，四曰贫，五曰恶，六曰弱。”⑩〔偟遑〕（zhāng huáng）惊慌失措的样子。《补注》：“《集韵》：‘偟徨，行不正。’”　⑪〔屏营〕《补注》：“征伀也。”征伀（—zhōng），惊惶失措的样子。　⑫〔軏〕（yuè）小车车辕前端和车衡相衔接的关键。这里指车辕。〔虺颓〕（huī—）疾极而病。孙炎《尔雅》注：“马疲不能升高之病。”　⑬〔愡〕（chōng）《章句》：“一作惆。”　⑭〔丁文〕遇到周文王。《章句》：“丁，当也。文，文王也。”　⑮〔平差〕《章句》：“平，楚平王。差，吴王夫差也。”　⑯〔忌嚭〕《章句》：“忌，楚大夫费无忌。嚭，吴大夫宰嚭。”　⑰〔殟〕《章句》：“《释文》作愠。”愊愠（yì yùn）忧郁愤怒。〔呫〕（huá）喘息。《广雅释诂二》：“呫，息也。”王念孙《疏证》：“呫为喘息之息。”　⑱〔虎兕〕（—sì）《章句》：“虎兕，恶兽，以喻奸臣。”　⑲〔隅〕《章句》：“旁也。”⑳〔逿〕（chàng）《补注》：“距也，踏也。”走逿，走踏，引申为触犯。走逿罔，《章句》：“动触诏毁，东西趣走。”　㉑〔灵闺〕《章句》：“灵，谓怀王。闺，阁也。”灵闺，君王的宫殿。〔隩〕（ào）通“奥”，深。　㉒〔逶随〕《章句》：“迂远也。”曲折遥远。　㉓〔悄〕《章句》：“悄，犹惨也。”〔勤劬〕勤劳。志勤劬，心志锻炼不息。引申为志向不变。

㉔〔脉脉〕（mò）眼睁睁地。《章句》："视貌。言通夜不能暝也。"

怨　上

令尹兮謷謷，①
群司兮语谀谀。②
哀哉兮溷溷，
上下兮同流。③
菽藟兮蔓衍，④
芳藭兮挫枯。⑤
朱紫兮杂乱，⑥
曾莫兮别诸。⑦
倚此兮岩穴，
永思兮窈悠。⑧
嗟怀兮眩惑，⑨
用志兮不昭。⑩
将丧兮玉斗，⑪
遗失兮纽枢。
我心兮煎熬，
惟是兮用忧。⑫
进恶兮九旬，⑬
复顾兮彭务。⑭
拟斯兮二踪，⑮
未知兮所投。
谣吟兮中野，⑯
上察兮璇玑。⑰
大火兮西睨，⑱
摄提兮运低。⑲
雷霆兮砰磕，⑳

楚国令尹行不端，
文武百官多谗言。
一国混乱真可叹，
君臣上下都一般。
荒草野藤已蔓延，
香花芳草却枯烂。
紫胜红色秩序乱，
世上无人能分辨。
独处深山居岩洞，
思君念国路遥远。
哀伤怀王眼不明，
行忠尽义身难显。
楚国将丧栋梁材，
君王遗失能与贤。
我的心里似熬煎，
想到这些愁无限。
心中憎恨九旬饮，
思念务光想彭咸。
踏着两人脚印行，
未知前途心不明。
徘徊荒野独歌咏，
抬头仰望北斗星。
向西斜视火星下，
不寐愁看摄提行。
惊雷阵阵隆隆响，

雹霰兮霏霏。㉑　　　冰雹雪粒纷纷降。

奔电兮光晃，　　　闪电奔驰光耀眼，
凉风兮怆凄。　　　秋风袭来心凄凉。

鸟兽兮惊骇，　　　飞禽走兽都惊骇，
相从兮宿栖。　　　相跟相随各处藏。

鸳鸯兮嗷嗷，㉒　　双双和鸣是鸳鸯，
狐狸兮徛徛。㉓　　对对狐狸相依傍。

哀吾兮介特，㉔　　可怜自己孤单单，
独处兮罔依。　　　独处无依心忧伤。

蟋蚱兮鸣东，㉕　　只有蟋蚱在东鸣，
螗蠈兮号西。㉖　　小蝉螗蠈鸣西墙。

䖃缘兮我裳，㉗　　毛虫爬上我衣裳，
蠋入兮我怀。㉘　　蠋虫钻进我身上。

虫豸兮夹余，㉙　　无数小虫夹攻我，
惆怅兮自悲。　　　失意懊恼自悲伤。

伫立兮忉怛，㉚　　无穷悲痛久呆立，
心结绉兮折摧。㉛　　忧思郁结心沮丧。

①〔令尹〕春秋时楚国最高的官职。《论语邢疏》："楚臣，令尹为长。……令，善也。尹，正也。言用善人正此官也。"《章句》："楚官，掌政者也。"〔謷謷〕（áo）《章句》："不听话言而妄语也。"　②〔群司〕文武百官。《章句》："众僚。"〔谀谀〕（nóng）《补注》："多言也。"《章句》："言皆竞于佞也。"　③〔溷溷〕（gǔ）水泉涌出的样子。引申为混乱。《章句》："一国并乱也。"　④〔菽蘁〕菽，豆的总名。蘁，蔓草。菽蘁，在这里泛指小草。《章句》："小草也。"⑤〔蘦〕（xiāo）香草。《补注》："《本草》：'白芷，一名蘦。'《说文》：'茞，蘦也。楚谓之蓠；晋谓之蘦；齐谓之茝。'"〔挫枯〕《章句》："弃不用也。"　⑥〔朱紫〕《论语·阳货》："恶紫之夺朱也。"《集解》："朱，正色。紫，间色之好者。恶其以邪好而乱正色。"后来朱紫比喻正邪、是非、优劣等。　⑦〔别诸〕即辨别、区别。　⑧〔窈悠〕这里指道路遥

远。《章句》："长守忠信，念无违而涂悠远也。"　⑨〔怀〕指楚怀王。《章句》："怀，怀王也。"　⑩〔用志〕用，使用。引申为"行"。志，忠信之志。用志，指行忠尽义的人。　⑪〔玉斗〕《章句》："钮枢、玉斗皆所宝者。……言放弃贤者逐去之。"　⑫〔惟〕想，思。　⑬〔九旬〕《章句》："纣为九旬之饮而不听政。"　⑭〔彭务〕《章句》："彭，彭咸。务，务光。皆古介士。耻受污辱，自投于水而死也。"　⑮〔拟〕《章句》："则也。"则，效法。　⑯〔中野〕荒野之中。　⑰〔璇玑〕《补注》："北斗魁四星为璇玑。"按，璇玑，指北斗星中的两颗星：天璇，天玑。　⑱〔大火〕星名。一年自秋季开始，大火星自西而下，又叫流火。〔睨〕（nì）斜看。　⑲〔摄提〕星名。《史记·天官书》："大角者，天王帝廷，其两旁各有三星，鼎足句之，曰摄提。"属亢宿，共六星，位于大角星的两侧。左三星叫左摄提，右三星叫右摄提。在牧夫星座。〔运低〕《章句》："摄提运下，夜分之候，愁思不寐，起视星辰，以解戚者也。"　⑳〔硠磕〕（láng kē）《章句》："雷声。"　㉑〔霰〕（xiàn）小雪珠。〔霏霏〕雨雪或烟云很盛的样子。　㉒〔嗈嗈〕（yōng）鸟声和鸣。《章句》："和鸣貌也。"　㉓〔徵徵〕（méi）《章句》："相随貌。"　㉔〔介特〕单身孤独的人。《章句》："独也。"　㉕〔蝼蛄〕（lóu gū）一种对农作物有害的昆虫。　㉖〔蟊蠽〕（máo jié）蝉类。《尔雅释虫》："茅蜩。"《注》："江东呼为茅截，似蝉而小，青色。"《义疏》："此蝉好鸣于草梢。"　㉗〔蚝〕（cì）《补注》："《说文》云：毛虫，有毒螫人。"　㉘〔蠋〕（zhú）蛾蝶类的幼虫。　㉙〔豸〕（zhì）无脚的小虫叫豸。　㉚〔忉怛〕（dāo dá）悲痛。　㉛〔縎〕（gǔ）《补注》："结也。"结縎，郁结。〔折摧〕即摧折、挫折。

疾　世

周徘徊兮汉渚，　　　　我在汉水之滨徘徊周游，
求水神兮灵女。①　　　我想去把汉水女神追求。
嗟此国兮无良，②　　　楚国已无贤良使人哀叹，
媒女诎兮谀娄。③　　　媒人不善言辞话语混乱。
鹎雀列兮哗说谨，④　　小鸟鹎雀成列叫声喧哗，

鸲鹆鸣兮聒余。⑤	八哥鸣叫聒耳叽叽喳喳。
抱昭华兮宝璋，⑥	我怀抱着昭华珍藏着璋，
欲炫鬻兮莫取。⑦	想要向外出售无人问价。
言旋迈兮北徂，⑧	只好转身远远奔向北方，
叫我友兮配耦。	急叫我的朋友一起出发。
日阴曀兮未光，⑨	太阳无光天空阴暗不明，
阒眇窈兮靡睹。⑩	四周昏暗深远眼看不清。
纷载驱兮高驰，	杂乱中乘车马高驰远去，
将谘询兮皇羲。⑪	将要求教询问古帝伏羲。
遵河皋兮周流，	沿着黄河岸边周行寻找，
路变易兮时乖。⑫	道路已经改变时代背离。
沥沧海兮东游，⑬	渡过茫茫沧海向东远游，
沐盥浴兮天池。⑭	我还在天池里沐浴盥洗。
访太昊兮道要，⑮	访问东方青帝天道要领，
云靡贵兮仁义。	太昊回答最贵就是仁义。
志欣乐兮反征，	心中欣喜转车向西而去，
就周文兮邠岐。⑯	我请教周文王来到邠岐。
秉玉英兮结誓，	我拿着玉花与文王誓约，
日欲暮兮心悲。	日薄西山引起心中悲戚。
惟天禄兮不再，⑰	想到天赐福禄不可再得，
背我信兮自违。	放弃忠信就是违背自己。
逾陇堆兮渡漠，⑱	我越过陇堆山穿过大漠，
过桂车兮合黎。⑲	经过西方桂车又到合黎。
赴昆山兮絷骖，⑳	奔赴昆仑仙山取得骏马，
从邛遨兮栖迟。㉑	跟从邛邛驱虚遨游休息。
吮玉液兮止渴，㉒	我要吮吸琼蕊精气止渴，
啮芝华兮疗饥。㉓	我还吃那灵芝花朵充饥。
居嵺廓兮尠畴，㉔	身居空旷山野孤独一人，
远梁昌兮几迷。㉕	我的处境困窘进退无据。

望江汉兮濩渃，㉖　　眺望长江汉水浩渺无边，
心紧絭兮伤怀。㉗　　　乡情萦怀令人伤心失意。
时昢昢兮旦旦，㉘　　　太阳刚刚升起天方微明，
尘莫莫兮未晞。㉙　　　四周浓雾弥漫尚未散离。
忧不暇兮寝食，　　　　心中忧愁使我废寝忘食。
吒增叹兮如雷。　　　　我大声怒吼啊浩然叹息。

　　①〔灵女〕水中女神。　②〔此国〕《章句》：“楚国也。”
③〔诹娄〕（lián lóu）《补注》：“语乱也。”即絮语不清的意思。
④〔讙〕（huān）通“喧”，喧哗。　⑤〔鸲鹆〕（qú yù）鸟名，即“八哥”。
⑥〔昭华〕《章句》：“玉名。”《补注》：“《淮南》云：‘尧赠舜以
昭华之玉。’”《淮南子·泰族》：“赠以昭华之玉而传天下焉。”〔宝〕
珍藏。作动词用。〔璋〕（zhāng）一种玉器，形状像半个圭。　⑦〔炫鬻〕
（xuàn yù）夸耀自己的货物要把它卖出去。　⑧〔言〕第一人称代词，我。
见《尔雅释诂》。　⑨〔曀〕昏暗。　⑩〔阒〕（qù）《章句》：“窥也。”
一本作阒。〔哨兖〕《章句》：“幽冥也。”昏暗深远的意思。　⑪〔皇羲〕
《章句》：“羲，皇也。”“羲，伏羲，伏羲称皇也。”　⑫〔时乖〕指
与伏羲的时代背离。　⑬〔沥〕通“厉”，不脱衣服涉水。　⑭〔天池〕《章
句》：“天池则沧海也。”　⑮〔太昊〕（—hào）《章句》：“东方青
帝也。”一说即伏羲。〔道要〕《章句》：“天道之要务。”　⑯〔邠岐〕（bīn
qí）周朝最早的领土。邠，邠县，在今陕西省。岐，在今陕西岐山县东北。
⑰〔天禄〕天赐的福禄。　⑱〔陇堆〕《章句》：“山名。”　⑲〔桂车〕
〔合黎〕《章句》：“皆西方山之名。”　⑳〔絷〕（zhí）《补注》：“绊
马也。”〔骆〕（lù）《章句》：“骏马名。”　㉑〔邛〕（qióng）《章句》：
“兽名。”《补注》：“邛，谓邛邛駏虚也。”《尔雅释地》：“西方有
比肩兽焉，与邛邛駏虚比，为邛邛駏虚啮甘草。即有难，邛邛駏虚负而走，
其名谓之蹶。”〔栖迟〕游息。　㉒〔玉液〕《章句》：“琼蕊之精气。”
㉓〔芝华〕灵芝的花朵。　㉔〔尠畴〕（xiǎn—）尠，同“鲜”，少。畴，
匹配。　㉕〔梁昌〕处境狼狈，进退无据。《章句》：“陷据失所也。”
㉖〔濩渃〕（huò ruò）《章句》：“大貌也。还见江汉水大也。”《补注》：
“大水也。”　㉗〔紧絭〕（—quàn）《章句》：“纠缭也。”《补注》：

"缠绵也。" ㉘〔呫呫〕（pò）《章句》："日月始出，光明未盛为呫呫。"《补注》："呫，日将曙。呫，月未盛明。" ㉙〔尘〕这里指雾。《章句》："朝阳未开，雾气尚盛。"〔莫莫〕尘雾聚集的样子，《章句》："合也。"〔晞〕消散。

悯　上

哀世兮睩睩，①	可怜世俗看人畏惧谨慎，
诶诶兮嗌喔。②	背地讲坏话当面又奉承。
众多兮阿媚，	众人多数喜欢阿谀迎逢，
委靡兮成俗。③	巧言令色取媚习气极盛。
贪枉兮党比，	群小贪残邪恶结党攀比，
贞良兮茕独。	孤孤单单的是忠良贤人。
鹄窜兮枳棘，	天鹅只能藏身草丛荆棘，
鹈集兮帷幄。④	水鸟鹈鹕却在帐幕安身。
蘪蕵兮青葱，⑤	小草蘪蕵生长葱葱郁郁，
槁本兮萎落。⑥	香草槁本凋零枝叶难生。
睹斯兮伪惑，	目睹这些欺诈惑乱现象，
心为兮隔错。⑦	使人感到失去本来心性。
逡巡兮圃薮，	我在园圃丛林徘徊迟疑，
率彼兮畛陌。⑧	沿着田间小道散步徐行。
川谷兮渊渊，	眼前大川河谷深不可测，
山阜兮峇峇。⑨	崇山峻岭不断连绵起伏。
丛林兮嶒嶒，⑩	满山遍野丛林生长茂盛，
株榛兮岳岳。⑪	各种树木丛生密密层层。
霜雪兮漼溰，⑫	寒霜降临风雪纷纷扬扬，
冰冻兮洛泽。⑬	冰封水泽凝冻湖泊池塘。
东西兮南北，	我走遍了东西南北各地，
罔所兮归薄。	没有我可停留下的地方。

庇阴兮枯树，
匍匐兮岩石。⑭　　只好在枯树下暂时栖身，
　　　　　　　　只能在岩洞中居住隐藏。
蜷跼兮寒局数，⑮　　我蜷缩在凛冽寒风之中，
独处兮志不伸。　　独处荒野难以实现理想。
年齿尽兮命迫促，　　年纪渐渐老了寿命短促，
魁垒挤摧兮常困辱。⑯命运坎坷常常受穷受辱。
含忧强老兮愁不乐。⑰内心担忧年老时时愁苦，
须发苧悴兮�鬓白，⑱须发蓬乱憔悴两鬓斑白，
思灵泽兮一膏沐。⑲　希望天赐脂膏给我沐浴。
怀兰英兮把琼若，　　怀抱兰花手握如玉杜若，
待天明兮立踯躅。　　我等待着天明徘徊不去。
云蒙蒙兮电倏烁，　　天上乌云层层雷电闪烁，
孤雌惊兮鸣呴呴。⑳　孤独小鸟惊恐叽叽鸣叫。
思怫郁兮肝切剥，　　我的心中愤懑肝胆欲裂，
忿悁悒兮孰诉告。　　满腔愤怒忧郁向谁诉说。

①〔睩睩〕（lù）《章句》："视貌。贤人不用，小人持势也。"《说文》："睩，目睐谨也。"睐（lài），斜着眼看。《补注》："睩，为目睐之谨。言注视而又谨畏也。"　②〔诶诶〕说坏话、讲谗言的样子。《章句》："窃言。"〔嗌喔〕（yì wō）指恭维奉承的腔调。《章句》："容媚之声。"　③〔委靡〕讨好人的笑脸。《章句》："面柔也。""委"，一本作"骫"。　④〔鹈〕（tí）水鸟。也叫鹈鹕。体大于鹅，色灰白，嘴长，颔下有大喉囊。沉水中取鱼。这里比喻卑贱的小人。　⑤〔蓟茹〕（jì rú）《章句》："草名。"《补注》："似芹可食。"〔青葱〕《章句》："见养有光色也。"　⑥〔槁本〕（gǎo—）草药名。《章句》："香草也。"　⑦〔隔错〕《章句》："失其性也。"　⑧〔畛陌〕（zhěn mò）田间小路。《章句》："田间道曰畛。陌，塍（chéng，田间的土埂）分界也。"　⑨〔峉峉〕(é)《章句》："长而多有貌。"《补注》：'山高大貌。"阜，一作峊。　⑩〔嶾嶾〕（yín）繁茂的样子。《章句》："众饶貌。"　⑪〔株〕一作林。〔榛〕丛木。《广雅·释木》："木丛生曰榛。"〔岳岳〕挺立的样子。《章句》：

"岳岳，众木植也。" ⑫〔漼溰〕（cuī ái）霜雪聚集的样子。《补注》："霜雪聚积貌。" ⑬〔洛泽〕（luò duó）即"洛泽"，冰。《章句》："洛，竭也。寒而水泽竭，成冰。"《补注》："《集韵》：冰，谓之洛泽。" ⑭〔匍匐〕伏地而行。这里引申为隐藏。 ⑮〔寒局数〕《章句》："一云踡蜗兮寒风数。"《补注》："数音促。"数，迫促。 ⑯〔魁垒〕《章句》："促迫也。"〔挤摧〕《章句》："折屈也。"都是形容命运的坎坷。 ⑰〔强〕《章句》："愁早老曰强也。" ⑱〔苧〕（níng）头发乱。《章句》："乱也。"原指草乱。〔顠〕（piǎo）《章句》："杂白也。"《补注》："发乱貌。" ⑲〔灵泽〕《章句》："天之膏润也，盖喻德政也。"〔膏沐〕妇女润发的油脂。这里作动词用。 ⑳〔雊〕《章句》："雊，一作雏。"〔呴呴〕（gòu）鸟鸣声。《淮南子》《高注》："呴，鸣也。"

遭　厄

悼屈子兮遭厄，	哀悼屈原先生遭受灾难，
沈玉躬兮湘汨。①	宝贵身躯沉入汨罗江里。
何楚国兮难化，②	楚国君臣多么难以教化，
迄于今兮不易。	至今政治腐败毫无变易。
士莫志兮羔裘，③	士人莫不追求富贵尊荣，
竞佞谀兮谗阋。④	相互争吵不和谄媚取宠。
指正义兮为曲，	指责正义行为当成邪曲，
訿玉璧兮为石。⑤	诋毁珍贵玉璧说是石器。
殪鹏游兮华屋，⑥	鹘雕飞翔华丽房屋之中，
鵔鸃栖兮柴簇。⑦	鵔鸃只能栖息柴堆之上。
起奋迅兮奔走，	我要奋起迅速向外奔走，
违群小兮谖询。⑧	避开奸佞小人辱骂诽谤。
载青云兮上升，	乘着朵朵青云向上飞升，
适昭明兮所处。	来到太阳住所光明地方。
蹑天衢兮长驱，⑨	登上天中大路奔腾驰骋，

踵九阳兮戏荡。⑩　　　走到日出之处游戏徜徉。
越云汉兮南济，　　　我越过了银河便向南渡，
秣余马兮河鼓。⑪　　　喂我马儿来到牵牛星旁。
云霓纷兮晻翳，⑫　　　彩云虹霓纷纷遮住太阳，
参辰回兮颠倒。⑬　　　参星商星运转颠倒方向。
逢流星兮问路，　　　我遇到了流星向它问路，
顾我指兮从左。　　　指我回头看见路在左方。
径娵觜兮直驰，⑭　　　经过娵觜星次一直奔驰，
御者迷兮失轨。　　　车夫离开车道迷失方向。
遂踢达兮邪造，⑮　　　于是驾车乱走脱离正道，
与日月兮殊道。　　　方向完全背离太阳月亮。
志阕绝兮安如，⑯　　　我的志向阻绝走向何处，
哀所求兮不耦。　　　可怜我追求的不能成双。
攀天阶兮下视，⑰　　　我攀上了天阶向下观望，
见鄢郢兮旧宇。⑱　　　看见楚国郢都我的故乡。
意逍遥兮欲归，　　　心中无拘无束想要回去，
众秽盛兮杳杳。　　　楚国污秽太多昏暗无光。
思哽饐兮诘诎，⑲　　　悲叹气结深深感到冤枉，
涕流澜兮如雨。⑳　　　涕泪交流向下滚滚流淌。

①〔玉躬〕《章句》："贤者质美，故以比玉。"　②〔化〕教化。教育感化。　③〔羔裘〕比喻荣华富贵的生活。《章句》："言政秽则士贪鄙，无有素丝之志、皎洁之行也。"　④〔阋〕(xì)不和，争吵。　⑤〔訾〕(zǐ)毁谤，诋毁，非议。　⑥〔鸹〕《章句》："一作鹘。"鹘，鹘鵃(gǔ diāo)。鸟名。〔鹏〕即"雕"。鸟名，是一种凶猛的鸟。　⑦〔骏义〕(jùn yì)也是鸟名。〔簇〕同"蔟"，聚积。柴蔟，柴堆。　⑧〔诶诟〕(xǐ gòu)诟辱，受辱。《章句》："诶，耻辱垢陋之言也。"《补注》："诟，谓骂辱也。"　⑨〔天衢〕(—qú)天路。衢，四通八达的大路。　⑩〔踵〕(zhǒng)走到。〔九阳〕日出的地方。《章句》："九阳，日出处也。"　⑪〔秣〕(mò)喂牲口。〔河鼓〕《章句》："牵牛别名。"

即牵牛星。在天鹰星座。 ⑫〔晻翳〕遮蔽。 ⑬〔参〕星宿名。二十八宿之一，在猎户星座。〔辰〕星宿名。即心宿，二十八宿之一，又叫商星。在天蝎星座。《章句》：“参辰皆宿名。夜分而易次，故颠倒失路也。”⑭〔娵觜〕（jū zī）星次名，又作诹訾。十二星次之一，其位置相当于黄道十二宫中的双鱼宫。 ⑮〔踶跂〕《补注》：“行不正貌。” ⑯〔阏〕（è）阻塞。 ⑰〔天阶〕星名。《晋书·天文志上》：“三台为天阶，太一蹑以上下。” ⑱〔鄢郢〕（yān yǐng）《章句》：“鄢郢，楚都也。”《补注》：“鄢，於建切，地名，在楚。音偃者在郑；音焉者在颍川。”⑲〔哽饐〕同“哽咽”，悲叹而气结喉塞，呜唈不能成声。〔诘诎〕弯曲，引申为枉曲、冤枉。 ⑳〔澜〕即“澜澜”，泪涌下的样子。

悼 乱

嗟嗟兮悲夫，①　　　　　　多可叹啊多伤悲，
殽乱兮纷挐。　　　　　　　楚国上下乱纷纷。
茅丝兮同综，②　　　　　　茅草丝线一起织，
冠屦兮共絇。③　　　　　　礼帽鞋子同装饰。
督万兮侍宴，④　　　　　　华督宋万来侍宴，
周邵兮负刍。⑤　　　　　　周公邵公干杂事。
白龙兮见射，⑥　　　　　　河神白龙遭射眼，
灵龟兮执拘。⑦　　　　　　神龟出游被捕捉。
仲尼兮困厄，　　　　　　　圣人孔子受穷困，
邹衍兮幽囚。⑧　　　　　　贤人邹衍囚齐国。
伊余兮念兹，　　　　　　　想到这些想自己，
奔遁兮隐居。　　　　　　　赶快奔逃去隐居。
将升兮高山，　　　　　　　我将攀登高山上，
上有兮猴猿。　　　　　　　上有猿猴在游戏。
欲入兮深谷，　　　　　　　我想进入深谷中，
下有兮虺蛇。⑨　　　　　　下有毒蛇在盘踞。

左见兮鸣鶪，⑩　　　　左边听见伯劳啼，
右睹兮呼枭。　　　　　右边看见猫头鹰。
惶悸兮失气，⑪　　　　心中惊恐气欲绝，
踊跃兮距跳。⑫　　　　愤怒满腔跳跃起。
便旋兮中原，⑬　　　　立即转身原野中，
仰天兮增叹。　　　　　悲痛仰天长叹息。
萱蒯兮野莽，⑭　　　　萱草蒯草遍原野，
葎苇兮仟眠。⑮　　　　葎草丛生芦苇密。
鹿蹊兮嘶嘶，⑯　　　　麋鹿小径一条条，
貙貉兮蟫蟫。⑰　　　　猪獾小貉相逐戏。
鹯鹞兮轩轩，⑱　　　　鹯雀鹞鹰飞欲止，
鹑鹖兮甄甄。⑲　　　　鹑鹖鸟儿双飞去。
哀我兮寡独，　　　　　悲哀自己太寡独，
靡有兮齐伦。⑳　　　　没有朋友无伴侣。
意欲兮沈吟，　　　　　我想前往心迟疑，
迫日兮黄昏。　　　　　日暮黄昏当栖息。
玄鹤兮高飞，　　　　　玄鹤已经高高飞，
曾逝兮青冥。㉑　　　　自由翱翔蓝天里。
鸧鹒兮喈喈，㉒　　　　小鸟黄鹂喳喳叫，
山鹊兮嘤嘤。　　　　　山鹊鸣叫声叽叽。
鸿鸬兮振翅，㉓　　　　鸿雁鸬鹚展双翼，
归雁兮于征。　　　　　南归大雁将回去。
吾志兮觉悟，　　　　　我的心中已觉醒，
怀我兮圣京。　　　　　怀念郢都我圣京。
垂屣兮将起，　　　　　将要拖鞋起身去，
跰跦兮硕明。㉔　　　　停下脚步等天明。

①〔嗟嗟〕叹词。《毛诗·周颂·臣工》："嗟嗟臣工。"《孔疏》："重叹以呼之也。"　②〔综〕织布时使经线上下交错以受纬线的一种装

置。引申为编织。 ③〔绚〕（qú）鞋头上的装饰。《补注》："郑康成云，绚，谓之拘。著舄（xì 鞋子）屦头以为行戒。" ④〔督万〕《章句》："华督、宋万二人，宋大夫，皆弑其君者也。" ⑤〔周邵〕《章句》："周公邵公。" ⑥〔白龙〕《补注》："河伯化为白龙，羿射之眇其左目。" ⑦〔灵龟〕龟名。《尔雅·释鱼》："灵龟。"《邢疏》："《洛书》云：'灵龟者，玄义五色，神灵之精也。'"《补注》："神龟见梦于宋元君曰：'予为清江使河伯之所，渔者余且得予。'" ⑧〔邹衍〕《章句》："邹衍，贤人。而为佞邪所摄，齐遂执之。" ⑨〔虺〕（huǐ）毒蛇。 ⑩〔鵙〕（jú）一种鸟。又叫"伯劳。" ⑪〔失气〕《章句》："奄然而将绝。" ⑫〔距〕通"巨"，大。 ⑬〔便旋〕立即转身。〔中原〕原野中。 ⑭〔菅〕（jiān）多年生的草。〔蒯〕多年生的草本植物。〔野莽〕无边无际的草木。 ⑮〔藼〕（guàn）草名。〔仟眠〕同"芊绵"。草木丛生的样子。 ⑯〔蹢躅〕（tuǎn）《补注》："《说文》云：'禽兽所践处也。'" ⑰〔貒〕（tuān）野兽名。即猪獾。《补注》："似豕而肥。"〔貉〕（hé）亦野兽名。〔蟫蟫〕（xún）《章句》："相随之貌。" ⑱〔轩轩〕《章句》："将止之貌。" ⑲〔鹑鹑〕即鹌鹑（ān chún），鹑鸡类。〔甄甄〕（zhēn）《章句》："小鸟飞貌。" ⑳〔齐伦〕《章句》："齐一作匹。"齐伦，即伦比，同类、配偶。 ㉑〔青冥〕《章句》："太清。"即天空。 ㉒〔鸧鹒〕（cāng gēng）鸟名，也叫"黄鹂"。 ㉓〔鸬〕即鸬鹚（lú cí），水鸟名。又叫"鱼鹰"。 ㉔〔跱跱〕（zhù zhǐ）跱，立足以待。跱，《补注》："停足。"〔硕〕《章句》："一作须。"

伤 时

惟昊天兮昭灵，①
阳气发兮清明。
风习习兮和暖，
百草萌兮华荣。
堇荼茂兮扶疏，②

只有夏天才最光明神圣，
阳气生机勃发景象清明。
微风习习吹来温暖宜人，
百草蓬勃生长鲜花茂盛。
旱芹苦菜枝叶繁茂分披，

衡芷彫兮莹嫇。③

明净杜蘅芷若衰败凋零。

愍贞良兮遇害，

哀怜忠贞善良受到迫害，

将夭折兮碎糜。④

都将早早死亡身如碎糠。

时混混兮浇馈，⑤

世俗多么混乱就如汤饭，

哀当世兮莫知。

今世无人知我令人悲伤。

览往昔兮俊彦，⑥

看到前世贤人才智优秀，

亦诎辱兮系累。⑦

受到冤枉侮辱遭到拘囚。

管束缚兮桎梏，⑧

管仲曾被脚镣手铐束缚，

百贸易兮傅卖。⑨

百里奚被转卖交换货物。

遭桓缪兮识举，⑩

遇到齐桓秦穆赏识抬举，

才德用兮列施。⑪

得到任用才能充分献出。

且从容兮自慰，

我将逍遥自在聊以自慰，

玩琴书兮游戏。

赏玩琴瑟诗书到处游戏。

迫中国兮窄狭，

看到中原境内局迫狭窄，

吾欲之兮九夷。⑫

我就想要奔向九夷之地。

超五岭兮嵯峨，⑬

我飞越过五岭巍峨峻峭，

观浮石兮崔嵬。⑭

看到东海浮石高高耸立。

陟丹山兮炎野，⑮

又到南方丹山炎野之地，

屯余车兮黄支。⑯

在黄支国我把车马聚集。

就祝融兮稽疑，⑰

走近赤帝祝融考证疑问，

嘉己行兮无为。

我的行为"无为"受他赞许。

乃回竭兮北逝，

于是转身离开奔向北方，

遇神孀兮宴娭。⑱

遇到北方神孀宴会嬉戏。

欲静居兮自娱，

我想安静居住自求快乐，

心愁感兮不能。

但又不能只好心中悲戚。

放余辔兮策驷，

放开我的马勒驱马向前，

忽飚腾兮浮云。

忽然暴风飞腾乌云卷起。

蹑飞杭兮越海，⑲

乘上飞快航船渡过大海，

从安期兮蓬莱。⑳

跟从安期生到蓬莱山去。

缘天梯兮北上，　　攀缘登天之梯向北而上，
登太一兮玉台。㉑　　登上太一玉台谒见天帝。
使素女兮鼓簧，㉒　　请求仙女为我吹奏笙竽，
乘戈和兮讴谣。㉓　　乘戈引吭高歌配合仙女。
声嗷诔兮清和，㉔　　歌声圆润流畅清脆柔和，
音晏衍兮要婬。㉕　　音乐异腔怪调舞姿婆娑。
咸欣欣兮酣乐，　　大家兴高采烈尽情歌舞，
余眷眷兮独悲。㉖　　我顾念着家乡独悲不乐。
顾章华兮太息，㉗　　回头看到章华长长叹息，
志恋恋兮依依。　　心中恋恋不舍依念祖国。

①〔昊天〕天。这里特指夏天。《章句》："夏天也。"〔昭灵〕《章句》："昭，明也。灵，神也。"　②〔堇〕(jǐn)蔬类植物。梗高一尺多，叶宽，夏天开淡紫色花，梗叶味苦，通称堇菜，也叫旱芹。〔荼〕(tú)蔬类植物。即苦菜，开白花。〔扶疏〕繁茂分披的样子。《韩非子·扬权》："为人君者，数披其木，毋使木枝扶疏。"　③〔莹嫇〕(yíng míng)明净的样子。④〔糜〕(méi)通"糜"。《集韵》："音靡，谓碎糠也。"　⑤〔馈〕(zàn)用汤泡饭。《补注》："馈，《说文》云：'以羹浇饭。'"浇馈，用汤饭混在一起，比喻混乱。《章句》："言如浇馈之乱也。"　⑥〔俊彦〕才智杰出的人。　⑦〔系累〕捆绑，拘囚。　⑧〔桎梏〕刑具。脚镣手铐。《易·蒙》：'利用刑人，用说桎梏。"《孔疏》："在足曰桎；在手曰梏。"　⑨〔百〕百里奚。〔傅〕《章句》："一作传。"《补注》："《淮南》云：'百里奚转鬻。'注云，百里奚知虞公之不可谏，转行自卖于秦，为穆公相。"传，转授。　⑩〔桓缪〕齐桓公、秦穆公。《补注》："缪音木。"与"穆"同。　⑪〔德〕一作得。〔列施〕众多施展，充分施展。　⑫〔夷〕(yí)我国古代对东方各族的统称。九夷，泛指东方各族。　⑬〔五岭〕山名。最早见于《汉书·张耳传》。但说法不一，现取大庾、骑田、都庞、萌渚、越城为五岭之说（见《汉书·张耳传》《颜注》引邓德明《南康记》）。　⑭〔浮石〕《章句》："东海有浮石之山。"⑮〔丹山〕南方山名。〔炎野〕南方地名。《章句》："丹山炎野皆在南方也。"今湖北巴东县西有丹山。《北室书抄》《注》引晋

袁山松《宜都记》："郡西北四十里有丹山，山间时有赤气笼林岭如丹色，因名丹山。" ⑯〔黄支〕国名。《汉书·平帝纪》："黄支国献犀牛。"《颜注》："应劭曰：'黄支在日南之南，去京师三万里。'"又《地理志》："自夫甘都庐国船行可二月余，有黄支国，民俗略与珠厓相类。" ⑰〔稽〕《章句》："稽，合。所以折谋，求安己之处也。" ⑱〔嬺〕（xié）《章句》："北方之神名也。" ⑲〔蹠〕（zhí）踏。这里是乘上的意思。〔杭〕通"航"，船。 ⑳〔安期〕《章句》："安期生，仙人名也。"〔蓬莱〕神话中的仙山。 ㉑〔太一〕这里指星名，在紫微宫门外天一星南。《章句》："太乙，天帝所在，以玉为台也。" ㉒〔素女〕仙女。〔簧〕乐器中的薄叶，吹奏时振动发音。这里代竽、笙等管乐器。《诗·秦风·车邻》："并坐鼓簧。"《毛传》："笙也。"《朱传》："笙中金叶，吹簧则鼓动之以出声者也。" ㉓〔乘戈〕《章句》："仙人也。和素女而歌也。" ㉔〔嗷逃〕（jiào tiǎo）即"嗷咷"，高声歌唱。《章句》："嗷逃，清畅貌。" ㉕〔晏衍〕邪声，怪腔异调。〔要婬〕（—yín）《章句》："舞容也。"《补注》："《说文》：'婬，曲肩貌。'《方言》：'婬，游也。江沅之间谓戏为婬。'" ㉖〔眷眷〕同"睠睠"。《诗·小雅·小明》："睠睠怀归。"《郑笺》："睠睠，有往仕之志也。" ㉗〔章华〕《章句》："楚台也。"

哀 岁

旻天兮清凉，①	清秋时节天气凉，
玄气兮高朗。②	九月气清天高朗。
北风兮潦冽，	凛冽寒风渐渐起，
草木兮苍唐③	百花草木始凋黄。
蚙蛨兮嗺嗺，④	小蝉蟪蛄嗺嗺鸣，
蝼蛄兮穰穰⑤	蜈蚣小虫要变样。
岁忽忽兮惟暮，	光阴似箭岁将尽，
余感时兮凄怆。	感慨时过心悲伤。
伤俗兮泥浊，	哀伤世俗如泥浊，

矇蔽兮不章。⑥	昏暗不明日无光。
宝彼兮沙砾，	沙石瓦器当宝贝，
捐此兮夜光。⑦	夜光明珠弃一旁。
椒瑛兮涅污，⑧	香椒美石被污染，
枲耳兮充房。⑨	恶草枲耳堆满房。
摄衣兮缓带，⑩	整理衣服放宽带，
操我兮墨阳。⑪	墨阳宝剑拿手上。
升车兮命仆，	登上马车命仆从，
将驰兮四荒。⑫	将要驱马奔四方。
下堂兮见蚤，⑬	走下堂屋见毒蚤，
出门兮触蜂。	走出门来遇马蜂。
巷有兮蚰蜒，⑭	小巷里面有蚰蜒，
邑多兮螳螂。	村邑之中多螳螂。
睹斯兮嫉贼，	看见这些害人虫，
心为兮切伤。	心里感到极悲伤。
俯念兮子胥，	低头思念伍子胥，
仰怜兮比干。	抬首却把比干想。
投剑兮脱冕，	扔下宝剑摘下帽，
龙屈兮蜿蟺。⑮	像龙卷曲不伸张。
潜藏兮山泽，	隐居荒山水泽中，
匍匐兮丛攒。⑯	丛集林中来隐藏。
窥见兮溪涧，	看见山中小溪流，
流水兮沄沄。⑰	溪水潺潺流转淌。
鼋鼍兮欣欣，⑱	水中鼋鼍多高兴，
鳣鲇兮延延。⑲	黄鳝鲇鱼长又长。
群行兮上下，	上上下下相随行，
骈罗兮列陈。	对对双双在游荡。
自恨兮无友，	可恨自己没朋友，
特处兮茕茕。	孑然一身好凄凉。

冬夜兮陶陶，[20]　　　　寒冬之夜多漫长，
雨雪兮冥冥。　　　　　天色昏暗雪飞扬。
神光兮颎颎，[21]　　　　荒野神光放光明，
鬼火兮荧荧。　　　　　山中鬼火闪闪亮。
修德兮困控，[22]　　　　培养品行无人荐，
愁不聊兮遑生。　　　　愁苦不乐度时光。
忧纡兮郁郁，　　　　　忧思郁结心沉闷。
恶所兮写情。[23]　　　　如何表达我思想。

①〔旻天〕(mín—)秋天。　②〔玄〕阴历九月为玄。《尔雅·释天》："九月为玄。"　③〔唐〕《章句》："唐，一作黄。"苍黄，开始凋零。　④〔蚚蚗〕即"蛥蚗"(shé jué)，动物名，蝉的一种，又叫蟪蛄。〔噍噍〕(jiào)象声词，鸟虫鸣叫声。　⑤〔蝍蛆〕(jí jū)蜈蚣的别名。〔穰穰〕(ráng)《章句》："将变貌。"　⑥〔瞢〕通"蒙"。⑦〔夜光〕即夜光明珠。　⑧〔瑛〕似玉的美石。〔涅〕(niè)一种矿物。古代用作黑色染料。引申为用黑色染，染黑。　⑨〔枲耳〕(xǐ—)植物名。又叫苍耳。　⑩〔摄〕整理。　⑪〔墨阳〕《章句》："剑名。"　⑫〔四荒〕四方荒远的地方。《尔雅·释地》："觚竹、北户、西王母、日下，谓之四荒。"《疏》："言声不及，无礼义文章，是四方昏荒之国也。"　⑬〔虿〕(chài)蝎子一类的毒虫。　⑭〔蚰蜒〕(yóu yán)动物名。多足小虫，色灰白兼黄黑，能蜷曲，栖木石下阴湿地，夜多出。　⑮〔蜿蟺〕(wān zhuān)虫不伸展的样子。《章句》："蜿蟺，自迫促貌。"　⑯〔丛攒〕聚集的林木。　⑰〔沄沄〕(yún)河水转流的样子。　⑱〔鼋〕(yuán)鳖。〔鼍〕(tuó)鳄鱼的一种。俗称"猪婆龙"。　⑲〔鳝〕(shàn)同"鳝"。黄鳝。〔鲇〕(nián)一种体滑无鳞、身多黏质的鱼，产在淡水中。〔延延〕长的样子。　⑳〔陶陶〕漫长的意思，即悠悠。陶悠通假。　㉑〔神光〕《章句》："神光，山川之精能为光者也。"〔颎颎〕(jiǒng)光明的样子，与"炯炯"同。　㉒〔困控〕《章句》："言无引己也。"　㉓〔恶所〕何所。怎么，如何。

守 志

陟玉峦兮逍遥，①
览高冈兮峣峣。②
桂树列兮纷敷，③
吐紫华兮布条。④
实孔鸾兮所居，
今其集兮惟鸮。⑤
乌鹊惊兮哑哑，⑥
余顾瞻兮怊怊。⑦
彼日月兮暗昧，
障覆天兮祲气。⑧
伊我后兮不聪，
焉陈诚兮效忠。
摅羽翮兮超俗，⑨
游陶遨兮养神。
乘六蛟兮蜿蝉，⑩
遂驰骋兮升云。
扬彗光兮为旗，
乘电策兮为鞭。
朝晨发兮鄢郢，
食时至兮增泉。⑪
绕曲阿兮北次，⑫
造我车兮南端。
谒玄黄兮纳贽，⑬
崇忠贞兮弥坚。
历九宫兮遍观，⑭
睹秘藏兮宝珍。
就傅说兮骑龙，⑮

我登上昆仑山停留片刻，
看到高高山岗巍峨雄壮。
山上桂树排列错杂纷披，
枝叶茂盛紫花朵朵开放。
这里适宜栖息孔雀凤凰，
现在却是鸮鸟霸占树上。
乌鸦喜鹊受惊哑哑直叫，
回头眺望故乡失意迷惘。
那里云遮雾蔽日月无光，
邪气掩蔽天空气氛不祥。
可惜我的君王已受蒙蔽，
怎能把我赤胆忠心献上。
我要展开双翅超世而去，
保养精神逍遥自在游荡。
乘驾六条蛟龙蜿蜒向前，
于是驰骋奔腾直升云天。
挥动彗星光芒作为旗帜，
抓住奔驰闪电作为马鞭。
清晨我从楚国郢都出发，
午间吃饭时候就到增泉。
我绕过曲阿在北方休息，
又驾着我车向南方奔去。
我去谒见天帝送上礼物，
崇尚忠贞之志坚定不移。
游历天上九宫到处观看，
我看见了很多珍藏宝器。
走近傅说辰宿骑上飞龙，

与织女兮合婚。⑯　　　　还与织女星把婚姻结缔。

举天毕兮掩邪，⑰　　　　我举起天毕星袭取邪恶，

彀天弧兮射奸。⑱　　　　拉满天弧星向奸人射击。

随真人兮翱翔，⑲　　　　我将自由翱翔跟随仙人，

食元气兮长存。⑳　　　　吸食天上元气与天永存。

望太微兮穆穆，㉑　　　　望见太微星座庄严和顺，

眂三阶兮炳分。㉒　　　　看见太微三阶显著分明。

相辅政兮成化，　　　　　我还辅助天帝完成教化，

建烈业兮垂勋。　　　　　建立显赫事业永传功勋。

目瞥瞥兮西没，㉓　　　　很快看见天庭向西沉没，

道遐迥兮阻叹。㉔　　　　道路遥远艰难使我悲叹。

志蓄积兮未通，㉕　　　　受到压抑我的思想不通，

怅敞罔兮自怜。　　　　　心中失意惆怅独自伤感。

乱曰：天庭明兮云霓藏，　尾声：天庭光明灿烂云霓躲藏，

三光朗兮镜万方，㉖　　　日月星辰明亮照耀四方，

斥蜥蜴兮进龟龙，　　　　进献龟龙斥退爬虫蜥蜴，

策谋从兮翼机衡。㉗　　　听从谋略保护玉衡璇玑。

配稷契兮恢唐功，㉘　　　要与稷契恢复尧舜之功，

嗟英俊兮未为双。　　　　可叹英雄俊杰生而不逢。

①〔玉峦〕《章句》："昆仑山也。山脊曰峦。"〔逍遥〕《章句》："须臾也。"　②〔峣峣〕巍峨高峻的样子。《章句》："特高也。"　③〔纷敷〕纷披错杂的样子。《章句》："纷，错。敷，衍。"④〔布条〕树叶繁茂。《章句》："布，敷。条，枝。"　⑤〔鸮〕同"枭"。猫头鹰。　⑥〔哑哑〕象声词。乌鸦的叫声。　⑦〔怊怊〕怅惘，失意迷惘的样子。　⑧〔祲〕（jìn）古代迷信的人所说的不祥之气。　⑨〔翮〕（hé）鸟羽的茎。羽翮，翅膀。〔掾〕腾跃。　⑩〔蜿蝉〕盘屈摇动的样子。《章句》："群蛟之形也。"　⑪〔增泉〕《章句》："天汉也。"银河。《诗·小雅·大东》："维天有汉。"《毛传》："汉，天河也。有光而无所明。"　⑫〔曲阿〕地名。战国云阳邑，秦始皇以其地有天子气，凿

北冈败其势，截直道使阿曲，因名曲阿县。汉因之。〔次〕临时驻扎和住宿。⑬〔玄黄〕《章句》：“中央之帝也。”〔纳〕送致的意思。〔贽〕（zhì）古代初次拜见尊长时所送的礼物。 ⑭〔九宫〕《章句》：“天之宫也。”⑮〔傅说〕《章句》：“傅说，殷武丁之贤相也，死补辰宿。” ⑯〔织女〕星名。在天琴星座。 ⑰〔毕〕星宿名。二十八宿之一，在金牛星座。《章句》：“毕，宿名也。毕有囚奸名，故欲以掩取邪佞之人也。”〔掩〕乘其不备而袭取之。 ⑱〔彀〕（gòu）把弓拉满。〔天弧〕星名，即弧矢。由九颗星组成，形状像箭搭在弓上，所以叫弧矢。在船尾、大犬两星座之间，天狼星的西南方。《章句》：“弧，亦星名也。弧矢，弓弩，故欲以射奸人也。” ⑲〔真人〕仙人。 ⑳〔元气〕指天地未分前混一之气。《汉书·律历志上》：“太极元气，函三为一。” ㉑〔太微〕中国古代天文学上的一个星区，叫天之中宫。其位置在后发、室女、狮子三星座交界的地方。《章句》：“太微，天之中宫。”〔穆穆〕庄严和顺的样子。《章句》：“和顺也。” ㉒〔三阶〕《章句》：“太微之阶。”可能指内屏、太微左垣、太微右垣这三组星。〔炳〕光明，显明。 ㉓〔瞥瞥〕很快看看的样子。 ㉔〔遐迥〕遥远艰难。 ㉕〔蓄积〕压抑、难以发挥的意思。 ㉖〔三光〕指日、月、星。《章句》：“天清则云霓除，日月星辰昭；君明下理，贤愚得所也。” ㉗〔机衡〕即天玑、玉衡。北斗星中的两颗星。《章句》：“璇玑玉衡以喻君能任贤，斥去小人以自辅翼也。”㉘〔唐〕唐尧。这里指尧舜。

附　录

本书主要参考书目

1. 王逸《楚辞章句》十七卷，光绪乙未仲春月昭陵经畲主人刊。

2. 洪兴祖《楚辞补注》，中华书局 1957 年版。

3. 朱熹《楚辞集注》，上海古籍出版社 1979 年版。

4. 王夫之《楚辞通释》，中华书局 1959 年版。

5. 蒋骥《山带阁注楚辞》，中华书局 1958 年版。

6. 俞樾《百大家评点王注楚辞》，民国六年上海中华图书馆石印本。

7. 钱澄之《楚辞屈诂》不分卷，清桐城钱氏刊本。

8. 戴震《屈原赋注》十卷，光绪辛卯七月广雅书局刊。

9. 林云铭《楚辞灯》，康熙丁丑年序刊本。

10. 王闿运《楚辞释》，光绪丙戌仲秋成都尊经书院刊本。

11. 王树枏《离骚注》，清王氏文莫室家刻本。

12. 丁晏《楚辞天问笺》，广雅书局刻。

13. 朱冀《离骚辨》不分卷，清康熙丙戌绿筠堂精刊本。

14. 闻一多《闻一多全集》第二卷，开明书店 1948 年版。

15. 马茂元《楚辞选》，人民文学出版社 1980 年版。

16. 郭沫若《屈原赋今译》，人民文学出版社 1981 年版。

17. 文怀沙《离骚今译》《九章今译》《九歌今译》，人民文学出版社 1953 年版。

18. 姜亮夫《屈原赋校注》，人民文学出版社1957年版。

19. 瞿蜕园《楚辞今读》，春明出版社1956年版。

20. 陆侃如《楚辞选》，上海古典文学出版社1957年版。

21. 沈祖绵《屈原赋证辨》，中华书局1960年版。

22. 文怀沙《屈原集》，人民文学出版社1953年版。

23. 刘永济《屈赋通笺》，人民文学出版社1961年版。

24. 林庚、冯沅君《中国历代诗歌选》，人民文学出版社1964年版。

25. 复旦大学中文系《天问天对注》，上海人民出版社1973年版。

26. 金开诚《楚辞选注》，北京出版社1980年版。

27. 北大《先秦文学史参考资料》《两汉文学史参考资料》，中华书局1980年版。

28. 游国恩《离骚纂义》，中华书局1980年版。

29. 陆侃如、龚克昌《楚辞选译》，上海古籍出版社1981年版。

30. 魏炯若《离骚发微》，四川人民出版社1980年版。

31. 朱季海《楚辞解故》，上海古籍出版社1980年版。

32. 钱钟书《管锥编》第二册，中华书局1979年版。

33. 李泽厚《美的历程》，文物出版社1981年版。

34. 游国恩主编《中国文学史》，人民文学出版社1963年版。

35. 社会科学院《中国文学史》，人民文学出版社1962年版。

36. 朱东润主编《中国历代文学作品选》，上海古籍出版社1979年版。

37. 姜亮夫《楚辞今绎讲录》，北京出版社1981年版。

38. 林庚《诗人屈原及其作品研究》，上海古籍出版社1981年版。

39. 聂石樵《屈原论稿》，人民文学出版社1982年版。

40. 胡念贻《先秦文学论集》，中国社会科学出版社1981年版。

41. 游国恩《屈原》，中华书局 1980 年版。

42. 郭维森《屈原》，上海古籍出版社 1979 年版。

43. 游国恩《天问纂义》，中华书局 1982 年版。

44.《中国大百科全书·中国文学》，中国大百科全书出版社 1986 年版。

45. 丁冰《屈原》，黑龙江人民出版社 1982 年版。

46. 董楚平《楚辞译注》，上海古籍出版社 1986 年版。

其○吾令鳳凰飛騰兮、繼之以

率雲霓而來御。紛總總其離合

兮、斑陸離其上下。吾令帝閽開關兮、倚閶闔而望

予。時曖曖其將罷兮、結幽蘭以延佇。世溷濁而不

分兮、好蔽美而嫉妒。

朝吾將濟於白水兮、登閬風

美而嫉妒。朝吾將濟於白水兮、登閬風

而緤馬。忽反顧以流涕兮、哀高丘之無女。溘吾遊

及反顧以流涕兮、哀高丘

之無女。溘吾遊此春宮兮、折瓊枝以繼佩。及榮華之未落兮、相

折瓊枝以繼佩、及榮華

之未落兮、相下女之可詒。解佩纕以結言兮、吾令蹇脩以為理。紛總總其離合兮、忽緯繣其難遷。夕歸次於窮石兮、朝濯髮乎洧盤。保厥美以驕傲兮、日康娛以淫遊。雖信美而無禮兮、來違棄而改求。